JY - - '79

LA CATADORA DE HITLER

V. S. ALEXANDER

LA CATADORA DE HITLER

Traducción de Susana Olivares

Planeta Internacional

Diseño de portada: Diana Urbano Gastélum
Fotografía de portada: © Masson (Beautiful redhead women - Cup tea) / Shutterstock
Fotografía del autor: V. S. Alexander

Título original: *The Taster*

© 2018, V. S. Alexander
Publicado por primera vez por Kensington Publishing Corp.

Derechos de traducción negociados por Sandra Bruna Agencia Literaria, S.L.

Traducido por: Susana Olivares

Derechos reservados

© 2019, Editorial Planeta Mexicana, S.A. de C.V.
Bajo el sello editorial PLANETA M.R.
Avenida Presidente Masarik núm. 111, Piso 2
Colonia Polanco V Sección
Delegación Miguel Hidalgo
C.P. 11560, Ciudad de México
www.planetadelibros.com.mx

Primera edición impresa en México: marzo de 2019
ISBN: 978-607-07-5725-9

No se permite la reproducción total o parcial de este libro ni su incorporación a un sistema informático, ni su transmisión en cualquier forma o por cualquier medio, sea éste electrónico, mecánico, por fotocopia, por grabación u otros métodos, sin el permiso previo y por escrito de los titulares del *copyright*.

La infracción de los derechos mencionados puede ser constitutiva de delito contra la propiedad intelectual (Arts. 229 y siguientes de la Ley Federal de Derechos de Autor y Arts. 424 y siguientes del Código Penal).

Si necesita fotocopiar o escanear algún fragmento de esta obra diríjase al CeMPro (Centro Mexicano de Protección y Fomento de los Derechos de Autor, http://www.cempro.org.mx).

Impreso en los talleres de Litográfica Ingramex, S.A. de C.V.
Centeno núm. 162-1, colonia Granjas Esmeralda, Ciudad de México
Impreso y hecho en México – *Printed and made in Mexico*

PRÓLOGO

Berlín, 2013

¿Quién mató a Adolf Hitler? La respuesta se oculta en estas páginas. Las circunstancias que rodearon su muerte son objeto de controversia desde 1945, pero yo conozco la verdad. Estuve allí.

Ahora soy una vieja viuda sin hijos, abandonada en una casa atestada de recuerdos tan amargos como cenizas. No me provocan alegría ni los tilos en primavera ni los lagos azules en verano.

Yo, Magda Ritter, era una de las quince mujeres que cataban los alimentos de Hitler, a quien le preocupaba de manera obsesiva que lo envenenaran los Aliados o algún traidor.

Después de la guerra, nadie, a excepción de mi marido, supo lo que hice. Nunca hablé de ello. No podía. Pero los secretos a los que me aferré por tantos años necesitan escapar de esta prisión interior. Ya no me queda mucho tiempo de vida.

Yo conocí a Hitler. Lo miré caminar por los pasillos de su refugio alpino, el Berghof, y lo seguí a través del laberinto de la Guarida del Lobo, su cuartel general en Prusia Oriental. Estuve cerca de él en su último día en las profundidades sepulcrales de su búnker en Berlín. Era frecuente que estuviera rodeado por un séquito de admiradores sobre los que flotaba su cabeza como una claraboya en el mar.

¿Por qué nadie mató a Hitler antes de que muriera en el búnker? ¿Fue un capricho del destino? ¿Tenía una capacidad sobrenatural para escapar a la muerte? Hubo muchas conspiraciones para matarlo, pero todas fracasaron. Sólo una logró lastimar al *Führer*. Aunque ese intento fallido lo único que consiguió fue reforzar su creencia en la providencia, en su derecho divino a gobernar como le pareciera.

El primer recuerdo que tengo de él es de la Asamblea del Partido de 1932 en Berlín. En ese entonces, yo tenía quince años. Se puso de pie sobre una plataforma de madera y habló ante un pequeño grupo de personas que crecía minuto a minuto, a medida que se corría la voz de su presencia en Potsdamer Platz. Ese día de noviembre caía lluvia de unas nubes grises, pero cada una de las palabras que pronunció explotaron en el aire hasta que la muchedumbre pareció resplandecer gracias al ardor y la rabia que sentían hacia los enemigos del pueblo alemán. Cada vez que se golpeaba en el corazón, el cielo se estremecía. Traía puesto un uniforme café con una correa de cuero negro que le cruzaba el pecho. En su brazo izquierdo destacaba el parche rojiblanco con la esvástica negra. Una pistola colgaba de su cintura. No era particularmente atractivo, pero sus ojos te cautivaban de una manera poderosa. Circulaban rumores de que quiso ser arquitecto o artista, pero siempre imaginé que hubiese sido un mejor cuentista si hubiera dejado que su imaginación se expresara a través de las palabras y no de la maldad.

Hechizó a una nación entera e indujo a aquellos que creían en el reluciente y nuevo orden del nacionalsocialismo a protagonizar disturbios eufóricos. Pero no todos lo idolatrábamos por considerarlo el redentor de Alemania. Desde luego, no todos los «buenos alemanes». ¿Mi nación fue culpable de auxiliar al dictador más célebre que el mundo haya conocido?

En torno a Hitler se creó un culto que permaneció tan extendido tras su muerte como cuando estaba vivo. Sus miembros se sienten fascinados por el horror y la destrucción que sembró en el mundo como si fuera un demonio. Son los fanáticos adoradores del *Führer*, o bien los estudiantes de la psique humana, quienes se preguntan: «¿Cómo pudo ser tan malvado un solo hombre?». En cualquier caso, estos seguidores auxiliaron a Hitler a triunfar en su empeño por vivir eternamente.

He luchado con las espantosas acciones que perpetró el Tercer *Reich* y con el lugar que yo ocupo en la historia de la humanidad. Mi historia debe ser contada. En ocasiones, la verdad me abruma y me horroriza como si cayera en un pozo oscuro y sin fin, pero en el proceso he descubierto mucho acerca de mí misma y de la humanidad. También he descubierto la crueldad de los hombres que promulgan leyes que obedecen a sus propios propósitos.

La vida me ha castigado y mi sueño está plagado de pesadillas. No hay manera de escapar de los horrores del pasado. Quizás aquellos que lean mi historia no me juzguen con tanta dureza como me juzgué yo misma.

LA CASA DE TÉ

El Berghof

CAPÍTULO 1

A principios de 1943, se apoderó de Berlín un miedo extraño.

Cuando el año anterior sonaron las sirenas antiaéreas, miré al cielo. No vi nada más que unas nubes altas que ondeaban por encima de mí como si fueran las colas de unos corceles blancos. Las bombas de los Aliados ocasionaron pocos daños, y los alemanes creímos que estábamos a salvo. Para finales de enero de 1943, mi padre ya sospechaba que aquel era el preludio a una intensa lluvia de destrucción.

—Magda, deberías irte de Berlín —me sugirió cuando comenzó el bombardeo—. Es demasiado peligroso. Podrías ir a Berchtesgaden, a casa del tío Willy. Allí estarías a salvo. —Mi madre estaba de acuerdo con él.

No quería saber nada de su plan porque, de niña, sólo había visto a mis tíos una vez. Me parecía que el sur de Alemania estaba a miles de kilómetros. Amaba Berlín y quería permanecer en el pequeño edificio de departamentos de Horst-Wessel-Stadt en el que vivíamos. Nuestra vida, así como todo lo que conocía, se limitaba a ese único piso. Quería normalidad; después de todo, la guerra iba bien. Eso era lo que nos decía el *Reich*.

En la Stadt todo el mundo creía que bombardearían nuestro vecindario. Había muchas industrias cerca, incluyendo la fábrica de frenos en la que trabajaba mi padre. A las once de la mañana del 30 de enero, mientras Hermann Göring, el *Reichsmarschall*, daba un discurso por la radio, tuvo lugar un bombardeo de los Aliados. El segundo ocurrió ese mismo día, más tarde, mientras hablaba el Ministro de Propaganda, Joseph Goebbels. Los Aliados planearon sus ataques a la perfección. Interrumpieron ambos discursos.

Mi padre seguía en el trabajo cuando sucedió el primero, pero ya estaba en casa durante el segundo. Decidimos que nos reuniríamos en el sótano durante los ataques aéreos, junto con *Frau* Horst, que vivía en el último piso de nuestro edificio. En esos primeros días, no sabíamos la destrucción que podían causar los bombardeos de los Aliados, la terrible devastación que podía caer de los cielos en forma de sibilantes nubes negras de proyectiles. Hitler dijo que el pueblo alemán sería protegido de tales horrores y nosotros le creímos. Incluso los muchachos a los que yo conocía y que peleaban en la *Wehrmacht* guardaban esa creencia en el fondo de su corazón. Una sensación de buena fortuna nos impulsaba hacia delante.

—Deberíamos irnos ya al sótano —le dije a mi madre cuando empezó el segundo ataque. En las escaleras, le grité esas mismas palabras a *Frau* Horst, pero añadí—: ¡De prisa, de prisa!

La anciana asomó la cabeza por la puerta de su departamento.

—Necesitas ayudarme. No puedo darme prisa. Ya no soy tan joven como antes.

Subí corriendo las escaleras y la encontré sosteniendo una cajetilla de cigarros y una botella de coñac. Se las quité de las manos y nos dirigimos hacia abajo antes de que las bombas impactaran. Estábamos acostumbrados a los apagones. Ningún bombardero podría ver que salía luz de nuestro sótano sin ventanas. La primera explosión pareció producirse lejos y no me preocupé.

Frau Horst encendió un cigarro y le ofreció coñac a mi padre. Al parecer, los cigarros y el licor eran las dos posesiones que deseaba llevarse a la tumba. Sobre nosotros cayeron partículas de polvo. La viejecita señaló las vigas de madera que estaban sobre nuestras cabezas y soltó:

—¡Malditos sean!

Mi padre asintió sin gran entusiasmo. La vieja caldera de carbón hacía ruidos desde la esquina, pero era incapaz de disipar la corriente helada que recorría la habitación. Nuestro aliento congelado era visible bajo la áspera luz de una bombilla desnuda.

Una detonación más cercana retumbó en nuestros oídos y la luz eléctrica se apagó con un parpadeo. Un resplandor anaranjado brilló en el cielo, tan cerca que pudimos ver su rastro de fuego a través de las grietas que rodeaban la puerta del sótano. Una nube de polvo cayó por el cubo de la escalera. Se oyó un estallido de vidrios en algún lugar del edificio. Papá nos tomó a mi madre y a mí de los hombros, nos acercó a él y cubrió nuestras cabezas con su pecho.

—Eso estuvo demasiado cerca —dije, temblando contra mi padre. *Frau* Horst sollozaba en una esquina.

El bombardeo terminó casi tan rápido como empezó, y subimos las oscuras escaleras de vuelta al departamento. *Frau* Horst se despidió y nos dejó solos. Mi madre abrió la puerta y buscó una vela en la cocina. A través de la ventana, vimos un humo negro que brotaba de un edificio a varias cuadras de distancia. Mamá encontró un cerillo y lo encendió.

Emitió un grito ahogado. Una de las puertas de la vitrina se había abierto y varias piezas de porcelana fina que le regaló mi abuela estaban hechas añicos en el piso. Se hincó frente a los trozos, tratando de unirlos como si fuera un rompecabezas.

También estaba destrozado un gran florero de cristal tallado que era importante para ella. Mamá cultivaba geranios e iris morados en el pequeño jardín de la parte de atrás del edificio. Cuando florecían, mamá cortaba los iris y los colocaba en ese florero en el centro de la mesa del comedor. Su embriagadora fragancia inundaba todas las habitaciones de la casa. Papá decía que esas flores lo hacían sentir feliz porque le propuso matrimonio a mi madre en la época en que florecen.

—Nuestras vidas se volvieron frágiles —dijo papá mientras contemplaba el desastre con tristeza. Después de unos minutos, mamá perdió la esperanza de reconstruir los platos y el florero, y los arrojó a la basura.

Se recogió el cabello color azabache en un chongo y se dirigió a la cocina para tomar una escoba.

—Tenemos que hacer sacrificios —dijo subiendo la voz.

—Tonterías —respondió papá—. Somos afortunados por tener una hija y no un varón; de lo contrario, me temo que dentro de poco estaríamos organizando un funeral.

Mamá apareció con la escoba en el quicio de la puerta de la cocina.

—No debes decir ese tipo de cosas. Das una impresión equivocada.

—¿A quién? —Papá sacudió la cabeza.

—A *Frau* Horst. A los vecinos. A tus compañeros de la fábrica. ¿Quién sabe? Tenemos que ser cuidadosos con lo que decimos. Ese tipo de afirmaciones, incluso siendo rumores, podrían costarnos caro.

La luz parpadeó al volver a encenderse y mi padre suspiró.

—Ese es el problema. Tenemos cuidado con todo lo que decimos… y ahora tenemos que lidiar con los bombardeos. Magda debe marcharse. Tiene que irse a Berchtesgaden con el tío Willy. Incluso puede que encuentre un empleo.

En mis veinticinco años de vida, pasé de trabajo en trabajo: estuve en una fábrica de ropa, fui mecanógrafa para un banquero y resurtí los estantes de una tienda cuando me contrataron como encargada, pero me sentía perdida en el mundo laboral. Nada de lo que hacía parecía apropiado ni importante. El *Reich* deseaba que las muchachas alemanas fueran madres, pero antes quería que fueran trabajadoras. Supongo que eso también era lo que yo quería. Si tenías un empleo, era necesario que te dieran permiso para dejarlo. Como yo no tenía ninguno, me sería difícil ignorar los deseos de mi padre. Y, en lo que al matrimonio se refería, tuve unos cuantos pretendientes a partir de los diecinueve años, pero nada serio. La guerra se llevó a muchos jóvenes. Aquellos que se quedaron no lograban conquistar mi corazón. Era virgen, pero no me arrepentía de ello.

En los primeros años de la guerra, Berlín se salvó. Cuando empezaron los ataques, la ciudad era como un zombi: seguía viva, pero no estaba consciente de sus movimientos. Las personas parecían insensibles. Nacían bebés, y sus familiares los miraban a los ojos y les decían lo bellos que eran. Tocar un suave cairel de cabello o pellizcar una mejilla no garantizaba ningún futuro. Enviaban a los jóvenes a los frentes, tanto al oriental como al occidental. En las calles las conversaciones se centraban en el lento descenso de Alemania al infierno y siempre finalizaban con «las cosas se pondrán mejor». También eran comunes las pláticas relacionadas con alimentos y cigarros, pero palidecían en comparación al bombo y platillo con el que se transmitían las noticias de las últimas victorias ganadas con los incansables esfuerzos de la *Wehrmacht*.

Mis padres fueron los últimos de una larga lista de Ritter que vivieron en nuestro mismo edificio. Mis abuelos vivieron allí hasta que todos murieron en la misma cama en la que yo dormía. Mi recámara, la primera desde el pasillo, al frente del edificio, era sólo mía, el lugar en el que podía respirar. Allí no había fantasmas que me espantaran. Mi habitación no contenía gran cosa: la cama, una pequeña cajonera de roble, un librero destartalado y los pocos tesoros que reuní a lo largo de los años, incluyendo el muñeco de peluche que mi padre ganó en un carnaval en Múnich cuando yo era niña. Cuando empezaron los bombardeos, mi recámara cambió de aspecto. Mi refugio adquirió un aire sagrado y extraordinario, y cada día que pasaba me preguntaba si su paz se derrumbaría como un templo bombardeado.

El siguiente ataque aéreo de importancia sucedió el 20 de abril de 1943, día del cumpleaños de Hitler. Los pendones, banderas y estandartes nazis que decoraban Berlín ondeaban en la brisa. Las bombas causaron algunos destrozos, pero la mayor parte de la ciudad salió bien librada. Ese ataque también me recordó cada uno de los temores que sufría de niña. Nunca me gustaron las tormentas, los rayos ni los truenos. La creciente gravedad de los bombardeos me ponía los nervios de punta. Mi padre insistió en que me marchara y, por primera vez, sentí que tal vez tenía razón. Esa noche me observó mientras empacaba mis pertenencias.

Reuní las pocas cosas que me importaban: un pequeño retrato de la familia de 1925, en tiempos más felices, y algunos cuadernos para apuntar mis pensamientos. Mi padre me entregó mi muñeco de peluche, el único recuerdo que guardaba de mis años de infancia.

A la mañana siguiente, mi madre lloró al verme bajar las escaleras con la maleta. Una lluvia de primavera humedecía la calle, y el aroma terroso de los árboles verdes inundaba el aire.

—Cuídate, Magda. —Mamá me dio un beso en la mejilla—. Mantén la cabeza en alto. La guerra terminará pronto.

Le devolví el beso y probé la sal de sus lágrimas. Mi padre estaba en el trabajo. Nos habíamos despedido la noche anterior. Mamá me tomó de las manos una vez más, como si no quisiera dejarme ir, y después las soltó. Levanté mis maletas y tomé el transporte a la estación de trenes. Tenía por delante un largo viaje hasta mi nuevo hogar. Feliz de refugiarme de la lluvia, ingresé a la estación por la entrada principal. Mis tacones resonaban en el piso de piedra.

Encontré el andén del tren que me llevaría a Múnich y a Berchtesgaden, y esperé en la fila bajo las celosías de hierro de los techos abovedados de la estación. Un joven soldado de las SS en un uniforme gris revisaba las identificaciones de los pasajeros a medida que abordaban. Yo era una alemana protestante, ni católica ni judía, y lo bastante joven como para estar convencida de ser invencible. Había varios elementos de la policía ferroviaria, en sus uniformes verdes, junto al oficial de seguridad mientras este último revisaba la fila.

El hombre de las SS tenía un rostro delgado y apuesto en el que destacaban unos ojos azules como el acero. Su cabello castaño se recogía debajo de su gorra militar formando una onda. Examinaba a cada persona como si fuera un delincuente en potencia, pero su frío proceder ocultaba sus intenciones. Me incomodaba, pero no me quedaba la más mínima duda de que me dejaría subir al tren. Me miró fijamente y estudió mi identificación, prestando especial atención a mi fotografía antes de devolvérmela. Me ofreció una ligera sonrisa, sin coqueteo alguno, pero satisfecho, como si concluyera un trabajo bien hecho. Agitó una mano hacia el pasajero que estaba detrás de mí para que avanzara. Mis credenciales pasaron su inspección. Quizá le gustó mi fotografía. Yo pensaba que me favorecía. Mi cabello castaño oscuro me caía hasta los hombros. Mi rostro era demasiado estrecho. Mis ojos eran demasiado grandes para mi cara, y hacían que pareciera que venía de Europa del Este, dándome un aspecto similar al de un cuadro de Modigliani. Algunos hombres me dijeron que, para ser alemana, tenía un aspecto bello y exótico.

El vagón no tenía compartimientos, sólo asientos, y estaba medio lleno. En algunos meses, el tren rebosaría de vacacionistas citadinos ansiosos por veranear en los Alpes. Los alemanes desearían disfrutar de su país incluso en mitad de una guerra. Una joven pareja, que parecía estar profundamente enamorada, se sentó a unas filas de mí, cerca del centro del vagón. Tenían las cabezas muy cerca. Él le susurraba algo al oído a la mujer, se ajustaba el sombrero y daba fumadas a su cigarro. Encima de ellos había unas nubes de humo azul. De vez en cuando, la mujer tomaba el cigarro de sus dedos y le daba una fumada. Los hilos de humo se dispersaban por todo el vagón.

Dejamos la estación en la penumbra de aquel lluvioso día. El tren empezó a acelerar cuando salimos de la ciudad y pasamos frente a las fábricas y campos de cultivo de Berlín. Me recliné en mi asiento y saqué de una de mis maletas un libro de poemas de Friedrich Rückert. Mi padre me lo regaló años antes, pensando que me agradarían los versos de ese autor romántico. Jamás me tomé el tiempo de leerlos; el hecho de que me lo regalara me importó más que los poemas que contenía.

Pasé las páginas sin verlas, concentrada únicamente en que dejaba mi vida anterior para iniciar una nueva. Me perturbaba alejarme tanto de casa, pero debido a Hitler y a la guerra, no tenía otra opción.

Encontré la dedicatoria que mi padre escribió cuando me dio el libro. Decía: «Con todo el amor de tu padre, Hermann». La noche anterior, al despedirnos, parecía más viejo y más triste de lo que correspondía a un hombre de cuarenta y cinco años como él, aunque se notaba aliviado por poder enviarme a casa de su hermano.

Caminaba encorvado a causa de tener que inclinarse todo el tiempo durante su trabajo en la fábrica de frenos. Su barba gris, que se afeitaba cada mañana, hablaba de las dificultades personales a las que se enfrentaba a diario, incluyendo su desagrado por el nacionalsocialismo y por Hitler. Por supuesto, jamás mencionaba semejantes cosas; sólo insinuaba su tendencia política frente a mi madre y a mí. La infelicidad lo carcomía, arruinaba su apetito y lo hacía fumar y beber en exceso, a pesar de lo difícil que resultaba conseguir tales lujos. Acababa de pasar el límite de edad para prestar servicio militar en la *Wehrmacht*, aunque una antigua lesión de juventud en una pierna lo hubiera descalificado de todos modos. A partir de sus conversaciones, me quedaba claro que sentía poca admiración por los nazis.

Lisa, mi madre, simpatizaba más con el Partido, aunque ni ella ni mi padre eran miembros. Al igual que la mayoría de los alemanes, detestaba lo que le sucedió al país durante la Primera Guerra Mundial. Muchas veces le decía a mi padre: «Por lo menos ahora la gente tiene trabajo y comida suficiente». Mamá traía a casa un dinero extra haciendo de costurera y, por la agilidad que tenía en los dedos, también hacía algunos trabajos para un joyero. También me enseñó a coser a mí. Vivíamos con comodidad, pero no éramos ricos ni por asomo. Nunca tuvimos que preocuparnos por tener suficiente comida hasta que comenzó el racionamiento.

Ninguno de mis padres mostraba sus ideas políticas de manera explícita. De nuestro edificio no colgaba ningún adorno ni bandera nazi. *Frau* Horst colocó en una de sus ventanas un cartel con una esvástica, pero era pequeño y casi no se veía desde la calle. Yo no me afilié al Partido, un hecho que a mi madre le despertaba cierta preocupación. Creía que sería positivo, ya que unirme a él podría ayudarme a conseguir empleo. Yo no pensaba mucho en el Partido. No se esperaba de las chicas alemanas que pensaran en cosas como la política. Sin duda, no iba a haber mujeres líderes dentro del nacionalsocialismo, y yo no estaba del todo segura de lo que significaba ser miembro del Partido en realidad, de modo que nunca sentí la necesidad de afiliarme al mismo. Se estaba librando una guerra a nuestro alrededor. Estábamos luchando para abrirnos camino hasta la victoria. Mi inocencia enmascaraba una necesidad de saber más.

Seguí hojeando el libro hasta que el tren empezó a detener su marcha.

El oficial de las SS de la estación apareció detrás de mi hombro derecho. En la mano izquierda sostenía una pistola. Caminó hasta la pareja que estaba delante de mí y colocó el cañón del arma contra la sien del joven que estaba fumando. La mujer miró hacia atrás, en mi dirección; sus ojos delataban el terror que sentía. Parecía lista para correr, pero no había a dónde ir; de repente, aparecieron unos oficiales de policía armados en la entrada de cada extremo del vagón. El oficial de las SS retiró el arma de la sien del hombre y les indicó con unos movimientos que se levantaran. La mujer tomó su oscuro abrigo y se envolvió el cuello con una bufanda negra. El oficial los escoltó hasta el fondo del vagón. No me atreví a voltear para ver lo que estaba sucediendo.

Después de unos momentos, miré por la ventana que tenía a mi izquierda. El tren se detuvo a mitad de una llanura. Un automóvil negro, salpicado de fango y con un escape de cromo que despedía nubes de humo, estaba estacionado en un camino de tierra junto a las vías del tren. El hombre de las SS empujó a la pareja del tren al interior del vehículo y después se subió detrás de ellos, con la pistola preparada. Los oficiales de policía se metieron en el asiento delantero con el conductor. Tan pronto como se cerraron las portezuelas, el auto dio vuelta en el campo, dejando una estela lodosa en el pasto, y se dirigió de regreso a Berlín.

Cerré los ojos y me pregunté qué pudo hacer la pareja para que la bajaran del tren a la fuerza. ¿Serían espías aliados? ¿Judíos que intentaban abandonar Alemania? En una ocasión —pero sólo una—, mientras estábamos sentados a la mesa durante la cena, mi papá nos contó de los problemas que estaban teniendo los judíos en Berlín. Mamá se burló de la idea y dijo que eran «rumores infundados». Papá respondió que uno de sus compañeros vio la palabra *Juden* pintada sobre varios edificios del sector judío. El hombre se sintió incómodo tan sólo por estar allí, aunque fuera por accidente. Había esvásticas pintadas en las ventanas. Carteles que advertían sobre hacer negocios con mercaderes judíos.

Pensé que era mejor guardarme mis opiniones y no avivar una discusión política entre mis padres. Me entristecían los judíos, pero nadie a quien conociera les tenía especial agrado, y el *Reich* siempre los señalaba como culpables. Como tantos de mis compatriotas, me hice de la vista gorda. Lo que decía mi padre bien podía ser un rumor. Confiaba en él, pero sabía muy poco, sólo lo que se comentaba en la radio.

Busqué el auto negro con la mirada, pero se desvaneció. No tenía idea de lo que hizo la pareja, pero la imagen de los ojos aterrorizados de la mujer se quedó grabada en mi cerebro como con fuego. Durante el resto de mi travesía la lectura me ofreció poco consuelo. El incidente me inquietó. Me pregunté quién seguiría y en dónde terminaría todo.

CAPÍTULO 2

La estación de trenes de Berchtesgaden era más pequeña que la de Berlín, pero más majestuosa. Los banderines nazis colgaban en escrupulosas filas verticales, lo que hacía que destacaran las grandes columnas interiores dándole un aspecto romano y solemne a la edificación. A un lado brillaba una puerta dorada que parecía reservada para personas importantes. En ella, en bajorrelieve, podía verse un águila negra posada sobre una esvástica. Quizás era la entrada a un salón de recepción para las personalidades que visitaban al *Führer*; después de todo, aquella era la última parada para los que estaban invitados a su refugio de montaña.

Busqué con la mirada al tío Willy y a la tía Reina y los vi parados cerca de la entrada. Mi tío parecía más feliz de verme que mi tía. Era un hombre regordete con una pequeña panza redonda, y aún conservaba su cabello color fuego y las pecas de su juventud. Algunas de ellas se convirtieron en grandes manchas cafés que marcaban su rostro. Sostenía su gorra de policía en una mano. La sonrisa de mi tía parecía forzada, como si yo fuera una hijastra indeseable que regresaba a casa a visitarlos. Era refinada y culta, a diferencia de mi simpático tío. Mi padre me comentó que el matrimonio de mis tíos le parecía una unión peculiar. En aquel entonces, por ser más joven, nunca cuestioné su atracción, pero ahora que me encontraba frente a ellos, sus diferencias me parecían muy evidentes.

Después de intercambiar saludos, mi tío puso mis maletas en su pequeño Volkswagen gris. Me senté en la parte de atrás. Mientras mi tío conducía, no pude ver mucho del panorama montañoso, a excepción de unos oscuros picos que sobresalían de las nubes en el negro cielo de la noche. Durante mi infancia sólo visité Berchtesgaden en una ocasión.

Mis tíos vivían en un chalet de tres pisos de estilo bávaro. Estaba encajado entre un pequeño restaurante y una carnicería, a poca distancia del centro del pueblo. Su casa era alta, pero no tan ancha como los chalets que se veían en las laderas de las montañas. Salí del auto y respiré el fresco aire de los Alpes. Era difícil pensar que seguía en el mismo país al que pertenece Berlín.

Nos quitamos los abrigos y dejé mis maletas junto a la puerta. El tío Willy estaba vestido en el uniforme de la policía local, con una esvástica alrededor de su brazo izquierdo. Reina traía puesto un vestido color azul cobalto con cuello cerrado. Sobre su corazón, brillaba un prendedor de diamantes con forma de esvástica. Un gran retrato del *Führer* en blanco y negro colgaba sobre la chimenea, y su solemne y sólida figura dominaba el comedor. Mi tía bordó esvásticas en el camino de mesa. Reina era española y apoyaba a Franco, así como a la Italia de Mussolini. Todo en la casa reflejaba una meticulosidad que correspondía al ideal nazi de la perfección germana. Nada se hallaba fuera de lugar. Los muebles estaban tan pulidos que brillaban y colocados de forma perfectamente simétrica. Sentía como si acabara de entrar en un cuento de hadas, algo fuera de lo común que causaba una impresión surrealista. Era como estar en una exposición de arte: todo era muy bello, pero no era un hogar.

La noche se tornó fría, de modo que mi tío avivó las llamas de la chimenea. La tía Reina sirvió un guisado de res con pan y disfrutamos de un vaso de vino tinto. El guisado tenía poca carne y verduras, era más caldo que nada, pero con un sabor excelente. El viaje me dio hambre. La comida fue más sustanciosa que los platillos de verduras a los que se limitaba mi madre en esos días. En toda Alemania escaseaban los huevos y la carne, especialmente en las ciudades.

Hablamos de mis padres y de los demás familiares. Charlamos brevemente acerca de la guerra, un tema para el cual Willy y Reina no tenían más que sonrisas. Al igual que mi madre, estaban convencidos de que íbamos ganando y de que Alemania triunfaría sobre nuestros enemigos, en especial sobre los judíos. Siempre viví tan protegida, con gente como yo y los pocos amigos de siempre, que nunca pensé demasiado acerca de los judíos. No formaban parte de mi vida. No teníamos ni amigos ni vecinos judíos. Nadie que conociéramos «desapareció».

El tío Willy afirmó que el derecho que teníamos a un *Lebensraum* propio era tan esencial como nuestro patrimonio. Una vez que elimináramos a los judíos y a los bolcheviques, la tierra quedaría libre para que Alemania la poblara. En el este se producirían los alimentos, minerales y materias primas que necesitara el *Reich* para su reinado de mil años. Mientras hablaba, su rostro se iluminó.

La tía Reina contempló su mesa dispuesta a la perfección como si fuese una verdadera monarca.

—Estas copas de cristal vinieron de mi hogar en España. —Golpeó el costado de su copa con las uñas—. Cuando sea más seguro viajar, te llevaré a la tierra donde nací; es un país bellísimo. Los Aliados están haciendo su mejor esfuerzo por inundarnos con propaganda, pero sabemos que el *Führer* está en lo correcto. —Volteó hacia el retrato que colgaba sobre la chimenea y sonrió—. Saldremos victoriosos, nuestros hombres no dejarán de luchar hasta que se gane la última batalla.

Asentí, aunque no tenía interés alguno en el tema, porque era una simple joven alemana que carecía de la sofisticación de mi tía. Era distinta a cualquier otra mujer que conociera, más dogmática que mi madre y con un alma de hierro. Nada de lo que yo pudiera decir o hacer influiría en las opiniones de mis tíos ni en los resultados de la guerra. También mis pocas amigas estaban más preocupadas por sus trabajos, ganar dinero y salir adelante. Casi nunca hablábamos de la guerra excepto para señalar, con añoranza, la mala fortuna de que se llevaran a todos los muchachos al frente.

Después de que mi tía y yo acabáramos de levantar la mesa, nos quedamos otro par de horas en la sala de estar hasta que mi tío Willy empezó a cabecear. Cuando empezó a roncar, Reina anunció que era hora de retirarnos. Llevé mis maletas a la habitación, en el segundo piso, que tenía vista hacia la calle. Los faroles estaban apagados, pero se alcanzaban a ver la débil luz de algunas ventanas por debajo de las cortinas opacas. Más allá de los edificios, la zona era una mezcla de claridad y penumbra. Las montañas exhibían diferentes tonos de negro: las rocas parecían pesadas y parduzcas; los bosques, ligeramente más claros pese a la oscuridad. Las nubes se arremolinaban en lo alto y, de vez en cuando, un rayo de luz las atravesaba como una especie de flecha luminosa. No podía determinar si el rayo provenía de la tierra o del cielo, pero por un momento iluminaba las nubes como si se prendiera una luz eléctrica en su interior. Me quedé parada frente a la ventana y me fue casi imposible alejarme de esa vista. En el Obersalzberg, la magia y el mito se respiraban en el aire. No era de sorprender que Hitler decidiera construir su castillo, el Berghof, en las montañas que se elevaban por encima de Berchtesgaden.

Desempaqué algunas cosas y me senté en la cama. A pesar de lo mucho que admiraba la belleza de Berchtesgaden, en casa de mis tíos me sentía como una forastera. Me fui a la cama pensando en mi cómoda habitación en Berlín y en mis padres. Para entonces ya estarían en cama, con las persianas cerradas y las lámparas apagadas. *Frau* Horst seguiría despierta, fumando y sorbiendo una copa de coñac. No se iba a dormir nunca sin beber un poco.

En mi habitación el silencio era inquietante. Antes de la guerra, cuando el viento soplaba en la dirección correcta, en Berlín podía escuchar los trenes y su solitario silbido. Siempre me preguntaba hacia dónde se dirigían, pero me sentía más que contenta de estar en cama y soñaba poco con viajar. A todas horas podía escucharse el ruido de los autos y el pitido de sus bocinas. La ciudad zumbaba. Tendría que acostumbrarme a aquel silencio. De pronto sentí una fuerte añoranza por mi calle, tan llena de árboles, y por los saludos y la charla casual de nuestros vecinos.

Para la mañana siguiente, todas las amabilidades de mi tía se desvanecieron.

—Si quieres vivir aquí, tendrás que conseguir un trabajo —me dijo Reina con un tono tan frío como el acero. Las comodidades de la noche anterior se evaporaron y me sirvió un tazón de avena con un poco de leche de cabra. En la mesa no había mantequilla y no me atreví a pedirla—. No podemos darnos el lujo de tener otra boca que alimentar y tus padres no están en posición de enviarnos dinero. Debes conseguirte un empleo o un marido. El *Reich* necesita varoncitos fuertes que le sirvan en el futuro.

Quedé pasmada ante sus exigencias, pero no eran del todo inesperadas.

—¿Y qué quieres que haga? No puedo pasearme por las calles buscando marido.

Reina frunció los labios.

—No estoy sugiriendo que te conviertas en una cualquiera —replicó enfocando el problema de modo práctico—, las mujeres fáciles dañan al *Reich* y pervierten a nuestros soldados. La semilla de los hombres debe reservarse para engendrar hijos. Debes encontrar un empleo, algo que sepas hacer o para lo que tengas talento. ¿Eres buena para algo?

Pensé con cuidado antes de responderle. En casa de mis padres nunca tuve gran cosa que hacer, excepto limpiar y remendar. En ocasiones cocinaba, pero muy rara vez. Mi madre era quien se encargaba de la cocina.

—Sé coser —contesté al fin.

—No da dinero suficiente. Y aquí el trabajo sería escaso. En Berchtesgaden todas las mujeres saben coser, tal vez mejor que tú.

La falta de confianza de mi tía me dolió. No obstante, su táctica estaba surtiendo efecto. Me hundí en mi silla y cuestioné mi propia falta de iniciativa. Mis padres no me obligaron a trabajar nunca, y yo suponía que los pequeños trabajos que hacía en la casa compensaban los gastos que les ocasionaba. Quizás estaba errada.

—¿De qué le sirves al *Reich*? —Mi tía se puso las manos en las caderas y me miró fijamente—. Cada ciudadano tiene que ser productivo. Deberías sentir vergüenza, como también deberían sentirla tus padres por criar a una chica tan inútil. Quizá debiste quedarte en Berlín. Tu padre exageró con sus preocupaciones. —Movió un dedo frente a mi cara.

Cualquier afecto que pudiera sentir por mi tía se estaba desvaneciendo con rapidez. Casi no pasamos tiempo juntas y la perspectiva de estar en su compañía más de unos cuantos días presagiaba un absoluto desastre.

—Me pondré a buscar trabajo después del desayuno.

—¡Buena chica! —Los ojos de mi tía se iluminaron—. Debe de haber algo que sepas hacer.

No me sentía muy convencida.

Ayudé a mi tía a lavar los trastes, y después me bañé y desempaqué lo que quedaba de mis pertenencias, aunque no estaba muy segura de quedarme allí. Quise verme profesional, de modo que elegí mi mejor vestido. No solicitaba ningún trabajo desde hacía varios años y sentía que mi falta de preparación era lamentable. Mi tía me prestó un cuaderno y una pluma, ambos cubiertos de esvásticas.

Las nubes se disiparon durante la noche y los rayos del sol de primavera caían a plomo; aun así, el fresco hacía necesario usar un saco. El aire de la montaña y la brillante iluminación lograron que apresurara mis pasos después de la desagradable conversación con mi tía. Miré a mi derecha y me emocioné al ver el Watzmann, cuyas bellas cumbres serradas se erguían sobre el valle como si surgieran dientes de tiburón de la tierra. Las blancas nieves de invierno seguían cubriendo las alturas de su rocosa faz. Allá donde mirara, había bosques y montañas. Berchtesgaden era distinto por completo de Berlín, donde todo el mundo estaba inquieto.

Caminé despacio frente a las tiendas de la calle con sus vitrinas vacías. Muchas tenían las contraventanas cerradas o estaban clausuradas con tablones. Incluso me detuve a leer una hoja de noticias locales en busca de información sobre algún empleo, pero no había ninguno. ¿Cómo esperaba mi tía que encontrara un trabajo si había tantas tiendas cerradas o que sólo vendían bienes y servicios racionados? No había una sola nota que anunciara una vacante de trabajo, excepto la de la carnicería que estaba junto a la casa de mis tíos. El carnicero buscaba un asistente de hombros fuertes para ayudarlo a limpiar y a cargar. No podía verme a mí misma destripando pollos ni limpiando desastres sanguinolentos. Además, lo lógico era que el dueño quisiera un hombre que pudiera cargar los pesados trozos de res, por más escasos que fuesen.

Mis padres me dieron algunos marcos para pagar lo que pudiera necesitar. Esperaban que mis tíos me proporcionaran casa y sustento sin cobrarme nada. Eso, por supuesto, fue una mera ilusión y sólo se cumplió en parte. Supongo que fue el tío Willy, como jefe de familia, quien permitió que viniera a Berchtesgaden a pesar de las objeciones de mi tía.

Me detuve frente a un restaurante y miré el menú. Las salchichas, que seguramente provenían de la carnicería local, se veían exquisitas. La carne sazonada era un capricho especial que ahora resultaba difícil de conseguir en cualquier parte. Me senté en una mesa al aire libre y me pregunté si debía usar el dinero que a mis padres tanto les costó ganar en una extravagancia como aquella. Necesitaba algo que me levantara los ánimos, de modo que no tardé en decidirme. El dueño tomó mi orden de una salchicha con papas fritas. La sirvieron burbujeando en su propio jugo sobre un platón caliente. El aroma de las papas fritas me recordó a la forma en que mi madre cocinaba antes.

Después de comer, no supe qué más hacer luego de pasear durante dos horas por la mayor parte del pueblo sin suerte alguna. Caminé sin dirección por un tiempo hasta que vi a mi tío dirigiéndose hacia mí.

—¿Ya comiste? —me preguntó mientras se frotaba el estómago.

Señalé al restaurante donde acababa de comer.

—La salchicha está de lo mejor.

Me tomó del brazo y me llevó a la sombra del toldo de una tienda.

—Hablé con tu tía después de que te marchaste. En ocasiones puede ser muy brusca. Está haciendo su mejor esfuerzo para protegernos de los efectos de la guerra.

—Les agradezco lo que hicieron por mí —dije asintiendo con la cabeza—. De lo contrario, no tendría a dónde ir.

Levantó un dedo como si estuviese a punto de aleccionarme.

—Esta mañana les hablé a algunas personas. Ser policía y miembro del Partido puede abrirte algunas puertas. Preséntate en el *Reichsbund* y yo me encargo de lo demás. —Inclinó la cabeza hacia un edificio cubierto de banderas nazis que estaba al final de la cuadra—. No seas tímida. Anda. Yo haré mis pases de magia. —Me dio un besito en la mejilla.

Lo dejé, sonriente, y caminé hasta el *Reichsbund*, una oficina de servicios civiles. Miré una ventana, atestada de libros, banderines, cartelones y publicaciones nazis.

En el interior, pude ver a una mujer vestida en un uniforme gris frente a un escritorio. Levantó la vista de su trabajo como si presintiera mi presencia. El valor del tío Willy me dio confianza. Me dirigí al interior para averiguar qué empleos podían estar disponibles. La mujer llevaba su cabello rubio peinado hacia atrás en un estilo muy severo, pero era bonita y tenía unos pómulos altos, los ojos azules y una nariz muy fina. Era el tipo de persona que te agrada fácilmente. Me imagino que esa era la razón por la que desempeñaba ese trabajo.

Me acerqué y me indicó que tomara asiento en la silla de roble que estaba frente a su escritorio.

—Soy de Berlín y estoy viviendo aquí con mis tíos, pero necesito un trabajo. —Me sonrojé por mi ineptitud.

Dejó de escribir en su cuaderno, colocó la pluma entre sus páginas y lo cerró.

—¿Puedo ver tus documentos de identidad? ¿Ya perteneces al Partido?

Me pregunté por qué no me uní al Partido mucho tiempo antes. Si pensaba en mis lealtades, me consideraba como mi padre, que era neutral en el mejor de los casos y, en el peor, un crítico silencioso. De todos modos, necesitaba trabajar o podría verme obligada a regresar a Berlín.

—Mis papeles están en casa de mis tíos. Y no soy miembro del Partido.

Me miró con cierto recelo, pero, después de estudiarme de pies a cabeza, imagino que decidió que no representaba amenaza alguna para las políticas nazis.

—¿Quiénes son tus tíos?

—Willy y Reina Ritter. Son miembros del Partido y viven cerca de aquí.

Tomó mis manos entre las suyas y las apretó como si fuésemos las más queridas amigas de la escuela.

—Los conozco a la perfección. Son personas excelentes, ciudadanos honrados y un ejemplo para todos los alemanes leales. ¿Cómo te llamas?

Le dije mi nombre y escuchó mi historia con absoluto interés. A medida que hablaba, tomó otro cuaderno y empezó a anotar lo que decía. Cuando terminé, me pidió que me parara frente a una pantalla negra al fondo de la habitación. Me tomó varias fotografías con una cámara con *flash*. Me informó que se las enviaría a un superior después de que se revelaran.

—¿Hay algo que pueda hacer, algo para lo que sirva? —le pregunté.

—No hay nada en este distrito —respondió—. No tienes capacitación como contadora, ni como jardinera ni para conducir una locomotora. Ya hay muchas mujeres que sirven al *Reich*, así que quedan pocos puestos.

Suspiré. Reina no estaría nada contenta. La mujer notó mi cara de decepción y agregó:

—Pero eso no significa que esta entrevista no sirva para nada. El *Reich* siempre tiene trabajo para su pueblo, pertenezcas al Partido o no. —Me miró como si fuese una maestra paciente—. Si nos brindaras el mismo apoyo que tus tíos, podríamos considerarte de una forma más favorable.

Me levanté de mi asiento.

—¿Dónde puedo inscribirme? —pregunté con la mayor sinceridad posible; de todos modos, en mi interior algo se revelaba ante la idea de convertirme en nazi de manera oficial. En alguna ocasión, mi mamá le reclamó a mi padre que no era lo bastante «fuerte», que no era el tipo de hombre que pensaba como los líderes del Partido. Para poder conseguir un empleo, yo tendría que adoptar el modo de pensar de mi madre.

La mujer señaló un escritorio al otro lado de la habitación.

—*Herr* Messer estará aquí el sábado. Ese día, ven a verlo.

Salí del *Reichsbund* un poco más alentada, aunque no quería ver a mi tía porque aún no encontraba trabajo.

Cuando llegué a la casa, Reina estaba en la cocina, por lo que subí a mi cuarto a escondidas y me recosté en la cama en vez de enfrentarla.

Después de unos cuarenta y cinco minutos, escuché que mi tío abría la puerta.

Los encontré en la sala. Reina se sorprendió de que estuviera en casa, pero me saludó con una sonrisa.

—Tu tío me informó de las noticias. Estoy segura de que saldrá algo bueno de tu entrevista.

El tío Willy prendió un cigarro.

—No me queda la menor duda de ello.

Esa noche, durante la cena, hablamos de la infancia de mi tía en España y de cómo se conocieron ella y mi tío en un hostal en los Alpes italianos. Willy se hospedaba allí para asistir a un mitin político; Reina pasaba la noche con un grupo de compañeros senderistas. Vieron algo el uno en el otro que nadie más en la familia podía ver.

La conversación se apagó al mismo tiempo que el fuego de la chimenea, y nos fuimos a dormir alrededor de las diez de la noche. Pasé varias horas preocupada por lo del trabajo hasta que finalmente concilié el sueño. A la mañana siguiente, volví a salir, pero de nuevo no pude encontrar nada. Una vez más, temí regresar a casa sin empleo. Cuando llegué, busqué a mi tía y le di las malas noticias.

Se quedó parada con las manos entrecruzadas frente a ella y una calma extraña, considerando su fervor por que consiguiera un empleo.

—El *Reichsbund* habló esta tarde. Quieren que te reportes mañana por la mañana. Al parecer, encontraron un trabajo para ti. —Me abrazó y me besó en la mejilla con sus fríos labios.

Más tarde, le pregunté a Willy si tenía alguna idea del trabajo del que se trataba, pero sacudió la cabeza.

Esa noche celebramos con algo de vino. Mi tía me permitió que les hablara a mis padres para darles la buena noticia. Mi mamá parecía contenta. No pude interpretar lo que pensaba mi papá. Les dije que estaba planeando unirme al Partido. Papá respondió:

—Haz lo que necesites para sobrevivir.

Sus palabras empañaron la celebración.

Yo no era adivina, pero me pregunté qué tan complicacada podría volverse mi vida como trabajadora del *Reich*.

CAPÍTULO 3

A la mañana siguiente me presenté en el *Reichsbund*. En lugar de que me atendiera la mujer que tomó mi información el día anterior, me recibió un oficial de las SS. Me sonrió de manera agradable y me pidió que me sentara frente a un escritorio. Mientras estudiaba su rostro, apuesto y con rasgos nórdicos, hice una conexión de la que no me había percatado antes. La mayoría de los hombres que pertenecían a las SS eran jóvenes y tenían una estructura facial parecida. El *Führer* quería que todos fuesen arios. Eran delgados y musculosos, por lo general rubios y de ojos azules, e impulsados por la adoración que le tenían a su líder. Cuando el Partido acababa de subir al poder, usaban uniformes negros, pero ahora sólo usaban atuendos de color gris. Este joven estaba vestido de negro y supuse que quizá fuera miembro del *Leibstandarte* del *Führer*, su cuerpo de protección personal en el Berghof.

Le pregunté al oficial de las SS qué trabajo llevaría a cabo. No me dio ninguna respuesta específica, sólo que tendría que esperar y aceptar el servicio sin duda alguna. Abrió un archivo marcado con el sello del *Reich* y, sobre el escritorio, esparció las fotografías que me tomaron.

—¿No perteneces al Partido? —me preguntó antes de encender un cigarro.

—No.

—¿Por qué razón? —De su boca salió un listón blanco de humo.

—No tuve necesidad de hacerlo. —Mi respuesta era sencilla y directa. Las jóvenes no tenían que unirse al Partido a menos que tuvieran interés en la política; una profesión más que inusual. No era la única que pensaba de ese modo. Tenía amigas que compartían conmigo la falta de interés por el Partido. Todas pensábamos lo mismo. El sentir de los hombres era distinto. Pertenecer al Partido era un símbolo de honor, y servir al *Reich* y luchar en la guerra era una cuestión de orgullo.

—Alemania cambió. —Apretó los labios, tomó las fotos entre sus manos y las estudió una a una antes de arrojarlas todas juntas sobre la mesa—. No eres lo que el *Führer* pediría habitualmente. Eres demasiado morena, tienes un aspecto demasiado oriental. Se podrían cuestionar tus lealtades, tu herencia.

Bajé la mirada, sorprendida por su atrevimiento. Después de unos momentos, levanté la cabeza y lo miré directamente a los ojos, más por molestarlo que por ninguna otra cosa.

—No, no soy miembro del partido, pero estoy orgullosa de ser alemana. No hay nada en mis antecedentes, ni en mi herencia, que pueda preocuparle.

—Me parece muy bien que muestres algo de coraje. —Sonrió, se reclinó en su asiento y dio unas fumadas a su cigarro—. Ya nos comunicamos con tus tíos, con tus padres en Berlín e incluso con algunos vecinos y conocidos tuyos. Entenderás que debemos tener cuidado.

A lo largo de la hora siguiente, quiso saber qué educación tuve, cuáles eran mis hábitos laborales, mis pasatiempos y hasta si entraba en mis planes tener hijos en el futuro; me hizo todas las preguntas personales que podían ocurrírsele al Partido. Las respondí con la verdad y pareció satisfecho. Después me dio una pila de pruebas de matemáticas, artes, ciencias y política. Creo que me desempeñé de manera deficiente en la mayoría, en especial en aquellas preguntas que tenían mucho que ver con la historia de Alemania y con la llegada de los nazis al poder. Terminé antes del mediodía y dejó que me marchara.

Al llegar a la puerta, volteé.

—Dijo que no soy lo que el *Führer* pediría. —Sentí un nudo en la garganta, pero encontré el valor para proseguir con mi pregunta—. ¿Acaso voy a trabajar para él?

Sus labios se curvaron en una sonrisa y su mirada se encontró con la mía.

—No tengo nada que ver con tu asignación. Sólo estoy aquí para asegurarme de que no seas deficiente en ninguna de las áreas que requiere el *Reich*. Eso es todo lo que puedo decirte. —Se levantó e inclinó un poco la cabeza—. Buen día, *Fräulein* Ritter.

Cerré la puerta. A través del vidrio de la misma, lo vi colocar las pruebas y las fotografías de vuelta en el archivo. Yo no fumaba y rara vez bebía, pero en ese momento deseé tener algún vicio al que recurrir porque mis nervios vibraban como las cuerdas de un violín.

Durante las siguientes dos semanas, me capacité para el puesto, todavía sin nombre, que iba a ocupar. Me levantaba temprano y llegaba a casa tarde, pero mi horario les creaba pocas dificultades a mis tíos, a excepción de la incomodidad de tenerme como huésped en su casa. Durante el entrenamiento, el Partido nos daba de desayunar, de comer y de cenar. Mi tía ya no necesitaba cocinar para mí, cosa que le venía muy bien.

Una de las cosas que más disfrutaba eran las excursiones que hacía mi grupo al campo que rodeaba Berchtesgaden. El personal nos examinaba mientras hacíamos calistenia. Estas pruebas se desarrollaban en una tranquila llanura alpina cerca de la montaña Hoher Göll. Mis pulmones se aclimataron al aire puro, y pronto me di cuenta de que mi coordinación era mejor que la de algunas de mis nuevas amigas. Era veloz, especialmente en las carreras cortas. Mis largas piernas me eran de gran utilidad. Cada noche caía rendida, y dormía sin soñar. Después de la incomodidad inicial, mis músculos se tensaron y se hicieron más fuertes. Bajé de peso. No encontré el tiempo para unirme al Partido y, para ser sincera, tampoco lo busqué.

Una vez finalizado mi entrenamiento, pasé un día de descanso y relajación en casa de Willy y Reina antes de empezar mi extraño y misterioso trabajo. La mujer que me entrevistó en el *Reichsbund* habló para avisar que tenía que estar lista para partir a las 5:45 de la mañana siguiente, con mis maletas preparadas.

Después de la cena, mis tíos se quedaron a platicar hasta más tarde de lo acostumbrado. Willy estaba emocionado por mi nuevo empleo, su rostro lleno de pecas brillaba de orgullo. Nos despedimos y les prometí que les hablaría una vez que llegara a mi nueva ocupación.

A la mañana siguiente, el cielo estaba atravesado de nubes de color rosa. Mi tío estaba parado en la puerta con el uniforme puesto, y mi tía, en su larga bata azul de casa, miraba por encima de su hombro. Un auto Mercedes Benz negro con banderas de las SS sobre los faros delanteros se detuvo frente a la casa; bajó el chofer. Sin decir palabra, ya que debió de reconocerme por mis fotografías, colocó las maletas en la cajuela, se paró junto a una de las puertas y la abrió para mí. Me senté en el elegante asiento de cuero de atrás. Siempre recordaré la mirada en el rostro de mi tía, de felicidad mezclada con envidia. Ahora sabía que mi trabajo era importante. A otros trabajadores civiles no se les trataba con tanta deferencia.

Me despedí con la mano cuando el auto arrancó y se dirigió al este, hacia el Obersalzberg. No tenía idea del sitio al que nos dirigíamos. Condujimos por el agradable valle en el que se encontraba Berchtesgaden y frente a las pequeñas granjas que rodeaban el pueblo. El chofer se mantuvo en silencio cuando empezamos a ascender el terreno montañoso; los árboles caducifolios fueron desapareciendo y los grupos de abetos y píceas empezaron a cubrir las laderas. El valle se extendía debajo de nosotros y pude ver las torres de la iglesia de Berchtesgaden.

Al final no pude contener mi curiosidad y le pregunté al chofer de las SS a dónde nos dirigíamos.

Por un momento, alejó sus ojos del camino, me observó por el espejo retrovisor y respondió:

—Al Berghof.

Había oído hablar de la «corte alpina» de Hitler en las conversaciones de mis padres y de mis tíos. Antes de la guerra, se convirtió en un atractivo turístico cuando el *Führer* se instaló allí. Las personas solían reunirse a lo largo del extenso camino de entrada a la casa principal para tratar de verlo. A menudo, él mismo salía a saludar a la entusiasta muchedumbre y para darles la mano a algunos de sus fanáticos.

Mi corazón se aceleró al pensar que iba a trabajar en aquel aislado refugio. Mis sentimientos se debían más a la emoción por mi puesto que a la admiración que pudiera tenerle a Hitler. Imaginé que vería a diferentes diplomáticos, a visitantes extranjeros y a importantes miembros del Partido: Bormann, Göring, Speer, Goebbels y muchos de aquellos que visitaban el Berghof casi a diario.

A medida que el camino seguía ascendiendo, pronto llegamos a un área libre de bosque. A través del parabrisas, vi que aparecía una caseta de aspecto rústico junto a un arco enrejado. La tosca edificación descansaba sobre una base de roca. Varios soldados de las SS se asomaron por la ventana cuando se acercó nuestro vehículo. Uno de los guardias salió al paso y abrió la reja. Debió de reconocer al chofer, ya que sólo intercambiaron un breve gesto con la mano. Había otro guardia junto a la entrada de la caseta, con su rifle al hombro. Apenas me miraron, sin interés alguno en mi presencia. Estaban acostumbrados a ver a reyes, príncipes y diplomáticos del mundo entero.

Al pasar por la reja, pude ver el Berghof. Estaba perchado sobre la ladera de la montaña, como un águila a punto de emprender el vuelo. El estilo chalet se modificó para adaptarse a una arquitectura monumental, pero las inclinadas aguas del techo lo dotaban de una ligereza inherente. Quizás el aire de la montaña era lo que lo hacía ver delicado y etéreo, distinto al hogar fortificado de un líder en guerra. El sol se reflejaba en su blanco exterior, dándole un aire acogedor. Lo miré sobrecogida cuando pasó con rapidez frente a mis ojos. El auto dio vuelta a una esquina frente a un tilo, y se dirigió hacia un pequeño camino que se separaba de aquel por el que viajamos. El chofer me estaba conduciendo a la entrada de un gran edificio al este de la construcción principal. Detuvo el auto y me abrió la portezuela.

—Debe presentarse con *Fräulein* Schultz, la cocinera del *Führer*. Yo llevaré las maletas a sus habitaciones.

—¿La cocinera? —Estaba confundida por completo. Aunque tenía cierta experiencia en la preparación de alimentos para mi familia, me sentía muy poco calificada para cocinar para el líder del Tercer *Reich*.

—Esas son las órdenes que me dieron. —Inclinó la cabeza hacia la puerta y un guardia armado salió de entre las sombras—. Lleve a *Fräulein* Ritter con la cocinera. —Volvió a meterse en el auto, dio vuelta y se dirigió hacia la entrada principal del Berghof.

El guardia dio un paso adelante, abrió la puerta y me condujo hasta la cocina por los pasillos. Aunque era temprano, ya había un gran número de personas reunidas para elaborar las comidas. La habitación estaba bien provista, con un equipo moderno. Junto a las paredes había varias estufas y hornos, además de anaqueles repletos de platos y utensilios de cocina. Varios libros de cocina estaban desperdigados sobre una gran mesa. Hombres y mujeres en uniformes de servicio amasaban pan, preparaban huevos y cortaban frutas y verduras. Una mujer alta, de cara ovalada y pelo castaño, destacaba de la multitud. Proyectaba autoridad en su oscuro vestido protegido con un delantal blanco. Estaba hablando con un hombre frente a un fregadero de piedra negra. Al verme, dejó de hablar y caminó hasta mí.

—Usted debe de ser *Fräulein* Ritter —dijo.

—Así es —le confirmé mientras le daba la mano—. ¿Y usted es *Fräulein* Schultz?

—Sí. Soy la dietista y cocinera del *Führer*. —Me miró con cierta preocupación—. ¿Qué le han dicho de su puesto?

—Nada —contesté encogiéndome de hombros.

—Venga a mi oficina, está junto a la cocina. Se quedará aquí, en el ala este, para estar cerca de mí, del personal de cocina y de las demás catadoras.

No entendí nada lo que decía. Caminamos por un pasillo que salía de la cocina y daba a una serie de puertas. La suya era la primera. La abrió con una llave y entramos a una pequeña habitación. Se quitó el mandil y se sentó ante su escritorio. Me acomodé en la otra silla. Había una ventana que miraba hacia el norte, en la misma dirección que el Berghof, y que mostraba una vista panorámica de las montañas Untersberg. Volteó a verme con las manos entrecruzadas sobre su regazo.

—La elegimos el Capitán Karl Weber, el oficial que supervisa la seguridad de mi personal, y yo —me explicó—. Es una de quince.

—¿Quince qué? —Me removí en mi asiento.

—Catadoras, quienes trabajarán para el *Führer* en su cuartel general.

—¿Catadoras? Le agradecería si me lo pudiera explicar.

Me miró como una maestra enojada con una alumna.

—Usted, al igual que otras, probará los alimentos del *Führer*. Le ofrecen al *Reich* sus cuerpos en sacrificio en caso de que los alimentos estén envenenados.

Quedé sin aliento, del todo asombrada por sus palabras. La cocinera debió de reconocer el terror que se reflejaba en mi rostro, porque extendió su mano para tomar la mía.

—No hay necesidad de entrar en pánico—me dijo—. Está obsesionado con que lo envenenen. Tiene la idea fija de que los británicos quieren acabar con él; todo es de lo más shakesperiano, si me lo preguntas. ¿Por qué habrían de recurrir a una táctica tan medieval cuando sería mucho más eficaz que un asesino le colocara una bala en el lugar adecuado? Su médico personal también podría envenenarlo, pero nosotros no probamos sus medicamentos. Las probabilidades de que usted acabe siendo envenenada son minúsculas. Después de todo, todos probamos los alimentos mientras se preparan —y, con una mirada traviesa, añadió—: de todos modos, supongo que siempre existe la posibilidad.

—¿Esa es la razón por la que me eligieron para prestar servicio civil?

Retiró su mano y regresó a su actitud anterior.

—Así es. Por lo que parece, el *Reichsbund* pensó que estás calificada para el puesto. Es un gran honor.

No supe qué responder, de modo que dije con aire sumiso:

—Supongo que sí.

Pensé en mi tío Willy y me pregunté si se sentiría orgulloso de mi trabajo. Fue su recomendación la que me llevó hasta allí.

—Trabajará conmigo —explicó—. Si lo hace bien, hay otras tareas de las que podría ocuparse, como la contabilidad de la cocina. Ese trabajo también es importante. Tenemos una capacidad plena para cultivar todos los alimentos: en unos invernaderos que ya conocerá. —Hizo una pausa y estudió mi rostro—. Es bonita. Aquí hay muchos hombres atractivos, los suficientes para mantener ocupada a una chica coqueta. Desaliento la fraternización íntima con los oficiales y demás miembros del personal. Se proyectan películas y en ocasiones hay bailes, pero debe recordar que sirve al *Führer*. Su vida personal es intrascendente.

Me recorrió un escalofrío. «Mi vida podría terminar aquí». Ni siquiera los bombardeos de Berlín me obligaron a enfrentar mi mortalidad de una manera tan brutal. La idea de que pudiera morir por Hitler me pasmaba. Sin querer, me tendieron una trampa y caí en ella. Mis padres me enviaron lejos, mi tío Willy puso en marcha sus influencias y ahora aquí estaba, en un puesto que podría conducirme a la muerte. Mi mente iba a toda velocidad, pensando en formas de alejarme del Berghof. Pero ¿a dónde podría ir?

Se levantó y me sentí pequeña a su lado. Al parecer, también podía leer mis pensamientos.

—Le recomiendo que no saque conclusiones apresuradas. Rechazar este puesto podría tener graves consecuencias. Es posible que no pueda volver a trabajar nunca. Como ya le dije, el riesgo es ínfimo. Cuando termine la guerra, su servicio al *Reich* se verá recompensado. —Se recogió el mandil—. Debo regresar a la cocina. —Apartó el cabello que caía sobre mi mejilla izquierda antes de abrir la puerta—. El Capitán Weber tenía razón. Es bonita pero de manera diferente. Quizás esa es la razón por la que la eligieron. Quiere hablar con usted. Espere aquí.

Me dejó a solas en la oficina. Me incliné hacia delante, me cubrí el rostro con las manos y esperé al oficial de las SS. En cuestión de días, mi vida pasó de ser la de una muchacha alemana común y corriente a ser importante en el *Reich*. La cabeza me daba vueltas ante lo que el destino me había preparado con tanta velocidad. La idea de morir, y además por Hitler, rara vez cruzó mi joven mente. Al igual que un animal atrapado, no había nada que pudiera hacer. Rehusarme traería vergüenza y descrédito a mi familia, e incluso podía exponerla a que la interrogaran. Lo único que podía hacer era esperar y confiar en el mejor de los desenlaces.

Unos minutos después, llegó el apuesto oficial.

—Es más bonita de lo que parecía en sus fotografías —afirmó después de tener la oportunidad de mirarme. Pronunció estas palabras en un tono casual en el que no estaba implícito ningún trasfondo sexual. Le di las gracias, pero con poco entusiasmo. A fin de cuentas, ¿qué tenía que ver mi aspecto con la cata de alimentos?

Fräulein Schultz lo llamó «capitán». Las insignias de los uniformes de las SS tenían poco significado para mí. A cada lado del cuello de su camisa, tenía dos parches. En uno había dos líneas paralelas de plata que parecían relámpagos.

Su cabello castaño casi rubio, peinado de lado, dejaba libre su frente. Su boca era sensual, sin asomo de crueldad: el centro de su labio superior tenía una hendidura marcada. Sus ojos color avellana estaban rematados por unas cejas que se curvaban como arcos y que complementaban su nariz —un rasgo agradable por derecho propio— que era fuerte y se afinaba al llegar a la punta. Tal vez sus orejas eran su único demérito. Resultaban demasiado grandes para su rostro. De todos modos, no le restaban valor a su apariencia general. Me sentí atraída por él, pero ¿qué mujer no se sentiría igual? Sabía, por supuesto, que dicha atracción era peligrosa. El oficial podía dispararme con la misma facilidad con que podía tomarme entre sus brazos.

—Eligió un trabajo peligroso —me dijo.

Lo observé mientras tomaba asiento en la silla de la cocinera y sacaba una cajetilla de cigarros; sin embargo, al no encontrar un cenicero, los volvió a guardar en su bolsillo.

—No lo pedí —contesté—, no tenía idea de cuál sería mi trabajo sino hasta hace diez minutos.

—Siempre puede marcharse. —Se reclinó en la silla—. El *Führer* no es un hombre inaccesible. Muchos de los que vinieron aquí se fueron.

—Eso no es lo que quiero —repliqué con la esperanza de superar mis propias inquietudes. ¿Qué más podía hacer? Reina no estaría nada contenta si regresaba a su casa—. Necesito trabajar; además, me dijeron que tal vez me resultara imposible encontrar otro trabajo si abandono el Berghof.

—Entiendo. —Me ofreció su mano. Su mirada se suavizó, como si entendiera mi conflicto—. Me llamo Karl Weber. Soy uno de los oficiales del cuerpo de seguridad y mi trabajo es supervisar la cocina y las comidas. No es un trabajo precisamente emocionante, pero supongo que me lo gané. Luché en Polonia y en Francia. El combate fue intenso, pero no tan difícil como el que tuvieron que soportar nuestras tropas en el frente oriental.

—¿Lo hirieron?

—No, tuve suerte.

Nos quedamos sentados en silencio, no del todo seguros de qué decir. El *Reichsbund* selló mi destino y había poco que pudiera hacer al respecto. Si me iba, caería la desgracia sobre mis padres. Mi tía podría echarme a la calle. Recordé que necesitaba hablarles a Willy y a Reina para avisarles de cuál sería mi función.

—¿Puedo hacer una llamada telefónica? ¿Es uno de mis privilegios?

—No es una prisionera. —Se rio—. Por supuesto que puede hacer una llamada. Pero debo advertirle que en el Berghof se monitorea cada conversación telefónica. No tiene privacidad alguna aquí. ¿A quién desea hablarle?

—Les dije a mis tíos que les haría saber dónde estoy.

—No se moleste. Tanto a ellos como a sus padres se les informó que está al servicio del *Führer*. Están muy complacidos; no obstante, no saben cuáles serán sus obligaciones. No le recomiendo que se los diga. Además, es lo mejor ahora que su comunicación con los que están fuera del Berghof es limitada.

—Tengo pocos amigos, pero ¿mi padre y mi madre?

Me estudió y se inclinó hacia delante.

—*Fräulein* Ritter, es necesario que comprenda algunas cosas relacionadas con su trabajo. Uno: se encuentra bajo mis órdenes, así como las de la cocinera, pero todavía más importante, está al servicio del líder del Tercer *Reich*. Dos: su vida, de este momento en adelante, jamás será la misma. Tres: si desea marcharse, debe hacerlo ahora mismo porque no habrá vuelta atrás una vez que yo salga de esta habitación. —Me miró con detenimiento—. No pertenece al Partido, ¿verdad?

Sacudí la cabeza. Al parecer, afiliarme al Partido no era algo de lo que pudiera escapar.

—Quizá debería unirse. —Miró por la ventana hacia las montañas, cuyos colores estaban cambiando de púrpura a verde profundo bajo la luz matutina. Sin dejar de contemplarlas, agregó—: Yo fui quien la eligió. La jefa de cocina quería a otra chica, pero yo insistí.

—¿La jefa de cocina?

—*Fräulein* Schultz. Tenía a otra persona en mente, pero yo vi algo diferente en usted. No pude explicarlo y ella no lo comprendería. Pero ahora que la conozco, me doy cuenta de que tenía razón en mis suposiciones. De lo contrario, le insistiría en que se marchara. —Volteó a mirarme.

—¿Y debería sentirme halagada? —Me removí en la silla.

—No. —Apretó la quijada—. Debería temer por su vida. Pero sé que es la persona correcta para este trabajo. La comprendo y, con el paso del tiempo, llegaremos a conocernos.

Se cuadró frente a mí y levantó el brazo derecho con rigidez hacia la pared.

—*Sieg Heil!*

Me puse de pie, pero no saludé ni dije nada más. De manera extraña, me sentí distraída y algo sucia, como si el *Reichsbund* y el Capitán Weber me hubieran engañado. El oficial me miró pero con aire pensativo, sin asomo de enojo ni desafío. Se mostró inexpresivo, como si aceptara el disgusto que me provocaban la política y la guerra.

—Se acostumbrará a utilizar el saludo cuando sea necesario —dijo de manera casual—, yo le enseñaré. —Abrió la puerta y me dejó sola.

Durante varias semanas, me dediqué a aprender la rutina de la cocina. Restregué y lavé ollas, ayudé a llevarles los alimentos a los que los servían, limpié estufas y refrigeradores y observé con interés cómo preparaban los alimentos los cocineros. La cocinera se rio cuando le pregunté si Hitler se encontraba en las instalaciones.

—Por supuesto. —Rio—. De lo contrario, ¿por qué nos esforzaríamos tanto? No lo haríamos ni por Bormann ni por Göring. Ellos tienen sus propios cocineros. Y, como es evidente, no trabajaríamos tan arduamente para un burócrata sin importancia.

El Capitán Weber verificaba mi progreso casi a diario. La cocina era lo bastante pequeña para que nos viéramos con frecuencia. Muchas veces se acercaba para vernos a mí y a la jefa de cocina hasta que ella se enojaba y, con una mirada de desaprobación, le pedía que abandonara la habitación.

—Tiene cosas mejores que hacer que perder el tiempo con nosotras —le reprendía.

El capitán le sonreía y le decía que quería asegurarse de que en la cocina todo estuviese a la altura de los elevados estándares del *Führer*.

Yo sabía que eso era tan sólo un ardid de su parte para acercarse a mí. La cabeza y el corazón me daban un vuelco cuando él estaba en la habitación. Era difícil concentrarse en el trabajo si el apuesto capitán se encontraba allí. Yo disfrutaba de sus atenciones.

La jefa de cocina también me dio instrucciones: no debía pasear a solas en el Berghof nunca, sólo debía hablar cuando se me hablara y jamás debía interrumpir ni meterme en una conversación, sobre todo si el *Führer* participaba en ella, si es que alguna vez me topaba con él, cosa que, según la jefa, sería algo muy inusual. También me dijo que las SS estaban en todas partes y que sabían todo acerca de nosotros, incluyendo nuestros hábitos personales. Esto me inquietó a tal grado que me sentía incómoda cada vez que visitaba el baño. Revisaba las paredes y el techo en busca de algún micrófono.

Con frecuencia merodeaba por allí un oficial de las SS de quien yo sólo sabía que era coronel del *Leibstandarte*. Tenía un rostro agradable con ojos azules redondos, una quijada cuadrada y un profundo hoyuelo en la barbilla; sin embargo, una capa de gélida imperturbabilidad enmascaraba cualquier calidez que pudiera tener. En la cocina todo el mundo lo evitaba a menos que le estuvieran sirviendo.

—Mantente lejos de él —me aconsejó la jefa—. Sería capaz de traicionar a su propia madre.

No estaba segura de las razones por las que me lo advertía; quizás algún miembro del personal de cocina se metió en algún lío con el coronel. No se lo pregunté. Hice caso a la aversión que yo misma sentía por el hombre y guardé las distancias.

Mi compañera de cuarto era una joven de Múnich que se llamaba Úrsula Thalberg y que trabajaba en el Berghof desde hacía varios meses. Tenía un rostro ovalado enmarcado por rizos dorados. Además, su personalidad era abierta y optimista. A menudo, su cara se iluminaba con una sonrisa mientras hablaba. Como para la mayoría de nosotras, sus ideas políticas se fundamentaban en lo que sabía del Partido a través de los periódicos y transmisiones radiofónicas del *Reich*. Más que en la política, estaba interesada en el programa de Fe y Belleza, el plan que adoptó el *Reich* para convertirnos en mujeres alemanas modelo. Yo conocía el programa, pero me parecía bastante absurdo. Por lo general, Úrsula y yo nos contentábamos con dar caminatas en las montañas y hacer gimnasia al aire libre en aquel agradable clima. Úrsula era otra catadora.

Nuestra habitación era pequeña pero cómoda, con dos camas individuales, un escritorio y un teléfono. En unos estantes había algunos libros y adornos y un pequeñísimo clóset contenía nuestros uniformes y ropa de civil. Mi monito de peluche encontró un hogar debajo de mi almohada.

Úrsula fumaba, pero sólo cuando no temía que la atraparan. La jefa dijo que Hitler desaprobaba con firmeza que los hombres y mujeres que trabajaban a su servicio consumieran tabaco. Una noche, poco después de conocernos, Úrsula apagó las luces, abrió la ventana y exhaló el humo ya mientras platicábamos. Yo todavía no tomaba posesión de mi puesto y ya estaba llena de preguntas.

—¿No te da miedo que termines envenenada? —le pregunté.

—En realidad no. —Rio un poco—. Soy demasiado joven para morir y, además, el *Führer* está tan bien protegido que ¿quién podría envenenarlo? Atraparían al traidor de inmediato y le darían una muerte horripilante.

Me maravilló su despreocupación.

—¿Cómo es ser catadora? —Estaba decidida a averiguar más acerca de mi trabajo, a pesar de la terrible posibilidad del envenenamiento. Mientras más supiera, las posibilidades de que muriera serían menos.

Úrsula le dio una fumada a su cigarro, abrió las cortinas florales y expulsó el humo por la ventana.

—No es gran cosa. La cocinera te sirve una cucharada de cada platillo. Se toma de distintos puntos del mismo, no de un solo lugar. Varios de nosotros probamos lo que se nos sirve y esperamos. A veces, también nos dan algo de beber, si se abre una botella. Tenemos que comer una hora antes que el *Führer*, por si acaso…

—¿Y nadie ha muerto?

—No, pero varias catadoras cayeron enfermas. —Se rio y añadió—: Aunque creo que su enfermedad se debía a los soldados a los que besaron la noche anterior. La comida no tiene nada de malo. Ya lo viste. Sólo toman lo mejor de los invernaderos y siempre se prepara de la manera más deliciosa. Si lo piensas, somos afortunadas al no tener que soportar el racionamiento como el resto del país.

Me acomodé en la cama y metí mi monito de peluche entre mis brazos.

—Te ves ridícula con ese juguete —soltó Úrsula.

—Lo sé. —Lancé monito por los aires y lo volví a atrapar en mis brazos—. Pero me recuerda a mi hogar y a mi familia.

—Yo no extraño Múnich. Me fascina estar aquí. —Su ánimo se ensombreció y bajó la voz—. ¿Cuánto sabes de la guerra?

—Poco. —Sacudí la cabeza—. Sólo lo que oímos en la radio y lo que leemos en los periódicos.

Úrsula dio otra fumada.

—Aquí los soldados hablan con nosotras, aunque se supone que no deberían hacerlo, en especial si eres bonita. —Me guiñó un ojo—. Sé que vamos a ganar la guerra, pero corren rumores de que los Aliados y nuestros enemigos del este están ganando terreno. Algunos dicen que sólo es cuestión de tiempo para que caiga Alemania. —Levantó un dedo en mi dirección—. Pero no te atrevas a repetir eso por ahí.

Creía que existía la posibilidad de que llegásemos a un *impasse* con los Aliados, pero perder la guerra era algo en lo que nunca pensaba, a pesar de los sentimientos negativos de mi padre. La idea de tener que vérmelas con las hordas enemigas me horrorizaba. Era demasiado para procesarlo en una sola noche, y Úrsula se dio cuenta de mi inquietud.

—¿Y qué opinión tiene el coronel acerca de esas pláticas? —pregunté.

—Ese es un tipo peligroso —respondió Úrsula. Metió la mano bajo la cama, sacó un cenicero y apagó su cigarro. El olor a tabaco llenó la habitación. Úrsula agitó las manos, tratando de que el humo saliera por la ventana. Se asomó por la misma—. Si me pescara fumando, me reportaría al instante.

—Empiezo a sentirme como en una prisión —confesé, sin tener la más mínima idea de cómo sería una prisión de verdad.

—No te preocupes. —Se encogió de hombros—. Pronto te darán tu clase de venenos. Es muy interesante. La jefa lo explica bien. Aprendes a identificarlos por la vista, olor y sabor.

—¿Sabor? —repetí, preguntándome cómo podía existir ese proceso.

—Con una probada mínima. Lamiendo la punta de tu dedo. No es suficiente para hacerte daño; al menos con la mayoría de los venenos.

Me recorrió un escalofrío y deseé con todas mis fuerzas que cambiáramos de tema. Ya era bastante para una sola noche.

—¿Quieres que hagamos algo? Me siento inquieta.

Los ojos de Úrsula se iluminaron haciéndome pensar que durante todo ese tiempo quiso salir.

—Me iba a poner a leer, pero mejor salgamos a caminar. Es demasiado tarde para ir al cine en la sala de teatro, pero podemos llegar a las barracas de las SS que están subiendo la colina. —Se acomodó el cabello y echó una mirada a su rostro en el espejo.

Nos pusimos el abrigo y caminamos por el ala este del Berghof. Un guardia que estaba apostado en la puerta donde me dejó el chofer nos saludó con la cabeza cuando pasamos frente a él. Úrsula le dio las buenas noches. Conocía a muchos soldados. Como estábamos en las inmediaciones de la residencia, no era necesario que mostráramos nuestros pases. Úrsula me advirtió que si nos acercábamos a cualquier área fuera de cierto perímetro, las SS nos interrogarían.

Las barracas de las SS se encontraban sobre una colina al sureste del Berghof. Los cuatro edificios principales estaban construidos en torno a un campo central que usaban para realizar ejercicios e inspecciones. Úrsula dijo que muchos de los hombres todavía estarían despiertos y que me presentaría a algunos oficiales. Caminamos alrededor de los dormitorios y nos asomamos al campo. Los edificios tenían cortinas opacas que no permitían la salida de luz. De vez en cuando, una brisa levantaba alguna cortina y se escapaba algún rayo de luz de color mantequilla que se extinguía tan rápido como había aparecido. Úrsula y yo caminamos bajo la lechosa luz de la media luna, que brillaba a través de las sedosas nubes.

Después de un rato, nos topamos con un grupo de soldados cerca de la esquina de las barracas del suroeste. Los identificamos por sus oscuras siluetas y por el resplandor anaranjado de sus cigarros. Estaban riéndose y no se percataron de nuestra presencia. Dos de ellos no traían ni camisas ni zapatos, y sólo vestían unos pantalones sostenidos por unos tirantes sobre sus hombros desnudos. Al acercarnos, nos saludaron con alegría, y uno de ellos tomó la mano de Úrsula y la besó para deleite de los demás. Me presentó a ese soldado, que se llamaba Franz Faber. Era rubio, tenía una gran sonrisa y era unos centímetros más alto que Úrsula. Una cicatriz recorría el lado izquierdo de su rostro. Conocían tan bien al resto del grupo que nadie se preocupó de hacer mayores presentaciones. Los hombres se dispersaron y me dejaron allí, parada con incomodidad junto a la pareja. No quise ser la convidada de piedra, de modo que caminé unos pasos más hacia el interior del campo. Fue entonces cuando alguien me llamó por mi nombre

Volteé y vi al Capitán Weber. Era uno de los hombres que no llevaban ni camisa ni zapatos, pero no lo reconocí entre los demás. Me sonrojé de vergüenza porque Úrsula y yo interrumpimos su reunión. Cerré el cuello de mi abrigo un poco más.

—Es una bonita noche, ¿no es cierto? —Me tendió la mano.

Yo la tomé con educación y asentí.

—Estaba dando un paseo con *Fräulein* Thalberg. —Miré mi reloj—. Pero ya deberíamos regresar al Berghof. Siento molestarlo.

—No diga tonterías. —Se frotó las manos—. Hace demasiado frío como para estar aquí bajo la luna. ¿No quiere pasar un momento?

—A la jefa no le agradaría. Creo que diría que estamos «fraternizando».

—No se preocupe por la jefa. —Rio—. Puedo encargarme de ella.

Nunca había estado en una barraca y no estaba del todo segura de que debiera estarlo, pero ¿cómo podía resistirme a la invitación del capitán? No tenía ningún lugar al cual regresar más que a mi solitaria habitación. Úrsula y su compañero seguían donde los dejé. Agité un brazo hasta que logré llamar su atención y señalé a Karl. Ella me comprendió de inmediato y agitó su mano en respuesta. El oficial me acompañó a la entrada de la edificación. Su habitación privada estaba a unos metros. Abrió la puerta y nos dirigimos al interior.

Sus estancias eran pequeñas, similares a aquellas en las nos alojábamos Úrsula y yo, pero, a diferencia de mí, el Capitán Weber vivía solo. La ventana, protegida por una cortina opaca, daba al campo central. El cuarto contenía una cama, un escritorio y suficiente espacio en la pared y los estantes para exhibir los certificados, medallas y trofeos que había obtenido durante su educación y su trayectoria en el *Reich*. El saco de su uniforme estaba colgado detrás de la puerta. Unas botas negras y pulidas descansaban al pie de su cama.

Lo miré por el rabillo del ojo, complacida por la posibilidad de ver su cuerpo antes de que se pusiera la camisa blanca y la abotonara a la mitad. Tenía un estómago plano, y un pecho y unos hombros anchos. Hizo un gesto para que me sentara en la silla del escritorio y él se sentó en la cama. Extendió la mano para tomar sus cigarros, pero lo pensó mejor y los dejó.

—Estoy tratando de dejar de fumar. No son nada buenos para la salud. —Sonriente, se reclinó sobre la cama como si fuésemos los mejores amigos.

—No me imaginaba que los hombres tuvieran permitido fumar afuera. —Señalé hacia el techo; en alguna ocasión leí que los bombarderos podían usar la luz de los cigarros para detectar un blanco sobre el que lanzar sus bombas.

—Me hago de la vista gorda. Sólo Dios sabe el tiempo que nos queda por vivir. Además, los Aliados no vuelan cerca de aquí, por lo menos aún no.

Me le quedé viendo fijamente, sin saber qué responder.

—¿Qué te está pareciendo el Berg? —dijo al fin, acabando con el incómodo silencio.

—¿El Berg? —No estaba familiarizada con el término.

—Todos los del personal lo llamamos el Berg, en especial quien aprecia al «patrón».

—No es más que un trabajo. —Coloqué las manos sobre mi regazo—. Todavía no he tenido que probar ninguna comida. Estoy un poco nerviosa.

—No lo estés. ¿Cómo te está yendo?

—Bien. Ya conozco a la mayoría del personal. El *Führer* tiene varios cocineros personales.

—Sí, y hay uno que le gusta en particular; un hombre que se robó de un sanatorio. La jefa tiene celos de él, pero a Hitler le fascina la manera en que le prepara el desayuno.

Me sorprendió que el Capitán llamara al *Führer* por su nombre. Sonaba del todo informal e irrespetuoso, pero ignoré mis propios pensamientos y dije:

—He visto a *Fräulein* Braun y a sus amigas paseando a sus perros.

—Sí, a sus terriers escoceses, Negus y Stasi. A medianoche, están en el salón principal con todos los invitados, mientras que Blondi tiene que esperar en otro sitio. Hitler le ruega a Eva que deje que Blondi entre a la habitación, pero ella no lo permite si sus perritos están allí. Escuché que Eva patea a Blondi por debajo de la mesa. —Soltó unas risitas.

—¿Patea a quién? —No podía imaginar a qué se refería Karl.

—A Blondi, el pastor alemán de Hitler.

Me reí abiertamente ahora que todo cobraba sentido. Veía a la perra cuando el *valet* de Hitler la sacaba a pasear. Era un animal bellísimo, amistoso con la mayoría de las personas. Se paseaba por allí en el Cabriolet Volkswagen reservado para el líder del *Reich*.

Karl echó un vistazo detrás de la cortina.

—Úrsula y Franz siguen platicando. Bueno, en realidad están haciendo algo más que conversar, pero no quiero meterme donde no me llaman. Se conocen desde que eran niños en Múnich. Están enamorados. —Recargó su almohada contra la pared y se estiró sobre la cama. Sus ojos brillaban bajo la luz de la lámpara. Sentí que me atravesaba con ellos, en lugar de mirarme, y que abrían un agujero en el interior de mi alma. Me moví en mi asiento, incómoda por estar a solas con un oficial que parecía interesado en algo más que conversación.

—¿Qué piensas de Eva? —preguntó y después añadió—: ¿Sabes quién es?

Sacudí la cabeza.

—¿Una de las amistades del *Führer*?

—Todos creemos que es mucho más que eso, pero la mayoría de los alemanes no sabe quién es.

Dudé en responder lo que pensaba de ella porque me temí que fuese un admirador secreto de la compañera de Hitler. No conocía al capitán lo bastante bien como para saber la razón por la que me estaba haciendo esas preguntas. Todo el mundo debía tener cuidado al hablar con un oficial de las SS, o al menos eso era lo que yo creía, en especial después de lo que aprendí con el incidente en el vagón de tren. Mi padre decía que en aquellos días las palabras eran tan preciosas como el oro y que debían usarse con el mismo cuidado. Mi madre seguía la línea del partido con cierto fervor y, además, con un sano respeto por decir las cosas que debía decir. Di una respuesta neutra.

—Nunca había oído de ella hasta que llegué aquí. Es muy bonita y usa ropa muy elegante que le sienta bien. Sus joyas parecen caras.

Karl hizo una mueca.

—Se cambia de atuendo casi cada hora mientras que el resto de Alemania... —Su rostro se enrojeció y alejó su mirada. Durante mucho tiempo no habló. Me pregunté si debía marcharme.

—Lo siento mucho —se disculpó—. Debería guardarme mis opiniones, pero en ocasiones es difícil mantener una actitud positiva con todo lo que está sucediendo.

—¿Por qué? —pregunté. Nada de lo que escuché esa noche, aparte del comentario de Úrsula, me daba razones para preocuparme por la guerra; me resultaba extraño que el capitán mencionara el tema.

—No te gusta la política, ¿verdad?

—En realidad no —contesté mientras sacudía la cabeza.

—Puedes ser sincera conmigo. Lo que discutamos no saldrá de esta habitación.

Estudié sus ojos y la profundidad de los mismos para juzgar la veracidad de sus palabras. Todo lo que pude ver fue sinceridad, pero de todos modos sentí que debía ser precavida con mis comentarios.

—Con franqueza, estoy más preocupada por mis padres que por mí misma. Al principio, la guerra no significaba gran cosa para mí, y tampoco les importaba a las demás chicas de Berlín. Nos dijeron que la gente del este era nuestra enemiga, pero ahora las cosas cambiaron, los Aliados nos están bombardeando y hay poco que comer. La vida se está poniendo difícil. —Alejé la vista, temerosa de plantear mi siguiente pregunta—. ¿Estamos perdiendo la guerra?

Escuché que se movía sobre la cama. Cuando volví a mirarlo, estaba incorporado, con sus ojos fijos en mí.

—¿Te das cuenta de que tu pregunta raya en la traición?

Su reacción me espantó.

—Pregunté porque quería saber. Supongo que no deberíamos hablar nunca de la posibilidad de perder la guerra. Me dijiste que podía confiar en ti. Además, si fuese una traidora, ¿trabajaría como catadora de alimentos para el *Führer*?

Se levantó de la cama.

—¿Qué respuesta quieres? ¿La del *Reich* o la verdad?

—La verdad.

Sonrió.

—*Sabía* que tenía razón al elegirte. Pero te daré la respuesta después. Las luces están a punto de apagarse. Debería acompañarte a tu habitación. Ya estoy arriesgándome al tener a una mujer aquí dentro. —Se levantó y se volvió a asomar por la ventana—. Úrsula y Franz ya no están.

—Puedo irme sola.

Él se encogió de hombros y me tendió una mano. Le di un apretón.

—No estoy segura de que venir fuera buena idea —dije y abrí la puerta para salir al pasillo, tenuemente iluminado.

Karl tocó mi hombro.

—Deja que te lleve a ver una película en el Berghof. Eva es quien las elige. Nos toca verlas antes que el público. Muchas veces vienen de América. Hitler no las ve porque piensa que el líder del *Reich* no debería divertirse mientras su pueblo sufre. Las únicas películas que ven son las aburridas repeticiones de sus discursos para convertirse en un mejor orador.

Quedé sorprendida.

—Es lo que mejor hace.

El capitán asintió.

Pensé durante un instante acerca de su oferta de ir al cine.

—Acepto tu invitación con gusto. Creo que la jefa me lo permitiría.

—Claro que sí. —Siguió cerca de mí mientras caminábamos por el pasillo. Cuando llegamos a la puerta de la edificación, hizo una leve reverencia—. Me gustaría recordarte que incluso los oficiales de las SS somos humanos. Buenas noches, *Fräulein* Ritter.

Mi corazón latió un poco más rápido cuando salí al campo de prácticas. ¿Acaso el capitán estaba expresando su interés por mí? No me atrevía a pensarlo. La atracción física que sentía no me brindaba razones para confiar en él.

La luna ya estaba alta en el cielo, y la temperatura descendió algunos grados. Una brisa gélida rozó mi rostro mientras me apresuraba de vuelta al Berghof. El mismo guardia que nos dejó salir seguía de turno, pero otro hombre de las SS estaba parado en las sombras. Al acercarme, reconocí al coronel sobre el que me advirtieron tanto Úrsula como la jefa. Se acercó a mí y dijo:

—¿Me puede mostrar su pase?

—No lo tengo aquí —respondí—. Me informaron que no lo necesitaba.

—Debe tenerlo consigo en todo momento, *Fräulein* Ritter —replicó el coronel—. Ábrase el abrigo.

—¿Usted me conoce? —pregunté al tiempo que obedecía su orden.

—Por supuesto. —Con sus frías manos cacheó mi cuerpo. Satisfecho, hizo un ademán hacia la puerta. El tono de su voz era tan oscuro como las sombras que cruzaban su rostro.

Regresé a mi habitación vacía. Era evidente que Franz y Úrsula estaban profundamente enamorados. Por un instante imaginé lo que sería besar a Karl antes de convencerme de que la idea misma era ridícula. Mi trabajo me era indispensable. Ya no había marcha atrás. Ningún hombre encantador me obligaría a romper las reglas, lo que podría costarme el empleo, sin importar lo «humano» que pudiera ser. Pensé en el oficial de las SS que hizo bajar a la pareja del tren. ¿Qué tan humano era él? ¿Regresaba a casa por las noches y le hacía el amor a su esposa? ¿Arropaba a sus hijos en la cama y los besaba antes de desearles buenas noches?

Todos estos pensamientos se arremolinaban en mi cabeza mientras trataba de conciliar el sueño. ¿De veras iba tan mal la guerra?

En algún momento después de la medianoche, Úrsula regresó a nuestra habitación. No prendió la luz para desvestirse. Se puso su camisón, se metió en la cama y suspiró como cualquier chica que hubiera pasado una noche de pasión con su hombre.

La envidiaba.

CAPÍTULO 4

Me temblaban las manos mientras la jefa de cocina se ocupaba de diversos hongos, botellitas y tazones con polvos diferentes. Sus delgados brazos se movían sobre la gran mesa de roble. Mi primera clase de venenos tuvo lugar temprano por la mañana en una esquina de la cocina, mientras el resto del personal seguía afanado en sus tareas.

No tenía apetito para desayunar y mi estómago daba vueltas al contemplar los productos que estaban colocados frente a mí. Me senté porque me sentía demasiado nerviosa como para mantenerme en pie.

—Cubriremos cuatro áreas —explicó la jefa de cocina—. Hongos, arsénico, mercurio y cianuro. Es imposible que nos ocupemos de todo el material en un solo día, pero empezaremos con esto. —Señaló los hongos—. Uno de estos es comestible y el otro no. ¿Puede diferenciarlos?

Me invadió el miedo. No tenía la más mínima idea. Me parecían exactamente iguales. Señaló dos esferas blancas que parecían bejines.

—Vamos, ¿cuál es venenoso?

Sacudí la cabeza.

—Veo que tenemos un largo camino que recorrer. —Se puso un par de guantes de hule y sostuvo en su mano un hongo en forma de embudo—. Este es el *Omphalotus olearius*. Crece en Europa. Rara vez es mortal, pero puede ocasionar una reacción violenta y grave. Se parece mucho al *Cantharellus cibarius*, una cantarela que crece aquí, a la que se conoce como *Pfifferling*. Tiene sabor a pimienta. —Rompió un pequeño trozo de la carne de la cantarela y lo sostuvo en la punta del dedo—. Adelante, pruébelo.

Tomé el trozo de color naranja amarillento entre mis dedos y me dispuse a meterlo en mi boca.

—Espere —me advirtió la jefa—, primero huélalo.

Me sentí como una tonta, oliendo y probando hongos, pero eso iba a ser parte de mi rutina cotidiana.

Acerqué el trocito a mi nariz y lo olí.

—Huele a albaricoque. —Coloqué el trozo en mi boca y dejé que se disolviera despacio hasta que el sabor picante fue demasiado. Tragué lo que quedaba y moví la lengua en mi boca, tratando de deshacerme del sabor, preocupada de que la jefa de cocina me estuviese jugando una broma de pésimo gusto. ¿Quería envenenarme?

—Observe el *Omphalotus*. Crece en América y también en Asia. Tiene láminas muy apretadas y el interior es anaranjado, a diferencia de la cantarela. —Rompió los hongos a la mitad para demostrar la diferencia de color—. El *Führer* no suele comer hongos, pero como puede ver, sería muy fácil moler, picar o desmenuzar el *Omphalotus* y agregárselo a su platillo favorito de huevos con papas. Tiene que prestar atención a los colores y olores de los alimentos venenosos y estar al pendiente de cualquier evidencia de su presencia.

Después, la jefa me explicó la diferencia entre los dos bejines que estaban sobre la mesa. Uno era mortal, el otro no. Debía de tener los ojos vidriosos porque, aparte de las diferencias de tamaño y de la cantidad de tierra sobre uno y otro, los hongos me parecían prácticamente idénticos. No podía distinguirlos. La jefa sacudió la cabeza como si estuviese castigando a una estudiante floja por su estupidez.

—Lo aprenderá —aseguró con voz firme.

«O moriré».

Continuamos con el arsénico. La jefa tomó una pequeña porción del polvo y lo calentó en un sartén. Olía a ajo. También tomó algunos gránulos color blanco grisáceo y los golpeó con un martillo, provocando fricción y calor. Un aroma a ajo invadió el aire.

—Este veneno causa síntomas muy similares a los del cólera: diarrea, vómitos, cólicos y convulsiones —explicó—. Por eso hace cientos de años era tan fácil ocultar esta forma de envenenar. El cólera era común. El dolor que provoca el arsénico es intenso. El verdadero ajo es un antídoto contra un envenenamiento lento. —Me ordenó que me pusiera unos guantes de hule y que oliera el arsénico, cuyo aroma metálico era más que parecido al ajo. Mis manos empezaron a temblar cuando me dijo que probara una pequeña partícula. Mi quijada se contrajo. La jefa se hartó, abrió mi boca a la fuerza y colocó un trozo minúsculo sobre mi lengua. Tenía un leve sabor a metal, casi imposible de detectar.

Después sostuvo frente a mí una botella de cloruro de mercurio.

—Esto se utilizaba para tratar la sífilis, pero también funciona como veneno. Causa sudoración intensa, elevación de la presión sanguínea y taquicardia. No es necesario que lo pruebe, no tiene sabor. —La jefa me mostró un pequeño tazón con sales blancas y me pidió que lo examinara. El tazón emanaba un ligero olor a cloro, pero era tan leve que quizá lo estaba imaginando.

Por último, pasamos al cianuro. Ese era el veneno, aseguró la jefa, que tenía más posibilidades de que lo utilizaran contra el *Führer*. Los gránulos blancos tenían un aroma semejante al de las almendras amargas. La jefa se sintió complacida de que lo detectara.

—Algunas personas no pueden oler el cianuro. Es una característica genética. Tiene suerte de que lo detectara; de lo contrario, tendría que buscar otro empleo.

Quedé pasmada ante mi pésima suerte. Si hubiera mentido respecto del aroma, quizá me hubieran asignado a llevar las cuentas de la cocina o a alguna otra tarea libre de peligro. En lugar de ello, a causa de mi ignorancia sobre venenos, me aseguré el puesto como catadora.

La jefa removió los gránulos con un dedo enguantado.

—Las sales de cianuro son extremadamente venenosas. Hacen que pierdas el conocimiento y que dejes de respirar; tu piel se torna azul. —Señaló un cilindro de metal que se encontraba sobre la mesa—. Por desgracia, algunos de nuestros oficiales ya se suicidaron de esta manera. Romper una cápsula de cianuro colocada entre los dientes provoca la muerte al cabo de unos minutos. Una vez que el veneno ingresa en el sistema, no hay nada que pueda hacerse.

El líquido parecía bastante inofensivo, casi incoloro, pero me sorprendió la velocidad con la que ocasionaba la muerte. Tendría que creer lo que me decía la jefa sobre los venenos.

Sentí que la cabeza me daba vueltas con todo lo que se me enseñó. Uno de los otros cocineros necesitaba hablar con *Fräulein* Schultz, por lo que se alejó durante algunos minutos. Tomé la pequeña ámpula con el cianuro entre mis manos y examiné su delgado vidrio. La volví a colocar sobre la mesa y miré a mi alrededor en la cocina. La jefa estaba supervisando las preparaciones para el desayuno de Hitler. Lo único que podía hacer era esperar. Sentada en mi silla, me maravillé de que una cápsula de vidrio tan pequeña pudiera cambiar el curso de la historia si alguien tenía el valor para ejecutar un plan. Hitler no me parecía un héroe en absoluto, pero no me atreví a revelar lo que estaba pensando.

La primera noche que hice una cata de los alimentos de Hitler, el Capitán Weber me invitó al cine. Arregló la cita a través de Eva Braun. Al parecer, su físico y su posición en las SS eran lo bastante importantes como para que en ciertas ocasiones entrara en el círculo de Eva. Desde que Karl y yo platicamos en su habitación, Eva se apareció por la cocina en diversas ocasiones. Su presencia era un evento especial que alteraba tanto a cocineros como a asistentes, ya que demandaba que prestaran atención a sus deseos. La jefa me comentó que Eva era la compañera de Hitler y ama y señora de la residencia. Aparecía en vestidos finos que destacaban su figura aunque se paseara inspeccionando los hornos y las estufas. Sobre todo, lo que quería era saber qué estaba preparando el personal para sus invitados, no para Hitler.

Hablaba con cada uno de los cocineros e incluso pidió probar un platillo de cordero durante su preparación. Esto le ocasionó una gran angustia a la jefa, quien regañó a Eva, sin insultarla, y afirmó que no podía garantizar su seguridad si insistía en llevar a cabo unas acciones tan poco ortodoxas. Eva echó la cabeza hacia atrás, sacudió sus rizos dorados y se rio. Exudaba un aire de invencibilidad, como si no pudiera ocurrirle ningún desastre jamás.

La jefa me dijo que Hitler se declaraba vegetariano, pero se rumoraba que comía carne: pichón, algo de pescado e incluso pollo. Cuando se lo pregunté, la jefa me dijo que Hitler no comía nada más que huevos, frutas y verduras. Eva comía carne y la disfrutaba, al igual que la mayoría de sus invitados. Hitler no les imponía sus hábitos alimenticios a los demás, pero se aseguraba de que los huéspedes que comieran carne a su mesa se sintieran incómodos. Solía hablar de carnicerías y rastros, y de lo horribles que eran. La jefa me contó que algunos oficiales tenían que abandonar la mesa porque las historias que contaba en comidas y cenas estaban tan llenas de sangre y vísceras que les provocaban náuseas a sus invitados.

Yo no había visto al *Führer*, de modo que todo lo que sabía de él lo supe por otros. Muchos de los chismes del Berghof se difundían en la sombra. No se podía saber si el coronel estaba a la vuelta de una esquina con la oreja pegada a la pared.

Una mañana, ya tarde, después de que Eva visitara la cocina, la jefa me llamó aparte y me susurró:

—El *Führer* cree que Eva está demasiado delgada. Le gustan las mujeres con más carne sobre sus huesos. Verá a lo que me refiero si alguna vez llega a conocerlo. Siempre les presta atención a las mujeres que tienen curvas. —Se rio un poco—. Pero Dios no quiera que Eva cambie su aspecto. En una ocasión se recogió el pelo y a él no le gustó nada. Le dijo que no podía reconocerla. Eva no lo volvió a hacer jamás, aunque él le hizo un cumplido a una de sus secretarias cuando se recogió el cabello.

Quise reírme, pero el chiste se me atoró en la garganta. Los rumores sobre la derrota de Alemania contradecían todo lo que veía y oía dentro del Berghof: la despreocupación de Eva Braun, quien se paseaba por la propiedad con sus perros y sus invitados;

las conversaciones referentes a vestidos y peinados; la bucólica escena de los hijos de Albert Speer en la cocina, pidiendo manzanas. Incluso Hitler, me dijo la jefa, era un anfitrión caballeroso, más un príncipe alpino que el líder de una maquinaria de guerra. Todo era paz y prosperidad en el aire enrarecido del Berghof.

Me provocaba tanta curiosidad, que le pregunté a la jefa cómo era el *Führer* en realidad. No había visto nada de los ataques de furia contra sus oficiales, ni de la personalidad fría y calculadora que aterraba a aquellos que eran más débiles que él.

—Es como un abuelo —explicó ella, lo que hizo que la interrumpiera con mis risas. Continuó—: Jamás lo he visto enojado. Alterado sí; pero jamás furioso.

El coronel apareció en la puerta de la cocina, su uniforme a la más absoluta perfección, la imagen misma del prototipo del oficial de las SS.

—Y mire a ese —dijo la jefa echándole un vistazo—, es típico que se aparezca como de la nada. Nos está observando en este instante. —Con discreción, se puso un dedo sobre los labios—. Tenga mucho cuidado de lo que dice cerca de él. No me interpondría nunca en su camino porque no confío en él. Protege al *Führer* mejor que Blondi. En varias ocasiones, el coronel me dijo que si sufrimos cualquier revés en esta guerra, no será por culpa del *Führer*. Según él, los Aliados son la causa de todas nuestras desgracias, pero no me sorprendería que empezara a culpar al pueblo alemán.

El coronel pasó frente a nosotras cuando entró en la cocina, examinando los fregaderos, los estantes y las mesas como si fuesen su reino. Me ponía de nervios. Los rumores que circulaban en aquella residencia de montaña hacían que pareciera como si el Berghof descansara sobre un témpano de hielo que se derretía poco a poco, mientras a su alrededor todo brillaba bajo la luz del sol.

Hitler siempre cenaba en el comedor alrededor de las ocho de la noche. Cerca de las siete, la jefa alineó los platillos que yo habría de probar, además de la comida para los huéspedes. A Úrsula le dieron la noche libre para atender a un asunto de familia en Múnich. Normalmente las dos haríamos la cata. Las otras chicas trabajaban durante el desayuno o la comida, o se encontraban en otros cuarteles. La jefa me dio algunas lecciones adicionales acerca de venenos, incluyendo otros hongos y sales. Los estudié cuanto pude, pero no quedé convencida de mi capacidad para salvar al *Führer* de un envenenamiento.

La jefa colocó la comida del *Führer* frente a mí: un plato de huevos revueltos con papas, todo amarillo y esponjado; un *porridge* ligero; tomates frescos con un poco de aceite de oliva y pimienta; una ensalada verde con pimientos y pepinos y un plato de fruta fresca espolvoreada de azúcar. Los tomates, así como las verduras de la ensalada y las frutas, provenían de los invernaderos del Berghof.

Miré los alimentos y pensé que aquella podía ser mi última comida. Un relámpago de temor recorrió mi brazo cuando levanté la cuchara. Mi indecisión era más que evidente.

La voz de la jefa estalló en mis oídos.

—¡Piense en lo que hace! ¡No se limite a meterse la comida en la boca!

Pensé en lo que me estaba diciendo.

—Por supuesto, lo siento. —Levanté el plato hasta mi nariz y lo olí. El aroma era del todo normal: a mis orificios nasales llegó un olor cálido y reconfortante a huevos revueltos y papas fritas.

—Adelante —dijo la jefa. Me animó con un movimiento de sus brazos—. No tenemos toda la noche.

Los demás cocineros me veían como si estuviese loca. Úrsula estaba acostumbrada a hacer las salvas, pero a mí me resultaba difícil deshacerme del miedo a que ese fuera mi último aliento. La jefa se cruzó de brazos, de modo que me armé de valor y puse la comida en mi boca.

El platillo estaba exquisito. No había aromas o sabores fuera de lugar. Me relajé un poco, y recorrí la mesa probando la comida. Los cocineros y asistentes regresaron a sus tareas y me ignoraron. Probé espárragos, arroz, pepinos, tomates, melón y un trozo de pastel de manzana, que era el postre favorito de Hitler. Enseguida ingerí lo bastante como para considerarlo una comida completa.

—¿Y ahora qué? —le pregunté a la jefa de cocina.

—Ahora esperamos. —Habló con sencillez, sin emoción alguna y con un tono tan clínico como el de un médico inmisericorde que le anunciara a su paciente que le quedaba poco tiempo de vida.

Me senté frente a la pequeña mesa de roble de la esquina y observé cómo colocaban los alimentos en los platones de servicio, preparándose para la cena. Me impactó que cualquiera de los cocineros o asistentes, en el momento de servir y entregar la comida, podían administrar una dosis mortal de veneno a Hitler. Sin embargo, sólo un cocinero y unos pocos asistentes tenían permitido tocar los platillos que ya habían sido probados por mí. Era una especie de seguro de vida. Si algo le sucedía al *Führer*, la mayoría del personal de la cocina saldría exonerada; las sospechas sólo recaerían en aquellos que tuvieron la responsabilidad de servir.

Después de que se llevaran los platos alrededor de las ocho de la noche, se me permitió abandonar la cocina.

—¿Lo ve? No había nada de que preocuparse —me dijo la jefa.

Su indiferencia me inquietaba. Ella no probaba los alimentos como yo, aunque sí la veía meter una cuchara en los alimentos de vez en cuando. Mi destino estaba en mis propias manos, razón de más para ser prudente durante la salva.

Regresé a mi habitación, me cambié de ropa, arreglé mi cabello y traté de leer un libro.

Karl tocó mi puerta alrededor de las diez. Al verlo se me aceleró un poco el corazón. Tenía el cabello peinado a la perfección, su uniforme planchado y pulcro, sus botas tan pulidas que brillaban. Sonrió e hizo una pequeña reverencia.

Cerré mi puerta y coloqué mi brazo izquierdo en el arco que formó con su brazo derecho. Caminamos hacia el salón principal, la enorme sala de la que había oído, pero que jamás había visitado. Antes de llegar a ella, alcanzamos un tramo de escalones que conducía abajo.

—La conversación de la cena fue de lo más aburrida, como siempre —me contó—. Eva habló de los perros, y Hitler no podía dejar de exaltar a Blondi. Y entonces Bormann empezó a elogiar a sus hijos. —Levantó la mirada al cielo—. Fue fascinante. Te puedo explicar a la perfección cada una de sus trayectorias escolares y los planes que tiene para ellos. Es mucho más agradable cuando viene Speer. Al menos no es un bruto.

—¿Y dónde está el *Führer*? —Me aferré a Karl mientras bajábamos las escaleras de piedra.

—Está en el salón, en la conferencia militar con sus generales de cada noche. Por suerte, yo no participo en ella. Durará hasta medianoche o más tarde, cuando es posible que nos pidan que pasemos a tomar el té. Eso dura hasta las dos, a veces más. —Se colocó un dedo sobre los labios, como si me estuviese contando un secreto—. Esa es la razón por la que él y Eva duermen hasta tan tarde. Los demás nos debemos ocupar de nuestras obligaciones.

—Qué suerte ser una simple catadora.

Karl soltó mi brazo y se detuvo a mitad de las escaleras.

—Tu labor es importante; quizás uno de los trabajos más importantes del *Reich*. Tú eres la barrera que separa a Hitler de la muerte. Recuérdalo siempre.

Un incómodo escalofrío recorrió mi cuerpo cuando pensé en la inmensidad de mi tarea. ¿De verdad era lo único que separaba a Hitler de la muerte? Había otras catorce personas que realizaban la misma tarea. ¿Se sentirían igual que yo? Mi misión no me hacía sentir que tuviera una importancia tan exagerada. De hecho, en las últimas semanas prefería pensar en ella como un simple empleo. Saber que el destino del *Führer* estaba entrelazado con el mío era demasiado para tolerarlo. Cambié de tema.

—¿Y qué película están proyectando?

—*Lo que el viento se llevó*. Todo el mundo se muere por verla. Eva dijo que es muy romántica. Así son la mayoría de las películas de Estados Unidos.

Cuando llegamos al final de las escaleras volvió a tomarme del brazo. Ante nosotros se extendía un largo pasillo con puertas a cada lado. Karl abrió la más cercana a nosotros y se escucharon unas risas que flotaban en el aire. La habitación estaba llena de hombres de traje y de mujeres ataviadas en finos vestidos. Eva y sus amigos se sentaban en sillas alineadas en primera fila frente al proyector, mientras que los demás invitados ocupaban las sillas que estaban detrás de ellos. Negus y Stasi, los perritos de Eva, se acurrucaban a sus pies. Estábamos en un pequeño boliche construido debajo de las habitaciones del Berghof. La pantalla estaba al final de las pistas. Dos jóvenes a los que conocía de la cocina tomaban órdenes y regresaban con las charolas atestadas de copas.

Karl y yo nos sentamos cerca del fondo de la habitación en dos sillas con asientos de relleno y respaldos altos. Se sentían algo rígidas y me pregunté si resultarían demasiado incómodas para estar sentada durante toda la película. Cuando la habitación quedó a oscuras, Karl tocó mi mano. Sentí un calor que me recorrió los dedos y ascendió por mi brazo. El impacto de su roce llegó hasta mi corazón y me esforcé por respirar.

—¿Estás bien? —me preguntó.

—No —susurré—. Esta noche hice la salva por primera vez. Quizá sea una reacción a los alimentos.

Karl se dio vuelta en su asiento y me tomó de las manos.

—Si estás enferma, pediré que llamen al médico personal del *Führer*.

—Por favor, Karl —respondí reclinándome en mi asiento—, no tengo nada. Disfrutemos de la película.

Asintió con la cabeza y se relajó un poco. Sobre la pantalla empezaron a parpadear las luces, se oyó una tonada musical *in crescendo* y dirigimos nuestra atención a la película. Me aseguré de que no dejara de tomar mi mano. Él me apretó los dedos cuando Scarlett coqueteó con los gemelos Tarleton; yo hice lo mismo más tarde, cuando Scarlett besó a Rhett Butler.

Alrededor de la una de la mañana, una llamada telefónica interrumpió la proyección. No vimos más que dos tercios de la película, pero por esa noche se acabó la función. Los que quisiéramos ver el final tendríamos que hacerlo en otra ocasión. Karl me llevó de vuelta a mi habitación, besó el dorso de mi mano y desapareció por el pasillo. Esa noche soñé que hacía el amor con él.

Al paso de los días, disminuyó mi temor al envenenamiento. Una tarde les hablé a mis padres por primera vez desde que llegué al Berghof y les conté que estaba trabajando con Hitler. El *Reich* ya les había informado de mi servicio antes. No obstante, no les dije a lo que me dedicaba. Me di cuenta de que a mi padre no le agradaba mi nuevo empleo: sus silencios me revelaron lo que pensaba. También supe que alguien, probablemente de las SS, estaba escuchando nuestra conversación. Sospecho que mi padre también lo sabía.

Mi madre fue más efusiva y me presionó para que le contara de mi trabajo. Le dije que estaba al servicio del *Führer* y no ahondé en mayores detalles. Era mejor no darles más información a ninguno de los dos. Cuando colgué, me sorprendió hasta qué punto vivía en un mundo de desconfianza y temor. Quizá las respuestas secas de mi padre amplificaron lo que sentía. En el Berghof vivíamos en un mundo monástico: aislado, insular, alejado de las realidades de la guerra. Hitler y sus generales cargaban con el peso psicológico de la lucha. Jamás observamos ni oímos sus famosos ataques de furia ni experimentamos las tensiones que al parecer abundaban en aquel retiro de montaña. Sólo oíamos rumores. Podíamos elegir entre creerlos o no. No me gustaba sentirme así porque lo que yo más deseaba era que el mundo fuera «normal». Después de la conversación con mis padres, me percaté de lo mucho y lo rápido que me alejé de lo cotidiano. Me pregunté si todos los que estábamos al servicio de Hitler experimentábamos lo mismo. Estaba siendo seducida por la singular obra de teatro en la que actuábamos. Todos éramos María Antonieta pidiéndole al mundo que comiera pasteles mientras se desmoronaba todo a nuestro alrededor, reduciéndose a cenizas.

Después de unas dos semanas, al fin probé una comida sin temblar. Úrsula y los cocineros no dejaban de hacer bromas crueles sobre mí, a tal grado, de hecho, que a la larga me obligué a relajarme. Me aseguraban que no había veneno alguno que pudiera pasárseles por alto. La «última cena» se volvió un chiste común en la cocina. A pesar de sus promesas, mi estómago seguía dando vuelcos de vez en cuando.

El Capitán Weber y yo hablábamos a menudo cuando nos encontrábamos en el pasillo, y en ocasiones disfrutábamos de largas conversaciones en la cocina. La jefa hacía el mayor escándalo posible, pero Karl tenía derecho a supervisarnos como le pareciera. Una noche sugirió que fuéramos a un baile improvisado en la sala de teatro. Por supuesto, yo acepté, urgida por Úrsula.

Karl pasó por mí a nuestra habitación y me acompañó hasta la sala. El aire estaba fresco y la noche era más fría a medida que caminábamos. Colocaron las sillas a los lados, contra las paredes, formando una pequeña pista de baile. Las lámparas estaban a media luz y casi no iluminaban la habitación. De un viejo fonógrafo surgía música de discos, sobre todo valses. La música llegaba al resto de la habitación desde una bocina dorada en forma de capullo. Había otras dos parejas bailando. Como no había mujeres suficientes, algunos hombres bailaban entre ellos, tocándose sólo las manos. Nos miraron con envidia cuando Karl me acercó a él para bailar un vals. Nos fundimos con toda naturalidad.

La noche se convirtió en estrellas y calidez. Me fascinaba estar cerca de Karl y, a juzgar por la feliz sonrisa que iluminaba su rostro, a él también le fascinaba mi cercanía. Bailamos durante horas casi sin decir palabra. Si el amor es una energía, una fuerza, esa noche recorrió nuestros cuerpos. Cuando finalmente abandoné sus brazos, me estremecí.

Al salir la sala, oímos una tos. Karl tomó mi mano con fuerza y me llevó fuera del edificio. Miré hacia atrás. El coronel salió de entre las sombras con un cigarro en la mano; el humo ascendía hacia el techo bajo la tenue iluminación. Nos observó mientras nos marchábamos.

—¿Cuánto tiempo llevaba vigilándonos? —le pregunté a Karl.

—Toda la noche —me respondió sin mirar atrás.

Una tarde de finales de mayo, acompañé a Karl y a Úrsula a la casa de té. Era mi primera visita. Sólo la había visto en una ocasión desde la terraza que recorría los costados norte y oeste del Berghof. A través de los árboles, le eché una breve mirada a la torreta redonda en un momento en que allí no había nadie más, aparte de un guardia de las SS que disfrutaba del aire. Me reconoció y no le molestó compartir la vista conmigo.

Era frecuente que las montañas del norte estuvieran brumosas y cubiertas de nubes, pero el primer día en que vi la casa de té el cielo era azul y transparente. Al contemplar el panorama, pude explicarme por qué Hitler eligió ese sitio en particular. Compró la propiedad —o se adueñó de ella, como afirmaban algunos— y poco después inició su renovación. La vista le otorgaba a su poseedor la superioridad psicológica de alguien que podía creerse un dios. Mirar los magníficos picos montañosos era como sentirse en lo más alto del mundo, mientras que aquellos que estaban abajo eran meras manchitas, tierra bajo sus pies. En realidad, Hitler era el amo de todo lo que veía.

Emprendimos el camino a la casa de té poco después de la una de la tarde. Aquel día, sobre el Berghof el cielo seguía azul, pero un grupo de nubes altas se acercaba desde el noreste. Caminamos por una vía para autos y después tomamos un atajo que bajaba por un camino rodeado de árboles en el bosque. En una impactante curva, una verja hecha de troncos evitaba que el paseante cayera por el precipicio que daba al valle de Berchtesgaden. Allí también se construyó una banca que miraba al norte para que Hitler pudiese contemplar la magnífica vista. Karl nos contó que a Eva y a sus amigas les gustaba usar la verja como una especie de barra de gimnasia sobre la que caminaban y desde donde a continuación estiraban las piernas sobre el abismo, por lo menos para fotografiarse. Ella no se cansaba de posar y de usar su nueva cámara de cine, nos contó, y a menudo incomodaba a Hitler con sus filmaciones, pero él toleraba su pasatiempo, aunque a regañadientes.

La casa de té quedó a la vista pronto, a menos de un kilómetro del Berghof. El camino terminaba en unos escalones de piedra que conducían a su puerta. Karl tenía la llave porque era frecuente que parte del personal de la cocina tuviera que desplazarse hasta allí.

—En realidad no debería estar haciendo esto —nos explicó—, pero quería que la vieran. Es de verdad encantadora. Hitler viene aquí para relajarse e invita a otras personas para que lo acompañen. Llegará más tarde.

Karl abrió la puerta y Úrsula y yo nos asomamos al interior. En el centro de la habitación había una mesa redonda decorada con flores, manteles de seda, porcelana reluciente y cubiertos de plata. Unos mullidos sillones decorados con un patrón floral de campanillas entrelazadas contribuían a darle un ambiente medieval a la torreta. Detrás de la amplia habitación circular, estaban la cocina y las oficinas. Entramos y Karl insistió en que me sentara en uno de los cómodos sillones. Lo hice y me maravillé ante la suavidad de los cojines.

—Ese es el sitio donde se sienta él —dijo Karl.

Me levanté del sillón de un brinco, y Úrsula estalló en risas.

—¡Cobarde! —exclamó—. Ni siquiera está aquí.

—¿Por qué me dijiste que me sentara ahí? —le pregunté a Karl, irritada por su broma pesada—. No quiero meterme en problemas.

Me sentía una tonta.

—Eso no va a suceder. Siéntate y disfruta de la vista.

Regresé al asiento y miré por las ventanas que se abrían en la mitad delantera de la torreta mientras él y Úrsula cuchicheaban en la puerta.

—¿Qué traman ustedes dos? —pregunté.

—Nada. —Karl volteó hacia mí con una mirada taciturna—. Estoy platicando con Úrsula acerca de su madre. Está enferma, ¿sabes?

La noche en que Karl y yo fuimos a ver *Lo que el viento se llevó*, llamaron a Úrsula para que volviera a Múnich.

Me quedé sentada durante varios minutos más, mientras seguían con su discusión furtiva. Por fin, me levanté, exploré las demás mesas y sillas, y me paré detrás de ellos. Como me acerqué demasiado, terminaron su conversación de manera abrupta.

—Deberíamos regresar —afirmó Karl—. No podemos quedarnos aquí demasiado tiempo.

Mientras caminábamos, me pregunté por qué fuimos. Tenía una sensación extraña relacionada con nuestra visita a la casa de té. Algo me roía las entrañas, y supe que mi incomodidad se debía a Karl y a Úrsula. Traían algo entre manos.

CAPÍTULO 5

Karl nos informó que era frecuente que Hitler sólo pasara un tiempo en el Berghof antes de irse a algún otro cuartel o escondite. Cuando estaba en la residencia, se izaba una enorme bandera nazi. Resultó que se ausentó del Berghof durante un par de semanas en mayo. No estaba segura de a dónde fue, pero Karl me mencionó, de manera discreta, que estaba en «la Guarida del Lobo». A fin de frustrar los intentos de asesinato, el *Führer* guardaba en secreto sus planes de viaje y a menudo cambiaba de tren o de vuelo en el último momento, o bien se presentaba tarde o con antelación a sus citas. Usaba esta táctica desde hacía años y le servía a la perfección, en especial desde que inició la guerra.

Empezó a circular el rumor de que Hitler celebraría una recepción en la casa de té para el personal de cocina antes de partir para su siguiente viaje. Era la primera vez que tendría la oportunidad de ver en persona al líder del *Reich*. Se lo pregunté a Karl y me confirmó que era cierto.

A la mañana siguiente, durante el desayuno, todo el mundo estaba animado y emocionado por la oportunidad de «tomar el té» con el *Führer*. Caía una lluvia ligera, pero no lograba enfriar nuestro alegre estado de ánimo. La jefa de cocina quería que hiciera el inventario del invernadero y que registrara los artículos de comida, además de cumplir con mis deberes como catadora, de modo que regresé tarde a mi habitación.

—Eva le pidió a todos que usen trajes típicos de Baviera —me avisó la jefa—. Encontrará su atuendo sobre la cama.

—¿Por qué es tan importante que nos vistamos así? —le pregunté.

—Porque estará aquí Heinrich Hoffman, el fotógrafo personal de Hitler. Él y Eva pensaron que sería una buena oportunidad para plasmar la benevolencia del *Führer* mientras agasaja y agradece a su personal. —Rio un poco—. A Eva le fascina disfrazarse. En realidad, esa es la razón por la que lo haremos.

Cuando regresé a la habitación, interrumpí a Úrsula. Ya estaba vestida en su traje bávaro. En realidad no me gustaban nada las mallas, las enaguas, el vestido con olanes y las mangas abombadas del atuendo. Úrsula estaba sentada en su cama, cosiendo su mandil. Cuando entré en la habitación, volteó con rapidez para quedar de espaldas a mí.

—Más te vale que te prepares —me urgió mirándome por encima de su hombro. Sus dedos se estremecieron, y dejaron caer la aguja.

—¿Te encuentras bien? —le pregunté—. ¿Tienes algún problema con tu delantal?

Sacudió la cabeza.

—Estoy temblorosa porque no comí. Necesito ir a la cocina por algo. —Volvió a tomar su aguja y cosió unas puntadas arriba del bolsillo izquierdo del delantal.

—Casi no hay nada de comer. El personal ya está preparando la comida, pero no me preocupa prepararme. Estoy segura de que serán más de las cuatro cuando nos llamen a la casa de té. Tenemos tiempo de sobra.

—Sí, más que suficiente. —Úrsula suspiró.

Regresó a su trabajo mientras yo inspeccionaba mi vestido y sus accesorios.

—Yo no tengo mandil. ¿Crees que necesite uno?

—No lo sé. —Su mirada se apagó—. Quizá sea buena idea que se lo preguntes a la jefa. Este me lo dieron a mí.

Me estiré sobre la cama con un libro.

—El clima está tan horrible que es un día excelente para leer.

Úrsula arrojó el mandil y sus instrumentos de costura sobre la cama.

—¿Qué no puedes ir a caminar o encontrar algo que hacer?

Me incorporé en la cama, asombrada por su tono áspero.

—¿Qué te pasa? Jamás te había visto tan alterada. ¿Es por tu madre?

Escondió su rostro entre las manos y empezó a sollozar. Me acerqué en silencio, me senté detrás de ella y la sostuve contra mi pecho. Esto hizo que llorara aún más.

—Sí —respondió entre resoplidos—. Ya no me queda familia. Mis dos hermanos están muertos a causa de la guerra, mi padre ya falleció y mi madre está a punto de morir. No me importa que perdamos esta maldita guerra, ya lo perdí todo. Mis hermanos eran todo lo que tenía.

La volteé para verla de frente y le limpié las lágrimas con un pañuelo.

—Debes ser fuerte y no permitir que tus problemas te agobien.

Úrsula me alejó de ella.

—Se te hace fácil decirlo porque todavía tienes a tu familia. Espera a que te falten y entonces verás lo difícil que es. —Se dejó caer sobre la cama.

Entristecida por su estado de ánimo, me levanté y miré fijamente por la ventana. Las montañas estaban ocultas por la bruma y unas nubes de plata. En un día como aquel, el aire de invencibilidad del Berghof se desvanecía por completo.

—Te dejaré en paz, pero si necesitas mi ayuda sólo tienes que pedírmela. —Encontré mi libro de poesía en el estante. Sabía que Hitler todavía estaba desayunando y que durante unas horas se reuniría con su personal militar en el salón principal. No tenía idea de a dónde ir—. Regresaré en un rato para prepararme.

Úrsula siguió trabajando en su mandil a cuadros. Un poco de polvo blanco brillaba sobre la tela roja. Cerré la puerta sin pensar gran cosa en lo que acababa de ver.

Me senté en una mesa en la esquina de la terraza. A causa de la fría lluvia, no había nadie más allí. El viento hacía que el agua se colara por debajo del parasol de la mesa, lo que hacía incómoda la lectura. Después de unos minutos, me di por vencida y encontré una silla vacía en el interior, en uno de los pasillos. Por casualidad, pasó Eva con sus dos perritos. Estaban acostumbrados a ver invitados en el Berghof, pero aun así insistieron en acercarse a olisquearme. Eva se paró delante de mí con una mirada de aburrimiento y mal humor: vestía una falda azul con campánulas y un bolerito que le hacía juego. Admiré la pulsera incrustada con diamantes de su muñeca izquierda.

—El *Führer* me la regaló. —Eva movió el brazo de la pulsera frente a mí y soltó una risa casual; no obstante, su voz no reflejaba ninguna alegría. Se acercó a mí como si quisiera decirme algo al oído—. Si prometes no decírselo a nadie, te contaré un secreto.

Me dejó pasmada el grado de intimidad que mostraba conmigo una persona a la que prácticamente no conocía. No supe cómo interpretarlo. Debió de sentirse sola y necesitada de una amiga. La jefa y demás miembros del personal de la cocina hicieron insinuaciones acerca de la personalidad de Eva. Algo caprichosa, arrogante cuando necesitaba serlo y creída, pero también coqueta y divertida con sus amigos. Como tuve tan poco contacto con ella, quería formarme mi propia opinión.

—¿Tú cómo te llamas? —me preguntó.

—Magda Ritter.

Siguió conversando, preguntándome dónde nací, quiénes eran mis padres, dónde estudié y cómo era que me encontraba en el Berghof.

Respondí a todo con la verdad. Me dio un apretón de manos, pero no me dijo su nombre. Era evidente que esperaba que yo supiera quién era.

Me estudió con sus ojos oscuros.

—Te vi en la cocina. ¿Qué haces allí?

—Soy una de las catadoras del *Führer*.

—¡Ah! —exclamó mientras sonreía como sacerdote benevolente—, es un puesto maravilloso. Estás protegiendo la vida del hombre más importante del mundo. No sabes cuánto depende de su personal para que lo ayude en estos tiempos tan terribles.

Sonreí porque me resultaba obvio lo poco que sabía acerca de mí y de las salvas. Sin importar lo magnífica que fuera la comida, era inevitable preguntarse si sería la última.

—No esperaría que el *Führer* sepa quiénes somos.

—Claro que lo sabe. Las personas como tú lo elevan por encima de la contienda. Si existiese cualquier amenaza contra el Berghof, él sería el primero en arrojarse sobre el enemigo. Protegería a su personal hasta que se desvaneciera cualquier peligro.

Asentí, insegura de lo que quería expresar, pero notaba que Eva deseaba presentarlo como un hombre agradable y cariñoso. La jefa me contó historias acerca de su cariñoso comportamiento con Blondi, su perra, y de su trato afectuoso con los hijos de Speer y los invitados de Eva. Sus socios más cercanos creían que el *Führer* era poco menos que perfecto.

Eva se hincó frente a mí y empezó a acariciar a sus perritos. Pacientes, se quedaron sentados a sus pies mientras conversábamos.

—¿Por qué estás leyendo aquí?

—Porque mi compañera de cuarto no está de humor para que la acompañe.

Dejó de atender a sus mascotas y colocó su mano sobre la mía.

—Sé cómo debes de sentirte. Es frecuente que el *Führer* me ignore, a veces durante días, porque está muy ocupado. Cuando se marcha a otras partes del *Reich*, me regreso a mi casita en Múnich. Allí la vida también puede ser solitaria y aburrida.

Me costaba trabajo compadecerme de ella, que tenía el mundo entero a sus pies mientras otros sufrían, pero percibí que a pesar de la riqueza y poder que tenía a su alcance, no era feliz. Su expresión abatida se sumó a su aspecto melancólico.

—En fin, ya dije demasiado y necesito arreglarme para la recepción de esta tarde —concluyó—. ¿Estarás allí? De ser así, espero que te guste el vestido que te proporcioné.

—Sí, fue muy amable al hacerlo. —Estudié su ropa—. Pero se ve tan bella ahora mismo, ¿por qué cambiarse?

Se puso de pie y sus perritos también se levantaron de un salto.

—Es uno de los pocos placeres que tengo. Vestidos, maquillaje y joyas. Cuando me veo bella, él es feliz.

Se alejó de mí y levanté la voz para que me escuchara.

—¿Y qué del secreto que iba a contarme? —Me arrepentí de mis tontas palabras en el instante mismo en que salieron de mis labios.

Eva se detuvo con su falda volando a su alrededor.

—Pero si ya te lo conté. Te veo más tarde. —Dio algunos pasos más y volteó hacia mí de nuevo—. ¿Por qué no lees en el solario? No hay nadie allí y podrás estar tranquila. Si alguien te pregunta, diles que yo te di permiso.

Le di las gracias y la miré desaparecer por el pasillo con sus perritos tras ella. La compañera del hombre más poderoso de Europa se sentía sola: ese era su «secreto».

Caminé hasta el solario, que era agradable para leer a pesar de la falta de sol. Formaba parte de la casa original y estaba amueblado con sillones de playa, una mesa y cuatro sillas bastante incómodas. Me senté en uno de los sillones y pasé la mayor parte de mi tiempo mirando por la enorme ventana, más que concentrándome en mi libro. Aunque Eva me dijo que podía estar allí, me sentía fuera de lugar en ese lado del Berghof, lejos de mis habitaciones.

A media tarde, regresé al cuarto. Úrsula ya no estaba. Me puse mi traje y me miré en el pequeño espejo de la pared. Mi imagen no tenía nada de glamorosa; de hecho, me sentía como payaso en un disfraz que provocaría las burlas de cualquier persona fuera de una cervecería. Pero, dado que Eva así lo dispuso, me sentí obligada a obedecer. Mi disfraz no incluía ningún mandil. Karl habló a mis habitaciones alrededor de las tres para decirme que iba de camino a la casa de té y que nos veríamos allí alrededor de las cuatro. Hitler era conocido por faltar a sus citas. Esperábamos que dieran las cinco antes de que se apareciera siquiera.

Varios de los miembros del personal de cocina se me unieron cuando llegó el momento de marcharse. Nuestro estado de ánimo era ligero y jovial. Incluso nos detuvimos en el mirador, pero el valle estaba oculto por las nubes, así que había poco que ver.

Poco a poco, la casa de té apareció entre la neblina como salida de un cuento de hadas. La torreta estaba decorada con festones y banderas nazis, y sobre la puerta una banderola proclamaba: «Gracias por su servicio».

Una vez dentro, vi que la habitación estaba iluminada por velas y que el alegre fuego en la chimenea disipaba toda humedad. La mayoría del personal de la cocina estaba reunido adentro, sentado en torno a las mesas decoradas. La más grande, con vista a las montañas, estaba reservada para Hitler y sus invitados. En la porcelana fina, había cremas bávaras, galletitas y pastel de manzana, el favorito del *Führer*. Unos meseros estaban listos para servir manjares a los invitados. Cerca de cada mesa, había hieleras con botellas de champán a la mano.

Karl observaba a la multitud desde la entrada de la cocina. Úrsula no estaba por ninguna parte. Me pregunté cómo podían caber todos en la casa de té. Decidí que, si el lugar se llenaba demasiado, me reuniría con Karl en la cocina.

Franz Faber, el joven oficial con el que Úrsula desapareció la noche en que caminamos hasta los cuarteles de las SS, llegó a donde estaba Karl. Hablaron por un momento hasta que el capitán me vio. Se alejó de Franz y, con una sonrisa divertida, me dijo:

—Te ves bastante graciosa.

Fruncí el entrecejo y después reí.

—Coincido contigo por completo. Me dará mucho coraje si Eva y Hoffman no están aquí con sus cámaras. —Miré a mi alrededor en la habitación—. ¿Viste a Úrsula?

—Está haciendo el té.

Eché un vistazo a través de las ventanas de la torreta. No había señal de Hitler, de Eva ni de sus invitados. Ya no llovía, de modo que Karl y yo fuimos al exterior y nos quedamos junto a los escalones que llevaban a la entrada, robándonos unos instantes para estar juntos. El silencio se vio interrumpido por el repentino y nervioso ladrido de un perro. Lo siguieron unos gritos y una conmoción generalizada.

Karl subió las escaleras a toda prisa.

Lo seguí y miré al interior, con cuidado de no bloquear la entrada. Karl, Franz y el coronel estaban parados cerca de la entrada de la cocina. Detrás de ellos, vi la cara pálida y atónita de Úrsula. Traía puesto su disfraz y el delantal que estuvo reparando. El coronel trataba de controlar a un perro pastor alemán que ladraba furioso. El enloquecido animal gruñía y trataba de alcanzar a Úrsula.

Por encima del barullo, escuché que Franz gritaba:

—¡No puede ser!

El coronel lo hizo a un lado, le dio el control del perro a Karl y arrastró a Úrsula, quien tenía una tetera de plata en la mano derecha, desde la cocina al interior de la habitación circular.

El coronel tomó la tetera de su mano y le ordenó que tomara una taza de una de las mesas pequeñas. Las manos de Úrsula temblaban mientras obedecía la orden.

Franz corrió hacia ella y le dijo al coronel:

—Estoy seguro de que hay algún error. *Fräulein* Thalberg jamás envenenaría al *Führer*.

—¡Cállese y aléjese de ella! —ordenó el coronel.

Karl me miró fijamente con el rostro lleno de terror. Mi corazón golpeaba en el pecho mientras observaba la escena desde el quicio de la puerta. El coronel, todavía con la tetera en la mano, tomó a Úrsula por el brazo con brusquedad, y la jaló escaleras abajo, fuera de la casa de té. Le ordenó que sostuviera la taza frente a ella y vertió un poco del líquido caliente. El coronel olisqueó el vapor que se elevó por el aire en volutas lechosas.

—Bébalo —le indicó. Sus labios adoptaron una mueca de crueldad.

Franz se quedó congelado junto a la puerta. Karl, quien todavía trataba de controlar al perro enfurecido, observaba con incredulidad lo que estaba sucediendo.

Úrsula miró al coronel, inexpresiva. Levantó la taza hasta sus labios y bebió todo su contenido de una sola vez.

El coronel tomó la taza de su mano y esperó.

Durante largos minutos, no sucedió nada y Úrsula mantuvo la mirada fija en el piso. Después, poco a poco, su cuerpo empezó a convulsionarse. Se le pusieron los ojos en blanco y se colapsó sobre el camino. Franz trató de correr a su lado, pero Karl lo detuvo.

Por el camino, se empezaron a oír voces y risas. Hitler, con un bastón en la mano, caminaba al frente de su séquito. Lo acompañaban Eva y sus invitados, y no estaban a más de cincuenta metros de la casa de té. Ella traía su cámara en la mano con el objetivo de obtener más fotografías del *Führer*. En un momento dado, se adelantó a él para tomar algunas imágenes.

Miré incrédula mientras Úrsula, con la piel y los labios azulados, yacía inconsciente en el camino. El coronel no movió un dedo. La jefa me indicó que esa coloración del cuerpo era uno de los síntomas del envenenamiento por cianuro. Siguió convulsionándose y jadeando con la boca abierta. Con un último resuello, su cuerpo se estremeció y los brazos cayeron inertes a los lados de su cuerpo.

Karl dio orden de que el personal se quedara adentro, aunque pudieron verlo todo desde las ventanas de la casa de té.

Heinrich Hoffman, el canoso fotógrafo personal de Hitler, se apresuró a tomar algunas imágenes del cuerpo. Hitler detuvo la procesión y le hizo una señal al coronel para que se acercara. Acudió al *Führer* con la tetera y la taza en las manos. No pude escuchar su conversación, pero después de un rato Hitler volteó y le dijo algo al grupo que lo acompañaba. Entre miradas de asombro, dieron vuelta y desaparecieron entre la bruma.

El coronel vertió el resto del contenido de la tetera en el sendero y se dirigió a Karl.

—Debería tener más control sobre su personal, capitán. Ordene a algunos de sus hombres que lleven el cuerpo a la oficina del médico para que le practique una autopsia. —Tomó la correa del perro. El animal quería oler el cuerpo de Úrsula—. Usted y Faber…, los quiero en mis oficinas en una hora. Mientras tanto, asegúrese de que limpien la casa de té. Nadie debe comer ni beber nada. Conserve sólo los productos sellados. —Le entregó la tetera y la taza a Karl. Levantó el brazo derecho y exclamó—: *Heil* Hitler!

Karl y Franz se cuadraron y le regresaron el saludo. El coronel se dirigió hacia el Berghof, con su perro tras él. Tan pronto como lo perdió de vista, los ojos de Franz se enrojecieron por las lágrimas. Karl sostuvo a su amigo mientras dos hombres de las SS retiraban el cuerpo.

—Regresa a tu habitación y espérame allí —me pidió Karl cuando me acerqué a él—. Ninguno de nosotros está libre de sospecha.

La idea me heló la sangre. Eché un último vistazo a la casa de té, con sus mágicas decoraciones. Recordé los cuentos de hadas que mi madre me leía de niña. A menudo eran narraciones violentas que terminaban en destrucción y muerte. Me estaba empezando a dar cuenta de lo mucho que el *Reich* se parecía a esas historias de fantasía. La muerte jamás estaba lejos.

CAPÍTULO 6

Regresé a una habitación en completo desorden. Se llevaron las cosas de Úrsula. Había libros y papeles regados por doquier. Temblando, limpié un espacio sobre mi cama, me senté y empecé a sollozar.

Mi llanto era tanto por mí misma como por Úrsula. El temor se apoderó de mí. ¿Acaso no había nadie en quien pudiera confiar? ¿Y qué había con el capitán Weber? Me sacudió un recuerdo repentino. ¿De qué estuvieron hablando Karl y Úrsula cuando visitamos la casa de té? ¿Era posible que supiese del veneno? No tenía ningún sentido. ¿Cómo era posible que Úrsula fuera así de tonta? ¿Acaso Karl era su cómplice? La desesperanza se apoderó de mí. Mi amiga me defraudó. Quizá juntas podríamos..., pero ¡no me atrevía ni a pensarlo!

Alguien tocó la puerta. Limpié mis lágrimas y traté de serenarme. No tuve tiempo de responder antes de escuchar una llave en el cerrojo. La puerta se abrió de par en par y la jefa de cocina entró a la habitación. Estaba terriblemente angustiada, más agitada de lo que jamás la había visto.

—¿Sabías algo de esto? —Caminaba de un lado a otro como tigre enjaulado.

—Claro que no —contesté y alejé la mirada. No podía imaginarme que esperara que contestara de manera afirmativa.

—¡Mírame! No alejes la vista nunca cuando te esté interrogando alguien de las SS o la Gestapo. —Su rostro se enrojeció—.

Incluso sería mejor que admitieras que eres culpables. Si les das cualquier indicación de que puede que estés mintiendo, te azotarán hasta que les digas lo que quieren oír.

Sollocé ante sus duras palabras.

—No sé cómo sucedió. ¿Cómo es que Úrsula pudo hacer algo así?

La jefa de cocina se sentó junto a mí y suavizó su voz.

—Creo que no sabías nada de esto, pero debes probar tu inocencia. Sé que Úrsula estaba sufriendo a causa de la muerte de sus hermanos, pero ¡tratar de llevar a cabo un acto tan impulsivo! ¿Cómo pudo ser tan desalmada? En su intento por envenenar al *Führer*, acabó con su vida y deshonró a toda su familia. La Gestapo nos interrogará a todos. —Se retorció las manos—. Qué mujer tan estúpida.

La miré sin saber qué decir. Proclamé mi inocencia, pero no podía contarle a nadie lo del polvo en el mandil de Úrsula. Mencionarlo sería equivalente a implicarme.

—El Capitán Weber solicitó una nueva catadora, pero no estará aquí sino hasta mañana —me informó la jefa—. Esta noche deberás hacer la salva de todos los alimentos. Preséntate en la cocina a más tardar a las siete de la noche.

Se marchó y me cambié de ropa, quitándome el disfraz bávaro para ponerme mi uniforme de trabajo. Furiosa, arrojé el disfraz sobre la cama, asqueada por el acontecimiento que simbolizaba. Quería hacerlo jirones y arrojarlo al pasillo para recordarle a Eva lo ridícula que era su idea.

Pronto, otro llamado fuerte y sonoro a mi puerta interrumpió mis pensamientos. Abrí la puerta y me impactó ver al coronel. Entró con brusquedad y sin que lo invitara a pasar, se sentó en la silla del escritorio y me miró con sospecha. Recordé la recomendación de la jefa, y no alejé mi mirada en ningún instante mientras me interrogaba.

En un momento dado, preguntó:

—¿Ya dejaste de tratar de introducir veneno en el Berghof de manera subrepticia? —Entendí su treta. Responder de manera afirmativa o negativa me hubiera incriminado.

—Nunca introduje veneno, ni para ella ni para nadie más. No tenía idea alguna de que Úrsula pensara en un plan de ese tipo.

Me miró de pies a cabeza y me preguntó de dónde pudo sacarlo ella. Le dije que no lo sabía; que era absurdo que me lo preguntara.

Pareció satisfecho con mis respuestas, pero me hizo más preguntas acerca de mis hábitos. Quería saber a quién conocía en el Berghof y lo que pensaba del *Reich*.

Se me encogió el estómago cuando respondí sus preguntas acerca del *Reich*. Mentí para salvarme a mí misma. Sólo sentía rabia y dolor por la muerte de Úrsula, por Hitler y por la guerra. El coronel me dijo que, de ahora en adelante, tenía que reportar cualquier conducta sospechosa directamente a él. La cocina y el personal estarían bajo vigilancia especial. Se despidió, se levantó e hizo el saludo al *Führer*. No tuve otra opción más que imitarle.

Esa noche, en la cocina, dos guardias de las SS supervisaron cada uno de los movimientos del personal. No los conocía porque mi contacto con el *Leibstandarte* se limitaba principalmente a Karl y a Franz. Uno de los guardias, un hombre con aspecto de rata y el cabello rubio y grasoso, me observó mientras hacía la salva. Tenía los nervios de punta. Me pregunté si Úrsula puso cianuro en los alimentos además de colocarlo en el té. La puerta de la cocina se azotó y dejé caer una cucharada del platillo de espárragos destinado al *Führer*. El hombre de las SS no vaciló. Me señaló amenazante y me ordenó que tomara otra probada. La jefa lo miró con enojo, pero no sirvió de nada. Las tensiones estaban al máximo. Logré terminar de catar los alimentos, pero temblaba con cada probada y me sentía invadida por el terror.

A la mañana siguiente, la jefa me dio una lista de verduras y me pidió que registrara la cantidad de cada una que había en el invernadero. Reuní los cuadernos para el inventario, y subí por la colina cubierta de pasto hasta las edificaciones de vidrio y metal que brillaban bajo la brumosa luz de la mañana. El aire se sentía fresco y húmedo en mi piel, y la luz del sol provocaba ese efecto mágico y etéreo que pintaba las montañas circundantes con tenues colores pastel. Era como si caminara dentro de una acuarela.

Los invernaderos tenían dos pisos y medían alrededor de ciento cincuenta metros. Allí se cultivaba la mayoría de los alimentos de Hitler. También había una «casa de hongos». La jefa me comentó que el *Führer* rara vez los comía, pero al parecer otras personas lo hacían en cantidades suficientes como para justificar que tuvieran un área especial dedicada a su cultivo.

Abrí la puerta al invernadero que estaba más abajo en la colina y entré. Aunque la mañana era fresca, el invernadero se sentía cálido. Me quité el saco y lo coloqué en un barandal metálico. Un sinfín de plantas cubría el piso hasta donde alcanzaba la vista. Tomé mi cuaderno y mi pluma, y caminé frente a las parcelas cuadradas hasta llegar a una de las plantas que aparecía en mi lista: pepinos. Me incliné y empecé a contar aquellas plantas arrodrigonadas y llenas de vistosas flores amarillas. La puerta se abrió detrás de mí.

Karl estaba en la entrada. Se colocó la mano derecha por encima de los ojos para protegerlos de la luz y me miró fijamente. Agité una mano para saludarlo. Me llamó por mi nombre y caminó hasta mí con rapidez. Estábamos solos en aquel invernadero.

Cuando llegó hasta mí, se detuvo y examinó el invernadero de esquina a esquina. Susurró en mi oído:

—Ten cuidado con lo que dices.

—Sólo puedo hablar un par de minutos —avisé—. Estoy haciendo un encargo que me hizo la jefa.

Recogió mi saco y dejé los cuadernos para el inventario sobre un armazón. Caminamos por la vereda pavimentada que estaba frente a los invernaderos. Una vez que llegamos a un sitio seguro, Karl se relajó. Por debajo de nosotros, el Berghof brillaba bajo la luz del sol.

—¿Cómo te fue con el coronel? —me preguntó.

Volví a mirarlo, tratando de determinar la intención con la que hablaba, preguntándome si podía confiar en el capitán. Había algo en él —una bondad, una disposición a escucharme— que me hacía querer confiar en él, sentirme lo bastante cómoda como para hablar sin rodeos.

—Respondí a sus preguntas —contesté. Traté de sonar neutral.

Se metió una mano en el bolsillo y sacó un encendedor dorado. Jugueteó con él unos instantes, dándole vueltas en la palma de su mano.

—Sigo tratando de dejar de fumar. —Señaló el encendedor—. Pero al menos me da algo que hacer. —Rio un poco y preguntó—: ¿Notaste algo inusual en Úrsula antes de subir a la casa de té?

Sacudí la cabeza.

El rostro de Karl se tensó y sus ojos se entrecerraron. Rodeó mis hombros con su brazo, con su cara cerca de la mía.

—Le dije al coronel que no tenías conocimiento alguno del incidente de ayer, a pesar de lo que pudieras ver.

Se me aceleró el corazón.

—Te protegí de todas las formas que pude —siguió.

—¿Por qué?

—Porque... —Dio unos pasos para alejarse de mí y volvió a mirar el encendedor que tenía en la mano—. Me cuesta admitirlo, pero desde que llegaste al Berghof, me resulta difícil pensar en algo que no seas tú. —Volteó como si temiera lo que yo pudiera replicar.

Puse mi mano sobre su hombro.

—Yo también pienso en ti.

Me miró, tenía el rostro enrojecido.

—¿De veras? Me da mucho gusto escucharlo.

Me reí.

—No tienes por qué ser tan formal, Karl. Esto es tan nuevo para mí como sospecho que lo es para ti. —Lo acerqué a mí y le di un beso en la mejilla.

—Gracias. —Miró a su alrededor. En la cima de la colina, un grupo de oficiales de las SS bajaban desde los barracones. Karl tomó mis manos entre las suyas—. No tenemos mucho tiempo. Quiero compartir algo contigo, Magda. Es algo que tiene una gran importancia para mí. Esto es sólo una parte, hay mucho más. Tiene que ver con la guerra. ¿Quieres saber por qué me importa?

Asentí.

—Entonces iré a tu habitación esta noche, cuando sea seguro. Debes confiar en mí como yo confío en ti. —Me dio un beso—. Regresa a tus labores. Tengo que irme.

Caminó con rapidez hacia el Berghof y me dirigí a los invernaderos. Los oficiales de las SS me sonrieron y saludaron con la cabeza cuando pasaron junto a mí.

Me hinqué junto a los pepinos y empecé a contarlos de nuevo, aunque no pude evitar preguntarme qué tendría que decirme Karl que fuera tan importante. Pero lo que más me conmovió fue la emoción que me embargaba por su beso.

A las dos de la mañana, me despertó un suave llamado a mi puerta.

Me puse la bata y abrí la puerta unos centímetros. Karl estaba en el oscuro pasillo, su rostro parecía pálido bajo la luz grisácea. Sus ojos parecían inflamados y rodeados por círculos oscuros. Empujó la puerta un poco y se deslizó al interior. Mi habitación volvió a quedar en total oscuridad.

—Prende una vela —me pidió.

—¿Estás seguro de que no hay peligro? —pregunté, consciente de que resultaba riesgoso que hubiera un hombre de las SS en mi habitación a esas horas—. No tengo velas. Voy por una a la cocina.

—Te ruego que tengas cuidado. Hay un guardia apostado afuera de la entrada. Tuve que inventar la excusa de que estaba realizando investigaciones adicionales acerca de Úrsula y del envenenamiento al amparo de la oscuridad.

—¿A estas horas?

—Le dije que lo hacía en el más profundo secreto.

Me puse las pantuflas y me alejé de mi habitación. El Berghof estaba a oscuras por completo; por fortuna, caminé por ese pasillo en tantas ocasiones que sabía a dónde iba. Había velas y cerillos arriba de uno de los fregaderos; se guardaban allí como accesorios para las cenas nocturnas de Hitler. Abrí la alacena como ladrona, tomé lo que necesitaba y regresé con sigilo a mi cuarto. Me pregunté si el coronel no se ocultaría bajo una de las mesas con la esperanza de atraparme en mis paseos nocturnos. Por suerte, ni él ni nadie más me detuvo.

Encontré el cenicero de Úrsula junto a la pared, debajo de su cama; puse la vela dentro y prendí la flama. Una cálida luz amarilla se extendió en un breve círculo. Karl estaba sentado sobre mi cama, con la cabeza entre las manos. Me miró, sacó un sobre que tenía escondido en el saco de su uniforme y lo dejó a su lado. Me hizo un gesto para que me sentara en la cama junto a él.

Obedecí y entonces me besó con calidez y pasión.

No lo alejé de mí. Sus labios bajaron por mi cuello, y su pausado aliento me provocó unos escalofríos que recorrieron mi espalda. Recuperé la compostura y me zafé de entre sus brazos, aunque no quería que se detuviera. Mis ardientes emociones me incomodaban demasiado.

—¿De qué se trata todo esto? —le pregunté—. ¿Por qué ponernos en peligro a los dos?

Acarició mi rostro y respondió:

—Cuando nos conocimos, te dije que reconocí algo distinto en ti. Sigo creyendo que eso es verdad.

Lo miré, insegura de qué responderle.

Retiró sus manos.

—Esta tarde Franz estaba inconsolable. Casi no pudo responder a las preguntas del coronel. Mintió acerca de su relación con Úrsula. Le dijo al coronel que sólo eran amigos. Sé que eran mucho más que eso, me lo contó él mismo…, ya sabes lo presumidos que somos los hombres.

—¿Por qué me cuentas todo esto?

—Porque sé que te formas tus propias opiniones y que, al igual que yo, no quieres que sufra el pueblo alemán.

—Por supuesto que no.

—Dime, ¿estás enamorada de Hitler?

Estuve a punto de reírme ante lo ridícula que resultaba la pregunta. Respondí enseguida.

—¿Enamorada? En absoluto.

—¿Crees en él y en el sueño del Tercer *Reich*? —Hizo una pausa como si sus propias palabras lo hicieran sufrir—. Alemania me rompe el corazón.

Pensé en mi padre. Las palabras de Karl sonaban exactamente como lo que él diría.

—No admiro al *Führer* —confesé—. Mi padre dice que se rodea de bravucones que le hacen el trabajo sucio mientras disfruta de la vida. Ese tipo de hombre no merece respeto alguno. Yo estoy de acuerdo.

Karl tomó el sobre que dejó sobre la cama, lo abrió y sacó una colección de fotografías.

—Resulta duro mirarlas, pero debes hacerlo. Hitler está equivocado sobre la guerra y miente acerca de la manera en que el *Reich* trata a los judíos y a los prisioneros de guerra. Hay que detener esas mentiras. —Me entregó las imágenes—. Mi vida está en tus manos.

Incliné las fotografías hacia la luz de la vela. La primera serie mostraba a oficiales de las SS disparando a hombres, mujeres y niños desnudos, parados encima de un risco. Incluso podía verse el humo que salía de los cañones de sus rifles.

—¿Dónde sucedió esto? —pregunté, horrorizada por lo que mostraban las imágenes.

Karl inclinó la cabeza.

—Cerca del frente del este.

De por sí era perturbador que nuestros hombres dispararan a hombres desarmados, pero ¿también a mujeres y niños?

El segundo grupo de fotografías era todavía más horripilante, y palidecí ante la vista de los cadáveres enredados. Había tantos que era imposible distinguir dónde terminaba uno y empezaba otro. Las fotografías mostraban montones de maletas, zapatos y lentes, junto con montañas de cuerpos sin vida. Quedé impactada. En la imagen final, un hombre desnudo yacía inerte sobre una losa frente a una abertura que parecía la puerta de un horno. Un prisionero —él mismo parecía prácticamente un cadáver— estaba parado a su lado, al parecer para asegurarse de que el cuerpo fuera incinerado.

—¿Es propaganda de los Aliados? —pregunté, pues no quería creer lo que tenía frente a mí.

Karl sacudió la cabeza.

—No, estas fotografías son reales. Provienen de un oficial de las SS de Auschwitz. Debes mantener en secreto todo lo que viste. —Colocó las fotografías de vuelta en su sobre y las guardó en su saco de nuevo—. Hay una red clandestina de oficiales que creen que hay que detener al nacionalsocialismo por el bien de Alemania. Estamos decididos a que esto suceda.

No quería oír sus palabras; no por Alemania, sino por egoísmo. La vida de Karl estaba en peligro. Cualquiera que desafiara a Hitler estaba condenado.

—¿Sólo unos pocos saben de esto? Estás tomando un riesgo gigantesco.

Karl asintió con la cabeza.

—Un riesgo por el que vale la pena morir.

Temblé como si un viento helado me recorriera el cuerpo colmado de emociones inesperadas. Por una parte, sentía una creciente atracción por Karl y admiraba su fuerza, su valentía y su convicción. Un hombre cualquiera no colocaría su vida en manos de una mujer ni le pediría que se uniera a él para mantener en secreto una información tan poderosa. Las imágenes que me mostró ya se encontraban grabadas en mi memoria como con fuego. ¿Qué tipo de tirano podía ordenar una matanza como esa? ¿No debería levantarse toda Alemania para detener esas atrocidades? Pero eran muy pocos los que lo sabían, y de nada servía iniciar una revolución. El *Reich*, junto con sus poderosos oficiales, podía aplastar a cualquiera que se interpusiera en su camino. Y entonces recordé a Úrsula muerta sobre el piso. Se sacrificó por sus hermanos. ¿Cómo podía menospreciarlos a ella y a Karl apartándome de esto? Karl me estudiaba, pendiente de mi respuesta. Por fin le pregunté:

—¿Qué quieres que haga?

—Ofrece tu fuerza —me pidió tomándome de las manos—. No me delates. No estoy solo, pero hay pocos en quienes confiar. —Su voz se entrecortó y acarició mi cabello—. Sé que es mucho pedir, pero algún día tal vez puedas corresponder el amor que siento por ti.

Quise alejarme de él, sus palabras me abrumaban. El único hombre que alguna vez había profesado amor por mí era mi padre.

—¿Por qué habría de amarte cuando es posible que mueras? No hay futuro en la muerte.

—Si Hitler sigue en el poder, no habrá futuro para nadie. —Se levantó de mi cama y me miró—. Debo regresar. Piensa en lo que dije.

Iba a marcharse, pero lo tomé del brazo.

—¿Sabías que Úrsula planeaba envenenar al *Führer*?

—Sólo por sus insinuaciones. Hablaba de ello como si fuera una broma. De eso estábamos platicando en la casa de té el día en que las llevé. Le advertí que no fuera tan descarada, pero no tenía idea de que decidió envenenarlo sin ayuda de nadie. Estaba muy resentida por la muerte de sus hermanos. Trataba de consolarla; de hecho, trataba de impedir que hablara así de Hitler.

»Envenenar el té fue una tontería. Mataría a cualquiera que bebiera a la mesa de Hitler. Era una misión suicida. Si no la identificaban como la responsable, todos podíamos terminar siendo ejecutados.

Dudé y después lo admití.

—Vi el veneno en su mandil. No sabía lo que era. —Me invadió la tristeza—. De haber sabido, quizá la hubiera podido detener, pero ¿quería tener ese conocimiento? ¿Qué sería de mis padres si las SS pensaran que estuve involucrada? No quiero que mueran. Son lo único que tengo en el mundo.

—Úrsula amaba a sus hermanos más que a su propia vida. Murió por ellos. La locura que se apoderó de nosotros demanda sacrificios extremos. Esa es la verdad. Si decides unirte a mí, cualquiera de los dos podría morir. Tus padres también podrían estar en peligro. La Gestapo y las SS tienen maneras de hacer que la muerte sea un proceso muy desagradable. Nadie quiere ser un héroe, pero piensa en lo que hemos discutido.

Se inclinó sobre mí, me besó en la mejilla y después se alejó en silencio. Al acostarme, me daba vueltas la cabeza, presa de la emoción. ¿Estaba dispuesta a arriesgar la vida, y posiblemente la de mis padres, por Karl? Las fotografías que me mostró se repitieron en mi mente al pasar de las horas. ¿Podía el mundo salvarse de tales horrores? Di vueltas y vueltas en mi cama.

Después de un par de horas de sueño intranquilo, desperté. Mi punto de vista era distinto. Me invadió la calma. Úrsula se sacrificó por el amor que sentía por sus hermanos. ¿Podía yo sacrificarme con tal de acortar la guerra? Mi corazón me decía que Karl y su amor por mí eran genuinos. Traté de ignorar los sentimientos que crecían en mi interior, pero me impulsaba algo más grande que yo misma. Tenía que confiar en mi intuición.

Ya no era la Magda sensata que ingresó en el servicio civil sólo para conseguir un empleo. Ahora era Magda Ritter, una mujer que podía ser una traidora, participar en una conspiración para matar al *Führer* y —si seguía los designios de mi corazón— ser la amante del capitán Karl Weber.

LA GUARIDA DEL LOBO

Rastenburg

CAPÍTULO 7

A principios de julio de 1943, Hitler desapareció como el sol oculto por una nube. Las preparaciones empezaron a finales de junio y él se esfumó al cabo de tres días, como casi todo lo que estaba conectado a él. Se quedó el ama de llaves del Berghof, junto con su marido, así como el personal encargado de mantener la residencia lista para cuando regresara Hitler. Martin Bormann se quedó algunos días más, pero su hermano Albert ya se había marchado, al parecer junto con el *Führer*. Speer se apresuró a llegar a Berlín, y nos informaron que Göring había desocupado su casa, localizada en una colina sobre el Berghof.

En mitad de la noche, Karl deslizó un sobre a mi nombre por debajo de mi puerta; en una nota me informaba que el *Führer* lo convocó a Rastenburg, a la Guarida del Lobo. No quiso despertarme. Me sentí consternada de que tomara ese riesgo por el escándalo que se desataría si alguien más encontrara su nota. Se suponía que nadie debía saber el sitio al que se dirigía Hitler. Después de leerla, la quemé en el cenicero de Úrsula y pisoteé las cenizas en una de las ocasiones en que caminé hasta los invernaderos. Me entristeció que Karl tuviera que marcharse, pero entendía la naturaleza de su trabajo.

La jefa de cocina dijo poco acerca del envenenamiento de Úrsula, pero me di cuenta de que la alteró. Su proceder, por lo general calmado, se tornó frío y desanimado en comparación con los días anteriores. El intento de envenenamiento provocó oleadas de consternación en todo el Berghof. La jefa nos miraba a todos con ojos de águila, y supervisaba la totalidad de la preparación de los alimentos aunque Hitler ya no se encontrara allí. No quería que hubiera error alguno y, por consiguiente, que recayeran sospechas sobre su persona.

En una ocasión me aleccionó sobre la terrible pérdida que supondría que asesinaran al *Führer*.

—Alemania dejaría de existir —me explicó—. Todos debemos apoyarlo hasta el final. Hay que hacer el sacrificio que sea necesario.

Me limité a asentir y pensé en las terribles imágenes que Karl me mostró, unas pruebas que nadie podía refutar. Y, sin embargo, según Karl, sólo unos cuantos oficiales tenían conocimiento de las mismas. Distribuirlas entre el pueblo alemán sería una insensatez. Me pregunté si la población creería siquiera que eran reales. La mayoría, bajo el bombardeo constante de la propaganda del *Reich*, creería que eran creaciones de los judíos o de los bolcheviques. Goebbels utilizaría una táctica así para azuzar al pueblo. Desde su púlpito político, afirmaría que los sucios judíos o los cerdos comunistas crearon las imágenes con el fin de fomentar la oposición. Era un genio de su arte.

En los primeros días que pasé sin Karl, mis pensamientos se llenaron de dudas y aprensiones sobre la posibilidad de un ataque contra Hitler. Seguir a Karl podría significar mi muerte y, con mucha probabilidad, les esperaría el mismo destino a mis padres. Mi corazón añoraba su amor, pero una mirada racional y pausada a nuestra situación sólo podía terminar en temor e incertidumbre. No podía abandonar a mis padres a la Gestapo y a sus técnicas; incluso cabía la posibilidad de que persiguieran a mi tío Willy y mi tía Reina. ¿Y qué pasaría si mi romance con Karl se convertía en una relación formal? Cualquier paso en falso, cualquier informante, cualquier error de juicio, podría costarle la vida. ¿Y si nos casábamos y yo me embarazaba? ¿Podría cargar en mi vientre a un hijo en medio de los horrores de la guerra sólo para dar a luz y traerlo a un mundo de déspotas criminales? Todos estos conflictos torturaban mi mente hasta que quedaba exhausta de tanto pensar.

Una noche, después de una salva y comida poco entusiastas, caminé hasta la terraza para disfrutar del aire. Un oficial de las SS estaba parado al otro extremo, deleitándose con la vista. Estábamos a solas, cosa que me hizo feliz porque no deseaba tener compañía alguna. Las sillas y los parasoles estaban apilados en una esquina; la mayoría de los muebles habían sido hechos a un lado porque Hitler ya no se encontraba allí. Me senté sobre la cerca de piedra y miré al valle. Las largas sombras que proyectaba la puesta de sol marcaban profundas sombras moradas sobre las montañas. Los verdes bosques se tornaban grises bajo la luz menguante. El aire se sentía placentero y traía consigo un veraniego aroma a pasto y flores silvestres. Estaba absorta, contemplando la belleza que tenía frente a los ojos, cuando alguien me dio unos golpecitos en el hombro. Sorprendida, volteé y vi que se trataba de Eva Braun.

Traía puesto un sencillo vestido negro pero se veía elegante, como si acabara de cenar con el *Führer*. Había un toque de rubor en sus mejillas y su cabello parecía recién peinado. Detecté esa ligera melancolía que casi siempre se percibía en su mirada.

—Magda, ¿verdad? —me preguntó.

—Así es. —Quedé sorprendida de que me recordara.

—Esta vez no estás leyendo. —Se sentó junto a mí y miró el vasto panorama—. Es una noche hermosa.

—Muy hermosa. —Alejé mi vista, no estaba de humor para ninguna maniobra delicada. ¿Qué quería?

—Parece que esta noche nos sentimos igual —dijo—. ¿Hay algo que pueda hacer para mejorar las cosas?

Sacudí la cabeza. No podía contarle a nadie lo que me agobiaba, y mucho menos a la confidente de Hitler. Inventé una excusa que pensé que querría oír.

—Extraño la emoción que el *Führer* le proporciona al Berghof. Es muy aburrido, ahora que todo el mundo se fue.

—Mañana salgo para Múnich para reunirme con mis padres y amigos —me contó Eva, asintiendo—. Los perros me van a acompañar. Me imagino que no volveré a ver a Adolf hasta que regrese en…, bueno, cuando sea que regrese. Está muy ocupado.

Sabía que no me podía decir cuándo estaría de vuelta Hitler. Sería tan torpe como Karl explicándome que el *Führer* iba de camino a Rastenburg.

Apareció otro hombre de las SS con los dos perritos de Eva, quien no le dijo nada cuando recibió las correas.

—Negus, Stasi, ¡sentados! —Los perritos de pelambre negra la obedecieron al instante y se le quedaron viendo, con sus pequeñas lenguas rosadas fuera. El hombre de las SS hizo un saludo y dio vuelta.

—Son muy formales. Supongo que deben serlo —dijo Eva con una mueca. Hizo una pausa y entonces me preguntó—: ¿Tienes novio?

Estaba consciente de que lo que dijera podía llegar a oídos de Hitler. Si daba el nombre de Karl, era posible que nos fuera más fácil vernos; por otro lado, la conexión nos amarraría, ya fuera para bien o para mal. Me contaron que una de las secretarias particulares de Hitler se casó con un oficial de las SS porque al *Führer* le hacía gracia verlos juntos. Representó el papel de casamentero paternal y, a la larga, los dos cedieron. Esperaba que mi respuesta nos hiciera las cosas más fáciles a Karl y a mí.

—El Capitán Weber me llevó a la función de *Lo que el viento se llevó* que usted ofreció, y fuimos a pasear y a algunos bailes.

Eva sonrió.

—¡Ah, el Capitán Weber! Un excelente oficial y un hombre gallardo. El *Führer* depende mucho de él. Sería un marido admirado y respetado.

Me esforcé por no ruborizarme.

—No tenemos planes de matrimonio. Apenas nos conocemos.

Eva acarició a uno de sus perritos y dijo:

—Eso podría cambiar. Cuando termine la guerra, se honrará a todo aquel que preste sus servicios. Karl y tú tendrán un hogar feliz y le darán muchos hijos al *Reich*.

Desvié la mirada, ansiosa por poner fin a una conversación relacionada con mi vida privada.

—¿No fue terrible lo que sucedió con la otra catadora?

Sus ojos me atraparon y supe que tenía que ser muy cauta en mi respuesta. Recordé las palabras de la jefa de cocina sobre lo que debía hacer en caso de interrogatorio. Miré a Eva directamente y respondí:

—¡Sí! Debió de enloquecer para atreverse a hacer algo así. Nunca sospeché de ella.

—Esa es la razón por la que el *Führer* tiene a gente como tú y Karl a sus órdenes. Debemos protegerlo; de lo contrario, todo se perdería. —Sonrió, pero también vi un destello de pánico en sus ojos. Quizás intuía, o sabía, que la guerra iba mal—. Incluso las jóvenes están bajo sospecha. En febrero, capturaron y enjuiciaron a una en Múnich por repartir volantes que hablaban mal del *Führer* y del Partido. Un consejo, Magda: no confíes en nadie jamás. Toda cautela es poca. Sé leal… Pero ¿qué estoy diciendo? ¡Sé que lo serás!

Dudé, pero al final le pregunté:

—¿Y qué le pasó a la joven?

—La decapitaron. —Eva soltó una risita incómoda, se levantó de la valla y jaló las correas de sus perritos—. Adolf detesta ese tipo de cosas. —Extendió la mano hacia mí—. Supongo que pasará un tiempo antes de que nos volvamos a ver.

Asentí y tomé su mano, que se sentía fría. Me dio las buenas noches y yo hice lo mismo. El hombre de las SS seguía en la esquina. Quise saber si Eva me había contado la verdad acerca de la mujer a la que decapitaron, de modo que decidí preguntárselo al oficial. Mi pregunta era un poco riesgosa, pero razoné que me respondería si le explicaba que estaba tratando de averiguarlo para decírselo a Eva. No cabía la menor duda de que me vio con ella en la terraza.

Casi ni volteó a verme cuando me acerqué a él. En apariencia, era un guardia al que le asignaron la tarea de vigilar el terreno y las casetas de seguridad de las SS, que estaban más abajo. Se sentó sobre la valla de piedra. Tenía los hombros caídos por el aburrimiento: había poco que vigilar sin Hitler allí. Incluso los aires estaban libres de amenazas. En tiempos recientes, sólo unos pocos aviones aliados habían sobrevolado el Berghof. Sonaron las alarmas de ataque aéreo, pero no cayó ninguna bomba.

—Disculpe —llamé su atención—. Estaba platicando con *Fräulein* Braun. Oyó que arrestaron a una mujer por repartir volantes en Múnich. Eva me pidió que averiguara un poco más acerca de ella. —Usé su nombre de pila para que pareciera que éramos amigas.

El oficial me miró con extrañeza, como si me estuviera evaluando, pero respondió a mi pregunta para deshacerse de mí.

—Sophie…, Sophie algo. La juzgaron y la declararon culpable de traición a la patria, junto con sus hermanos y otros conspiradores. Trabajaban para una organización clandestina. No recuerdo el nombre. —Se quedó viendo hacia el valle, aburrido por mi intromisión.

—¿Y qué les ocurrió?

Volteó hacia mí con sus ojos azules luminosos por la rabia.

—¿Que qué les pasó? Lo que les debería pasar a todos los traidores… Los guillotinaron. Eso sí lo recuerdo. ¡Bien merecido!

Debió de percatarse de la mirada de horror en mis ojos porque sacudió la cabeza como compadeciéndose de mi debilidad. Volteó de nuevo a mirar las oscuras montañas. Le di las gracias y abandoné la terraza.

Esa noche, recostada en cama, deseé ver a Karl y reflexioné acerca de la joven ejecutada por repartir panfletos antinazis. Hitler sólo aceptaba una obediencia ciega al Partido. Si Karl y yo nos atrevíamos a contravenir las normas, moriríamos. Me sobresaltó una idea repentina: Karl y yo ya nos habíamos saltado esas normas.

A la mañana siguiente, durante el desayuno, la jefa de cocina nos comunicó que ordenaron que nos presentáramos en Rastenburg en tres días. El comunicado provenía directamente de Hitler. Era un viaje de dos días en tren. Me dio gusto porque volvería a ver a Karl, pero quedé algo sorprendida por que nos convocaran a la jefa de cocina y a mí.

—Le gusta cómo cocino —respondió a mi pregunta—, y tú te unirás a las demás catadoras en la Guarida del Lobo.

—¿Todas estaremos allí?

—No nos corresponde cuestionar las órdenes del *Führer* —concluyó al tiempo que se encogía de hombros—. Creo que tiene que ver con la cantidad de personal de Rastenburg y con el incidente que se dio aquí con Úrsula. Él y el Capitán Weber están siendo cautos.

Imaginé los alimentos colocados sobre una mesa y cada mujer probando un solo platillo. Si una moría, otra podría tomar su lugar, quizás en no más de una hora, como una especie de cadena de ensamble mortífera. Cada muerte se contabilizaría como un triunfo para el *Führer*, como un sacrificio por el bien del *Reich*.

—Puedes partir después del desayuno —me dijo la jefa mientras me entregaba un pequeño libro dorado de sólo algunas páginas. En la portada, aparecía el águila del *Reich* en negro—. Ten esto contigo en todo momento. Es la prueba de que trabajas para el *Führer*.

Lo abrí y me topé con una de las fotografías que me tomaron en Berchtesgaden. El librillo indicaba que se me debían «otorgar todos los privilegios especiales» como miembro del personal de Hitler. Por órdenes del propio *Führer*, tenía plena libertad para viajar por Alemania o por cualquier otro territorio del *Reich*.

Desde hacía ya cierto tiempo pensaba en regresar a Berlín porque habían pasado meses desde que había visto a mis padres por última vez. Mi trabajo y mi incipiente relación con Karl consumían todo mi tiempo. Un día lejos de las demandas del *Reich* era un regalo que tenía que aprovechar.

—Me gustaría visitar a mis padres —le dije a la jefa de cocina.

—Siempre y cuando te presentes en la Guarida del Lobo de aquí a tres días, puedes hacer lo que desees, pero no le reveles a nadie tu destino final.

Después del desayuno, me despedí del resto del personal y empaqué mis cosas con rapidez. El cuarto vacío tenía un aspecto desolado y, por un instante, recordé a Úrsula, reclinada en su cama con un cigarro y echando el humo por la ventana para que no la pescaran. Admiraba su valentía, pero no podía sino criticar su planeación. Se enfrentó a Hitler y fracasó. Como señaló Karl, las acciones poco meditadas, como las de Úrsula, terminaban mal. Era necesario proceder con cautela y con abundante planeación. Alejé todos esos pensamientos de mi cabeza. La idea misma de derrotar a Hitler parecía imposible.

Un carro de las SS me llevó a la estación de trenes de Berchtesgaden. No tuve tiempo de visitar a mis tíos Willy y Reina; de todos modos, no estaba de humor para hablar con ellos. No quería que me hicieran preguntas acerca de Hitler ni escuchar sus comentarios acerca de lo maravilloso que era servir al *Führer*.

Llegué a Berlín tarde por la noche. La ciudad me sorprendió con su vivacidad. Ya estaba acostumbrada a la silenciosa soledad alpina del Berghof. Las luces, el sonido de los motores y los centenares de aromas —cada uno asociado a algún recuerdo— hizo que Berlín me pareciera extrañamente novedoso. Era como si lo estuviera viendo por primera vez.

Me dirigí al departamento de mis padres. La calle estaba en silencio, lejos del barullo y, a excepción de las disposiciones para los ataques aéreos, la guerra parecía muy distante. No había ningún ataque aéreo importante por parte de los Aliados desde el cumpleaños de Hitler. Los árboles estaban cargados de hojas y las ramas arrojaban sombras oscuras sobre los edificios circundantes. Filos de luz dibujaban el contorno de algunas ventanas. En ocasiones, las cortinas ondeaban en la brisa, y un bloque de luz que salía del departamento de alguna persona brillaba sobre la acera y desaparecía en un instante. Un fonógrafo estaba tocando en una de las casas. La tonada era melancólica pero dulce; se oía la bella voz de una mujer que alababa al soldado que fue a luchar a la guerra por el *Reich*. El mundo parecía estar en completa paz, y su serenidad me llenó de una sensación de calma que no experimentaba desde hacía meses. Me di cuenta de que mi trabajo me estaba pasando factura. El primer indicio de ello fue la comida que disfruté en el tren. Estaba feliz de alejarme de las salvas, de limitarme a saborear la comida sin preocuparme de que cada bocado pudiera matarme.

Toqué el timbre y esperé. No llamé antes porque quería que mi visita fuera una sorpresa. Después de insistir un par de veces más, mi padre, en bata, abrió la puerta. El pasillo estaba a oscuras. Entrecerró los ojos en un intento por ver mejor. La mirada de extrañeza en ellos se convirtió en una sonrisa tan pronto como me reconoció. Se apresuró a tomarme entre sus brazos, y la fuerza de su abrazo me dejó casi sin aliento.

—¡Magda, Magda! —exclamó con los ojos llenos de lágrimas—. ¡Dios mío, cómo te extrañamos tu madre y yo! —Me liberó de su abrazo.

Me quedé parada en el rellano, sosteniendo mi maleta.

—¿Puedo pasar?

—¡Por supuesto! Pero ¡qué tonto soy!

Mi madre apareció en la puerta de su habitación, con sus ojos a medio cerrar por el sueño. Corrió hacia mí sin decir palabra y me estrujó igual que mi padre. Después de intercambiar abrazos y besos, me permitieron entrar.

—¿Vuelves a casa de manera definitiva? —preguntó mi padre con cautela. El tono de su pregunta me dejaba claro que todavía quería que me mantuviera fuera de Berlín.

—Sólo puedo quedarme esta noche. —Coloqué mi maleta en el piso junto al perchero—. Mañana tengo que tomar el tren a... —Me percaté de que no podía decirles a mis padres a dónde me dirigía.

—Ven a la cocina —me pidió mi madre—. Quiero que me cuentes todo lo que estuviste haciendo. Nos quedan dos bolsitas de té para el resto de la semana. Prepararé una jarra. Estoy demasiado emocionada como para dormir.

Mi padre asintió y nos dirigimos a la cocina. Mi mamá prendió una vela y entonces mi padre y yo nos sentamos a la pequeña mesa de roble mientras ella preparaba el té. Puso agua en la tetera, la colocó sobre la estufa y volteó a verme con los ojos bien abiertos.

—¿Cómo es? —Al igual que la mayoría de los alemanes, estaba fascinada con el *Führer*, un hombre al que nunca había visto.

—Lisa —dijo mi padre—. No eres de la Gestapo. ¿No crees que quizá Magda no pueda hablar de él?

—No. —El entusiasmo de mi madre se transformó en un ceño fruncido.

—No lo conozco —respondí—. Lo vi un par de veces en el Berghof y una vez cerca de la casa de té.

—¿Tiene una casa de té? —preguntó mi madre, sorprendida de que existiera algo así.

—Por la tarde bebe té y come pastel de manzana allí con sus invitados —expliqué, sintiendo que no hacía ningún daño compartiendo esa información—. Parece el torreón de un castillo colocado en medio del bosque. También platiqué con Eva Braun en varias ocasiones.

No hubo ningún atisbo de reconocimiento en los ojos de mis padres. Qué estupidez mencionar su nombre. Claro que no sabían quién era. Eva era un secreto que sólo unos cuantos conocían. Decidí dejar el tema de lado.

—¿Y a qué te dedicas? —quiso saber mi padre mientras se acomodaba en su silla. Hizo la pregunta de manera casual, como si esperara una respuesta referente a algún trabajo «normal», como tenedora de libros o contadora.

El estómago se me encogió; no quería ocasionarles una preocupación innecesaria contándoles que era catadora y que arriesgaba la vida a diario. Al vivir en Berlín, mis padres ya tenían más que suficiente de qué preocuparse.

—Trabajo en la cocina. Soy la responsable de hacer inventarios de los alimentos y los productos de cocina. —Era una verdad a medias.

Mi madre regresó a la mesa con tres tazas de porcelana. Mientras esperábamos a que la tetera hirviera, se sentó junto a mí y me tomó de la mano.

—Estoy muy orgullosa de ti y muy aliviada. Es un trabajo excelente, ¿no es así, Hermann?

Mi padre asintió, pero por su ceño fruncido supe que le entusiasmaba muy poco cualquier trabajo relacionado con el nacionalsocialismo. Pregunté por *Frau* Horst y los demás vecinos para cambiar el tema de la conversación. Hasta que nos fuimos a la cama, hablamos de su trabajo y del estado de ánimo en Berlín.

Cuando me levanté a la mañana siguiente, mi mamá estaba recogiendo los platos del desayuno. Mi padre estaba sentado a la mesa del comedor, bebiéndose una taza de té antes de partir a su trabajo.

—Estaba a punto de despertarte para despedirme de ti. —Sus ojos se veían apagados, como si la vida se convirtiera en una tarea insoportable, en una serie de días unidos que apenas podía tolerar—. Gracias por no decírselo a tu madre.

Mi corazón casi dejó de latir.

—No sé de qué me estás hablando.

—Claro que lo sabes. —Su tono era neutro, carente de toda emoción—. Tu tío Willy se enteró de lo que haces por medio de sus conexiones en las SS. Berchtesgaden es un sitio muy pequeño. —Rodeó su taza de té con ambas manos—. Él y Reina están más que encantados con tu puesto, claro está. No podrían estar más felices. Le rogué que no se lo contara a tu madre porque no quiero que se preocupe. —Tomó un sorbo de su té y dejó la taza sobre la mesa—. Para ellos, ningún sacrificio por el *Führer* es demasiado grande. —Colocó las manos sobre las piernas y dirigió su mirada hacia la cocina.

—No tenía idea de en qué consistiría mi trabajo —susurré por temor a que me oyera mi madre—. Ese es el trabajo que me asignaron. —Me sentí bien al poder compartir eso con mi padre. Ahora comprendía por qué lloró al verme.

—Tu madre —continuó con un suspiro—, que sigue pensando que lavar los platos es importante aunque el mundo se esté derrumbando, cree que el *Reich* ganará la guerra. No tiene idea de los rumores que circulan. Temo lo peor para todos nosotros, Magda. Es como si viviéramos en un mundo fabricado que se encoge día con día. Puedo sentir que las paredes se nos vienen encima… sobre Alemania, sobre Berlín, sobre nosotros.

Me estremecí, temerosa de verlo a los ojos.

—¿Qué rumores oíste?

—Que perdimos batallas importantes en el este, que las cosas cambiaron y que las victorias fáciles que Hitler logró en los primeros años se acabaron. Nunca le diría estas cosas a tu madre. Me correría de la casa. —Rio—. No es posible depender del *Volkischer Beobachter* para obtener reportes verídicos de la guerra. El periódico del Partido no sirve ni para forrar la jaula de los canarios.

—No debes repetir lo que me acabas de decir nunca —afirmé con seguridad—. Resérvate tus opiniones políticas y no armes revuelo. Yo también oí rumores y sé cosas que no puedo contarte. Créeme, hay personas que quieren terminar con esta guerra por el bien de Alemania.

Sonrió y sus ojos mostraron una chispa de vida por primera vez desde que llegué. Tal vez le di una pequeña esperanza de que las cosas podían mejorar.

—Me gustaría respirar tus palabras. Hay tan poco en lo que puedo creer —comentó, y extendió los brazos sobre la mesa para tomarme de las manos. Al otro lado de la ventana, el mundo parecía soleado y alegre, pero, al igual que todo lo demás, el agradable clima no era más que una ilusión, una distracción de la verdad. Apretó mis manos con fuerza—. Cuídate, por favor.

Le aseguré que lo haría, pero mi padre me contagió sus temores. Mi breve escape de Hitler y del Berghof se sintió como un engaño. Estábamos atrapados en un mundo de fantasía inventado por el *Reich* mientras que a nuestro alrededor se libraban batallas, tropas enteras eran diezmadas y se hacía una carnicería con los inocentes. Nuestra sensación de bienestar y seguridad iba mermando, y sólo un idiota creería que nuestro estilo de vida podía continuar. Sin embargo, quedaban muchos tontos a los que había que convencer. El *Reich* estaba haciendo un trabajo excelente. La gente seguía creyendo en Hitler y en su fogosa retórica: luchar por Alemania hasta el final…, hasta que cada hombre, mujer y niño hubiera muerto por el *Reich*. No podía pensar en ello demasiado porque sentía que el mundo entero podía colapsarse a mi alrededor.

Mi padre nos besó a mi madre y a mí al despedirse y se marchó del departamento. Mi madre y yo nos sentamos a desayunar y, tal como lo predijo mi padre, hablamos de las cosas cotidianas que conformaban su vida: la comida, la ropa, el quehacer de la casa, su jardín. En tiempos normales, aquellos eran temas inocuos pero agradables. Sin embargo, nuestros días distaban de ser normales. Las conversaciones acerca de la comida y de las raciones adquirían una importancia vital.

Con la percepción de mi padre de una Alemania que se nos venía encima a todos, me despedí de mi madre por la tarde y abordé el tren en dirección a la Guarida del Lobo, en el este de Prusia. Ella también derramó unas lágrimas al verme ir. Le dije que regresaría en cuanto pudiera, pero no tenía idea de lo que estaba por venir. Al subirme al tren, me pregunté si alguna vez volvería a ver a mis padres.

CAPÍTULO 8

Alrededor de las cinco de la tarde abandoné Berlín en dirección a Rastenburg. Al leer en mis papeles de identificación «al servicio del *Führer*», el cobrador me asignó un vagón-dormitorio. El viaje nocturno transcurrió sin incidentes, a excepción de una parada en medio de Prusia, donde el tren se detuvo a causa de un bombardeo aliado. El mozo de noche tocó en cada puerta para explicar la situación. Levanté la cortina opaca de mi compartimiento y me pregunté cómo un bombardero podía atacar un tren en una noche sin luna. Nos encontrábamos rodeados de un bosque oscuro y espeso, y ya no transitábamos por las fértiles llanuras del este de Alemania. Dormí intranquila el resto de la noche, con un ojo entreabierto, a pesar del camuflaje que nos ofrecía el espeso bosque.

Arribamos alrededor de las diez de la mañana. Era una estación bastante desolada, rodeada de árboles y sin decoración ni lujos que la hiciera destacar. Tomé mi maleta y bajé los escalones hasta el andén. Había otras dos jóvenes que se veían tan desorientadas como yo. Las dos tenían el cabello rubio oscuro, pero una era más alta que la otra y parecía estar al mando de su compañera más baja. La alta estiró su cuello de cisne como si estuviese buscando algo. Casi no me dio tiempo de dejar mi maleta en el piso cuando un corpulento oficial de las SS se acercó a mí caminando, adusto y formal.

—*Fräulein* Ritter —me llamó en un tono áspero.

Me sorprendió que supiera quién era.

—El personal de cocina la espera —continuó—. Tomará el tren de correspondencia hasta la Guarida del Lobo.

Se alejó para dirigirse a las otras dos jóvenes del andén. Nos condujo a otro tren en una vía lateral y, después de unos minutos de espera, se alejó hacia el bosque. Me presenté con las mujeres, que estaban sentadas frente a mí, ya que en ese tren las bancas corrían a cada lado del vagón. La más alta se llamaba Minna, y la más baja, Else. Eran las nuevas catadoras de Berlín, elegidas para el cargo por la jefa de cocina y las SS, con la aprobación adicional de Hitler.

Minna se reclinó en el asiento, forrado con un tejido fuerte, con un aire de autoridad y se alisó la falda con las manos. Le brillaban los labios a causa de su labial rojo intenso y sus cejas estaban delineadas con unas marcadas líneas oscuras, un estilo notablemente más drástico que el que utilizaba la mayoría de las mujeres. Su boca carnosa transmitía crueldad. Representaría un problema; era el tipo de mujer que se colgaría de cada palabra que proviniera del *Reich* y que estaría más que dispuesta a morir al servicio del *Führer*. Por el contrario, Else era bonita y tenía los ojos redondos, una boca pequeña y un carácter tímido. Lo hiciera de manera deliberada o no, consideraba que Minna era su guía. Entendí que Else seguiría a cualquiera que tomara decisiones por ella: era una candidata perfecta para el puesto de catadora. Si la Gestapo le pidiera que tragara veneno, lo más probable era que lo hiciera.

—¿Y cómo es él? —me preguntó Minna con una mirada de superioridad.

No quise consentirla.

—Me hacen esa misma pregunta miles de veces. Tendrás suerte si lo ves siquiera, y ni te imagines que alguna vez conversarás con él.

—Claro que hablaré con él —afirmó Minna con una mirada furiosa—. De hecho, estoy segura de que llegaré a conocerlo muy bien. —Cruzó una de sus bien torneadas piernas sobre la otra.

No tenía idea de la relación que existía entre Eva Braun y Hitler. Quise reírme, pero sentí que revelaría demasiado. En lugar de eso, yo misma me recliné en mi asiento y traté de disfrutar del boscoso panorama mientras pasaban las oscuras manchas verdes de pinos, abedules y robles.

—¿Sientes miedo cuando haces la salva? —preguntó Else.

Aunque llevaba trabajando sólo unos cuantos meses, al menos podía superarlas en experiencia.

—Es un trabajo peligroso. Al principio me sentí muy nerviosa. Nunca sabes qué comida será la última.

Else tragó y se me quedó viendo fijamente. Minna se rio y después hizo una mueca de sarcasmo.

—No seas tonta, Else —la regañó—. De ahora en adelante, llevarás una vida de encanto. Tendrás las mejores habitaciones, y estarás a salvo de cualquier peligro. Comerás los mejores alimentos y no tendrás que temer que estén envenenados en absoluto, porque ¿quién se atrevería a levantar la mano en contra del líder del Tercer *Reich*? Podrás disfrutar de la compañía del propio *Führer*. ¿Qué mujer querría más? Viviremos como reinas mientras el resto de Alemania defiende a nuestra patria. Si la *Wehrmacht* sucumbe, estaremos bajo la protección misma del *Führer*. Como diría María Antonieta, que el pueblo alemán coma pasteles.

Else, temerosa de contradecir a Minna, se le quedó viendo a su compañera con unos ojos tan grandes como los de un cachorro. Yo sentí que ardía un fuego en mi interior y me dieron ganas de abofetear a esa mujer arrogante para que adquiriera algo de sensatez. Pero no podía traicionar mis sentimientos de ninguna forma. Tenía preocupaciones más importantes —Karl, mis padres y el sempiterno espectro de la muerte— como para preocuparme de una necia arrogante consumida por su orgullo y su estupidez.

Nuestro viaje terminó pronto en una pequeña estación oculta en el bosque. El gordo oficial de las SS que nos llevó al tren apareció frente a la puerta y nos pidió que bajáramos. Me paré sobre el andén. Sabía que estábamos en uno de los cuarteles generales del *Führer*, pero no se veía ningún edificio. Había otro tren en una vía secundaria cercana. La estación estaba rodeada de un soto atestado de árboles y arbustos. Los insectos volaban alrededor de nuestras cabezas, en el aire frío y húmedo. El oficial nos condujo por un camino arbolado donde empezaron a aparecer pequeños búnkeres y cobertizos ocultos por la vegetación. En pocos minutos, llegamos a un puesto de control donde un joven guardia le pidió una contraseña al oficial de las SS. Después estudió nuestros papeles y nos ordenó que dejáramos nuestras maletas en el piso y diéramos una vuelta completa frente a él. Lo hicimos y pareció satisfecho. Supongo que estaba en busca de cualquier irregularidad en nuestra ropa, donde podíamos ocultar algún arma. Escudriñó nuestros bolsos y maletas. Confiando en que no llevábamos armamento alguno, nos entregó un pequeño pasaporte para la Guarida del Lobo y nos indicó que debíamos llevarlo con nosotras en todo momento. Después pasamos por un acceso en la reja electrificada.

A través del bosque seguimos al oficial de las SS hasta que llegamos a una sección en la que los búnkeres eran más visibles. Estas bajas construcciones fortificadas se extendían hacia el interior del bosque hasta donde alcanzaba la vista. Las redes de camuflaje lo cubrían todo, una protección contra ataques aéreos. En el campamento también había algunas edificaciones hechas de madera y concreto que parecían salas de reunión sin ventanas.

Por fin llegamos a un edificio desagradable. Tenía unas ventanas pequeñas en la fachada, que estaba sellada por un pesado portón de hierro. Y a pesar de que el exterior no invitaba a entrar, el interior hacía pensar en una escena salida del infierno. Mis pulmones respiraron el cálido y húmedo aire del reducido espacio. Sentí como si respirara a través de una toalla mojada.

El oficial nos condujo por un pasillo estrecho que me recordó a las fotografías que vi del interior de los barcos de vapor. Abrió otro portón y a cada lado apareció una serie de pequeñas puertas de madera. La última habitación del lado derecho era la nuestra. Accionó un interruptor. Un solo foco, cubierto por una pantalla de metal verde, proyectó un parche triangular de luz sobre el piso. Cuatro camas, dos a cada lado del cuarto, se encontraban colocadas contra las paredes. Había un casillero junto a cada una de ellas. El alojamiento hacía que mi habitación en el Berghof pareciera un palacio. Apenas había espacio suficiente para las camas, y mucho menos para nosotras. No había ventanas. Respiré profundamente y luché contra la sensación de claustrofobia que me empezaba a rodear por todos lados.

—¿Esta es nuestra habitación? —le preguntó Minna al oficial de las SS con evidente disgusto.

De nuevo, quise reírme ahora que la primera de sus ilusiones caía por tierra. Las condiciones de vida distaban mucho de lo que Minna le describió a Else como «las mejores habitaciones».

El oficial la miró con enojo.

—Tiene suerte de estar aquí. Si sabe lo que le conviene, no debería quejarse.

Tras hacer esa advertencia, se marchó. Inspeccioné el cuarto. A excepción de las camas —cuatro pequeños catres cubiertos con cobijas grises— y de los casilleros, la habitación estaba vacía. Una de las camas ya estaba apartada. Las sábanas estaban acomodadas con precisión y había un bolso de cuero en el centro del catre.

El aire circulaba con fuerza a través de un conducto localizado en el techo de la habitación. Esta molesta característica mecánica era lo que nos mantenía vivas debajo de capas de concreto y tierra.

Else arrojó su maleta al piso y empezó a llorar.

—Ya cállate —le ordenó Minna—. Llorar no te servirá de nada.

—No puedo vivir aquí —replicó Else—. Nadie nos dijo que nos alojaríamos en un lugar así. Yo pensé que sería como en la Cancillería del *Reich*. —Se dejó caer sobre su cama.

La Cancillería de Berlín era vasta y opulenta, con los mejores muebles, pinturas y alfombras. Los edificios estaban rodeados de jardines. Aquí estábamos obligadas a vivir como animales subterráneos.

Tomé la cama más cercana a la puerta y puse mi maleta debajo. Hasta yo estaba asombrada por las condiciones en las que tendríamos que vivir.

—Estoy segura de que pasaremos la mayor parte del tiempo lejos de este lugar, por suerte para nosotras. —Me sentía envalentonada por mi experiencia—. Voy a dar un paseo. Nadie nos dijo que tengamos que permanecer aquí.

Else me miró como si la estuviera abandonando. Se inclinó hacia delante sobre su camastro.

—¿Te puedo acompañar? No me importa que esté lleno de insectos. Me siento asqueada.

No quería que me acompañara porque tenía esperanzas de toparme con Karl, pero la puerta se abrió y mi plan se vio interrumpido. Entró en la habitación una joven pálida que daba la impresión de haber pasado demasiado tiempo dentro del búnker. Tenía una nariz delgada y unos ojos muy grandes. Era posible que fuera bonita, pero bajo esa áspera luz se veía cansada y deslavada. Me di cuenta de que su pelo estaba aclarado de forma artificial.

—Soy Dora —saludó, y me extendió la mano, pues yo era la que estaba más cerca de ella. Me presenté al tiempo que Minna evaluaba a Dora como ave de rapiña. Else sonrió y se limpió las lágrimas, feliz de que hubiera alguien más que pudiera ser su amiga.

—¿Y quién eres *tú*? —preguntó Minna, sentándose como reina en la cama que quedaba para ella.

Dora entrecerró los ojos. Reaccionó ante Minna igual que lo hice yo.

—Dora Schiffer, catadora principal de la Guarida del Lobo. —Miró a Minna y a Else—. Ustedes dos deben ser las nuevas. Vengan conmigo para conocer a la jefa de cocina y al resto del personal. Magda, preséntate en la cocina a las siete para hacer la salva. Tienes el resto del día libre para hacer lo que quieras.

—¿Tú eres quien nos dará órdenes? —dijo Minna frunciendo el ceño.

—Así es —respondió Dora al tiempo que se cruzaba de brazos.

—Eso ya lo veremos —masculló Minna.

—No hay nada que ver —replicó Dora— porque soy tu superior en todo. Estás a mis órdenes. Esta es mi habitación, y yo soy la responsable de asegurarme de que cumplas con tu deber. —Metió una mano en el bolsillo de su vestido y sacó una libreta similar a la que nos dieron en la reja. Nos la pasó. Dora era miembro de las SS. Según lo que indicaba su pasaporte, antes trabajaba en un lugar que yo no conocía: Treblinka.

—¿Tenemos tiempo para refrescarnos? —preguntó Minna.

—Si se apuran —respondió Dora—. El baño está al final del pasillo. —Después de que Minna y Else abandonaron la habitación, Dora se quedó en el quicio de la puerta y me miró—. De modo que tengo al menos a una liosa con la que batallar. Disfruta de tu día, pero ten cuidado de no ir más allá de las cercas. Hay tres perímetros que rodean las instalaciones y guardias con perros apostados cada treinta metros. Te pedirán tus papeles. —Pasó un dedo por sus labios—. Hay minas terrestres alrededor de la Guarida. Ten cuidado. Cualquier descuido podría costarte la vida. —Me estudió como si me estuviese interrogando.

Le regresé la mirada.

—*Heil* Hitler! —exclamó. Cerró la puerta y me dejó a solas.

Les di tiempo más que suficiente para que salieran. Al parecer, aquella residencia era sólo para mujeres. Encontré un baño con regaderas no lejos de nuestra puerta y una oficina con una pequeña biblioteca junto a la entrada. Esta última tenía ventanas que daban al exterior. La vista estaba limitada por el bosque, pero las ventanas tenían mosquitero y estaban abiertas. No pasaba ni un poco de brisa a través del mosquitero.

Me senté sobre una de las cómodas sillas de la biblioteca y reflexioné acerca de mi destino. Se formaron unas perlas de sudor en mi rostro y brazos con el calor del final de la mañana, a pesar de que el sol no podía entrar de manera directa a causa del mosquitero y de los numerosos árboles. Era como si una luz verde y mortecina cayera sobre todo. Sólo se escuchaba el zumbido de los mosquitos y moscas que se posaban sobre la red que protegía las ventanas. Con todo, imaginé que dormir allí sería mejor que en mi estrecha habitación.

Me levanté de la silla y empecé a examinar los libros que había en los estantes. La mayoría trataba de historia y mitología alemanas; había otros relacionados con ciencias. Me pregunté si pertenecían a Hitler o si alguien más los colocó allí. En particular, me llamó la atención uno de los títulos. *El origen de las especies*, de

Charles Darwin. En mi mente flotaron recuerdos vagos de mis días de escuela. No recordaba gran cosa acerca de lo que trataba el libro, de modo que lo abrí y miré la portadilla. Tenía un sello en tinta negra en el que aparecía el águila nazi, además de las palabras: «Para las mujeres de la Guarida del Lobo de parte del *Führer*». Debajo, Hitler firmó con su nombre. Coloqué el libro de vuelta en el estante y abandoné la habitación.

Avancé con rapidez por el camino fuera del edificio, agitando las manos para alejar a las moscas que zumbaban a mi alrededor. Era difícil disfrutar del exterior con tantos insectos. Aterrizaban sobre mis brazos, mi rostro y cualquier parte expuesta de mi piel, hasta casi cubrirme por completo. El aroma húmedo del bosque flotaba en el aire. Parada allí, insegura de qué dirección tomar, me quedó claro por qué Hitler eligió aquel sitio en particular como cuartel general en el este. A diferencia de la majestuosidad del Berghof, la Guarida del Lobo era un pantano en un área dejada de la mano de Dios. Ningún enemigo del *Reich* podría llegar hasta aquí sin librar una batalla encarnizada en terreno inhóspito, si es que llegaban a encontrarlo.

Eran casi las once de la mañana y mi estómago empezó a rugir. Ingerí dos pequeñas comidas en el tren, pero habían pasado horas desde la última vez en que había tomado bebida o alimento. Me dirigí al este y evité la cerca que rodeaba nuestra área en el bosque, el perímetro interno al que se refirió Dora. Miembros de la RSD, una de las fuerzas de seguridad de las SS, estaban apostados en los puntos de seguridad que había a lo largo de la cerca. Muchos oficiales superiores de las SS caminaban por el sendero, pero no vi a ninguna mujer. Me detuve en un punto de seguridad y le pedí al guardia que me indicara dónde se encontraba el comedor. Me pidió mis papeles y, satisfecho de que perteneciera al complejo, me indicó cómo llegar hasta allí, a varios cientos de metros de distancia.

Caminé frente a varias edificaciones antes de llegar al sitio, construido en concreto y piedras, y de baja altura, aunque no era un búnker. Tenía ventanas similares a las de nuestro dormitorio, pero su interior era más agradable. Había grandes mesas con sillas alineadas en tres filas rectas. La enorme cocina en la parte posterior hervía de actividad. Un asistente abrió las puertas dobles, lo que me ofreció un vista de las relucientes estufas y enseres de cocina que había en su interior. Minna y Else no estaban por ningún lugar, pero reconocí a uno de los hombres, un cocinero del Berghof.

Sobre una mesa de servicio había fruta y avena, de modo que me serví y las cubrí con leche y miel. Los hombres y mujeres de la Guarida del Lobo, al igual que el personal de la residencia alpina de Hitler, estaban bien alimentados.

Me senté a solas en una de las mesas largas, pues el desayuno ya había finalizado para la mayoría del personal. Estaba disfrutando de mi comida cuando alguien me tocó el hombro. Era Karl.

Quise levantarme de un brinco y darle un beso, pero su mano presionaba mi hombro con fuerza.

—No sonrías ni actúes de manera amistosa conmigo. —Su voz era seria y controlada.

Tomé otra cucharada de avena y mantuve la mirada hacia el frente mientras que él permaneció detrás de mí.

—También es un gusto verlo de nuevo, Capitán Weber.

—Por favor, Magda, no hagas bromas. La situación es mucho más peligrosa de lo que puedes imaginar. Veme hoy a las diez de la noche junto al cine y te lo explicaré.

—Dora Schiffer es nuestra supervisora. Parece muy estricta.

Después de un breve silencio, Karl suspiró y dijo:

—Ah, ya se conocieron. Dile que vas al cine y que estarás de vuelta en cuanto termine la función.

Asentí y volteé para verlo por un segundo mientras abandonaba la habitación. Terminé de comer, llevé mis platos de vuelta a la mesa de servicio y me alejé del comedor. Caminé de vuelta al dormitorio, pero no pude forzarme a entrar en la habitación. Me senté en la biblioteca vacía y pensé acerca de las palabras de mi padre sobre el hecho de que Alemania se estaba mermando gracias a las acciones de Hitler. Era cierto. Cada vez más, me sentía como una prisionera a pesar de que trabajaba para el hombre más poderoso de toda Europa. También estaba preocupada por Karl. Me sentía rodeada de una melancolía que era como una inmensa nube negra. Me removí en la silla y estudié los títulos de los diferentes libros hasta que me quedé dormida en una especie de sueño inquieto. Cuando desperté, Dora Schiffer estaba parada en la puerta, sonriéndome.

—Quiero hablar contigo acerca del envenenamiento de Úrsula Thalberg —anunció, y el corazón se me subió con un brinco hasta la garganta.

Dora estaba bien familiarizada con todas las técnicas de interrogatorio. Al igual que la mujer de Berchtesgaden que trabajaba para el *Reichsbund*, Dora me hizo todas las preguntas que aparecían en una lista preparada por el *Reich*, además de algunas de su propia creación. Ya había contestado la mayoría de ellas con anterioridad, pero había algunas nuevas. En particular, estaba interesada en las relaciones que tenía con el personal de la Guarida del Lobo. Le dije la verdad sin añadir nada más a mis respuestas: conocía a la jefa de cocina y al Capitán Weber por mi trabajo en el Berghof, así como a muchos de los miembros del personal de la cocina que fueron transferidos allí para servir al *Führer*. Me hizo preguntas acerca de Úrsula; era la segunda ocasión en la que me interrogaban a detalle acerca de mi anterior compañera de cuarto y su envenenamiento. Concluyó diciéndome que me cuidara de Minna. La nueva catadora, me advirtió, era una mujer que tenía la intención de ascender en las filas del *Reich* para llamar la atención de Hitler. Era algo de lo que Dora estaba segura por completo. Un paso en falso, y Minna se encontraría sin empleo y de vuelta en Berlín. Después de escuchar a Dora, creí que Minna podría encontrarse en circunstancias mucho peores que sin trabajo. Antes de marcharse, Dora me repitió la orden de que antes de las siete estuviera en la cocina, el mismo sitio que visité antes.

Cuando me dejó ir, regresé a la habitación, guardé mis cosas, me bañé y me puse ropa limpia. Minna y Else no estaban por ninguna parte, y me pregunté si la jefa ya las estaría capacitando en el tema de los venenos.

Al llegar a la cocina, encontré a las dos mujeres sentadas junto la pared, todavía con la ropa que llevaban en el tren. Se veían agotadas tras pasar el día con un cocinero llamado Otto, a quien ya conocía del Berghof. A Hitler le gustaba la forma en que preparaba los huevos, y se lo llevó del sitio donde trabajaba. Le pregunté a Otto por la jefa y me dijo que no se sentía bien y que esa noche no trabajaría.

Minna y Else no dijeron nada, sólo se me quedaron viendo mientras Otto preparaba los platillos que le habrían de servir a Hitler. Era julio, temporada de las frutas y verduras. La mayoría provenía de los invernaderos del Berghof. En el centro de la mesa había un platillo humeante de huevos y papas. Otto me hizo una señal para que comenzara. Olí los alimentos antes de probarlos. Comí pepinos, tomates frescos, ejotes y papas hervidas sazonadas con perejil antes de llegar al platillo de huevo. A su lado había un hongo. No estaba segura de si era venenoso, pero no quería que mi falta de memoria o de valentía detuviera mi trabajo. Levanté una generosa cucharada del platillo de huevo y la olí. Un aroma cremoso y apetecible inundó mi nariz, y decidí que era seguro comerlo. Tenía un sabor delicioso: cálido, colmado de mantequilla y satisfactorio.

Seguí con los demás alimentos y probé fresas, pastel de manzana y un pastel con betún que no había saboreado antes. Después de terminar, Otto se llevó los platillos, pero dejó el hongo en la mesa. Como sucedía después de la mayoría de las salvas, me sentía llena. Me senté junto a Else y ella me tomó de la mano con fuerza. Volteé a mirarla. Sus ojos redondos como cuentas estaban llenos de temor.

—El platillo de huevos tenía hongos venenosos —susurró.

Quise reírme. ¿Qué tan absurdo sería que uno de los cocineros quisiera envenenar a una catadora?

—El cocinero no haría *eso*.

—Claro que lo haría —terció Minna viéndome con un aire de superioridad.

Unos momentos después, Dora Schiffer recargó su cuerpo delgado en el marco de la puerta de la cocina. Agitó sus largos brazos hacia Minna y Else, que se levantaron para seguirla. Poco tiempo después, Dora regresó y me preguntó:

—¿Cómo te sientes? Te ves un poco pálida. —Se erguía sobre mí como una larga vara.

—Bien —respondí, aunque empezaba a preguntarme si eso era del todo cierto.

—Quédate sentada, sólo para estar seguros.

Miré mientras diferentes miembros del personal transferían los platillos que probé a platones formales y los llevaban a la cena de las ocho de Hitler. Enseguida, mi frente se bañó de sudor y mi corazón empezó a latir con fuerza. Agobiada por las náuseas, traté de asirme a la silla.

Dora lo notó y se acercó a mí.

—Algo pasa —le dije. Traté de tomar la orilla de la mesa, pero, en lugar de eso, me resbalé de la silla y caí de rodillas.

Dora aplaudió, y Otto vino corriendo. Se inclinó sobre mí.

—¿Se siente mal? —preguntó.

—¿Qué me hizo? —Dejé escapar un quejido y me doblé de dolor.

—Creo que aprendiste la lección —replicó Otto—. Nunca debes dar nada por sentado.

La cabeza me daba vueltas e intenté vomitar en el piso, incapaz de controlar mi estómago. La cara redonda de Otto flotaba sobre mí. Parecía más interesado en mi reacción al veneno que en ayudarme. Me colapsé por completo y a mi alrededor se oscureció el mundo.

CAPÍTULO 9

Cuando desperté en la enfermería del cuartel, un hombre estaba parado junto a mi cama. La habitación se veía deslumbrante bajo la luz de los focos del techo. Me pregunté cuánto tiempo estuve inconsciente. Me dolía el estómago, y mi garganta seca ansiaba algo de agua. Parpadeé y la borrosa silueta de Karl entró en foco. Me sonrió con aire compasivo y se sentó en una silla junto a la cama.

—¿Qué hora es? —Mi voz era poco más que un susurro.

—Casi las doce del mediodía —respondió Karl. Me puso un vaso de agua en las manos—. Bebe; te hará bien. Vomitaste todo lo que tenías en el cuerpo. Además, te hicieron un lavado gástrico. Vine en cuanto me enteré. Pasé aquí toda la noche. —Se golpeó la pierna con un puño—. Debería matar a ese animal por lo que te hizo.

Tomé un sorbo del agua. El fresco líquido alivió mi garganta.

—Te envenenó de forma deliberada —continuó—. Otto puso hongos venenosos en el platillo; no unos que pudieran matarte, sino que sólo te hicieran enfermar. Fue como un juego para él. Su pista era el hongo que dejó sobre la mesa cerca de la comida. La jefa de cocina se puso furiosa cuando se enteró. Se quejó directamente con el *Führer*, pero fue menos que compasivo. Le dijo a la jefa que entendía el dolor que sin duda estarías experimentando, pero que tales acciones eran buenas para el *Reich* y para la protección de su líder. Afirmó que las pruebas como esta eran una valiosa herramienta de aprendizaje. Les hizo ver a las demás catadoras que no debían dormirse en los laureles.

De cierta manera retorcida, Hitler tenía la razón, aunque me pesara admitirlo.

—¿Perdí el empleo? —Traté de levantar la cabeza, pero la habitación empezó a dar vueltas.

—No, todavía formas parte del personal, pero durante algunas semanas te limitarás a hacer inventarios hasta que te recuperes por completo. Ese bastardo del cocinero es un rufián cualquiera, como todos los demás. No tienen moral, no tienen reparos en matar a sus propios compatriotas. Lograrán destruirlo todo.

Karl empezó a levantar la voz mientras hablaba. Tuve suficiente sentido común para llevarme un dedo a los labios. Lo que estaba diciendo era peligroso, aun cuando parecía que estuviéramos a solas. Tomó mi mano con fuerza y sentí sus dedos tibios junto a los míos. Ansiaba besarlo.

—Tengo que marcharme. Me da gusto que te sientas mejor. —Sus ojos me contemplaron de pies a cabeza—. Necesitamos hablar, pero lo mejor será hacerlo cuando estés más fuerte.

Le di unas palmaditas en la mano y se despidió. No lo volví a ver durante varios días, hasta que salí del hospital y regresé a la cocina.

Al paso de los días siguientes, Karl me dejó claro que no quería hablar conmigo. Se limitaba a saludarme con un movimiento de cabeza cuando nos encontrábamos en el pasillo del comedor. Si trataba de iniciar una conversación, me interrumpía con un áspero «no puedo hablar ahora, *Fräulein* Ritter». Tenía suerte si lograba que me sonriera. Sentí que se estaba gestando un plan o alguna operación secreta, cosa que me aterraba. Karl se estaba distanciando de mí. Nuestra relación era mucho más amorosa en el Berghof.

Else y Minna también limitaron su contacto conmigo, al parecer porque les fallé en su primera noche en el comedor. Else detestaba su puesto como catadora, pero seguía bajo el poder de

Minna. Se acercaba a mí como si quisiera hablar conmigo, pero después se alejaba por precaución. Evité a Otto por completo. Si el *Führer* aprobaba su perversa artimaña, no tenía caso enfrentarlo.

Pasaron varias semanas y Hitler tuvo que marcharse a Berlín por unos días. La jefa de cocina y tres de las catadoras, a las que yo conocía de manera superficial, lo acompañaron. Minna y Else se quedaron atrás. Como ahora yo era la encargada de tener al día los inventarios de alimentos y de ayudar en la cocina, tendría las noches libres.

Una tarde, Karl me detuvo en una de las veredas que conducían al comedor y me pidió que me reuniera con él afuera del cine a las diez de la noche, un plan parecido al que me propuso la noche en que me envenenaron. Le mencioné a Dora que iría al cine y que tal vez diera un paseo después. Sospeché que no le sorprendería en absoluto porque siempre estábamos ansiosas por pasar el mayor tiempo posible fuera de nuestras estrechas habitaciones.

La noche era fresca pero húmeda. Había unas nubes bajas encima de la Guarida del Lobo. De vez en cuando, sentía la lluvia sobre mis hombros. Había poca luz que me guiara, pero ya llevaba allí el tiempo suficiente como para encontrar el camino. Desde la vereda se escuchaban el sonido apagado de instrumentos de cuerda y voces teatrales que salían del cine. La película se estaba proyectando.

Di vuelta a la esquina norte del edificio y vi una figura de pie ante los árboles. Se vio el breve relucir de la colilla de un cigarro. Mis nervios se crisparon. Karl dejó de fumar. Cuando me acerqué más, lo llamé por su nombre. La oscura figura me saludó con una mano.

—¿Eres tú? —pregunté. El hombre no me respondió y pensé en echarme a correr.

Repetí mi pregunta. Siguió en silencio unos momentos y después apagó su cigarro en el piso.

Estaba a punto de darme la vuelta para marcharme, cuando susurró mi nombre. Era Franz, el novio de Úrsula y también oficial de las SS, como Karl.

Extendió su mano hacia mí.

—Es bueno volverte a ver, Magda.

Tomé su mano en la mía.

—No sabía que estuvieras aquí.

—Llegué hace un par de días. Pasaré aquí algunas semanas y después me dirigiré al frente oriental, para comandar una división de tanques Panzer. Algunos generales accedieron a hablar con aquellos de nosotros que estamos a punto de sacrificar nuestras vidas por el *Reich*. —Rio un poco.

Eché un vistazo a los oscuros grupos de árboles en busca de Karl, pero no pude verlo.

—Ya viene —dijo Franz para tranquilizarme—. Se vio demorado unos minutos por la llegada de órdenes de Berlín.

No me quedaban claras las razones por las que Franz estaba invitado a una reunión entre Karl y yo, pero no me atreví a preguntarle.

Se recargó contra un árbol y metió la mano en el saco para tomar otro cigarro.

—¿No es peligroso prenderlos de noche? —pregunté—. Los bombarderos pueden ver la flama.

—Dudo que los Aliados puedan ver nada a través de las redes. —Franz rio—. Además, al diablo con todo eso. Hitler no está aquí, y me importa poco lo que suceda. En lo que a mí concierne, que bombardeen todo el sitio y lo hagan pedazos. Además, el humo aleja a los insectos. —La amargura de la voz de Franz enfatizaba su dolor. Yo sospechaba que mucho tenía que ver con la muerte de Úrsula.

No pude contener más la curiosidad.

—¿Qué está sucediendo? ¿Por qué no está aquí Karl?

Prendió su cigarro, inhaló profundamente y dejó que el humo escapara de sus pulmones poco a poco. El aroma a tabaco se sentía pesado en el aire húmedo.

—Karl te contará lo que pueda. —Se acercó a mí y susurró—: No tenemos mucho tiempo para salvar a Alemania. No me quedaré demasiado en la Guarida del Lobo, y tampoco lo hará Karl si nuestro plan funciona. Por tu bien, Magda, no te encariñes demasiado con ninguno de nosotros. Sabemos lo que hay que hacer, y es más que posible que no salgamos con vida de esto.

Sus palabras me atravesaron como balas.

—Mi mundo se vino abajo con la muerte de Úrsula —dijo Franz—. Era una mujer maravillosa que amaba a su familia más de lo que amaba la vida. Se sacrificó para salvar a Alemania. Hitler y los demás pueden irse al infierno. Úrsula y yo nos íbamos a casar.

—Lo siento mucho —respondí, conmovida por su revelación—. No lo sabía. Úrsula nunca me lo contó.

—Quisimos mantener nuestros planes en secreto porque la vida… —Su voz se quebró—. La vida es tan incierta, tan ingrata, que casi no vale la pena vivirla. —Suspiró—. Todos los días me pregunto por qué tolero esta tortura. Supongo que lo hago por ella.

—¿Cómo…?

—¡Por favor, Magda! Mientras menos sepas de todo esto, mejor. No obligues a Karl a que te lo confiese.

Me recorrió un escalofrío. Estaba a punto de contestar cuando dijo:

—Silencio. Alguien se acerca.

Volteé. Otra figura se aproximaba a nosotros en la penumbra. El hombre, vestido en un uniforme oscuro, caminaba con rapidez, rozando los árboles al pasar junto a ellos. Era Karl. Puso su mano sobre mi hombro y se dirigió a Franz.

—Todo está listo. Cuando sea el momento, entraré en acción.

—¿De qué estás hablando? —le pregunté—. Me tienes asustada.

Karl me ignoró.

—Allí estaré —respondió Franz—. Somos hermanos. —Tomó la mano de Karl y después hizo un saludo militar, sosteniendo la mano sobre su frente. Franz tomó mis manos y me besó en la mejilla—. Adiós, Magda. Es poco probable que nos volvamos a ver. Te deseo salud y felicidad. —Aplastó su cigarro bajo la bota y se alejó.

Temblando, Karl se colapsó contra un árbol.

Le rogué que me dijera qué le sucedía. Por un largo tiempo no pudo hablar. Sostuve sus manos y escuché cómo su respiración entraba y salía de su cuerpo. Me aseguré que no hubiera nadie cerca. Éramos casi invisibles en aquella tenue luz. Lo acerqué a mí. Colocó su cabeza junto a la mía, y las lágrimas empezaron a caer por su rostro.

—Karl, te imploro que me lo digas.

Sus labios rozaron mi cuello, y un relámpago casi eléctrico recorrió mi cuerpo.

—Bésame —pidió.

Lo presioné contra mi cuerpo y nuestros labios se encontraron, expresando nuestra pasión. Coloqué mis manos en la parte baja de su espalda y lo jalé hacia mí. Me abrazó con fuerza y me cubrió de besos. De repente, se alejó de mí.

—No, no. Esto está mal —afirmó y se recargó contra el árbol—. Ya no hay tiempo para nosotros. Esto debe terminar.

—¿Por qué? —pregunté. Me invadió una enorme tristeza—. ¿Acaso vas a morir?

—Quizá. —Me besó, y abrió su saco y algunos de los botones de su camisa. Guio mi mano hasta su corazón—. ¿Sientes cómo palpita?

Su corazón latía fuerte y poderoso debajo de mis dedos. Quería buscar un espacio oculto en el bosque y hacer el amor con él hasta quedar agotados por nuestro éxtasis. Dejé que mis dedos acariciaran su piel.

Sostuvo su mano sobre la mía, impidiendo que explorara su cuerpo. Volvió a besarme.

—Quiero hacerte el amor, pero, más que eso, quiero que me quieras. Para siempre. Si pudiera predecir el futuro…

Nadie lo puede hacer. Me apreté aún más contra él—. No en estos tiempos. —Sus palabras avivaron mi pasión—. Yo también quiero hacerte el amor. Poco importa la eternidad.

—Pero ¿qué pasaría si tenemos un hijo? —susurró, con su cara junto a la mía—. ¿Cómo podríamos traerlo a este mundo? No sería correcto. Te pedí que vinieras esta noche porque quiero que sepas por qué es imposible que sigamos juntos.

Temblé junto a él.

—Pero debes mantenerte fuerte sin importar lo que suceda —siguió. Su tono cambió, tan solemne como la oscuridad que nos rodeaba—. En unos días habrá una demostración militar. Franz y yo estaremos allí con Hitler. Es imperativo cambiar el curso de la historia.

Presioné la cabeza contra su pecho.

—Dime que esto no está pasando, ahora que descubrimos el amor y la oportunidad de ser felices.

—Estás equivocada, Magda. No puede haber felicidad hasta que este mal sea erradicado.

—Entonces deja que alguien más lo haga. Deja que lo haga Franz…, o déjame hacerlo a mí. —Con todo y lo terribles que eran mis palabras, las dije de todo corazón.

—No seas tonta. —Suspiró—. Tus padres aún están con vida. Los míos ya murieron. Hitler no puede lastimar a nadie a quien ame…, sólo a ti.

La declaración de amor de Karl me conmovió, pero mi felicidad duró poco. A través de la bruma de mis sentimientos, empezaron a colarse los ruidos que provenían del cine: voces apagadas, sillas que arañaban el piso. Las puertas se abrieron y la gente empezó a salir al camino.

—Debemos regresar —dijo Karl—. Ve tu primero.

—Te amo. —Las palabras salieron de mi boca antes de que me percatara de ellas. Se sintieron poderosas y naturales. Pensaba en el amor muchas veces, pero nunca le había dicho esas palabras a Karl en voz alta. Ahora amaba a un hombre que estaba planeando matar a Hitler.

Me alejé por el camino, pero volteé brevemente. Karl me hizo un ademán con la cabeza para indicarme que me adelantara. Me incorporé a la muchedumbre que salía del cine. Mientras caminaba hacia los dormitorios, vi a Minna al otro lado del edificio, cerca de la esquina opuesta a donde estuvimos platicando Karl y yo. Me pregunté si nos espió o si escuchó nuestra conversación. Levantó la mano para saludarme, prendió un cigarro y se recargó en la pared del cine. Seguí caminando como si no la viera.

Me senté en una de las sillas de la biblioteca en vez de irme a la cama. Como media hora después, Minna pasó frente a mí sin decir palabra. A la mañana siguiente, desperté como a las seis, me fui a bañar y después regresé a la recámara para cambiarme. Prendí la lámpara. Dora y Else ya no se encontraban allí, pero Minna estaba tirada sobre su camastro. Se cubrió con la sábana. Sobre nuestras cabezas, el molesto ventilador hacía su ruido habitual. El húmedo cuarto olía al aroma gastado del perfume de lavanda de Minna.

—¿Cómo te fue anoche? —me preguntó con un tono perezoso.

No tenía ganas de responder su pregunta.

—¿Dónde están Dora y Else?

Minna bostezó.

—Else está trabajando en el desayuno, y Dora fue a supervisar a las demás chicas. ¿Te gustó la película?

La miré fijamente.

—¿Cómo sabes eso? ¿Le preguntaste a Dora a dónde me dirigía?

Minna no respondió.

—Al final no fui a la película —continué, sabiendo que me vio fuera del cine.

—No te perdiste de gran cosa. Era una película de lo más aburrida acerca de la Primera Guerra Mundial.

Dejé caer mi toalla y extendí la mano para alcanzar mi ropa interior.

Sentí los ojos de Minna recorriendo mi cuerpo desnudo.

—Tienes las piernas llenas de piquetes de insectos. Antes de salir, te deberías frotar con un poco de alcohol, como lo hago yo. Mantiene alejados a los insectos.

—Gracias por el consejo. Lo tendré en mente.

Se dio vuelta sobre un costado mientras me vestía. Sostuve un pequeño espejo frente a mi cara. Reflejó la engañosa cara de Minna al tiempo que decía:

—Aquí trabaja un capitán de las SS de lo más interesante que se llama Karl Weber.

—Ah, ¿sí? —Me dediqué a cepillarme el pelo para tratar de ocultar mi irritación.

—Tú lo conoces, ¿no?

—Nos conocimos en el Berghof. Lo vi algunas veces. Fuimos a ver una película.

—Creo que tienen en común algo más que las películas.

Mi di vuelta para verla, sujetando el espejo con fuerza en mi mano.

—¿A dónde quieres llegar?

—A Dora le interesaría saber acerca de tu relación con el Capitán Weber. ¿Qué traen entre manos ustedes dos?

—Eso no te incumbe. —Saqué un vestido y unos zapatos de mi casillero.

—Por supuesto que me incumbe si tiene que ver con el *Reich*.

—Estás imaginando cosas. Ya tengo que irme a trabajar.

Se incorporó en su catre con la sábana a su alrededor.

—Qué curioso, anoche oí algo acerca del mal que debía erradicarse. Dijiste que estarías dispuesta a morir.

Se me heló la sangre y me senté sobre la cama. Minna me veía con furia y una expresión de triunfo en su rostro. Traté de calmar el enloquecido latir de mi corazón. ¿Qué tal que era agente de la Gestapo? ¿Cuánto oyó en realidad? Mi esperanza era que su vanidad superara su inteligencia.

—Debió de ser un malentendido. Quizás era parte del diálogo de la película. —La señalé con un dedo—. ¿Y qué derecho tienes a espiarnos?

Sacudió la cabeza y sus ojos se fijaron en mí como si fuera una especie de ave de rapiña.

—No los estaba espiando. No creas que te puedas salir con la tuya con amenazas. —Admiró sus uñas pintadas y después sonrió con petulancia—. Estaba dando un paseo. Por mera casualidad escuché que alguien conversaba; eso es todo.

—Estábamos hablando acerca de los Aliados. El Capitán Weber no tiene la menor duda de que pronto se embarcará para ir al frente occidental. —Coloqué el espejo en la cama junto a mí—. No me hace nada feliz.

Minna estiró su largo cuello hacia mí.

—Deberías contarle a Dora lo preocupada que estás por tu capitán. Tal vez le pida al *Führer* que les haga un favor especial.

O, mejor aún, quizá yo le cuente a Dora de tu romance. Estoy segura de que estará más que interesada.

—No te molestes —le dije al tiempo que me ponía el vestido—. No es necesario que me hagas ningún favor.

—No seas tonta —respondió Minna—. Debemos ayudarnos unas a otras.

Quise estrangularla, pero tenía que guardar la calma. Me puse los zapatos, me despedí de ella y caminé de prisa hacia el comedor de los oficiales. Por el camino, sentía unas punzadas de ansiedad en el estómago. Tenía que hablar con Karl. Minna sabía mucho más de lo que debía, cosa que era terriblemente peligrosa. Teníamos que decidir qué haríamos.

No estaba en el comedor. Me dirigí a la cocina y le dije a la jefa que estaba asqueada por el olor fétido de la habitación. Quizás un paseo al aire libre podría servirme. Estuvo de acuerdo y me dijo que podía presentarme al trabajo más tarde. De casualidad le pregunté si había visto al Capitán Weber. Me indicó que lo llamaron a una reunión informativa a las once. Eso significaba que estaría cerca del búnker de Hitler, un área a la que yo nunca había ido. Ya eran más de las diez.

Caminé hacia el oeste dejando atrás el edificio donde nos alojábamos hasta que llegué a un camino que llevaba al norte. No tuve que ir muy lejos antes de que apareciera un puesto de seguridad con un guardia. El hombre a cargo era mayor que la mayoría y me observó como un maestro que conoce a un alumno nuevo, más que como a una amenaza evidente. Un pastor alemán con el manto café y negro estaba sentado junto a él. Los ojos castaños del perro seguían cada uno de mis movimientos. El guardia me pidió mis papeles, los cuales le entregué, y me preguntó qué asuntos tenía que tratar en esa área. Mentí y le dije que tenía un mensaje de la jefa de cocina para el Capitán Weber, una ficción creíble a causa de la relación entre Karl y el personal de cocina. No dijo nada más y me permitió seguir adelante.

Los árboles crecían en grupos densos, lo que dificultaba ver más allá de unos cuántos metros a derecha e izquierda del camino. Doblé en un recodo y un inmenso búnker de concreto se alzó ante mi vista. La intuición me indicó que era el de Hitler. Una sola lámpara colgaba sobre una pequeña puerta.

Mientras caminaba, otros edificios bajos aparecieron entre la sombría luz verde del bosque como barcos en la niebla. Me detuve, sin saber hacia dónde dirigirme. Debía de dar la impresión de que estaba perdida, insegura del sitio en el que me encontraba, porque una voz sonora me llamó.

—¿Estás perdida, niña?

Se me cortó la respiración y di un brinco.

El *Führer* salió de entre los árboles deslizándose como una aparición. Estaba vestido en pantalones oscuros y un saco cruzado color *beige*. Una sola medalla colgaba de su solapa izquierda. No tenía la más mínima idea de lo que significaba. También traía puesta una cachucha militar con un cintillo rojo a su alrededor. Blondi, su pastor alemán, trotaba frente a él con la lengua de fuera.

Mi expresión debió de revelar mi sorpresa. Sus ojos se encontraron con los míos. De su intensa mirada emanaba una poderosa fuerza hipnótica. Me estudió, consciente de mi pasmo, para decidir si iba a molestarse en darme conversación. Por último, me preguntó mi nombre, y le respondí.

Dio un paso más hacia mí.

—¿A qué te dedicas?

Sentí escalofríos al ofrecerle el saludo nazi y decir:

—Soy catadora y tenedora de libros en sus cocinas.

Ignoró mi conducta ceremoniosa y le ordenó a Blondi que se sentara.

—Me proteges de los venenos que preparan para mí. Hace poco hubo un incidente desafortunado en el Berghof. ¿Estuviste allí?

—Sí.

Se acercó todavía más, ligeramente encogido de hombros, y me ofreció su mano. Obediente, Blondi seguía sentada, pero supe que quería olisquear mi pierna. Un brillo apareció en los ojos de Hitler.

—¿Eres tú la catadora a la que envenenó Otto?

—Sí —respondí con cierta rigidez—, soy yo. Su pequeño experimento hizo que me enfermara por varios días. La jefa de cocina se sintió muy alterada por toda la situación y por el tiempo que falté al trabajo.

—Le daré órdenes de que no vuelva a hacerlo. —Unos tenues rayos de luz atravesaron su rostro cuando la brisa movió unas ramas por encima de nosotros. La jefa me dijo que a Hitler no le agradaba el sol. Dio unos pasos de vuelta a la sombra—. ¿Y de dónde eres?

—De Berlín, mi *Führer*.

Su pregunta y mi respuesta dieron pie a un torrente de comentarios relacionados con la ciudad. Me habló de sus planes para la capital, que habría de llevar a cabo Albert Speer, y, dejando Berlín de lado, me confesó lo mucho que prefería Múnich y el Obersalzberg a esa ciudad.

Miré mi reloj; ya casi eran las diez y media. Hitler vio mi preocupación y dijo:

—Blondi jamás me perdonará si no termino de pasearla. ¿Qué es lo que necesitas?

Repetí la mentira que inventé.

—Tengo un mensaje de la jefa de cocina para el Capitán Weber.

—Ah, Weber. Seguramente estará en la sala de conferencias con los demás oficiales. Lo encontrarás en la caseta del barracón de invitados. —Señaló hacia un edificio bajo con ventanas que ya había divisado en la penumbra.

—Gracias, mi *Führer* —dije y volví a saludar.

—Tú y Weber deberían acompañarme a tomar el té alguna vez. —Jaló la correa de Blondi y caminó hacia el búnker de mayor tamaño, el que pensé que podría ser el suyo.

Mi pulso se aceleró. Salí de la vereda y me dirigí hacia la sala de conferencias. Una extraña idea me asaltó mientras me aproximaba a un pequeño grupo de oficiales que se reunían a sólo unos metros de la puerta. Hitler parecía muy normal, casi como un abuelo. ¿Podía ser el mismo hombre que ordenó la destrucción de miles de hombres, mujeres y niños inocentes en el este, como mostraban las fotografías de Karl? Difícilmente parecía ser el demonio que yo imaginaba que era. Alejé la idea de mi cabeza. Seguramente Karl tenía razón. Le entregué mi confianza.

Estaba acercándome al grupo de hombres cuando me detuvo un guardia de las SS con un perro. Una vez más, presenté mis documentos y expliqué cuál era mi tarea. En lugar de dejarme pasar, este guardia caminó hasta los oficiales para preguntar por el Capitán Weber. Uno de los hombres entró en la caseta y varios minutos después salió acompañado de Karl. Éste le dio las gracias y caminó hasta donde me encontraba. No mostró señal alguna de inquietud hasta que estuvo a pocos centímetros de mí.

—¿Qué *crees* que estás haciendo aquí? —me preguntó en un susurro furioso—. ¿Acaso enloqueciste? ¿Por qué tomaste un riesgo tan enorme?

Miré más allá de él, hacia los demás oficiales; ninguno de ellos parecía interesado en nuestra conversación.

—Minna, una de las catadoras con las que trabajo, nos oyó anoche. Amenazó con contárselo a Dora Schiffer. De hecho, creo que lo hará. Si eso sucede, estamos acabados.

El rostro de Karl palideció y juntó sus manos delante de él. Después de unos momentos, recuperó la compostura.

—¿Qué tanto escuchó?

—Demasiado. Le dije que estábamos hablando de los Aliados, pero dudo que me creyera.

Sus ojos se movieron con nerviosismo mientras empezaba a caminar en un pequeño círculo.

—Dios mío, ¿qué debemos hacer? ¡Diablos! En el *Reich*, todo el mundo se entera de los asuntos de los demás.

—Por favor, Karl. Los demás sospecharán que algo sucede. Sé exactamente lo que hay que hacer.

Se detuvo y me miró fijamente, con la quijada apretada y los ojos como piedras.

—Dame hasta la una de la tarde de hoy —le pedí—, y el problema estará resuelto.

Sacudió la cabeza.

—No debes hacer nada precipitado. Prométemelo.

—Acabo de conocer al *Führer*.

El rostro de Karl se relajó.

—Ese es justo el tipo de problema que quería evitar. ¿Qué te dijo?

—Quería saber quién era y lo que estaba haciendo aquí. Tuvimos una conversación agradable.

—Prométeme que no… Ya hablamos demasiado. No te pongas en peligro. —Volteó hacia los demás oficiales.

Pero, a medida que se alejaba, supe que nada de lo que dijera podría disuadirme de mi plan.

Después de que me detuviera un guardia más de las SS, por fin pude llegar al comedor y la cocina. Else estaba inclinada encima de una de las mesas de preparación. Probó la comida del desayuno. Las demás catadoras ya estaban ocupándose de la comida que se le serviría al *Führer* y a sus invitados a media tarde.

Else y yo no habíamos hablado mucho desde que me retiraron del servicio de cata, pero sospeché que seguía detestando el puesto y que se sentía miserable bajo la sofocante tutela de Minna. Le di los buenos días.

Me recibió con una brillante sonrisa.

—Esperaba poder hablar contigo.

—¿De veras? ¿Por qué?

—Quiero salirme de este trabajo; quizá podría ocuparme de los inventarios, como tú. —Tomó su cuello con las manos—. No aguanto la presión de no saber si voy a…

Terminé lo que estaba pensando.

—¿Terminar envenenada? ¿Morir?

Asintió con la cabeza.

—Ya escuchaste a Minna. Las probabilidades de que te envenenen son mínimas. Ahora que ya pasaste por las clases y que estás haciendo el trabajo, debes sentirte más tranquila.

—Sí, pero no tanto como tú y Minna. Ni siquiera sé por qué me obligan a hacer la salva por las mañanas. El *Führer* sólo toma un vaso de leche y una manzana. Está obsesionado con las manzanas. Manzana esto y manzana aquello.

—¿Y dónde está Minna? ¿No le toca la salva de la comida?

La sonrisa de Else se apagó y miró a su alrededor en la habitación, en busca de nuestra compañera.

—Sí; debe de estar a punto de llegar.
—¿Viste a Dora? Necesito hacerle una pregunta.
Señaló en dirección a la cocina.
—Pasó toda la mañana en la cocina con la jefa, revisando los libros.
—Eso me recuerda que me tengo que poner a trabajar.
—Magda —me llamó Else mientras me disponía a ir al pequeño escritorio en el que trabajaba—. Gracias por ser tan agradable conmigo. Siento mucho que Otto te envenenara.
—Gracias. Me siento más fuerte por lo que sucedió.

Por dentro, me sentía como una tonta acobardada. El envenenamiento me fortaleció de verdad; reforzó mi empeño por luchar en contra de un *Reich* sin ley. Pero necesitaba ganar una batalla más sin revelar mis intenciones. Era un riesgo que debía tomar.

Sabía dónde se guardaban los venenos: bajo llave en la oficina de la jefa. Me dirigí a mi sitio de trabajo y miré diversos libros para que pareciera que estaba trabajando. Me asomé a la cocina y vi a la jefa, a Dora y a Otto. Él estaba preparando la comida frente a una de las estufas mientras la jefa y Dora platicaban. Otto me vio y me lanzó una sonrisa burlona. No hablaba con él desde su «broma». La jefa de cocina y Dora parecían concentradas, pero las interrumpí de todos modos. Le pedí sus llaves a la jefa so pretexto de encontrar uno de los libros de inventario que necesitaba. Me las entregó colgadas de un enorme aro de metal, y regresó a su conversación. Dora casi ni me miró. De manera casual, les pregunté si vieron a Minna. Las dos sacudieron sus cabezas. Esa era la respuesta que buscaba.

Abrí la puerta y entré en la oficina. La habitación estaba atestada de libros, equipo y registros de la cocina, como su oficina en el Berghof. Un botiquín colgaba de la pared lejana. Una calavera con dos tibias cruzadas me miraba desde el vidrio esmerilado. Encontré la llave del candado y lo abrí sin hacer ruido. Todos los venenos que estudié en mis clases del Berghof, y más, se encontraban en el interior. No estaba segura de cuál tomar. El cloruro de mercurio y el arsénico actuaban con demasiada lentitud y requerían de una cantidad mayor de la que se encontraba en el botiquín. Parecía que mi única opción era el cianuro, ya fuera en gránulos o en líquido. Me decidí por la cápsula de líquido. Ahora el truco estaba en abrirla y mezclar el líquido con los alimentos. Sabía las consecuencias de que me atraparan. Me ejecutarían. En cualquier caso, Minna me tendió una trampa. Si no hacía nada y la dejaba vivir, podría reportarnos a Karl y a mí a la Gestapo. Si la mataba, me convertiría en una asesina. Esa idea, tan abominable como me parecía, me llenaba de horror. Pero ¿qué más podía hacer? Se trataba de Minna o de nosotros.

Dejé caer la cápsula dentro de mi bolsillo, cerré el candado del botiquín y busqué un registro de inventario que llevar afuera. Else, con mirada de resignación, seguía sentada a la mesa a la espera de Minna. Otto estaba sacando los platillos para la comida. Le regresé sus llaves a la jefa, asegurándome de que viera el libro que llevaba, y regresé a donde se encontraba Else. Miré los platillos colocados sobre la mesa y me decidí por el guisado de papas. Había suficiente líquido para que no se notara el cianuro.

Else suspiró.

—Desearía que llegara Minna. No quiero tener que hacer también la salva de la comida.

—No tardará en llegar. —Rocé una de las cucharas, que cayó de la mesa y se deslizó por el piso.

Else se levantó por ella.

—¡Lo siento! —exclamé. Sólo tenía un par de segundos. En la cocina nadie estaba viendo en mi dirección y, por suerte, no había ningún oficial de las SS en la habitación. Rompí la cápsula contra el borde del tazón. El veneno cayó en el guisado de papas. Metí las dos mitades de la cápsula en mi bolsillo. Else regresó con la cuchara en la mano. Ahora flotaba un ligero aroma de almendras amargas sobre el platillo. Me di la vuelta, volví a disculparme con ella y le pedí que regresara el libro de inventario al escritorio de la esquina. Cuando se alejó, revolví el platillo un poco, con el corazón dándome tumbos en el pecho. El cianuro se mezcló con los alimentos y el aroma se disipó. Cubrí la cuchara sucia con la mano y respiré profundamente un par de veces para calmarme.

La jefa de cocina llamó a Else y la hizo volver con la misma velocidad.

—Tendré que hacer la salva de la comida con algunas de las otras catadoras —dijo con desagrado—. Minna no se ha presentado. La están buscando y yo ya me siento a reventar. —Se dio unas palmaditas en el estómago.

El pánico se apoderó de mí.

—Esta cuchara está sucia. Déjame conseguirte una limpia.

—Caminé hasta un fregadero vacío y lavé el utensilio. Lo dejé dentro de la tarja y me sequé las manos con un trapo de cocina. De espaldas al resto de los trabajadores de cocina, limpié cualquier rastro de mis huellas dactilares de los fragmentos de la cápsula y los envolví con el paño. Había cáscaras de papa. Las recogí con el trapo y llevé todo el envoltorio cerca de Otto, a un bote de basura donde dejé caer las cáscaras y los restos de la cápsula.

Tenía el corazón en la garganta. ¿Dónde estaba Minna? Si no se presentaba a trabajar, ¿cómo podía salvar a Else? No quería envenenarla a ella.

Al pasar al lado de la chica de camino a mi escritorio, Else me reclamó:

—Se te olvidó la cuchara.

Me reí con desgano, pero era demasiado tarde para conseguir otra. Dora abandonó el comedor. Otto y la jefa estaban parados frente a Else para observar la salva. La jefa de cocina le pidió a Else que comenzara.

—Déjenme hacerlo a mí —dije desde el otro lado de la habitación—. Else trabajó todo el día y yo ya estoy lista para retomar mis servicios para el *Führer*. Ya pasó demasiado tiempo.

Otto se rio, sarcástico.

—Debes de ser muy valiente... después de la lección que te di.

La jefa y Else protestaron, pero Otto me hizo una señal para que empezara. Levanté un tenedor y empecé con las ensaladas y con los platillos de verduras y frutas en el extremo derecho de la mesa, sabiendo que un guisado atestado de veneno me esperaba en el centro de la misma. Mi estómago empezó a revolverse mientras probaba cada cosa. Olí cada platillo con cuidado antes de meterlo en mi boca, e hice comentarios acerca de lo bien que se prepararon. Aunque no saboreé nada más que la resequedad de mi boca.

Al llegar al platillo de papas, tomé el tazón, lo levanté hasta mi nariz con cuidado y olí el contenido. Arrugué la nariz y volví a olerlo un par de veces más.

Otto entrecerró los ojos.

—¿Pasa algo?

—¿Este platillo es para el *Führer*? —pregunté.

—Por supuesto. Es una de mis especialidades y uno de los favoritos del *Führer*.

—¿Y siempre incluye veneno en sus especialidades? Puedo oler el cianuro.

Otto se abalanzó sobre la mesa.

—¡Imposible! Lo preparé yo mismo. Y no lo envenené para la catadora; ¡no hoy!

—¿Qué está sucediendo aquí? —preguntó la jefa de cocina—. ¿Otra broma?

Coloqué el plato de vuelta en la mesa.

—Esta no es ninguna broma. El platillo está envenenado.

—Else, ¿puedes olerlo tú? —preguntó la jefa.

Else dudó, el temor brillaba en sus ojos. Yo la alenté.

Se inclinó hacia delante y olisqueó el platillo.

—No estoy segura. Huele raro. Algo no está bien.

De inmediato, la jefa de cocina llamó a la guardia de las SS. Un contingente de soldados ingresó a la cocina.

—Analicen esto en busca de veneno y registren la cocina. Tenemos que llegar al fondo de esto. Mientras tanto, Magda, prueba los demás platillos. Else, te traeré otra muestra del guisado. Pruébala.

Hicimos lo que nos ordenó la jefa. Yo sabía que Else estaría a salvo. Las SS buscaron por doquier: cajones, utensilios, botes de basura. No pasaría mucho tiempo antes de que encontraran la cápsula rota en la basura. Los observé mientras trabajaban, tratando de ocultar cualquier síntoma de nerviosismo.

Mientras mirábamos —porque nos indicaron que no abandonáramos el comedor—, Else se inclinó hacia mí y susurró:

—Dios mío, Magda, pude terminar envenenada. Otto me mataría con una de sus bromas. —Su cara palideció—. Tengo que irme de este trabajo.

—Cálmate —le pedí mientras le daba unas palmaditas en el hombro—. El *Führer* mismo me dijo que Otto no hará más pruebas.

Dora apareció en la puerta, sombría y alterada. Se quedó en silencio un momento y después anunció:

—Minna está muerta, fue estrangulada con una de sus propias medias.

Else emitió un grito ahogado.

Yo también estaba más que pasmada, pero tenía una poderosa sospecha de quién la mató. Karl la asesinó, ¿Quién más pudo hacerlo? Sentí que mi cuerpo se entumecía. ¿Karl era un asesino? No sabía qué pensar. Nos salvó, pero ¿acaso no nos estaba condenando a un destino peor?

Las SS encontraron la cápsula en el basurero que estaba cerca del lugar de trabajo de Otto. Su rostro redondo se puso rojo y negó con vehemencia que envenenara el platillo. El coronel también nos interrogó a Else y a mí. A mí me estudió con mayor severidad, mirándome con rabia en todo momento, pero mi compañera de cuarto y la jefa defendieron mi integridad y mi lealtad hacia el *Reich*. Le preguntaron:

—¿Por qué habría de envenenarse a sí misma? Ya una vez terminó envenenada durante su servicio.

Después de más de dos horas, nos dejaron ir. El coronel se llevó a Otto para interrogatorios adicionales. Yo estaba segura de que Hitler lo perdonaría y que estaría en libertad para la hora de la cena del *Führer*. La jefa me ordenó que me presentara a tiempo para la salva de la noche. Me sentí preocupada: si liberaban a Otto, era más que posible que tratara de matarme.

Pero la salva de la noche transcurrió sin incidente alguno. La jefa de cocina nos anunció con satisfacción que Otto ya no estaba al servicio del *Führer* y que lo transfirieron a unas barracas en el frente oriental.

Cuando terminé, alrededor de las diez de la noche, Karl me estaba esperando afuera del comedor. No había nadie más. Me tomó del brazo y me llevó hasta el bosque.

—Eso fue absolutamente estúpido —me dijo—. Sé lo que hiciste. ¿Quién más pudo hacerlo?

Zafé mi brazo de la mano con la que me sujetaba.

—¿Lo que hice *yo*? Tú mataste a Minna. Las SS estarán en alerta máxima de ahora en adelante.

Se rio con burla.

—Siempre están en alerta máxima en el cuartel general. —Se acercó más a mí—. Yo no maté a Minna, pero estoy bastante seguro de quién lo hizo.

Karl volteó y miró hacia el espeso bosque. No se movió nada mientras yo esperaba a que continuara.

—La mató Franz —dijo con brusquedad—. Él también la vio detrás del cine cuando nos marchábamos. Le conté lo que te dijo Minna. Franz pensó que representaba un peligro y que debía ser… eliminada.

Por más que detesté la idea que corría por mi cabeza, me daba gusto que Minna estuviera muerta. Oyó demasiado y estaba segura de que usaría cualquier medio para congraciarse con Hitler. Ya no representaba amenaza alguna. También sentí alivio por que Karl no la matara; no obstante, esta guerra me estaba pasando factura. ¿Cómo podía sentirme feliz de que mataran a una mujer y de que fuésemos inocentes de su asesinato, aunque fuera sólo en parte? Me pareció que cayó una maldición sobre mi alma y sentí asco ante mi propia inhumanidad. No estaba preparada para enfrentarme a sentimientos como esos.

La gravedad de nuestra situación me golpeó de lleno. Primero Úrsula y ahora Minna. Dos mujeres murieron a causa de los planes en contra de Hitler. Sin duda, habría más muertes en el futuro. Se abrió una sensación de vacío en mi interior cuando me detuve a contemplar nuestro incierto futuro.

—¿Crees que alguien sospeche de Franz?

—Las malditas SS está tan obsesionadas con el *Führer* que es más que posible que ni siquiera se ocupen de la muerte de Minna. —De nuevo, miró por detrás de su hombro hacia el oscuro camino—. Pero ¿qué tal si sospechen que Minna trataba de envenenar al *Führer*? Tal vez crean que esa fue la razón por la que la asesinaron. Es posible que tu treta nos ayudara. —Karl sacudió la cabeza—. No; es demasiado descabellado. Magda, no trates de hacer algo así a menos que tengamos un plan ya pactado. Las cosas pudieron salir terriblemente mal. De hecho, debido al asesinato de Minna y al intento de envenenamiento, el coronel estará en busca de sangre. Es posible que no le den la más mínima importancia a Minna, pero la situación sigue siendo de lo más peligrosa. Sólo espero que tome uno o dos días para investigar el caso y que lo cierre sin haberlo resuelto. Otto también está metido en un terrible lío gracias a ti.

Me sacudió un temblor violento. Mi espalda chocó contra la rasposa superficie de uno de los árboles. La cara de quijada cuadrada del coronel apareció en mi mente, con sus dientes apretados de furia.

Karl me tomó entre sus brazos y sentí el calor de su cuello en mi rostro. Quería que me hiciera el amor, que tranquilizara mis temores, pero ¿qué cambiaría eso? Estábamos condenados, si no a causa de nuestras acciones, entonces por los incontrolables sucesos de la guerra. Me besó.

—De ahora en adelante, deja que sea yo quien se arriesgue. No seas una mártir. —Volvió a besarme y se alejó de mí—. Necesitamos salir de aquí antes de que hagamos algo de lo que nos arrepintamos. Tú adelántate. Si alguien te detiene, di que saliste a tomar el aire.

Extendí los brazos y lo acerqué a mí, renuente a dejarlo partir. Su piel se sentía cálida y húmeda, y nuestro abrazo aumentó el calor de la noche.

Nos quedamos abrazados durante algunos minutos antes de que me soltara con cuidado.

—Anda, vete. Mañana es el día. Evita la pradera al este de la Guarida del Lobo. No es seguro caminar cerca del perímetro externo a causa de las minas terrestres. Trata el día como si fuese cualquier otro. —Me dio un largo beso.

Me alejé sin voltear y pronto me encontré en la vereda que conducía a los dormitorios. Caminé despacio, como en un sueño, a pesar de los mosquitos que volaban a mi alrededor. ¿Cómo podía tratar el día como cualquier otro? Crucé los brazos sobre mi estómago, que estaba encogido por el terror, respiré profundamente un par de veces y traté de tranquilizarme. Tenía que ser valiente por Karl.

Al llegar al dormitorio, vi que retiraron la cama y el casillero de Minna. Else, con los ojos enrojecidos, estaba sentada en su cama. Al saludarla, rompió en sollozos.

—Me voy a matar —me dijo entre lágrimas—. Ya no puedo más. Estuve aquí toda la noche, paralizada de miedo, temerosa de que alguien me asesinara.

Me senté frente a ella y traté de ofrecerle consuelo.

—Todo esto es de verdad terrible. Vivimos tiempos horripilantes. Quizá tu trabajo aquí se esté acercando a su fin. Pronto traerán a otra chica y tú podrás irte. —Quise animarla diciéndole que atraparían al asesino de Minna y que se haría justicia, pero en realidad eso era algo que yo no quería que sucediera.

Estaba demasiado alterada como para seguir platicando. Me desvestí y me metí bajo la sábana de mi camastro. El ventilador zumbaba mientras las claustrofóbicas paredes del búnker se abalanzaban sobre mí. Dora llegó después de la medianoche. Else siguía lloriqueando en su cama. Di vueltas y vueltas, totalmente despierta, pensando en que aquel podría ser el último día de Karl sobre la tierra.

CAPÍTULO 10

Dora se levantó temprano y se vistió en su uniforme de las SS completo. Llevaba el pelo hacia atrás y traía puesto el sombrero reglamentario. Revisaba su falda y sus zapatos sin cesar, y caminaba del dormitorio a los baños y de regreso una y otra vez. No podía imaginarme por qué estaba tan preocupada por su apariencia a menos de que se tratara de algo importante. Else no tenía ni un poco de la energía de Dora. Sólo logró darme una pequeña sonrisa mientras se vestía para sus deberes del desayuno. Traté de asegurarle que llegarían otras catadoras y de que una nueva chica se uniría a nosotros en poco tiempo.

Yo no estaba en servicio, pero no tenía ningún deseo de quedarme a dormir en nuestra reducida habitación. Me vino una idea para pasar la mañana: ofrecerle mis servicios administrativos a la jefa en el comedor de los oficiales. Siempre le servía tener a alguien a la mano cuando de inventarios se trataba. Por lo menos, el trabajo me distraería de pensar en Karl. Me invadió el temor. Quería rogarle que abandonara su misión suicida, pero sabía que no podría hacer que cambiara de parecer. La duda y el temor amenazaban con superarme. Traté de alejar los atemorizantes pensamientos de mi cabeza para empezar con mi día, pero seguían allí, al acecho.

Me bañé, me vestí y caminé por el pasillo. Era un día de agosto soleado y caluroso, y se intuía la emoción en el ambiente. No podía verla, pero la sentía en mi piel mientras caminaba. El aire parecía electrificado por la tensión.

Cuando llegué, me sorprendió ver a unos oficiales, generales y otros miembros importantes del personal de las SS hacinados en el interior. Destacaba uno en particular. Era un hombre alto con una gran panza. Parecía un rey en medio de su corte. Por distintas fotografías, lo reconocí como Hermann Göring, el *Reichsminister*. Sonreía y sacaba el pecho cada vez que hablaba, era el miembro del Partido más jovial que jamás hubiera visto. También estaba allí Albert Speer, el ministro de Armamentos, con aspecto sombrío pero pulcro, en su saco de campo y con unas botas negras a la rodilla. Lo reconocí por las pocas veces en que lo vi en el Berghof. Se alisaba el cabello sobre la cabeza una y otra vez. Hitler no se encontraba allí, pero no podía estar lejos. Los hermanos Boorman se mantenían aparte, como era su costumbre, observándose desde ambos extremos de la habitación. Algunos hombres dirigieron su atención a un hombre mayor y vestido con elegancia en un atuendo formal.

Caminé hasta la cocina con la intención de preguntarle a la jefa si podía ayudarla, pero estaba agitando los brazos y gritando órdenes a quien la pudiera escuchar. Al parecer, la importante muchedumbre la tenía trabajando a marchas forzadas. Un aroma a manzanas horneadas flotaba en el aire. Else y tres chicas de otro dormitorio estaban sentadas en unos bancos cerca de la mesa de la salva. Supuse que terminaron sus deberes y estaban en espera de órdenes adicionales. Dora presidía la escena como una directora de orquesta.

Regresé al comedor. Karl, en su uniforme de gala, estaba cerca de Speer. Mientras hablaban, Karl dirigió sus ojos hacia mí. Nos vimos a los ojos brevemente. La señal que cruzó entre nosotros fue de evitarnos el uno al otro. Me senté en una mesa vacía cerca de la cocina.

Poco después, un oficial de alto rango, como parecía por todas las medallas que tenía sobre el pecho, entró e hizo el saludo nazi. Todo el mundo se cuadró. El oficial señaló las pequeñas ventanas al frente del comedor. Hitler, vestido en su saco cruzado de campo, con pantalones oscuros y sombrero, esperaba en la vereda con las manos cruzadas detrás de la espalda.

—Caballeros, pasen por aquí para la demostración.

El hombre mayor de traje fue el primero en salir. La multitud cruzó la puerta como una jauría de perros de caza, y se dirigió hacia el este. Karl fue uno de los últimos en abandonar el comedor. Recogió una mochila que tenía a sus pies. No la vi al entrar en el comedor. Se detuvo un instante en la puerta, volteó hacia mí y me sonrió. Su sonrisa, llena de una tristeza melancólica, mandó escalofríos por mi espalda. Era como ver una calavera, a la muerte misma, mirándome a los ojos.

Cuando desapareció la procesión de funcionarios y oficiales, me levanté de la mesa y los seguí por el sendero. Se perdieron en la espesura del bosque. Pronto, yo también estaría dentro del bosque, pero sabía la dirección que tomaron los hombres. Sus voces llegaban hasta mí por el aire.

La senda seguía durante varios metros antes de convertirse en sólo una vereda. Delante de los hombres, vi una valla por la que me sería imposible pasar. Había dos hombres de las SS junto a la reja. Salí de la vereda a una zona que se adentraba en el bosque. El piso lodoso hacía ruido cuando lo pisaba y a mi alrededor empezaron a volar los insectos que salían de sus escondites. Karl me advirtió de las minas terrestres, de modo que seguí un estrecho camino que ya estaba marcado en la tierra.

Vi un claro más allá de la reja. Hitler y su séquito estaban parados en círculo alrededor de una gran máquina negra; un tanque hasta donde pude ver. Detrás de mí, oí el ruido de una rama que se rompía y brinqué de susto.

—¿Qué hace usted aquí, *Fräulein*?

Volteé para ver a un oficial que tenía un parche negro sobre el ojo izquierdo. Tenía los hombros encorvados por alguna herida. Estaba de pie junto a mí, usando un bastón para apoyarse. A pesar de su deformación, era un hombre apuesto.

Mi mente se quedó en blanco por un momento. Después de recuperar el sentido, escupí:

—Tengo un mensaje. No supe dónde dar vuelta. —Mi excusa sonó tan falsa como mis palabras.

—¿Un mensaje? ¿Para quién? —Sonrió, pero su expresión reflejaba más sorna que amabilidad. Golpeó el piso con su bastón.

No quise revelar mi vínculo Karl, de modo que respondí:

—Para el *Führer*. —De inmediato, me arrepentí de la estupidez de no pensarlo mejor.

—Entonces, yo le daré su mensaje —replicó.

Sacudí la cabeza.

—Es confidencial.

—Soy el coronel Von Stauffenberg. La vi salirse de la senda. Debe de ser muy mala para seguir a las personas, o está demasiado interesada en asuntos que no le incumben. Deme el mensaje.

Era un hombre distinto al coronel que tanto me hizo sufrir en el Berghof. De todos modos, no pude evitar tragar. Me metí en una trampa y no encontraba una manera fácil de salir de ella.

—Por favor, dígale al *Führer* que le servirán el pastel de manzana más delicioso esta misma noche. Magda, su catadora, se asegurará de ello.

Von Stauffenberg se rio.

—Sí, ya veo que su mensaje es de lo más confidencial. Seguramente «pastel de manzana» es la clave secreta para los planes de invasión más recientes del *Reich*.

Traté de pasar junto a él, pero el coronel apoyó el extremo de su bastón en un árbol y me cerró el paso.

—No sé lo que esté haciendo aquí, pero no voy a reportarla. —Apretó los labios y me miró como un halcón que estudiase a un suculento roedor—. ¿Se da cuenta de que el perímetro externo de la Guarida del Lobo está lleno de minas terrestres? Podría morir si da un solo paso en falso. Muchos animales desafortunados terminaron su vida aquí.

—Le agradezco sus consejos —dije—, pero debo regresar a la cocina.

Quitó su bastón del camino y me preguntó:

—¿Cuál es su nombre?

—Magda Ritter.

—La recordaré, *Fräulein* Ritter. Puede estar segura de ello.

Me siguió de regreso a la senda. Me dirigí hacia el oeste, por donde llegué, y el coronel siguió hasta la pradera. Miré hacia atrás antes de que los árboles bloquearan la vista. Hitler y el hombre vestido de traje estaban parados sobre la máquina. Göring y los demás los rodeaban como ovejas embelesadas. Von Stauffenberg se acercó a ellos. Qué desgracia, pensé, que un oficial de alto rango se proponga recordar mi nombre.

Pasé el resto del día con los nervios de punta. No podía estarme quieta mientras esperaba a que se desatara el caos en la Guarida del Lobo o a recibir la terrible noticia de la muerte de Karl. Fracasó cada intento que hice de tranquilizar mi mente. Di vueltas en la biblioteca, eligiendo libros que leer, pero terminaba tirándolos sobre la mesa. A medida que se arrastraban las horas, me convencí de que lo peor ya había ocurrido y que debía prepararme para la salva. Durante el trabajo, traté de poner buena cara aunque la jefa y las demás catadoras no quedaron convencidas con mis intentos por socializar. En especial, la jefa me conocía lo bastante bien para saber que algo pasaba. En varias ocasiones me preguntó si me encontraba enferma. Pero, a medida que pasaban las horas, mi temor disminuyó. Seguramente si sucediera algo terrible, la noticia se propagaría por todo el lugar.

Esa misma tarde, después de horas de no saber qué había ocurrido, Karl me encontró de camino a casa y me puso un sobre en la mano. Casi desfallecí de alivio.

—Léelo y quémalo —susurró—. Asegúrate de destruir las cenizas. Te escribo una carta porque sería peligroso que nos vean juntos. —Se alejó a toda velocidad.

Doblé el sobre y lo metí en mi bolsillo con discreción. Leer la carta en mi habitación sería riesgoso, de modo que una vez más me refugié en la biblioteca de nuestro dormitorio.

Como suponía, el sitio estaba vacío. Prendí una pequeña lámpara, tomé un libro de historia de Alemania de una de las repisas y me acomodé en el mullido sillón. Estaba lejos de todos y me sentí agradecida por ello. Saqué la carta, la doble por la mitad y la inserté en el centro del libro. Fingí estar leyendo acerca de historia, pero, en lugar de eso, concentré toda mi atención en la carta de Karl.

Queridísima Magda:
Me siento reacio a acercarme a ti. Incluso entregarte esta misiva implica un enorme riesgo. Tienes mi vida en tus manos. De hecho, más que sólo mi vida; el destino de toda Alemania depende de esta carta. Te ruego que destruyas cualquier rastro de la misma, entonces sabré qué hay en tu corazón. De lo contrario, me ejecutarán por traición. En ambos casos, como puedes ver, estoy dispuesto a morir por lo que creo.
Esta tarde llevaba una mochila en la que había una bomba. La explosión habría de eliminar a Hitler, Göring, Porsche y los demás. Sin embargo, el plan se vio interrumpido por Von Stauffenberg, quien no debía estar aquí hoy. No puedo decirte más, pero él y yo formamos parte de un movimiento que quiere liberar a nuestra nación del mal que la corroe. Por fortuna, aún no armaba la bomba y pude deshacerme de ella después de la demostración.
Podrías preguntar: ¿por qué no limitarse a disparar a Hitler y salir del problema? Créeme, tal línea de acción se discutió en multitud de ocasiones. Von Stauffenberg y los demás están convencidos de que cualquier intento por destruir el Reich debe incluir a tantos de sus líderes como sea posible, no sólo a Hitler. Matarlo sólo a él podría conducirnos a una situación peor de las que existe en la actualidad. Esta no es una decisión que se tomó a la ligera.
Esta noche sigo vivo porque Von Stauffenberg decidió hacer el viaje a la Guarida del Lobo sin previo aviso. No tenía intención de matar a uno de mis propios colaboradores. Está convencido de que los británicos tienen sus propios planes y que aguardan el momento correcto. Dudo que alguno de ellos incluya un envenenamiento, pero te imploro que tengas cuidado, amor mío. Quiero que sigas viva, siga yo con vida o no. No tendremos futuro alguno a menos que podamos hacer que sea seguro para nuestros hijos.
Por favor, destruye esta carta y confirma la fe que tengo en ti. Muchas vidas aparte de las nuestras penden de un hilo. Nos veremos pronto.

Con amor,
Karl

Con manos temblorosas metí la carta de Karl de vuelta en su sobre. ¿Hijos? ¿Esperanzas para el futuro? Si Von Stauffenberg no se hubiera aparecido por la tarde, el mundo se hubiera deshecho de un tirano y de muchos de sus compinches, pero el hombre que me profesaba amor habría muerto.

Busqué por toda la biblioteca un encendedor o unos cerillos, pero no encontré nada. Me dirigí afuera y me topé con una de las chicas que vivían en el dormitorio frente al mío. Le pregunté si fumaba y asintió. Le pedí que me prestara su encendedor. Lo sacó de su bolsillo y platicamos unos minutos. Me pidió que se lo regresara al día siguiente, ya que se iba a la cama.

Tan pronto como se marchó, corrí al bosque detrás de nuestro edificio; un área libre de minas. Las palabras de la carta de Karl corrían por mi mente. Era un héroe, un hombre a quien amar y respetar. Aunque no se veían las estrellas entre los árboles, mis ojos estaban repletos de ellas. Me invadió una emoción extraña y embriagadora, y caminé con energía e indiferencia hacia los mosquitos que daban vueltas a mi alrededor. Después me sentí rodeada de oscuridad. ¿Cómo podía enamorarme de un hombre que *quería* morir? Quería que yo viviera, pero ¿cómo podría seguir adelante sin él, devastada por su muerte? La desesperación y la euforia batallaban por controlarme. Congelada, me detuve por completo junto a una plataforma de rocas y me concentré en escuchar. Los insectos nocturnos zumbaban en mis oídos. Abrí el encendedor y un penetrante aroma a nafta llegó hasta mi nariz. Con el pulgar, le di vuelta a la rueda, la piedra provocó una chispa y una flama amarilla brotó en la oscuridad. Sostuve la carta entre dos dedos y prendí una de sus esquinas. El papel se retorció en un rizo de color café y se consumió a tal velocidad que tuve que dejarlo caer sobre una piedra. Quedó reducido a trozos de polvo gris. Tomé las cenizas entre mis manos, las dejé caer en la tierra lodosa y las aplasté contra el piso hasta que desaparecieron. Estaba segura de que nadie las encontraría.

Salí con cuidado del bosque, asegurándome de que nadie me viera. De regreso en el dormitorio, me lavé las manos, volví a la biblioteca y observé los libros, organizados en filas perfectas en los estantes. No podía obligarme a leer. Ni la educación ni el entretenimiento podrían satisfacer mi corazón mientras estaba sentada en mi silla favorita. Poco a poco, la emoción de la admisión de Karl abandonó mi cuerpo y lloré por la incertidumbre del futuro, un futuro que quizás incluiría la muerte.

Un solo pensamiento me consumía: «Nuestro destino está sellado».

A Hitler le fascinaba sacar a pasear a Blondi por las mañanas. En ocasiones, su *valet* paseaba al perro, pero por lo general era el propio *Führer* quien le daba una vuelta alrededor del área boscosa que estaba cerca de su búnker.

Despacio, como un cáncer que invade un cuerpo, empecé a pensar en formas de matarlo, especulando acerca de sus paseos con Blondi o de cómo podría suceder durante una de sus comidas. Estas ideas demenciales se centraban en que yo salvara a Karl. Quería morir en su lugar.

Después mi mente se despejaba y me convencía de que estaba actuando como una tonta. ¿Cómo podría yo destruir al líder del *Reich*? No podía envenenarlo sin matar a otras personas inocentes. ¿Y qué sucedería si me capturaban? A mí me matarían y encarcelarían a mis padres. No contaba con un arma para dispararle y ¿qué podía importar que lo hiciera? Karl tenía razón. Si Göring, Goebbels, Bormann o Himmler terminaban dirigiendo el país, a Alemania podía irle todavía peor. Me convertí en una loca con ideas homicidas que me daban vueltas en la cabeza; pensé que explotaría.

Casi a finales del verano, Hitler nos invitó a Karl y a mí a tomar el té por la noche. Ya lo sugirió la primera vez que me topé con él mientras paseaba a Blondi. La invitación llegó a través de la jefa de cocina una noche después de la salva. No podía hacerse nada al respecto. Uno no declinaba una invitación a tomar té con el *Führer*, pero no pude más que sentirme recelosa de lo que estaba por venir.

Una mañana, al salir del dormitorio, Franz me estaba esperando. No lo veía desde aquella noche en el bosque, cuando me dijo que lo enviarían al frente oriental. Lo saludé y empezamos a caminar juntos. Sacó sus cigarros de un bolsillo y dio unos golpecitos con uno a su boquilla de oro. El sol se asomaba por entre las hojas, arriba de nosotros, y él entrecerró los ojos. Prendió el cigarro y me dijo:

—Me enteré de que estás invitada a tomar el té con el *Führer*.

—Así es. —Me daba gusto ver a Franz, pero al mismo tiempo me incomodaba. Siempre parecía acompañarlo un aura de peligro despreocupado, y reunirnos de esta manera sólo exacerbaba esa sensación—. Pensaba que te habían enviado al frente.

—Me llamaron de regreso —rio brevemente—, para informarle a Hitler el estado de nuestra maquinaria de guerra, que es verdaderamente lamentable. Estamos perdiendo terreno y la moral está por el piso. Algunas de las tropas empiezan a cuestionarse la razón por la que están luchando, pero demasiados siguen creyendo la propaganda que les escupen sus oficiales.

Estudié su cara, ahora todavía más delgada y cruzada por arrugas.

—¿Por qué estás aquí? ¿Tienes algún mensaje para mí?

Me tomó por el brazo con fuerza y me obligó a detenerme.

—Hice lo que había que hacer. Tienes que agradecérmelo. Les salvé la vida a los dos.

—Sigamos caminando. —Me adelanté por el camino. Caminamos frente al comedor, en dirección al prado en el que Karl tuvo intención de detonar la bomba—. Claro que te estoy agradecida —susurré—. Minna fue una tonta, pero nuestra posición es demasiado precaria y quiero… —Se me hizo un nudo en la garganta.

Franz puso su mano sobre mi brazo. Un grupo de oficiales pasó junto a nosotros, pero no hicieron más que saludarnos con la cabeza.

—Tú amas a Karl, ¿verdad? —me preguntó Franz.

Asentí.

—Entonces estarás feliz de saber que se replanteó su posición dentro del grupo. Von Stauffenberg sabe lo que hiciste en la cocina, sabe que trataste de envenenar a Minna poniendo en riesgo tu propia vida. Él y los demás, incluyéndome a mí, te lo agradecemos. De hecho, creo que tu pequeña artimaña confundió por completo a las SS, con el resultado de que Otto tuvo que pagar por ello.

No había nadie a nuestro alrededor, de modo que nos detuvimos.

—Karl tuvo su oportunidad y, por suerte para ambos, Von Stauffenberg se interpuso en su camino —continuó Franz—. El momento no era el correcto. Con estas cosas, nunca se sabe lo que va a suceder. —Le dio una fumada a su cigarro—. Acaban de «retirar» a Karl, por decirlo de alguna manera. De ahora en adelante, tendrá que dedicarse a labores de reconocimiento tanto aquí como en el Berghof. Von Stauffenberg está asumiendo el cargo en todos los sentidos. Eso es lo que me mandaron decirte.

Me sentí invadida por el alivio; no obstante, este se disipó con rapidez cuando tomé en cuenta nuestra situación. Demasiados temores se agolpaban en mi cabeza. Le di las gracias a Franz. Nos dimos la mano, y luego se dio vuelta y se alejó por el mismo camino que recorrimos. Al desaparecer de mi vista, pensé en lo mucho que envejeció en los meses que llevaba de conocerlo. Su cabello rubio parecía más oscuro, su amplia y brillante sonrisa se redujo y su rostro cruzado de arrugas mostraba al estrés de la batalla. Sólo había una cosa que sabía con certeza: desde ahora, Von Stauffenberg sería una figura destacada en la vida, o muerte, de Adolf Hitler.

Karl y yo no tuvimos oportunidad de hablar antes de reunirnos con Hitler para tomar el té. Después de refrescarme tras la salva de esa tarde, me dirigí hacia el búnker. Un guardia de las SS que hacía su patrullaje me detuvo y me pidió mis papeles. Cuando le informé que estaba invitada para tomar el té con el *Führer*, me acompañó el resto del camino. Sabía que sólo lo hacía para verificar mi historia. Cuando llegamos, alrededor de las diez, Karl estaba parado junto a la puerta. El guardia se fue después de hablar con él.

El búnker del *Führer* era todavía más imponente de noche que de día. Se erguía sobre la tierra empapada como un monolito negro y, aunque no era tan grande como algunas de las edificaciones del lugar, se alzaba como un templo maya en ruinas, cubierto del bosque que lo rodeaba. Se alcanzaba a ver una sola luz que brillaba sobre la puerta de hierro. Karl me saludó con gran formalidad y después habló con los hombres armados que se encontraban en la entrada. Nos dejaron pasar por la estrecha abertura hacia un gran corredor con puertas a los lados donde nos esperaba el *valet*. Lo reconocí del Berghof, donde también estaba al servicio de Hitler. Alto, con una amplia barbilla y labios delgados, era el vivo ejemplo de las SS: serio, estricto y formal, un hombre íntegro dedicado por completo al *Führer*. Nos condujo por el corredor hasta que nos encontramos en una atiborrada salita de té amueblada con una mesa redonda donde podían sentarse seis personas con comodidad. Varios paisajes al óleo adornaban las paredes. Dos lámparas rústicas en las equinas brindaban una cálida luz a través de dos pantallas de seda color *beige*. Sin embargo, no había manera de eludir la sensación de que uno se encontraba en un búnker, sin importar lo acogedor que fuera el ambiente. Los ventiladores giraban sobre nuestras cabezas. Traté de sobreponerme a la sensación de que las paredes se me venían encima. Casi no nos dijimos nada porque no sabíamos si nuestra conversación sería vigilada.

Para la velada, elegí un sencillo vestido negro, zapatos del mismo color y unos pequeños aretes de oro. Nunca pasaría por una Eva Braun elegantemente vestida para Hitler.

Karl tamborileó en la mesa con sus dedos.

—Serénate —le pedí—. No tienes por qué estar tan nervioso.

Colocó la gorra militar sobre su regazo.

—¿Por qué nos invitó? ¿Por qué esta noche?

Coloqué mi mano sobre la suya y se relajó al sentirla. Yo misma me preguntaba las razones por las que nos invitaría Hitler. ¿Tenía alguna información relacionada con los oficiales que estaban conspirando en su contra? ¿Alguien reveló nuestro secreto? ¿Sabía que intentaron envenenar a Minna o que Franz la asesinó? Quizá quería interrogarnos sobre su muerte. Estas vanas especulaciones sólo aumentaron mi ansiedad.

Después de un breve golpe a la puerta, esta se abrió y apareció un *valet*, seguido de cerca por otro más. El sirviente al que yo reconocía del Berghof sostenía un ramo de rosas rojas de tallo largo que me ofreció.

—Estas son de parte del *Führer*. Llegará en breve —explicó. Después le ordenó al otro que entrara con un carrito de servicio cargado de café, té, platos de galletitas y rebanadas de pastel de manzana. Me reí en silencio al saber que yo misma hice la cata de todos estos alimentos más temprano. Los sirvientes nos dejaron y, poco tiempo después, la puerta volvió a abrirse.

Apareció Hitler con Blondi a su lado. Karl tomó su gorro, se levantó y le dio la mano a Hitler. Estaba a punto de hacer lo mismo cuando nos hizo señal de que nos sentáramos. Al igual que Blondi, lo obedecimos. Hitler parecía más relajado de lo que lo había visto nunca. Un ligero color encendía sus mejillas, que por lo general eran de color macilento a causa de su aversión a la luz del sol. Su *valet* sostuvo la silla que estaba junto a la mía y el *Führer* tomó asiento. Por unos minutos, no dijo nada; sólo nos miró fijamente con sus magnéticos ojos azules. Podía intuirse el fuego que ardía detrás de ellos. Seguramente, los ojos de Rasputín debieron de tener ese mismo efecto en sus seguidores.

Una vez más, me sentí abrumada por su presencia, como si una poderosa fuerza emanara de aquel hombre. ¿A qué podía atribuirse..., a la mera fuerza de su voluntad? Al igual que el resto de la población, ¿podría yo ser presa del interminable flujo de propaganda que se transmitía por la radio y en películas? ¡Cuánto poder tenía sobre el pueblo alemán!

Un medallón redondo estaba fijado en su saco negro. Consistía en una corona de hojas de oro bordeada por una franja blanca, con otra franja interna, roja, en las que se leían las letras NSDAP; todo esto rodeaba una esvástica negra sobre fondo blanco.

Karl y yo no nos atrevimos a pronunciar palabra hasta que se dirigió a nosotros.

—Me da gusto verlos —dijo, abriendo la conversación. Habló en el profundo tono de barítono que ya había notado al escuchar con frecuencia sus discursos al *Reich*. Su manera de hablar seguía una cadencia propia, un ritmo que, en sí, era hipnótico—. Espero que podamos disfrutar de la velada; atesoro el tiempo libre que tengo por las numerosas ocasiones en que me veo obligado a ausentarme de momentos como este a causa de algún asunto desagradable, a menos que le diga a mi asistente que no se me moleste. —Le hizo una señal al *valet* para que nos sirviera.

Blondi se acurrucó a los pies de Hitler y me miró con sus dulces ojos cafés.

—Mi *Führer* —intervino Karl—. Estamos encantados de que nos haya invitado a tomar el té, pero *Fräulein* Ritter y yo estamos algo perplejos por su invitación. ¿En qué podemos servirle?

—Eso es muy noble de su parte, Weber —dijo Hitler levantando una mano—, pero debe dejar sus preocupaciones detrás de esta puerta. —Colocó ambas manos sobre la mesa, se inclinó hacia delante y nos estudió con seriedad—. Esta noche no quiero que se pronuncie una sola palabra acerca de guerra, ni de batallas ni de estrategia. En esta sala de té se habla de arte, de arquitectura y de música. Se celebran la cultura e historia de Alemania y, en esta noche en particular, estamos aquí para celebrar el amor.

—*Führer?* —preguntó Karl, tan sorprendido como yo.

El *valet* me sirvió un poco de té, y después tomó mis bellísimas rosas y las colocó en un florero de cristal tallado en el centro de la mesa para que pudiéramos disfrutarlas todos. Pronto, el dulzor de su fragancia llenó la habitación, un cambio que fue bienvenido en aquel aroma húmedo y encerrado que invadía la mayoría de los búnkeres.

Hitler sonrió y sostuvo su taza en alto.

—Tendría que darle las gracias a la catadora que sufrió a manos de Otto. —Hizo una pausa y sentí que se me crispaban los nervios—. Pero hay algo más que discutir.

La pierna de Karl rozó la mía y pude sentir la tensión que recorría su cuerpo.

Hitler tomó un sorbo de su té y me dio unas palmaditas en la mano.

—Hago el intento de saludar a todos, de preguntarles cómo están, de tener una palabra amable para todos aquellos que sirven al *Reich*, pero soy un hombre ocupado. No tengo grandes cantidades de tiempo. Tú debes expresarle mi agradecimiento a todo el personal de la cocina. Muchas jóvenes empezaron a trabajar recientemente. Le prometí a Dora que trataría de conocerlas.

Sus ojos brillaron con una chispa de algo que podría describirse como «buena voluntad». No me quedaba la menor duda de que acudiría al comedor para dedicarle algunas palabras de bienvenida al nuevo personal. En ese momento, parecía la imagen misma de un padre amoroso cuyo único deseo era que sus «hijos» fueran felices y la pasaran bien en un mundo que estaba bajo su dirección. Por su estado de ánimo, parecía que no había manera de que creyera que alguien de su personal pudiera pensar en hacerle daño jamás. Esta actitud de benevolencia era más que una simple pose. Hitler era del todo sincero, pero también sabía que cualquier delito contra el *Reich* se castigaría de la manera más severa posible.

—La jefa de cocina —prosiguió— me cuenta que ustedes dos pasan mucho tiempo juntos.

Sentí cómo me sonrojaba, más por la ansiedad que por vergüenza.

—Magda y yo comenzamos una relación —explicó Karl.

Me impactó por completo la facilidad con la que lo admitió.

—Hay trabajos que debemos hacer —intervine, tratando de establecer cierta distancia entre Karl y yo—, y el destino nos puso en el mismo camino porque los dos trabajamos en la misma área.

—Sí, pero se hicieron notar —dijo Hitler—, razón por la cual quiero darles mi bendición.

Karl palideció y a mí se me cortó la respiración.

—Mi *Führer*, eso no es necesario —dije.

Agitó sus manos en señal de protesta.

—Por supuesto que es necesario. Doy tantísimas bendiciones que es casi como mi segundo trabajo: mis secretarias, mi personal, todos se benefician de esto. Aliento a mis oficiales a encontrar mujeres de calidad. —Dio otro sorbo a su té y tomó una pequeñísima porción de pastel de manzana—. Coman, coman;

aún no tocan los deliciosos postres que se elaboraron precisamente para ustedes.

—Mi *Führer* —le dije—. Yo hice la cata de los mismos esta noche.

Soltó una carcajada.

—En ese caso, podrás disfrutarlos sabiendo que no están envenenados. —Hizo una pausa y después agregó—: Quedaba un asunto pendiente, pero ya me ocupé de él.

Karl y yo nos miramos.

—No pertenecías al Partido, *Fräulein* Ritter —dijo—, pero me aseguré de rectificar la situación. —Tomó una caja de uno de los bolsillos de su saco y me la entregó.

La destapé, retiré el papel que tenía dentro y descubrí un medallón idéntico al que llevaba puesto.

—El número representa tu lugar en la membresía del Partido. El mío es el uno. —Señaló al distintivo que portaba.

—Gracias. —Sin saber si debía ponerme el medallón, cerré la caja y la coloqué sobre la mesa.

Entonces, Hitler dirigió la conversación hacia Baviera y los Alpes, hablando con entusiasmo de la mitología del Obersalzberg. El resto de la noche Karl y yo permanecimos allí, inquietos, mientras Hitler hablaba de Speer y de sus planes para la capital, así como del estado del arte y cine alemanes. Después nos invitó a su estudio para escuchar una grabación de Wagner. Eran más de las doce de la noche cuando nos despidió.

Por un tiempo, nos quedamos fuera de la puerta del búnker sin saber qué decir. El frescor de un otoño temprano inundaba el aire, y la caída de temperatura se sentía maravillosa en mi piel. Ahora que Hitler nos otorgó su «bendición», parecía poca la necesidad de guardar las apariencias. Sostuve la mano de Karl con fuerza mientras caminábamos por el sendero. En silencio, pensé impactada en el hecho de que tomé té con el líder del Tercer *Reich*. Ahora, después de estar con Hitler, comprendía lo persuasivo y convincente que podía ser. No era sorprendente que el pueblo alemán lo siguiera como un rebaño de ovejas. Mi padre me contó de una película llamada *El triunfo de la voluntad*. Me dijo que su único propósito era glorificar al Partido. Yo no la vi, pero entendía que una presencia tan poderosa pudiera transferirse al celuloide, así como el impacto tan tremendo que podía tener.

Nos detuvimos en un claro entre el búnker y mi dormitorio. Karl me envolvió con sus brazos y me acercó a él. Me sentí abrigada y segura mientras me besaba. Pasé mis labios por su cuello y suspiró.

—Qué increíble que el *Führer* tenga tiempo para detalles como estos —dijo entre besos.

Empecé a hablar, pero sostuvo un dedo contra mis labios y señaló la caja que tenía entre mis manos. Después de unos momentos, entendí lo que me estaba tratando de decir. El medallón. Karl lo señaló y después a su oreja; como si el distintivo pudiera contener algún dispositivo diseñado para espiarnos. La idea no me había cruzado por la cabeza.

—Es un prendedor bellísimo —continuó—. Deberías sentirte orgullosa de que el *Führer* se tome tanto interés en nosotros.

—Te dejaré que lo veas mañana —le respondí—. Por ahora, disfrutemos de la noche. —Me acerqué más a él ofreciéndole mis labios.

Me detuvo y levantó mi barbilla con sus dedos hasta que mis ojos miraban directamente a los suyos.

—Quizá deberíamos casarnos —dijo.

—¿Casarnos? —Sentí que se me cortaba la respiración. En un mundo distinto, hubiera brincado de gusto, pero nuestro futuro era demasiado incierto. Volteé mi rostro para no decepcionarlo—. Deberíamos hablarlo mañana. —Hacer planes me parecía tan absurdo que casi quería reír—. Después de todo, ahora que se sabe nuestro secreto, no hay necesidad de apresurar las cosas.

—Él querrá vernos casados pronto —dijo Karl—. Nos consentirá como un abuelo amoroso. —Tocó mi hombro—. Déjame llevarte a casa. Tengo que levantarme temprano mañana y tenemos mucho en qué pensar.

Abandonamos el claro y pronto nos encontramos frente a mi puerta. Karl me besó una vez más y nos despedimos. Mi cabeza estaba llena de pensamientos acerca de nuestro dudoso futuro, y no tenía ganas de irme a dormir. Una vez más, me senté en la biblioteca y esperé a que el sueño me superara. Tomé el medallón de mi bolso y le di vueltas en mi mano. Nada de él parecía sospechoso, pero Karl tendría que examinarlo para asegurarse de que no representaba peligro alguno. Mientras tanto, tendría que usarlo y cualquier comentario negativo relacionado con Hitler o con el *Reich* tendría que permanecer inexpresado. Ni siquiera podría hablar conmigo misma. ¿Cómo podría mantener en mi interior todo lo que estaba sintiendo? Me sentía más aislada que nunca y no tenía ánimos para convertirme en novia.

CAPÍTULO 11

Karl y yo nos comprometimos en otoño de 1943. Hitler siguió ejerciendo presión para que nos casáramos, no directamente, sino a través de la jefa de cocina y de otros oficiales de las SS. Sus acciones no resultaban sorprendentes, ya que hizo lo mismo con una de sus secretarias personales al inicio del año. Karl y yo seguimos dando excusas, por lo general relacionadas con el «peligro» que implicaba mi trabajo, pero sabíamos que nos tendríamos que casar pronto; el tiempo se nos estaba acabando. En respuesta a nuestras demoras, el *Führer* ordenó que me retiraran de mis deberes de cata, pero las protestas de la jefa fueron lo bastante enérgicas como para que se me permitiera seguir en la cocina como tenedora de libros y como catadora de refuerzo en caso de que fuera necesario. A pesar de sus sentimientos acerca de nuestro futuro matrimonio, Hitler estuvo dispuesto a ceder su control total porque la jefa confiaba en mi juicio como catadora.

Poco después de nuestra cita con el *Führer*, Karl inspeccionó el medallón. Pensaba que podría contener un micrófono en miniatura, pero era sólo un prendedor y nada más. Desde ese día en adelante, lo usé a diario cuando salía, a pesar de que detestaba al Partido y todo lo que representaba. A lo largo del otoño, nuestra estancia en la Guarida del Lobo se volvió rutinaria. Caí presa de la «fiebre del búnker»; cuando empezó el frío, el confinamiento claustrofóbico de nuestro estrecho dormitorio se volvió cada vez más insoportable. Cuando no me encontraba con Karl, Else y yo dábamos caminatas, Necesitábamos salir y respirar el aire fresco incluso en los días sombríos y lluviosos. Para mediados de octubre, las nubes nos cubrieron con nieve y los búnkeres parecieron tornarse en bloques de hielo. Con tal de alejar el frío, yo me envolvía en suéteres y abrigos y me ponía guantes.

Me mantuve alejada de Dora y de las demás catadoras porque no quería responder a sus preguntas relacionadas con mi vida personal. Hitler siguió haciendo viajes periódicos de ida y vuelta a la Guarida del Lobo. Karl y yo nunca nos enterábamos de los sitios a los que se dirigía sino hasta después de que estaba de vuelta, sano y salvo, en el cuartel. Era entonces cuando escuchábamos, con gran detalle por parte de aquellos que lo acompañaban, las historias por lo general triviales de sus viajes. Se desató el rumor de que habríamos de pasar la Navidad en el Berghof. Rara vez podía confiarse en tales chismes. Se decía que lo más probable era que las fiestas fueran terriblemente desagradables, a diferencia de otros años. La jefa de cocina anticipaba que escasearían tanto los alimentos como las celebraciones. Parte de este ánimo melancólico, pensaba, provendría del propio Hitler, quien consideraba que las celebraciones excesivas eran dispendiosas y arrogantes ante el sufrimiento de Alemania, aunque él mismo fuera la causa de dicho sufrimiento. Las pocas veces que Karl y yo pudimos estar a solas sin que nadie papaloteara a nuestro alrededor, discutíamos los planes para el asesinato de Hitler, pero no de manera descarada. Nuestro lenguaje se volvió cifrado; cualquier asomo de conspiración era demasiado peligroso de insinuar siquiera. Un día, le pregunté a Karl las razones por las que no era posible lograr «nuestra meta» con mayor celeridad.

—Paciencia —fue todo lo que me respondió y, siempre que mencionaba el tema, musitaba esa misma palabra.

A mediados de noviembre, estaba en la oficina de la jefa de cocina revisando las reservas de alimentos cuando uno de los asistentes me interrumpió con una llamada telefónica. Se trataba de mi madre; mi papá estaba gravemente enfermo y hospitalizado en Berlín. Me preguntó si sería posible que regresara a casa unos días para ayudarla a cuidar de él. Accedí de inmediato y pedí que se me diera el permiso necesario. Empaqué algunas cosas y dejé la mayor parte de mis pertenencias en la Guarida del Lobo. A la mañana siguiente, estaba en un tren que se dirigía a la ciudad.

Fue un brillante día de noviembre cuando mi madre me recibió en la estación de tren. Tomamos un taxi directamente al hospital, donde los pasillos estaban llenos del olor a antiséptico y de los efluvios corporales de los enfermos y débiles. Más tarde aprendí a reconocerlo como aroma a «muerte». El hospital apestaba a causa de los estragos de la gripe y de las horripilantes heridas de los soldados que tenían la suficiente suerte de terminar en Berlín. Aunque aquel no era un hospital militar, muchas de las habitaciones estaban ocupadas por soldados. Algunos estaban envueltos en vendas de pies a cabeza, y respiraban a través de tubos insertados en pequeños orificios en sus vendajes. Mi madre ya me había advertido que mi papá estaba enfermo de gripe y que tendríamos que usar batas y máscaras para visitarlo. Pasó con él varios días y estaba más que necesitada de descanso. El personal le pidió que no permaneciera demasiado tiempo en la habitación porque sus prolongadas visitas aumentaban su exposición a la enfermedad.

Una enfermera nos recibió cerca del ala en donde tenían a mi padre. Nos colocamos los ropajes médicos que nos proporcionaron y caminamos por el pasillo hasta la habitación. Al principio, no pude ver a mi padre porque se encontraba cerca de la ventana que daba a un patio central. Una fría luz gris entraba a través de las persianas. Habían quitado las cortinas opacas. Las ramas desnudas de un árbol dibujaban una compleja telaraña de líneas oscuras en la superficie encalada de la pared contraria. Pasamos frente a la cama de un hombre mayor, cuya tez era tan gris como la luz que ingresaba en la habitación. Mi padre estaba dormido y le hice una señal a mi madre para que no lo molestara. Salimos de nuevo al pasillo. Me sentía relativamente descansada de mi viaje, de modo que le sugerí a mi madre que regresara a la casa; yo regresaría por la noche para que ella pudiera estar de vuelta en la mañana.

Jalé una silla que estaba cerca de la ventana y pronto me quedé dormida en la silenciosa habitación. Las toses de mi padre me despertaron. Su rostro estaba enrojecido por la fiebre.

—O estoy alucinando, o mi hija está aquí conmigo —dijo en un susurro ronco mientras se quitaba la máscara.

—Aquí estoy, papá. —Me levanté de la silla, me paré junto a él y señalé la máscara—. Necesitas volver a ponértela.

—No se puede confiar en tu madre —afirmó—. Le pedí que no mandara por ti.

—Necesita un descanso después de tanto cuidarte. —Puse una mano enguantada sobre su brazo.

—¿Cómo estas, hija? Me da mucho gusto que estés aquí. —Tenía más canas que la última vez que lo había visto, meses atrás. Las líneas de su cara se convirtieron en profundas arrugas.

—Estoy bien. Podremos hablar después. Voy a quedarme al menos tres días. Para ese entonces, seguramente te darán de alta.

—Espero que tengas razón porque no me puedo dar el lujo de enfermarme. —Suspiró—. Estos días es casi imposible ganar dinero. Conozco a muchos hombres a los que les gustaría ocupar mi puesto en la fábrica. —Volvió a ponerse la máscara y tosió violentamente dentro de ella. El dolor torció sus facciones hasta que la crisis pasó. Una enfermera apareció en la puerta, y le aplicó una inyección a mi padre, quien poco después cayó en un profundo sueño.

Dejé el pabellón y caminé sin rumbo hasta que me topé con el comedor. Sólo comí un pequeño desayuno en el tren. Al regresar a la habitación una hora más tarde, mi padre estaba despierto y cenaba. Con el tenedor, empujaba los trozos de papa hervida y un minúsculo corte de carne cubierto de una salsa diluida. Los alimentos que les servían allí a los enfermos eran completamente distintos de los que se les servían al *Führer* y a su personal. Me sentí avergonzada de mi buena fortuna.

Me miró y sonrió. Le regresé la sonrisa debajo de mi máscara y me pregunté qué decirle. No podía hablar de mi trabajo debido a lo delicado de mi puesto, y tampoco podía decidir si debía decirle que estaba comprometida. Temía que desaprobara mi relación con Karl. Pronto, apareció mi madre y puso fin a cualquier oportunidad de una conversación prolongada. Prometí visitarlo de nuevo al día siguiente. Mi madre y yo nos quedamos hasta las diez de la noche.

—Estoy comprometida —le dije a mi madre cuando llegamos a la casa, confiando en que se sentiría complacida—. Ahora soy miembro del Partido y estoy comprometida con un capitán de las SS. Se llama Karl Weber. Te agradaría.

Mostró poca emoción. Se sentó frente a mí a la mesa de la cocina, con sus manos en el regazo, los ojos dirigidos hacia el mantel. El aroma a madera del té ascendía de nuestras dos tazas. Compartíamos una bolsita.

—Sólo me quedan cinco bolsitas. ¿Sabes lo que cuesta una bolsita de té estos días? Estoy guardando algunas para cuando regrese tu padre. —Mi madre se cubrió los ojos con una mano y rompió a sollozar.

—¿Mamá? —Estaba poco acostumbrada a verla en un estado tan alterado. Me levanté de la mesa y me paré junto a ella, con un brazo alrededor de sus hombros.

—Falta de todo. —Mis palabras revelaban una verdad a medias. Faltaba de todo en Alemania, no en los cuarteles generales de Hitler—. Puedo mandarte dinero si tú y papá lo necesitan.

Siguió sollozando y temblando en su silla. Después, se descubrió los ojos y miró fijamente a la pared.

—No es el dinero. No hay felicidad en Berlín. Hace algunas noches hubo un bombardeo. ¿Qué vamos a hacer? Al igual que tu padre, estoy empezando a creer que el *Führer* es un demente que nos está conduciendo a la destrucción. —Se limpió los ojos con la mano—. Me alegro por ti, Magda; al menos estás segura con el *Führer*. Estarás protegida.

No quise provocarle mayor angustia, de modo que no le expresé mis sentimientos. Temía que no faltaba mucho para que estuviésemos en el mismo peligro en el Berghof y en la Guarida del Lobo que en Berlín.

—Odio decirlo, pero te envidio. No es bueno que una madre sienta envidia de su hija. Donde sea que te encuentres, estás protegida. Comes alimentos deliciosos y no tienes que preocuparte por pasar hambre. No tienes que preocuparte por las bombas que caen del cielo ni por que la Gestapo llegue a media noche y te lleve.

Regresé a mi lugar y tomé un sorbo de té aguado de mi taza. Todo lo que estaba diciendo mi mamá era cierto, pero también era falso. Me preocupaba que me envenenaran y que cayeran bombas sembrando destrucción. La Gestapo podía llevarnos a Karl o a mí en mitad de la noche.

—Quizá tú y papá deberían quedarse con el tío Willy y la tía Reina. Tal vez estén más a salvo en Berchtesgaden.

Mamá sacudió la cabeza.

—Tu padre jamás estaría de acuerdo con eso. No estaría dispuesto a acatar las doctrinas del Partido como lo hace su hermano, y no podríamos presentarnos en su puerta como unos campesinos. Reina es quien lleva la batuta en esa casa. El ambiente sería insufrible.

Asentí sabiendo que sus argumentos eran ciertos.

—¿Crees que debo contarle a papá que estoy comprometida?

—Mejor deja que se recupere. No estoy segura de cómo se tomará la noticia.

Las palabras de mi madre eran sabias. Deseaba contarles a mis padres acerca de mi relación con Karl y de lo que planeaba hacer por Alemania, pero eso era imposible. Nos terminamos nuestro té y hablamos del vecindario. En algún momento después de la medianoche, levanté la cortina opaca que cubría la ventana de la cocina. El mundo parecía extrañamente silencioso y creí escuchar el zumbido de bombarderos sobrevolando el área.

La noche siguiente, mi madre y yo estábamos sentadas a la mesa de la cocina cuando las sirenas antiaéreas comenzaron su ulular sobrenatural. Tomamos turnos en el hospital durante el día y estábamos colapsadas en nuestras sillas por el agotamiento.

Mamá miró hacia el techo como si estuviera rezando y después me miró directamente, con sus ojos completamente abiertos de terror. El techo tembló a causa de una explosión y la lámpara de la cocina se meció como si bailara a un ritmo discordante. Un polvo fino de yeso blanco cayó de una grieta y se quedó en el piso.

—Espero que no sea nada —dijo mi madre.

Yo confiaba poco en ello. El aire soltaba chispas de electricidad y los bombarderos zumbaban por encima de la ciudad.

—Deberíamos bajar al sótano —dije, presa del pánico. Me levanté de la mesa de un brinco, lista para tomar las pocas cosas que podría llevar abajo.

Sonó otra detonación, más cercana que la última. Las paredes y los muebles temblaron. La intensidad aumentaba segundo a segundo y pronto la totalidad de la casa se estaba sacudiendo como en un terremoto. Grandes nubes de fuego irrumpieron en la noche, mientras que rastros blancos de artillería ascendían hacia el cielo desde la defensa antiaérea alemana.

—¡Corre, no queda tiempo! —grité por encima del ruido de las explosiones que golpeaba nuestros oídos. Las bombas caían a nuestro alrededor.

Mientras más consideraba el ensordecedor apocalipsis que tenía lugar al otro lado de nuestra ventana, menos pensaba en que debíamos bajar al sótano. Tomé mis papeles de identificación y los aseguré en mi cinturón. Agarré a mi madre por el brazo y la conduje por las escaleras hasta la puerta de entrada. Mientras nos protegíamos tras ellas, una gran bola de fuego anaranjado brilló en la calle. Las alcantarillas explotaron en flamas a causa de las hojas muertas y algunos árboles se prendieron en fuego. Nos salvó la fachada de piedra de nuestro edificio.

Abrí la puerta de golpe y corrí por las escaleras, asegurándome de que mi madre me siguiera. Al llegar a la acera, miré al este y grité. Hasta donde alcanzaba la mirada, Berlín estaba envuelto en llamas. Hacia el oeste, varias cuadras ardían y una vorágine de llamas y viento ascendía hacia el cielo. No estaba segura de qué hacer, del rumbo que debía tomar para ponernos a salvo.

Mi madre me detuvo antes de que pudiera dar otro paso. Me asió con fuerza y gritó:

—¡*Frau* Horst! ¡Quedará calcinada!

Por el pánico, olvidé a la viejecita que vivía arriba de nosotros.

—Tú quédate aquí. Voy por ella.

Una bomba silbó en lo alto y explotó a menos de una cuadra de distancia. Las casas se estremecieron en sus cimientos y después volvieron a asentarse con una serie de crujidos. A nuestro alrededor cayeron montones de polvo y cascajo. Corrí por las escaleras hasta el piso más alto de nuestro edificio. Golpeé la puerta con ambos puños, pero no hubo respuesta. Otra bomba cayó en la cercanía y vi destellos de luz anaranjada en el cubo de las escaleras. De nuevo, azoté mis puños contra la madera de la puerta y entonces, tras un instante de silencio sobrenatural, escuché una voz frágil que decía:

—Vete.

Traté de darle vuelta a la perilla, pero la puerta estaba cerrada con llave. Volví a gritarle a *Frau* Horst.

No hubo respuesta.

A mi alrededor el aire se fracturó como vidrio y el impacto me tumbó en el piso. El techo se empezó a doblar entre llamas rojas y amarillas, como si fuera un papel sostenido sobre una vela. Empezaron a caer rescoldos encendidos sobre mi piel y mi vestido. Me los sacudí de mis brazos y cabeza, y huí por las escaleras; no tuve otra opción. Afuera, olas de fuego cruzaban el aire. Llamé a mi madre, pero no estaba por ninguna parte. Vi uno de sus zapatos cerca de la acera. Grité hasta que mi voz se quebró, pero no logré encontrarla. Me alejé hacia el oeste, el aire estaba más fresco y menos congestionado de humo. Miré hacia atrás para ver cómo la ardiente tempestad consumía mi casa. Corrí hasta alejarme por completo, y después me senté en las escaleras de entrada de una casa desconocida y empecé a llorar. El bombardeo pareció durar una eternidad. Esperé en las escaleras hasta que se detuvo. El fuego, humo y cenizas de las cuadras cercanas se elevaron por los aires. Las flamas rugían al tiempo que un calor infernal recorría la ciudad. El sonido de ese averno se veía acentuado por los gritos y el estruendo de los edificios que se venían abajo.

No recuerdo cuánto tiempo estuve sentada allí. Frente a mí, arrastrando los pies, pasaban personas con jirones de carne calcinada que colgaba de sus huesos. Hombres y mujeres gemían, y se escuchaba el llanto de niños adoloridos o separados de sus padres. No había nada que pudiera hacer por ellos. Imaginé a mi padre en el hospital atestado de personas moribundas y heridas, mientras el *Führer* sorbía el té muy lejos en su búnker, protegido de las bombas.

Ni siquiera el amanecer logró calmar mi rabia. Me fui de la casa después de que alguien me dio agua que beber. No tenía una idea consciente de hacia dónde dirigirme, de modo que vagué durante varias horas hasta que llegué al hospital donde estaban tratando a mi papá. Por fortuna, el edificio no resultó dañado de gravedad en el bombardeo. Los ánimos del personal parecían tan devastados como la ciudad. Las enfermeras desistieron de proteger de la gripe a los visitantes. Filas de camas llenaban los pasillos. Pusieron allí a los pacientes para protegerlos de un posible estallido de las ventanas.

Mi padre estaba cerca de su habitación, con la cama junto a una pared. Sus ojos se llenaron de terror en el momento en que me vio. Me vi de reojo en un espejo. Mi cara estaba embarrada de cenizas, mi cabello pegado a mi cabeza, mi ropa llena de perforaciones causadas por las brasas.

Me colapsé en su pecho y lloré hasta que no me quedaron más lágrimas.

—Las bombas —masculló, y no pude agregar más.

Mi padre supo lo sucedido sin que tuviera que decírselo. Me acarició la mano mientras su rostro perdía toda expresión y palidecía. No vertió ni una sola lágrima. La rabia y el dolor hervían en su interior.

Al sonar la sirena del final del bombardeo, las enfermeras trasladaron a los pacientes de regreso a sus habitaciones. Me quedé dormida en una silla y me desperté ya bien entrada la tarde. Mi padre y yo hablamos muy brevemente. Le dije que tendría que regresar a mi trabajo. No mencioné a Karl ni el sitio donde me encontraba; no era momento de revelaciones ni de predicciones de felicidad. No tenía hogar al que regresar, de modo que le imploré a la enfermera que me dejara quedarme esa noche para poder irme en el tren al día siguiente. Mis maletas y mi dinero estaban destruidos; sin embargo, tenía mis papeles de identificación. Como servía al *Führer*, no tuve duda de poder conseguir un pasaje a Rastenburg.

Esa noche, mientras acompañaba a mi padre, cayó una segunda ronda de bombas. Esta vez sonaron más lejos. De todos modos, el hospital se sacudió con las detonaciones, que rompieron algunas ventanas y dejaron unas finas grietas en algunas paredes. Mi padre caminó por el pasillo con su máscara puesta, y yo me acurruqué contra él. Las horas se arrastraron mientras pasaba el ataque. Durante la mayor parte de la noche, tuve su mano en la mía.

A la mañana siguiente, le dije a mi padre que me marchaba.

—¿Y a dónde irás *tú*? —le pregunté—. La casa quedó destruida.

—Ya encontraré algún lugar —me respondió—. O quizá vaya a vivir con mi hermano.

Yo no estaba del todo convencida de que pudiera encontrar un departamento en Berlín, mucho menos en nuestro distrito, y estaba absolutamente convencida de que vivir con Willy y Reina lo haría sentir miserable.

—Déjame ver qué puedo hacer —dije con la esperanza de obtener ayuda de Hitler.

Su rostro se puso rojo y se infló de furia.

—¡Jamás! ¡No quiero deberle favores a ese… hombre!

Sostuve sus manos entre las mías.

—No lo entiendes. Puedo facilitarte la vida.

Alejó sus manos de un jalón.

—Hazlo y dejarás de ser mi hija. Regresaré a trabajar y encontraré algún sitio yo solo.

—Está bien, papá. —Suspiré—. Se hará lo que tú digas. —Volví a tomar sus manos y me acerqué a su cara. Ya no tenía miedo de contagiarme—. Estoy de tu lado —susurré, y después le di un beso en la frente—. Te ruego que lo creas.

Sus ojos brillaron en sus profundas cuencas y pareció comprenderme.

—Haz lo que tengas que hacer para sobrevivir. Sé que harás lo correcto.

Abandoné el hospital y conseguí que me llevara una carreta jalada por un caballo. Me bajé cerca de mi viejo vecindario, caminé entre las piedras y el cascajo, y salté por encima de algunas vigas caídas que todavía humeaban. Había gente barriendo la calle, amontonando lo que quedaba de sus casas cerca de las aceras. Algunas familias se refugiaron en los cascarones de los edificios calcinados al no tener dónde ir. Sus rostros estaban demacrados y se veían agotados, con ojos anhelantes y sin rastro alguno de alegría. Los berlineses acababan de aprender la cantidad de miseria que podían traer los Aliados. En ese momento, me sentí tan sola y abandonada como todos ellos. No podía hacer más que caminar a trompicones como ellos.

El zapato de mi madre seguía tirado donde lo había visto hacía dos noches. Lo recogí y le di vuelta en mi mano. No tenía ninguna mancha de sangre ni rastro de su piel. Les pregunté a algunos vecinos si por casualidad la vieron, pero todos respondieron que no. Sabía que había perecido en la tormenta de fuego, pero no quería creerlo. Las posibilidades de que encontrara un refugio o un hogar con alguna amistad no eran más que falsas esperanzas. Había una lejanísima posibilidad de que estuviera en algún hospital, uno distinto de aquel en el que se encontraba mi padre, pero tratar de encontrarla llevaría días.

Sólo quedaba la estructura carbonizada de nuestro hogar. El techo estaba calcinado y los pisos superiores se colapsaron uno encima del otro. Del sótano ascendían volutas de un humo gris. Todo el edificio —toneladas de escombros— cayó sobre él. Entré tanto como pude en la inestable estructura, y llamé a mi mamá una y otra vez. Sólo se oía el sonido de pequeñas explosiones y el siseo del fuego que ascendía desde el sótano. En mi corazón, sabía que estaba muerta.

Me despedí de las pocas personas que deambulaban como fantasmas por la calle. La mayoría se comportaban como autómatas. Sin embargo, en algunos observé un ardiente fanatismo que clamaba venganza: cobrarían el precio de esta destrucción, de las muertes, de los ataques de los Aliados. Pero poco podían hacer aquellos que perdieron sus hogares en los bombardeos. Ese tipo de retribución no era más que un pensamiento ilusorio, tan improbable como el poder detener las bombas que caían.

Me alejé de mi vecindario. El estómago se me encogía cada vez que pensaba en mi madre, que casi con seguridad estaría muerta, y en mi padre, quien ya no tenía un hogar al que regresar. Detuve a las personas a las que reconocí y les pedí que estuvieran pendientes de mi madre. No podía decirles dónde trabajaba, de modo que les pedí que se comunicaran con el *Reichsbund* de Berchtesgaden en caso de tener alguna noticia.

Por fin llegué a la estación de trenes. Debía de verme terrible en mi vestido hecho jirones. Sin embargo, todos pasamos por lo mismo y nadie dijo nada acerca de mi aspecto. El horror y el desamparo hicieron de Berlín su hogar. Le dije al guardia de las SS que era imperativo que regresara al lado del *Führer*. Como lo sospechaba, una vez que mostré mis papeles, encontré pasaje de inmediato. El cobrador del tren me dio una cobija para abrigarme.

Mientras el tren se dirigía a la Guarida del Lobo, tuve tiempo más que suficiente para pensar en lo que debía hacer. Karl y yo teníamos la responsabilidad de actuar, y la necesidad de hacerlo ardía en mi interior con mayor fuerza que nunca. Estaba segura de que en el Partido había otros que se sentían de la misma manera.

CAPÍTULO 12

Al día siguiente por la tarde, llegué al frío penetrante de Rastenburg. El día se sentía invernal y el sol se movía casi pegado al horizonte. Unos rayos rojos y rosas pintaban el cielo, y en el aire podía olerse el gélido aroma de la nieve, pero ese frescor se veía mancillado por el olor a podredumbre del asqueroso pantano. La sempiterna humedad se adueñaba de todos los edificios. Encontré a Dora en el dormitorio y le conté lo sucedido. Dijo que encontraría ropa que pudiera sustituir la que perdí en Berlín. Todavía tenía algunas pertenencias en la Guarida del Lobo, pero muy poco que ponerme. Me paré junto a un calentador mientras esperaba su regreso. Algunas mujeres estaban acostadas en sus catres, debajo de las cobijas, para alejar el frío. Dora regresó con cuatro vestidos y un abrigo de invierno. Me duché, me puse un poco de maquillaje y salí en busca de Karl.

Lo vi cruzando una de las rejas hacia el segundo perímetro. Estaba vestido con su uniforme gris. Tenía los ojos clavados en el piso y no me vio sino hasta que lo llamé por su nombre. Levantó la mirada, corrió hacia mí, me envolvió en sus brazos y me besó.

Me deshice en llanto mientras él sostenía mi cabeza contra su pecho y me acariciaba el pelo.

—Estaba enfermo de preocupación —me contó—. No tenía idea de si tú o tu familia estaban con vida. Supe que bombardearon tu vecindario porque los generales de Göring nos lo dijeron en una de las reuniones con Hitler. Él se puso como loco por lo que está sucediendo en Berlín y responsabiliza directamente a la fuerza aérea. Göring está metido en grandes problemas.

—Karl —sollocé—, mi madre está muerta.

Me apretó con más fuerza.

—Cuánto lo siento, Magda; qué cruel es la guerra. —Colocó un dedo en mis labios—. Llora, pero sé fuerte. Es la única manera en que podemos sobrevivir.

Me alejé de él; mi incapacidad para controlar nuestra situación avivó la rabia en mi interior.

—¡No me importa quién me oiga! —exclamé—. Aunque sea el mismísimo Hitler. Mi madre está muerta y mi padre no tiene a dónde ir. En Berlín, miles murieron y cientos de miles carecen de un lugar dónde vivir. Vi la destrucción con mis propios ojos. ¿Y para qué? ¿Para su *Reich*?

Karl me obligó a salir del sendero y me llevó hacia un grupo de árboles desnudos. Nos ocultamos tras ellos.

—Magda, te ruego que pienses antes de hablar. La operación está lista. No estoy seguro de cuándo sucederá, pero debes ser paciente. Cuando acabe, Alemania volverá a ser una nación libre.

Di un paso atrás, lista para luchar contra lo que fuera que se interpusiera en mi camino, incluyendo a Karl.

—Lo asesinaría en este instante, si pudiera.

—Piensa en tu padre; piensa en los inocentes que morirían si tú mataras al *Führer*. Es una operación delicada que conlleva muchísima planeación. La *Wehrmacht* debe alinearse con nosotros. Los oficiales deben darnos su apoyo; de lo contrario, estaremos perdidos. La gente entiende lo complicado que resulta todo esto... Y si una sola persona nos traicionara... —Sus ojos se nublaron y las orillas de sus párpados se enrojecieron—. ¿Y qué haría yo sin ti? ¿Cómo podría seguir adelante? Te imploro que no hagas nada extremo. No toleraría perderte como Franz perdió a Úrsula.

Sus palabras me serenaron lo suficiente para que pensara en lo que estaba diciendo. Volvió a besarme y agradecí sus caricias.

—Ven a mi habitación a las diez.

—¿Y los demás hombres de tu dormitorio?

—Esta noche no habrá nadie. ¿Querrás estar a solas conmigo? —Rozó mi mejilla con sus dedos.

Asentí y nos abrazamos. Grandes copos de nieve empezaron a caer entre los árboles y sobre nuestros hombros.

—Hace frío —dijo Karl—. No quiero que te enfermes de gravedad. Deberíamos ir adentro.

Caminamos de la mano hasta mi dormitorio y allí nos despedimos.

—Hasta esta noche —se despidió.

No podía olvidarlo. Lo besé y me pregunté si era sensato ir a su habitación. Casi no tuve tiempo de plantearme la pregunta antes de que mi corazón respondiera. *Sí*. Quería hacer el amor con Karl. El tiempo se estaba acabando y no estaba segura de la felicidad que el futuro podría reservarnos. Mi madre estaba muerta. Mi padre, pensé, estaría orgulloso de mi decisión de luchar contra Hitler. Mi amor por Karl merecía expresarse por completo. Ya no podía seguir negándonos los pocos momentos de felicidad que estuvieran a nuestro alcance. Poco importaban las consecuencias. Cuando regresé a mi habitación, supe que mi amor por el Capitán Karl Weber se consumaría.

A las diez, me reuní con Karl en el sendero que llevaba a su dormitorio. Tratamos de evitar a los demás oficiales, pero nos topamos con algunos afuera. Me miraron de soslayo y apartaron la vista. El cuerpo de oficiales era una organización muy cerrada. Al parecer, todo el cuartel general sabía que Karl y yo éramos pareja.

Su cama estaba preparada y una vela ardía sobre su escritorio. Su luz amarilla titilaba y llenaba la habitación de sombras color ocre. Hablamos poco. Me pidió que me sentara sobre la cama y después me besó. Nos quitamos la ropa despacio hasta quedar desnudos sobre su cama con una cobija extendida sobre nuestros hombros. Karl me preguntó si era virgen, a lo que le respondí que sí. Creo que quedó algo sorprendido, pero feliz de saber que no había estado con ningún otro hombre. Le pregunté si él alguna vez había estado con otra mujer. Me dijo que fue años atrás y que pagó por los servicios de la dama. Me juró que esa fue la única vez. Años antes, al participar en ejercicios de atletismo femenino se rompió mi himen, pero no sentí necesidad de contárselo a Karl; no le importaría.

Se puso un condón, me penetró y me hizo el amor despacio hasta que nos acoplamos a un ritmo natural. Nos mecimos mientras nuestros cuerpos se aferraban el uno al otro, convirtiéndonos en uno hasta que nuestra mutua pasión nos consumió y se agotó.

La mañana siguiente nos quedamos abrazados en su cama hasta muy temprano. Nos vestimos y Karl me acompañó de vuelta a mi dormitorio. Ninguno de los dos expresó remordimiento alguno por la noche que pasamos, pero sabíamos que teníamos que ser cuidadosos. Hacer el amor todas las noches, o incluso una vez por semana, era imposible. Hitler quería que aquellos a quienes unió en su sabiduría se casaran en beneficio del *Reich*. El coito sin matrimonio era equivalente a un acto de traición. Los dos sabíamos que tendríamos que sacrificar nuestro placer, había demasiado en juego.

Los días de otoño pasaron arrastrándose despacio mientras los pensamientos de venganza me consumían. Los mantuve en privado y ni siquiera los compartí con Karl porque sabía que jamás me permitiría actuar en consonancia con ellos.

A principios de diciembre, recibí una carta de mi padre. Lo dieron de alta del hospital, regresó al trabajo y estaba rentando una habitación en casa de un compañero de trabajo, un hombre con esposa y dos hijas. La familia reacomodó la disposición de la casa para poder rentarle ese cuarto a mi padre. Tanto la vivienda como el trabajo escaseaban en Berlín. Escribió poco acerca de mi madre, pero su pesar podía leerse en el tono sombrío y estoico de la carta. De todos modos, me alegró saber de él y enterarme de que estaba a salvo.

Una semana después, la jefa me informó que nos trasladarían a Else, a otras cuatro muchachas y a mí al Berghof, donde pasaríamos la época de fiestas y, posiblemente, algo más de tiempo.

Nadie sabía lo que duraría la estancia de Hitler: a veces se quedaba allí hasta la primavera o el inicio del verano antes de ir a otro de sus cuarteles. Me sentí decepcionada hasta que me enteré de que Karl también nos acompañaría.

Esa noche, junto con los demás, abordé un tren que se dirigió al sureste del Berghof. Durante el largo viaje, Else y yo platicamos y jugamos cartas, pero nos tomó tres días llegar hasta Berchtesgaden porque viajamos sobre todo por la noche. Hitler, eternamente atemorizado de los bombardeos aliados, ordenó que los trenes avanzaran sólo al amparo de la oscuridad. La segunda noche se me invitó a cenar con el *Führer*. Tuve que ocultar mis sentimientos de repulsión mientras lo miraba sentado en su lugar en el carro-comedor. ¡Cuánto quería acabar con su vida en ese instante! Temblaba ante la idea de clavarle algún arma insignificante, tal vez uno de los cuchillos de mesa, en el corazón. Como siempre, su conversación se centró en todo menos la guerra. La jefa de cocina me advirtió que cualquier mención de la misma se toparía con una mirada de enojo y la inmediata expulsión de la cena. En lugar de eso, habló acerca del arte y la cultura, y nos bombardeó con anécdotas de su juventud antes de regresar a alguno de sus temas favoritos.

Durante la cena, siguió expresando su desdén por aquellos que comían carne.

—¿Acaso no se dan cuenta de la manera en que la carne llega a la mesa? —preguntó con un aire pontificio—. Cadáver sobre cadáver, regados por el piso. No podrán imaginarse lo asqueroso que es hasta que no lo vean. —Se inclinó para acariciar a Blondi, que estaba a sus pies, y siguió con su cátedra respecto a los rastros.

Perdí todo apetito no sólo por sus descripciones gráficas, sino también por el odio que guardaba en mi corazón por nuestro anfitrión.

A nuestra llegada a Berchtesgaden, Else quedó atónita ante el majestuoso panorama de los Alpes. Nunca había estado tan al sur. Después de subirnos a los autos del personal que nos esperaban en la estación de tren, ascendimos por el camino de montaña. Pronto, el refugio de Hitler se levantaba frente a nosotras, luminiscente bajo el brillante sol de diciembre. Después de pasar por la caseta de la guardia, el auto se acercó a la entrada que vi por primera vez un año y medio antes. De alguna extraña manera, sentí que regresaba a casa después de unas largas vacaciones. El sol, la bella luz matutina y el aire de montaña me reanimaron después de la opresiva estancia en la Guarida del Lobo. El ambiente ahí era mucho más relajado que en Rastenburg. Else también notó la diferencia de inmediato. Me dijo que sus preocupaciones parecían desaparecer; incluso podría no molestarle seguir trabajando como catadora en aquel sitio. Le mostré nuestra habitación, con su vista de las montañas Unterberg, la misma que compartimos Úrsula y yo. Esa pequeña parte de mi vida parecía que había ocurrido hacía siglos.

Debido a que ya formaba parte del equipo más experimentado, la jefa de cocina me asignó como catadora de los alimentos de la noche. Else habría de realizar la salva de la comida del mediodía, otro de los alimentos importantes en el horario de Hitler. Acompañé a Else por las instalaciones para que se familiarizara con los invernaderos y las demás edificaciones del complejo. Estábamos de regreso en el Berghof, admirando la vista desde la terraza, cuando apareció Eva Braun con sus dos perritos. Me recordó y me tendió la mano. Ella y Hitler estuvieron separados durante varios meses y parecía feliz de volver a estar en su compañía. Le presenté a Else. Eva me trató de manera cordial, pero el tono mesurado que usó con Else me convenció de que era necesario ganarse su confianza para recibir una invitación a su círculo.

—Me temo que este año tendrán poco que hacer —nos dijo Eva—. El *Führer* ordenó que cualquier celebración sea discreta. —Suspiró—. De verdad deseo que la guerra termine pronto para que podamos volver a nuestra vida normal. Adolf... —Hizo una pausa, sonrojándose por usar su nombre de pila—. El *Führer* está tan absorto en sus deberes que me preocupa. No quiero que esté de malas. Es posible que este año ni siquiera nos permita tener un árbol, pero seguramente le hará su habitual regalo de chocolates a su personal. —Se inclinó para acariciar a sus perritos—. Al menos hay algo que anticipar. —Tomó los hociquitos entre sus manos—. ¿Verdad, Negus y Stasi? Y nuestros tés festivos, claro está.

—¿Y cuándo se celebran? —preguntó Else con inocencia.

Eva se rio, se enderezó y cerró el cuello de su abrigo de pieles.

—Ah, esos no son para ustedes. Son para los huéspedes invitados del *Führer*. Me imagino que ustedes probarán la comida que se sirva allí.

Después de despedirse con rigidez, dio vuelta y se alejó, dejándonos a Else y a mí bajo el sol.

—¿Quién es esa mujer? —preguntó Else.

—Una acompañante del *Führer*. Es ama y dueña del Berghof. Trata de congraciarte con ella.

Regresamos a nuestra habitación. Algo de lo que dijo Eva me dejó pensando: los tés de Hitler. ¿Qué mejor manera de envenenar al *Führer* que durante una de sus reuniones íntimas junto a la chimenea del salón principal? De todas maneras, el plan era riesgoso y podría resultar en muchas muertes, incluyendo las de aquellos que pasaran por alto los platillos envenenados.

Pasé muchas noches en vela formulando un plan para asesinar a Hitler. No compartí mis pensamientos con nadie, en especial con Karl. No sabía qué tanta importancia darles; me volví obsesiva, como una loca que no podía pensar en nada más que en asesinatos. Mi rabia y mis maquinaciones homicidas se volvieron tan intensas que casi no podía dormir. Cada vez que decidía que contaba con el plan perfecto, pensaba en mi padre y en lo que podría sucederle, o me venían a la mente las palabras de Karl. «Matar al *Führer* debe formar parte de un plan maestro», me regañaba en mi mente. ¿Cuáles serían las consecuencias de matar a Hitler? Por supuesto, me convertiría en heroína de los Aliados, pero en Alemania mi familia y yo quedaríamos como traidores a ojos de los nazis, y el castigo sería la muerte. Mi enojo y frustración me enloquecían.

Pero ¿y si pudiera asesinar a Hitler sin que nadie se enterara? Podría introducirme en sus habitaciones por la noche y cortarle el cuello, o verter veneno en su oreja, como hizo Claudio con el rey en *Hamlet*. Tenía que haber algún modo de librar a Alemania de ese tirano. La única manera en que podríamos sobrevivir el asesinato Karl, mi padre y yo era si cometía el crimen perfecto. No podía pensar en una solución adecuada, no era una asesina por naturaleza.

Durante mis labores en la Guarida del Lobo y en el Berghof, noté que los oficiales de las SS prestaban muchísima atención a sus armas. Rara vez se separaban de ellas. En ocasiones, se quitaban sus fundas durante la comida y las colocaban sobre la mesa o junto a ellos, o bien las colocaban en el piso junto a sus pies. Siempre las tenían a la mano. Y sólo en una ocasión fui testigo de que un oficial se alejara de su arma. Robar una estaba fuera de toda posibilidad. Su ausencia se detectaría de inmediato. Sospechaba que había un arsenal en el dormitorio de las SS en el Berghof, pero no me atrevía a preguntarle a Karl dónde se encontraba ni a hacer un torpe intento por entrar en él; seguramente me apresarían.

El veneno tampoco era una opción particularmente buena, aunque en mi caso fuera la más conveniente. Aprendí la lección en mi intento de envenenar a Minna: podían morir demasiados inocentes y las sospechas caerían sobre los sobrevivientes. Otto, el cocinero, pagó el precio de mi maniobra.

También podían utilizarse muchos otros objetos como instrumentos de muerte: cuchillos, espadas, hachas, palos. Una cuerda de piano. O bien una media, como la que Franz utilizó con Minna, o una corbata. Había un sinfín de maneras en que se podía matar a un hombre, pero ninguna de ellas resultaba fácil para una mujer en mi posición. Las fuerzas de seguridad de Hitler, el retraimiento natural del *Führer* e incluso la nieve que caía, que hacía poco menos que imposible seguir a alguien sin dejar huellas, agravaban el problema del asesinato. Tiempo atrás, leí que era difícil matar a un hombre y aún más difícil deshacerse de su cuerpo. Lo creía a pie juntillas. El asesinato era un asunto complicado, con demasiadas maneras de cometer errores.

Matar a Hitler parecía tarea imposible. Tenía fantasías en las que lo empujaba mientras caminaba por el sendero que tanto le gustaba y que conducía a la casa de té. El *Führer* y yo, junto con Blondi, tomaríamos una caminata por la mañana y, al llegar al mirador, lo empujaría por el acantilado para causarle la muerte. Pero era frecuente que paseara con muchas personas. ¿Cómo hacer arreglos para tomar una caminata a solas con el *Führer*? ¡Imposible! Y, si lo hiciera, la culpa recaería directamente sobre mí. ¿Y qué sucedería si la caída no lo mataba? ¿Y si alguien nos seguía? En mi cabeza se agolpaban demasiadas preguntas.

Una mañana me di cuenta de que era la muerte de mi madre la que estaba provocando que enloqueciera. Dirigía la rabia que sentía hacia Hitler y no tenía manera de apaciguar mis pensamientos asesinos.

Esa tarde, Karl se reunió conmigo en la terraza. El día decembrino estaba brillante y frío después de una nevada nocturna. Las magníficas montañas estaban cubiertas de blanco y unas volutas de nubes casi transparentes volaban sobre nuestras cabezas por el helado viento del norte. Ese mediodía muchas personas se reunían en ese mismo sitio para aprovechar el poco calor: Eva y un par de sus amigas, vestidas en finos atuendos y abrigos de invierno; oficiales de las SS con sus elegantes uniformes que contemplaban el panorama con orgullo. Yo sabía lo que estaban pensando: «Alemania jamás podrá ser derrotada porque Hitler nunca lo permitiría. Somos invencibles. ¡Basta con contemplar todo esto!». Estaban tan hipnotizados por la vista como Hitler.

Karl y yo caminamos hasta una esquina de la terraza donde pudiéramos hablar lejos de los demás. Sabiendo que no había manera de satisfacerlas, le conté de mis muchas fantasías asesinas.

—Nunca lleves a cabo nada de esto —susurró con fiereza mientras sus ojos se entrecerraban de preocupación. Me tomó por los hombros para voltearme de espaldas a los demás y se paró detrás de mí. Siguió susurrándome al oído—. Uno de los de mi grupo recibió información secreta de los británicos. Están operando en el área porque esperan asesinar a Hitler con un francotirador. Estamos tratando de detenerlos. En teoría estamos de acuerdo, pero su plan sólo acarreará mayores problemas si logran llevarlo a cabo.

—¿Por quién asumiría la responsabilidad si asesinaran a Hitler? —Miré al piso, consternada. Sabía que esa era la pregunta que atormentaba a Karl.

—Precisamente.

Se colocó frente a mí, tomó mis manos y se paró tan cerca que el calor de su cuerpo me abrigó.

—La Operación Valkiria está en su apogeo, pero debemos darle tiempo. La bomba que pusieron en el avión del *Führer* no estalló.

—¿Qué? —Me le quedé viendo fijamente, incrédula ante el hecho de que ya se habían llevado a cabo atentados contra la vida de Hitler.

Karl sonrió, pero supe que era tan sólo un intento por engañar a los demás que se encontraban en la terraza para que pensaran que estábamos teniendo una conversación agradable.

—La Operación Destello. Fracasó. En marzo pasado se colocó una bomba entre las botellas de coñac en el avión de Hitler, pero por alguna razón no estalló. Creemos que el detonador se congeló en el área de carga. También se hicieron otros intentos.

Quedé pasmada.

—No debes saberlo todo —dijo Karl—. No es prudente. Mientras menos sepas acerca de lo que está sucediendo, mejor. Estamos constantemente al acecho. Nunca sabemos cuándo intentará asesinarlo algún oficial renegado. Valkiria es la mejor esperanza para salvar a Alemania. Hay otros que piensan igual que yo.

Ante la mera posibilidad de que Hitler muriera, se me llenaron los ojos de lágrimas. Quería aferrarme a Karl, pero semejante exhibición de emociones sería demasiado difícil de explicar. Me limpié las lágrimas con una mano.

—Me siento tan cansada y derrotada. Nuestra situación parece totalmente carente de esperanzas. ¿No hay algo que pueda hacer?

—Magda —suspiró—, debes alejar esas ideas de tu cabeza. No dejes que te enloquezca algo que no tienes posibilidad de lograr. —Miró por la terraza—. Tengo un plan, pero no podemos discutirlo aquí. Ponte tus botas. Demos una caminata a la casa de té.

Karl y yo acordamos reunirnos en las escaleras delanteras del Berghof. Regresé a mi habitación y me cambié los zapatos por botas. Else estaba acurrucada debajo de las cobijas, tomando una siesta después de trabajar el turno de la mañana. Caminé de puntitas por la habitación para no despertarla. Cerré la puerta con cuidado y me desplacé por el amplio pasillo en el que Hitler recibía a menudo a sus invitados para darles la bienvenida a su refugio alpino. Abrí las puertas del pórtico que conducía a las amplias escaleras de piedra, las cuales bajaban, como si fueran la escalinata de un templo griego, a la entrada de autos. Mussolini, Chamberlain y un sinnúmero de dignatarios extranjeros subieron esas mismas escaleras para reunirse con Hitler. Los funcionarios invitados del Partido, Speer, Göring, Goebbels, hacían lo mismo cuando lo visitaban. Hitler, con el brazo levantado con rigidez en el saludo oficial, se cernía imponente sobre ellos, como un dios. Desde su punto de observación en la cima, era el vencedor, el conquistador de aquellos que se aproximaban desde abajo.

Desde que empecé a trabajar en el Berghof, veía los noticieros de cine y las fotografías. El protocolo siempre era el mismo. Hitler, vestido en sus ropajes militares más espléndidos, con frecuencia blancos, se paraba al final de las escaleras mientras sus visitantes llegaban desde abajo. El invitado siempre ascendía las escaleras para rendirle honores al líder del *Reich*. Se acercaban a este lugar para ofrecerle presentes o, como muchos lo hicieron, para entregarle algún sacrificio. Un país era un regalo tan adecuado como cualquier otro.

Karl sonrió al verme sobre las escaleras. La nieve de la noche anterior fue apilada con cuidado en dos filas a los lados del camino de entrada. Los montones densos y blancos brillaban con destellos bajo la luz del sol. Tomé a Karl de la mano. Avanzamos por el camino, que estaba cubierto de parches de hielo, y seguimos sus curvas cerradas hasta llegar al sendero que llevaba a la casa de té. Éramos las únicas personas que estaban afuera. Hablé poco, pero la tristeza que sentía antes se disipó y noté que se levantaba mi ánimo bajo el dosel verde de los árboles. ¡Si tan sólo no estuviéramos en guerra! ¡Si un demente no estuviera a cargo!

Qué distinto sería el mundo. Podríamos casarnos, tener hijos e iniciar una vida juntos. Pero también podía ser que mis fantasías no fueran más que humo, tan transitorias y fugaces como el viento que soplaba a nuestro alrededor.

Cuando llegamos al mirador, Karl se detuvo, quitó la nieve del barandal y quedó en silencio. Empecé a hablar, pero levantó su mano.

—Escucha —me pidió.

Así lo hice, pero no oí nada. Se dio la vuelta y rozó mi mejilla con sus labios. Mis piernas se esforzaron por sostener mi peso, sentía que la cabeza me daba vueltas bajo las caricias de sus manos.

—No oigo nada.

—Nada —repitió, e inclinó la cabeza—. Nada más que el viento que pasa por los árboles y la vibración de la nieve que cae de las ramas. Qué silencioso y bello puede ser el mundo. —Se alejó de mí y se cubrió el rostro con las manos. Sus hombros cayeron hacia delante y empezó a sollozar. Cuando alejó sus manos, estaba enrojecido de furia. Temblaba por el esfuerzo de calmar su ira—. ¡Millones están muriendo por culpa de un solo hombre! ¡Piénsalo, Magda! Piensa lo maravilloso que podría ser el mundo si hubiera paz. En esta época del año, necesitamos recordar la paz. Hitler no se detendrá ante nada con tal de llevar a cabo su idea de lo que debería ser el mundo. Matará y seguirá matando hasta que no quede nada más que el *Reich*.

Lo envolví en mis brazos y lo acerqué a mí. Una lágrima cayó sobre mi cara. Señaló el valle, el bosque que se extendía por debajo de nosotros y después los picos de las montañas que se perdían en el horizonte.

—Ve lo fácil que sería que los británicos colocaran a un francotirador allá abajo, en el bosque, digamos, o en cualquier sitio desde el que tuvieran un tiro directo.

Traté de imaginar a Hitler de pie en el mirador, quizá con Blondi a su lado. Una bala a la cabeza. Una bala al corazón. La mera idea hizo que me estremeciera.

—Qué fácil sería —repitió Karl—, pero qué desafortunado para Alemania. Espero que los ingleses se den cuenta de la insensatez de su plan.

—¿Cuándo iban a...? —No pude terminar la oración—. ¿Cómo lograron meter la bomba en la Guarida del Lobo?

Se recargó en el barandal.

—Es más fácil de lo que piensas. Los oficiales y los soldados se tienen confianza. Es una fortaleza y una debilidad del *Reich*. Puedes meter explosivos al interior de una valija o de casi cualquier otro objeto, por ejemplo, de una botella de coñac. Los guardias rara vez revisan a un oficial superior a menos que tengan alguna razón para sospechar de él. Cuando supe que Von Stauffenberg frustró mi intento, enterré la bomba en el terreno pantanoso. Al cabo de algunas horas, los explosivos quedarían inutilizados. —Karl colocó sus manos sobre mis hombros—. Magda, hay algo que debes hacer por mí. Es muy importante...

Titubeó, como si buscara las palabras adecuadas.

—Te voy a pedir que hagas algo que sellará tu seguridad, y posiblemente la mía, si se lleva a cabo con éxito. No es algo que carezca de peligro, pero, después de la Operación Valkiria, tu vida podría depender de ello.

Mi pulso se aceleró.

—Sigue.

Karl me sujetó con firmeza.

—Quiero que envenenes a Hitler.

Lo miré fijamente. ¿Cómo podía pedirme que hiciera algo así si no quería que formara parte del intento de asesinato?

—Creo que no te oí bien.

—Tienes que envenenarlo para después salvarlo.

La rabia que se reflejaba en los ojos de Karl hacía unos minutos ya no estaba. Ahora, sus ojos sólo brillaban con amor.

CAPÍTULO 13

De regreso al Berghof, Karl me convenció de que tenía que evidenciar mi lealtad para con Hitler, ya que de ese modo, si alguna parte de Valkiria no funcionaba, no habría posibilidad de que las sospechas recayeran sobre mí. Naturalmente, la Gestapo y las SS me considerarían colaboradora debido a nuestra relación. La mejor manera de evitar que eso sucediera, me señaló, era que le salvara la vida a Hitler. Llegó a esta conclusión en los últimos días. Mientras caminábamos, urdimos nuestro plan.

Austeridad era la palabra clave de las fiestas del Berghof, como anunció la jefa de cocina. No hubo fiestas, ni árbol de navidad ni demasiada jovialidad. En el frente oriental la guerra iba mal, los bombardeos de Berlín le pasaron factura al pueblo alemán y los generales estaban preocupados por los planes que tenían los Aliados para el oeste. Por supuesto, yo estaría igual de engañada sobre la situación que el resto de Alemania si no fuera por Karl. Sólo aquellos directamente afectados, como los berlineses y los soldados, conocían los horrores de la guerra. El resto del *Reich* seguía con sus labores, creyendo plenamente en las mentiras que difundía el Ministro de Propaganda.

Pero, cada pocos días, Eva hacía de anfitriona de diferentes tés, como nos comentó a Else y a mí aquel día en la terraza. Mientras más lo pensábamos Karl y yo, más sentíamos que sería una buena idea que los dos estuviésemos invitados a uno de sus tés, justo como cuando invitó a Karl a la función de *Lo que el viento se llevó*. Así, ambos podríamos estar presentes para el envenenamiento.

El té sucedió unos días antes de Navidad. La nieve cayó por horas con intensidad y unas nubes bajas oscurecieron las montañas mientras la noche caía sobre el Berghof. Debido al clima, Eva programó su evento social en el salón principal, después de la reunión informativa del *Führer*, en lugar de celebrarlo en la casa de té. Nunca había estado en esa habitación, pero me contaron historias acerca de una enorme ventana, de varios metros de ancho y alto, que miraba hacia las montañas. Karl y yo llegamos después de las cuatro de la tarde, y Eva y varios de sus invitados ya se acomodaban en los grandes sofás y sillones que rodeaban la enorme chimenea de mármol rojo. De inmediato quedé sorprendida por la habitación, que tenía dos niveles distintos. El lado sur, por donde entramos, se encontraba más elevado que el resto del salón. Con sus tapices, óleos y esculturas, sus grandes dimensiones me trajeron a la mente la idea de un museo construido alrededor de una sala de estar. El pesado techo de madera tenía labrados cuadros ornamentales de los que pendía un candil redondo. Había muebles por todo el salón, agrupados en cómodas disposiciones para pasar el rato. Todo lo que el líder del *Reich* podía necesitar para llevar a cabo sus asuntos se encontraba en el salón principal: una enorme mesa de conferencias, un globo terráqueo extraordinariamente grande en un soporte de madera, archiveros, un reloj de pie e incluso un piano. Pero lo más destacado del lugar era la enorme ventana rectangular. Sólo logré tener una vaga noción de su espectacularidad a causa del mal clima. Karl me contó que se podía hacer que la ventana descendiera al sótano en los días cálidos, lo que permitía tener una vista libre de las montañas Untersberg. Desde luego, esa ventana correspondía con la psicología del *Führer*. Con su toque personal, construyó su refugio para que encajara con su visión del mundo: como amo de todo lo que contemplaba.

Dos damas en vestidos muy finos y un hombre corpulento estaban sentados en un amplio sofá frente al fuego. El hombre llevaba un monóculo en su ojo derecho. El grupo parecía incómodo en el sofá porque era tan grande que tenían que inclinarse hacia delante, sin poder apoyar sus espaldas. De lo contrario, parecerían muñecos de trapo con sus piernas colgando del borde del sofá. Había una gran silla junto a la chimenea, supuse que era para Hitler. Eva estaba sentada a la derecha de la misma con sus perritos a sus pies. Había otro sillón enorme a la izquierda y una pequeña mesa entre los dos.

—Siéntate en ese sillón —me susurró Karl y señaló el mueble vacío que estaba a la izquierda de la silla vacía—. Yo distraeré a Eva, le fascina que los hombres coqueteen con ella.

Tomé asiento. Ninguno de los invitados me reconoció ni me saludó. Todos siguieron con sus conversaciones privadas. Miré a Karl, quien se dirigió hacia Eva y le hizo una reverencia. Sus ojos se iluminaron cuando le hizo un cumplido a su vestir y su apariencia. Lo escuché decir:

—… qué encantadora se ve…, tan radiante como las estrellas en invierno…

La elogió hasta el cansancio. Eva le ordenó a un criado que acomodara los sillones para que Karl pudiera sentarse a su lado.

Yo elegí un sencillo vestido negro de noche con mangas largas que la jefa de cocina me ofreció al enterarse de la invitación que se me hizo. Me aseguré de que mi distintivo del Partido destacara. Para completar mi atuendo, Karl me dio un «anillo de veneno» con siglos de antigüedad. Lo compró en una tienda especializada de Múnich. Consistía de una banda de plata con un ópalo negro en el centro que ocultaba un compartimiento secreto. Dentro del mismo, había algunos gránulos de cianuro.

Mientras esperábamos a Hitler, algunos invitados me miraron e hicieron las preguntas de cortesía. Me esforcé por evitar que mis manos temblaran. Karl y yo ensayamos el plan durante varios días. Me dijo que era esencial que permaneciera en calma en todo momento. Mi único deseo era que la velada ya se terminara; la experiencia con Minna templó mi entusiasmo por la intriga. La única manera en que podía mantener quietas las manos era enredando los dedos y manteniendo las manos sobre mi regazo con firmeza.

Eva estaba cautivada por Karl. Reía, y se sonrojaba y arrojaba su cabeza hacia atrás mientras platicaban. Era la viva imagen de una mujer atrapada en las redes de un encaprichamiento amoroso. Su ardid funcionó con tanto éxito que un relámpago de celos me cruzó por un instante. Sin embargo, resultaba ridículo sentir celos de Eva Braun. Hitler la correría del Berghof de inmediato, sino hacía algo peor, ante cualquier indiscreción sexual.

Me sorprendió sentir una mano sobre mi brazo. Una joven que traía puesto un vestido color crema, y que estaba cubierta de joyas, me estaba mirando con intensidad. Su escote estaba enmarcado con un cuello de armiño.

—Estaba admirando su anillo —me dijo—. ¿Me permite verlo? —Extendió una mano expectante hacia mi derecha.

Me desconcertó y por instinto alejé mi mano. Karl lo notó y atrapó mi mirada. Asintió de manera casual y continuó con su conversación con Eva.

—Por supuesto —respondí y le ofrecí mi mano—. Pero le ruego que tenga cuidado, es muy viejo. Fue un regalo de mi bisabuela.

—Ah, ya veo. No lo tocaré —contestó. Tomó mi dedo anular entre los suyos y se inclinó para examinarlo durante varios minutos—. Es de veras increíble. Me fascinan las piedras de todos tipos. Este es uno de los ópalos negros más bellos que he visto nunca. Cómo me gustaría poder probármelo.

Mi corazón dio un brinco, pero logré decir:

—Nada me gustaría más, pero la banda de plata es de lo más frágil. Sólo me lo pongo en ocasiones muy especiales, como la de esta noche. ¡Té con el *Führer*! No es algo que suceda a menudo.

Dejó ir mi mano.

—Entiendo. ¿Y usted a qué se dedica?

—Estoy al servicio del *Führer*. Me coloco entre él y la muerte. Soy catadora de sus alimentos. —Me imaginé que mi trabajo escandalizaría a la dama, quienquiera que fuera, y que la descripción de mis labores provocaría alguna reacción en ella. Fue justo lo que sucedió. Soltó un quejido bajo, se colocó una mano sobre el abdomen y regresó al sofá. Unos minutos después, la pesqué mirándome y susurrándole algo a la mujer bien vestida que estaba junto a ella. Ya no sería necesaria presentación alguna.

Se abrió la puerta sur del salón. Un *valet* entró y se quedó firme junto a ella. Hitler, escoltado por varios asistentes, entró en la habitación. Todos nos levantamos y saludamos a su ingreso. Traía puesto un traje oscuro cruzado. Parecía un poco más viejo, su rostro algo más marcado por las preocupaciones que la última vez que lo vi. Blondi estaba junto a él, sujeta por una correa. En el momento en que el pastor alemán entró a la habitación, los perritos de Eva empezaron a ladrar y a aullar. Les ordenó que se callaran, pero no le hicieron ningún caso. Seguimos de pie hasta que Hitler acabó de dar la vuelta a la habitación, haciéndoles reverencias a las mujeres, besando sus manos y saludando de mano a Karl y al otro hombre presente antes de sentarse junto a mí.

El cuero del sillón rechinó cuando tomó asiento. No habló durante algunos minutos; se alació el pelo, alejándolo de su frente en varias ocasiones, y se quedó mirando el fuego. La intensidad de las llamas se reflejaba en sus ojos. Me advirtieron que no hablara sino hasta que él me dirigiera la palabra. Me revolví en mi asiento mientras los demás invitados esperaban en silencio a que le *Führer* hablara.

Finalmente dijo:

—Sigan con su plática. Denme unos minutos más.

De inmediato, Eva y los demás invitados empezaron a hablar y a reírse en voz baja, sin quitarle los ojos de encima a Hitler. Parecía estar de malas, como si la reunión informativa en la que acababa de estar hubiera terminado mal. Karl y yo no escuchamos gritos antes, pero eso no significaba nada. Su furia podía ser silenciosa, tan mortal como cualquier francotirador. Incluso cabía la posibilidad de que hubiera ordenado ejecuciones. Miré casualmente hacia mi regazo, y vi el ópalo negro que brillaba a la luz del fuego.

Hitler se inclinó hacia mí y yo brinqué en mi asiento.

—Lo siento —se disculpó—, no quise causarte un sobresalto. —Su voz era tan baja que casi no podía oírlo—. No quiero que los demás lo sepan, en especial estas sanguijuelas a las que invita Eva, pues prefiero a mis invitados que a los suyos, pero si no fuese por Mussolini, creo que no tendría ningún amigo en absoluto. —Miró hacia el fuego, donde los enormes troncos tronaban y siseaban sobre el morillo—. Esta chimenea estará aquí siempre que el *Reich* perdure. Está hecha de mármol rojo de las montañas Untersberg. Mussolini también me regaló una chimenea que está en el Nido del Águila.

Nunca se me había invitado al Nido del Águila, un retiro alpino todavía más elevado que Martin Bormann le construyó a Hitler.

—Es una chimenea bellísima, mi *Führer*. —Me detuve a analizar con cuidado lo que diría a continuación. Karl y yo ensayamos varios escenarios durante las semanas anteriores, pero sabíamos que no había manera de prepararnos para cada situación posible—. Usted carga el peso del mundo sobre sus hombros.

Volteó hacia mí y sonrió. Desapareció cualquier rastro de furia en sus ojos.

—Las cargas que soporto son para el *Reich*. Sólo para el *Reich*, y así será hasta el día de mi muerte. —Tamborileó con sus dedos en el brazo del sillón. Un sirviente se acercó con un servicio de té en plata y lo colocó en el centro de la gran mesa alrededor de la cual se encontraban nuestros asientos—. Pero esta noche no debemos hablar de la guerra. Dime, ¿cómo van sus planes de matrimonio?

Incliné la cabeza, avergonzada por su pregunta.

—Hicimos algún progreso. —Mi esperanza era que mi respuesta lo apaciguara.

Extendió su brazo sobre la pequeña mesa que estaba entre los dos y tomó mi mano derecha en la suya con fuerza.

—Ya dame una fecha, hija mía. Quiero formar parte de todo porque sé que tuve mucho que ver con su unión.

Mi corazón latía con fuerza en mis oídos. Tomó la mano en la que portaba el anillo de veneno. Mi mente le rogó que no lo examinara.

Uno de los troncos chisporroteó y lanzó un reguero de chispas sobre la alfombra frente a la chimenea. El sirviente corrió hacia los rescoldos y los recogió de inmediato con una pala. Tomé la distracción como oportunidad para retirar mi mano. Entonces, el sirviente regresó y vertió té en una taza de porcelana para Hitler. El *Führer* colocó la taza sobre la pequeña mesa y me miró expectante.

Esa era la oportunidad que estaba esperando. Sabía que no había vuelta atrás. El momento tenía que ser perfecto; de lo contrario, Karl y yo acordamos no tomar el riesgo. Eva y los demás estaban enfrascados en su conversación; se les estaba sirviendo té a los demás invitados. Saqué un pañuelo que tenía oculto en mi manga y me lo llevé a los ojos.

—Estoy sobrecogida de felicidad, mi *Führer*. Puedo informarle que planeamos casarnos este verano.

Asintió con alegría, colocó un brazo alrededor de mi hombro y me acercó hacia él para darme un gentil abrazo. Acepté su felicitación. Al inclinarme hacia él, cubrí mi mano derecha con el pañuelo. No podía verlo —como tampoco podía verlo nadie más en la habitación—, pero el anillo estaba sobre su taza. Iba a abrir el broche con mi pulgar cuando Hitler miró hacia la mesa. No tomé en cuenta un detalle. Él detestaba todo tipo de gemas —una estupidez de mi parte—, y mi pañuelo encima de su taza debió de alterarlo. Sus ojos mostraron un destello de asco.

Nuestro abrazo fue breve y se alejó de mí con casi la misma velocidad con la que me atrajo hacia él. Mientras se terminaba de servir a los demás y Hitler echaba un vistazo a los postres, metí el pañuelo de vuelta en mi manga. El veneno tendría que esperar otra oportunidad.

Mientras los demás bebían, Hitler levantó su taza y la llevó hacia sus labios.

El ligero aroma de almendras amargas llegó hasta mi nariz desde la humeante taza. Grité y la golpeé en su mano. Cayó sobre la alfombra y los perritos de Eva se lanzaron sobre ella.

—¡¿Magda, qué te sucede!? —me gritó Karl.

—¡Detén a los perros! —Me arrojé sobre la taza—. ¡El té está envenenado!

En la habitación todos emitieron gritos ahogados, incluyendo el pobre sirviente que acababa de servir el té y que ahora me miraba con ojos abiertos y aterrados. El hombre que estaba sentado en el sofá escupió su bebida y los demás se quedaron congelados por un momento antes de bajar sus tazas. Saqué mi pañuelo y empecé a recoger el líquido con él. Eva les puso la correa a sus perritos y los arrastró para acercarlos a su sillón

Hitler se levantó como un juez severo en un tribunal y dijo con tranquilidad:

—No toques la taza. —Puso una mano sobre mi hombro—. No arruines tu vestido. ¿Cómo lo supiste?

Me levanté y lo miré, esperando ver enojo y odio en su mirada, pero sus ojos estaban en calma y me estudiaban como si pudiera leer mis pensamientos.

—Puedo oler el cianuro. La jefa de cocina dice que es una capacidad genética.

—Me temo que necesitaremos pedir más té —dijo Hitler—, pero primero llamaré al cuerpo de seguridad. —Yo sabía lo que eso significaba. El coronel de las SS pronto se presentaría para interrogarnos a todos—. Parece que alguien está tratando de envenenarme. Sospecharía de Otto, pero ya no se encuentra con nosotros.

La mujer que examinó mi anillo gritó desesperada:

—¡Por el amor de Dios, huele la tetera! ¡Todos tomamos de ella!

Levanté la tetera y retiré la tapa. No se percibía olor alguno, pero la olí varias veces más para que se sintieran satisfechos de mi atención a mi deber.

—No detecto nada. —Las damas se hundieron en el sofá con suspiros de alivio.

—¿Quién manipuló el té? —le preguntó Karl al sirviente. El joven se puso a temblar ante la pregunta de Karl.

—Únicamente yo, señor —respondió—. Juro que nadie más que yo tocó el té. Lo probó una de las jóvenes de la cocina.

—Entonces, sólo puede haber una explicación —dijo Karl—. La taza estaba contaminada con cianuro. ¿Es esta la taza en la que planeaban servirle al *Führer*? —Señaló la taza, que seguía en el piso.

—No señor, no le presté la más mínima atención ni a las tazas ni a los platos. Lo juro.

—Alguien en la cocina tiene que ser el responsable —concluyó Hitler—. Hablaré con el coronel. —Señaló al sirviente—. Debería empezar contigo.

—Yo lo traeré, mi *Führer* —ofreció Karl antes de abandonar la habitación.

Regresé a mi asiento y todos nos quedamos viéndonos los unos a los otros con la habitación en silencio. Hitler miró al fuego como si nada hubiera sucedido. Nadie se atrevió a pronunciar palabra.

Unos minutos después, Karl reapareció con el coronel y algunos de sus oficiales. Se acomodaron por la habitación. Uno se llevó al sirviente para interrogarlo. También se llevaron la taza y mi pañuelo empapado, que estaba al lado.

Eva trató de sonreír y parecer alegre, pero el temor se detectaba en su rostro. Hitler no parecía muy preocupado.

—Una vez más, la providencia me salvó —le dijo a Eva—. ¿Cuántas veces te repetí que mi destino se cumplirá? No pasó nada que arruine nuestra velada. Simplemente volveremos a comenzar. —Hitler le dio instrucciones al coronel de que esperara a que terminara el té, después podría interrogarnos a todos como quisiera—. Mientras tanto, ordenaré más té y café, junto con un nuevo plato de postres. —Volteó en su asiento y me miró a los ojos—. Y Magda los probará para nosotros antes de que comencemos.

Las bebidas y comida nuevas no estaban envenenadas, pero el hecho de que yo no tuviera nada que ver con el intento me puso nerviosa. Con cada sorbo y mordida, me preguntaba si sería la última. Me esmeré más en la salva de lo que lo hice en meses. La tensión en la habitación me obligó a reconocer que me volví descuidada en mi trabajo.

Hitler, Eva y los demás invitados se me quedaron viendo mientras probaba los nuevos platillos que trajeron de la cocina. Seguían cada bocado con ojos como los de un gato que siguiera a un ave. Me pregunté quién pudo envenenar la taza. Karl seguramente creería que fui yo, pero estaba equivocado.

Cuando retomamos la conversación, Hitler empezó a hablar incansablemente acerca de la música de Wagner, hasta que Eva lo miró con ojos duros y fríos. Sin mucho entusiasmo, dejó de pontificar y la habitación quedó en silencio. Eva trató de guiar la charla hacia la fotografía, el pasatiempo que más le apasionaba, pero los demás invitados parecían saber poco al respecto o no tener interés alguno en el tema.

A medida que pasaba la tarde, seguí sin apetito. Hitler se quedó dormido en su sillón un rato, y Eva les susurró a sus invitados con voz ronca:

—Es suficiente. Siento mucho que la velada fuera tan decepcionante. —Se levantó y se dirigió a la puerta. El coronel de las SS estaba parado con rigidez afuera, esperándonos.

El ruido despertó a Hitler, quien anunció el final del té. Se acercaba la hora de su cena, seguida de otra conferencia más tarde en la noche, de modo que se excusó y se marchó. Antes de hacerlo, tomó mi mano derecha —en la que tenía el anillo— y la besó.

—Gracias por salvarme la vida —dijo—. Recordaré esta noche y el servicio que prestaste al *Führer*.

Quise limpiarme su beso de la mano, pero sabía que su recuerdo de aquella tarde me serviría más adelante de una manera u otra. De todos modos, su muestra de afecto me pareció repulsiva y me provocó malestar.

Los demás invitados, Karl y yo nos quedamos en el salón principal. Karl escuchó mi conversación con Hitler y me miró con aprobación.

Me puse de espaldas a la puerta para que el coronel no pudiera verme el rostro.

—No tuve nada que ver con esto —le susurré a Karl—. Debes llevarte el anillo y ponerlo en algún sitio del que no sospeche el coronel.

Bajo el pretexto de tomarnos de las manos, Karl me quitó el anillo deslizándolo de mi dedo. Mientras caminábamos hacia la puerta, pude ver que estaba tratando desesperadamente de pensar quién había envenenado la taza y qué hacer con el anillo.

El coronel me detuvo en la puerta y le pidió a Karl que me esperara afuera. A Eva y a sus invitados les dijo que los buscaría después, o quizás a la mañana siguiente. Sabía que a Eva jamás la interrogarían.

Dos hombres de la SS siguieron al coronel. Me senté en el sillón en el que pasé toda la noche. El coronel, en su uniforme gris, se sentó en el sofá que había al otro lado del mío. Uno de los oficiales llevaba un cuaderno donde anotar mis palabras y se sentó cerca de la mesa para poder escribir. El otro estaba parado cerca, mirándonos con pasividad.

—Consígueme un cenicero —le dijo el coronel al oficial. El hombre asintió y se marchó.

Los crueles ojos del coronel me recorrieron por completo. Sentí escalofríos por toda la piel bajo su fiera mirada. Oculté mi temor de la mejor manera que pude. Arqueó una ceja y se recargó en los cojines. En aquel enorme sofá no parecía tan pequeño como los invitados de Eva.

—Al parecer, usted atrae los problemas —dijo el coronel. El otro oficial empezó a escribir en su cuaderno.

—¿A qué se refiere? —le pregunté.

—Esta noche salvó la vida del *Führer*, pero no es la primera vez que se topa con venenos. —El otro oficial regresó con un cenicero y se paró junto a su superior. El coronel sacó una cajetilla de cigarros de su saco y prendió uno. Arrojó el cerillo al cenicero y exhaló un largo hilo de humo.

—Al *Führer* no le agrada que sus oficiales fumen —dije.

El coronel sonrió con una sorna arrogante.

—Para ser una sirvienta, habla de una manera muy confiada.

Su insulto me pareció completamente pueril.

—Es verdad que estoy al servicio del *Führer*. Si desea clasificar mi puesto como sirvienta, no me preocupa en lo más mínimo.

Le hizo un gesto al oficial que estaba escribiendo. El hombre sacó un archivo de debajo de sus papeles y se lo dio al coronel. Este colocó su cigarro en el cenicero y el humo se elevó en círculos bancos hasta desaparecer en la corriente de la chimenea. Leyó el archivo:

—«Fue compañera de dormitorio de Úrsula Thalberg, quien intentó asesinar al *Führer* con cianuro; en la Guarida del Lobo cayó enferma por culpa de uno de los cocineros, que puso a prueba sus habilidades; descubrió veneno en los alimentos que prepararon para el *Führer* en ese mismo lugar. Eso condujo a que despidieran al cocinero que la puso a prueba».

Dejó el archivo sobre la mesa.

—Y, ahora, lo que sucedió esta noche. —El coronel parpadeó y tomó otra fumada de su cigarro.

El oficial de las SS que estaba tomando notas levantó la vista en espera de mi respuesta. Me centré en el coronel.

—No está diciendo nada más que los peligros que conlleva mi trabajo. Soy excelente en lo que hago. Pregúnteselo a la jefa de cocina.

—¿Tiene acceso a algún veneno?

—En la cocina todos tenemos acceso a los venenos o sabemos dónde se encuentran —respondí mientras me inclinaba hacia delante y le contestaba directamente—. Si está tratando de implicarme, más vale que arreste a todo el personal de la cocina.

—No me tiente, *Fräulein*. —Rio—. Hay veces que nada hace un mejor cambio de aires que una buena limpieza de casa. —Me señaló con un dedo—. Por favor, levántese.

Su orden me dejó pasmada.

—¿Por qué?

—¡Hágalo!

Me encogí de hombros y me levanté mientras los tres hombres que estaban en la habitación me miraban como si fuera una prisionera a punto de que la desnudaran. Otra oficial de las SS, una mujer, entró al salón principal. Me pareció conocida, pero nunca me había topado con ella. Después de todo, el *Führer* estaba rodeado de casi dos mil personas en sus diversos cuarteles. Me dio la vuelta, se detuvo y se quedó parada con rigidez frente a mí. Sus ojos eran inexpresivos, y en su rostro no había rastro de emoción alguna.

—Revísela —ordenó el coronel.

La mujer dio un paso hacia delante sin decir una sola palabra, puso sus manos sobre mis hombros y bajó sus dedos hasta mis senos. Los apretó a través de la tela y después movió las manos hacia abajo, a mis genitales, y después bajó hasta llegar a mis zapatos. Me ordenó que me los quitara y que me diera la vuelta para llevar a cabo una búsqueda manual similar por toda mi espalda. Incluso examinó mi distintivo del Partido. Me alegré de darle el anillo a Karl, pero me preocupaba que pudiera ocultarlo a tiempo.

—Nada —espetó la mujer con brusquedad después de finalizar su tarea.

—¿Ya vio? —le pregunté al coronel con mis mejillas enrojecidas por la ira—. No debió preocuparse por mí.

—No estoy convencido. —Dio una última fumada a su cigarro y lo apagó en el cenicero—. Sepa que usted y todo el personal de la cocina están bajo supervisión. Encontraremos al culpable de estos delitos. —Me señaló con un dedo—. Y será castigado.

—¿Ya puedo marcharme? —pregunté, todavía enojada por su insinuación—. Voy a hacer la salva de la cena del *Führer*. Tengo trabajo.

—Siga con sus asuntos. —Su boca se torció en una sonrisa desagradable—. Yo tengo que ocuparme de los asuntos del *Reich*.

Le eché una última mirada al salón principal mientras cerraba la puerta. Los tres hombres y la mujer me estaban viendo como si supieran lo que Karl y yo planeamos para la reunión de Eva. La mirada en sus ojos me sacudió. El cielo ya se había oscurecido, y el extraordinario ventanal de la pared norte estaba tan negro como la noche, acorde con mi estado de ánimo. Una vez más, me sentía indefensa, aplastada bajo la mano de Hitler y el escrutinio de sus fuerzas.

Karl y yo no volvimos a vernos sino hasta la mañana siguiente. Caminamos por la entrada de autos del Berghof y después subimos la colina por un sendero que abrieron en la nieve profunda hacia la residencia de Göring. En algún momento pasamos por las cortas marcas de esquí que dejaron Eva y sus amigos el día anterior. Todo estaba totalmente vacío. Las nubes se dispersaron, pero hacía un frío tremendo bajo el feroz azul del cielo.

—Estaba preocupada —le dije a Karl. Nos abrazamos mientras nos abríamos paso entre la nieve—. Temí que te atraparan con el anillo.

—Lo dejé caer adentro de mi ropa interior —me explicó—. Pensé que ni las SS se atreverían a meter la mano por allí. No sé qué habría hecho si el coronel me hubiera pedido que me desnudara. Pudo hacerlo.

No pude evitar reírme, aunque las circunstancias no eran nada graciosas.

—Desde luego, la mujer que me registró a mí no se mostró nada tímida. Buscó en casi cada resquicio.

Karl asintió.

—Sí, ya he oído de *ella*. Es una bestia y alguien con quien uno no querría meterse. Tienes suerte de que no te pidiera que te quitaras el vestido. Oí, aunque no de primera mano, que algunos agentes de la resistencia ocultan las cosas que contrabandean en sitios donde no pueden verse. Sólo se pueden encontrar insertando los dedos en diversos lugares.

—Me imagino que aquellos de nosotros que queremos vivir en libertad tenemos que recurrir a tácticas de ese estilo —dije mientras sacudía la cabeza.

Karl se detuvo y volteó a mirarme. Estábamos parados en una pendiente iluminada a medias. El vaporoso vaho de nuestra respiración se mezcló y desapareció en el aire. Me besó y después dijo:

—¿Cómo reza ese viejo dicho? ¿«En la guerra y en el amor todo se vale»? Haremos lo que debemos, sin importar el precio. —Guio mi cabeza hacia su hombro.

—Falta poco para que sea 1944 —dije—. Seguramente habrá algo que celebrar.

Volvió a besarme. Sus delgados labios se detuvieron sobre los míos y mi corazón se llenó de deseo. Ya habían pasado varias semanas desde que hicimos el amor.

—Sí —respondió, decidido—. Celebraremos nuestra unión y rezaremos para que este año sea el último del *Reich*.

Puse mis brazos alrededor de su cuello y lo acerqué a mí.

—Espero que tengas razón. Alemania está necesitada de buenas noticias.

Subimos por la nevada colina hasta que nos encontramos con un sol cegador. En lugar de seguir hasta la casa de Göring, nos dirigimos al este hacia las barracas de las SS. Al acercarnos, Karl detuvo el paso.

—Escucha.

Una suave melodía flotaba en el aire que traía consigo voces de hombre. Reconocí la canción de la Navidad pasada, tiempos felices en los que Berlín no estaba destruido por las bombas y la muerte aún no se apoderaba de la nación. Era *Oh, Tannenbaum*, una tonada que mi padre me cantó innumerables veces en mi infancia. Recordé las silenciosas noches de Navidad en las que todo estaba en calma y todo brillaba, y no existían las preocupaciones, ni los terrores de la guerra ni los horrores que asolaban nuestra tierra. Al parecer, las épocas de paz siempre eran breves. Esos tiempos ya habían terminado y la guerra, como una peste, nos consumía. Volteé hacia Karl y canté al ritmo de la melodía con ternura. Tomó mi rostro entre sus manos mientras las lágrimas salían de mis ojos.

CAPÍTULO 14

La Navidad de 1943 y el Año Nuevo de 1944 pasaron como el tic-tac de un triste reloj. La monotonía del invierno se impuso con días en su mayoría grises, tardes deprimentes y noches eternas. Desde que Karl y yo regresamos al Berghof, experimentábamos pocas alegrías y ninguno de los placeres que alguien que condujera una vida normal esperaría para esa temporada. Pero al preguntarme qué era lo «normal» no podía encontrar una buena respuesta. El mundo se estaba viniendo abajo. ¿Cómo podía quejarme cuando tantos estaban sufriendo? Cada vez que tenía deseos de llorar o de quejarme de mi situación, pensaba en aquellos que no tenían ni qué comer ni dónde quedarse en medio del invierno, en aquellos que quizá no tenían más que un par de tablones para protegerse de los gélidos y crueles vientos.

Vi poco a Hitler durante los primeros meses de 1944, cosa que me pareció magnífica. Viajó de vuelta a la Guarida del Lobo, dejándonos a unos cuantos en el Berghof con Eva. Los oficiales que confiaban en Karl le contaron que ahora resultaba imposible llevarse bien con el *Führer*, sin importar dónde se encontrara. Se mostraba hosco e irritable, y siempre alejaba la culpa de él y la dirigía hacia sus subalternos. Hitler, el infalible, no podía hacer nada mal. Karl dijo que el *Führer* tenía la mala costumbre de negarse a seguir los sólidos consejos de sus generales y de vilipendiarlos después por las pérdidas humanas y materiales. Estaban condenados por *su* incapacidad para escucharlos, por *su* creencia en su propia omnipotencia. También era un desastre como estadista, pues era un tirano sobre las tierras que conquistaba. Sus gobiernos títere eran poco más que máquinas de muerte dirigidas contra cualquiera que se resistiera a su puño de hierro.

Nunca averiguamos quién colocó el veneno en la taza de Hitler. Tampoco lo hicieron las SS. Surgían tantos focos de resistencia distintos, que era imposible distinguir quién podría ser el responsable. El coronel ordenó que se retiraran todos los venenos de la cocina y que se interrumpieran las clases de la jefa de cocina a las nuevas catadoras.

—Me preocupa más el *Führer* que cualquier catadora —dijo—. Si se mueren, se mueren.

La jefa estaba furiosa, pero sus protestas no surtieron efecto alguno. Al principio, sospeché que alguien de la cocina, quizás incluso Else, había intentado envenenar a Hitler, pero cuando observé su amable cara y su comportamiento servil, supe que nunca cometería semejante acción. Por otro lado, aquellos que eran leales al *Führer*, como el coronel, siguieron siéndolo a ultranza y estaban más allá de toda sospecha. Lucharían por el *Reich* hasta la muerte. Karl y yo decidimos que nos mantendríamos aislados durante el resto del invierno y que no nos arriesgaríamos más. Era demasiado peligroso y se despertaron muchas sospechas sobre el personal de cocina. Karl me aseguró que el plan que estábamos esperando se llevaría a cabo pronto. Por eso, debíamos ser pacientes y proceder con cautela.

Karl y yo esperábamos que nos llamaran de vuelta a la Guarida del Lobo al término de las fiestas. Sin embargo, dichas órdenes no llegaron nunca. A finales de febrero de 1944, Hitler regresó al Berghof.

El pésimo estado de ánimo de la casa siguió igual a pesar del intermitente deshielo y las briznas de pasto que se asomaban entre la nieve. Aunque los días duraban más y el sol brillaba con más fuerza, unas pesadas nubes de melancolía flotaban sobre el retiro de montaña. En ocasiones, Eva y sus amigos, el personal de las SS, Göring, Bormann, Speer y otros se asoleaban en la terraza, pues los días eran cada vez más cálidos. La mayor parte del tiempo, parecían muñecos de papel, tan superficiales e inútiles como los gobiernos que Hitler colocaba en las tierras conquistadas. Me imaginaba que estos oficiales y dignatarios venían al Berghof para escuchar a Hitler, para arrastrarse y humillarse ante él y para ejecutar sus órdenes, creyeran en ellas o no.

Para finales de marzo, los británicos no hicieron ningún intento de atentar contra el *Führer*, y tampoco lo hicieron las fuerzas de ningún otro gobierno. Karl hacía alusiones a que podrían estar gestándose otros planes para acabar con la vida de Hitler por parte de otros oficiales de las SS, además de aquel en el que él estaba involucrado. Las SS y sus divisiones se estaban fracturando a causa de su hambre de poder; la cadena de mando era bizantina y maquiavélica. Con frecuencia, sus líderes no estaban al tanto de lo que hacían sus compañeros oficiales. Hitler daba órdenes contradictorias y esperaba que se llevaran a cabo sin importar lo que pudiera suceder como consecuencia. Si sus hombres le pedían alguna aclaración, los tildaba de idiotas o de traidores que empantanaban los esfuerzos bélicos. Increíblemente, Karl me dijo que los generales hablaban en susurros acerca de un ataque en el frente occidental que los Aliados podrían estar planeando. Hitler sabía de los rumores y se burlaba de semejante posibilidad. Según él, Francia era impenetrable.

Nuestro estado de ánimo mejoró el 6 de junio de 1944, cuando las noticias de la invasión de Normandía por parte de los Aliados llegaron al Berghof. Karl ocultaba su felicidad cuando estaba en compañía de los demás oficiales, pero conmigo se mostraba eufórico. Intuía que Hitler no podría ganar la guerra en dos frentes. Los rusos avanzaban hacia el oeste, y británicos y estadounidenses avanzaban hacia el este para poder reunirse en el centro: en Alemania.

Hitler, informó Karl, estaba «más pálido que un fantasma y parece que no haber dormido en semanas». Pasaba gran parte de su tiempo en el salón principal inclinado sobre sus mapas, sacudiendo la cabeza mientras intentaba dibujar sus planes con lápices de colores.

—No tendrá más opción que rendirse —me dijo Karl unos días después. Nos encontrábamos sentados en mi habitación después de una de mis catas. Else salió a caminar con una de las otras chicas. Temeroso de que nos pudieran escuchar, susurró en mi oído:

—Es posible que Valkiria no se implemente en absoluto. —Me tomó de las manos—. ¿No sería maravilloso? Los Aliados podrían estar aquí en cuestión de días.

Miré su rostro y me di cuenta de que estaba buscando cualquier buena noticia que pudiera salir de esta guerra. No podía ocultar el agotamiento que acechaba bajo su piel. Yo quería alentarlo, por el bien de los dos, pero esa noche simplemente no pude hacerlo. La tarea resultaba tan difícil como la transformación del invierno en primavera; la promesa se encontraba allí, pero no había ninguna certeza de cuándo sucedería.

Retiré mis manos de entre las suyas y hablé en voz baja. Toda cautela era poca.

—Sería maravilloso, pero estamos lidiando con un demente. —Alejé mis ojos, temerosa de que si lo veía, lloraría—. No creo que se rinda jamás. Alemania caerá derrotada, hecha cenizas.

Cuando regresé mis ojos hacia él, su cara estaba pálida y destruida por el dolor. Su voz se quebró.

—Te ruego, Magda, que me digas que no crees en lo que me estás diciendo. ¡Por el amor de Dios! ¡Dime que crees que sobreviviremos!

—Lo único que sé —suspiré— es que te amo. —Pasé mi mano por su mejilla y agregué—: Casémonos, vivamos antes de que sea demasiado tarde.

Se me quedó viendo, sus ojos estaban llenos de emoción. Me besó y murmuró:

—Sí, tan pronto como podamos.

Eva me visitó unos días antes de mi boda y me ayudó a elegir un traje de su enorme guardarropa. Me invitó a sus departamentos privados, junto a los del *Führer*. Su sala estaba bellamente decorada con muebles coordinados en blanco y azul, y un sofá que les hacía juego junto a una de las paredes. Al otro lado, había un escritorio blanco, sillas y una mesita. Dos ventanas rústicas permitían la entrada de la luz.

Intuí que estaba tan emocionada por mi casamiento como yo, y quizá todavía más. Eva, al igual que tantos de los leales seguidores de Hitler, tenía la idea de que nada podía salir mal siempre y cuando él siguiera a cargo. A fin de cuentas, el hombre al que adoraba conquistaría todas las naciones que deseara. Mi fe en ese futuro no era tan sólida ni por asomo.

Me llevó hasta su recámara, donde un enorme ropero de nogal veteado abarcaba la totalidad de la pared. Jaló las puertas para abrirlas y me dijo:

—¡Elije lo que te plazca!

Me sorprendió su enorme colección de bellísimos vestidos, zapatos, pieles y mascadas. Toqué la ropa con cuidado y me decidí por un elegante atuendo en azul marino, uno de los menos costosos que poseía, pero de un estilo muy moderno.

—Te prestaré mis perlas —me dijo—. Se verán maravillosas con ese vestido. —Se sentó en la orilla de su cama y me miró—. No creo que calcemos del mismo número, te las tendrás que arreglar sola. —Se rio, pero el sonido que emitió fue breve y amargo.

Quedé turbada por esa risa.

—¿Acaso hice algo mal?

—Oh, no, Magda, no eres tú. Tú te encuentras más allá de cualquier reclamo. Incluso salvaste la vida del *Führer*. Sólo por eso te estaré eternamente agradecida. —Se detuvo y levantó las manos para examinar su dedo anular—. Cómo me gustaría que tuviéramos un poco de jerez. —Sonrió—. Una copita me ayudaría a superar el día.

—Estoy agradecida de que me permita elegir un vestido, pero es demasiado.

—No, no. Es tu día especial.

A pesar de su generosidad, me daba absoluta cuenta de que en realidad no éramos amigas.

—No quise entristecerla. Si prefiere estar a solas…

Se levantó de la cama y corrió hacia mí.

—No, no, ¡no te vayas! —Tomó mis manos entre las suyas—. ¿Qué no te das cuenta? Te tengo envidia: estás a punto de casarte con el hombre al que amas. Y un hombre de lo más guapo, debo admitir. —Se sonrojó—. Yo no tengo una boda ni un matrimonio que anticipar porque el *Führer* se rehúsa a poner una fecha mientras estemos en guerra. Sus deberes son demasiado importantes. Hay tanto trabajo que hacer por Alemania que el líder del *Reich* no puede ocuparse de asuntos tan triviales como... el amor. Las excusas siempre son las mismas. —Soltó mis manos y regresó a su cama, hundiéndose en ella con desesperación.

Por un instante, le tuve lástima y quise ayudarla. Comprendí cómo debía de sentirse; sin embargo, mi preocupación se desvaneció casi al instante. ¿Cómo podía compadecerme por una mujer que estaba enamorada de un tirano? Eva insistía en ir por el camino que ella eligió. Quizás estaba cegada por Hitler, felizmente ajena a lo que estaba pasando en el mundo, pero también decidía ignorar la guerra y sus horrores en beneficio del hombre al que amaba. ¿Acaso también estaba enamorada de la promesa del poder?

Llamó a uno de sus sirvientes. Una mujer de mediana edad, bien instruida en la sumisión, entró en el cuarto. Hizo una caravana frente a nosotras y tomó mis medidas obedeciendo las órdenes de mi anfitriona. El vestido habría de mandarse a Múnich para que lo modificaran. Para el momento en el que me marché, parecía de mejor humor.

—Antes de que te vayas, tengo algo que mostrarte. —Señaló un cofre de cedro al pie de su cama. Se hincó frente a él y lo abrió con cuidado, con reverencia, como si me estuviera mostrando un secreto. Levantó un precioso vestido de boda blanco que estaba sobre sus diarios forrados en piel y de una caja de cubertería de plata. Sostuvo junto a su cuerpo la parte superior, hecha en encaje, y se miró al espejo—. Así es como me veré en mi boda. ¿Te gusta? —Asintió con la cabeza y rio como la Eva que siempre había conocido.

De veras se veía hermosa, con su cara ovalada y sus rizos castaños destacados por el vestido.

—Es bellísimo —comenté. Una vez más, sentí compasión por ella, pero me pregunté cómo podía seguir viviendo tan alegremente en su fantasía, incapaz de ver la realidad de lo que estaba sucediendo a su alrededor. Era como un caballo con anteojeras, imposibilitada para ver más allá de su estrecha visión. Yo estaba segura de que el *Führer* jamás se casaría con ella, pero no podía decirlo. En lugar de eso, agregué—: Que el hombre a quien desea desposar pueda reconocer su belleza.

—No necesito más —respondió al tiempo que me besaba en la mejilla. Con cuidado, dobló el vestido y volvió a meterlo en el baúl.

Le di las gracias y dejé sus habitaciones sintiendo que había pasado mi tiempo con un fantasma. Hitler jamás se casaría con Eva. Moriría tan sola como el día en que llegó al Berghof.

La mañana de nuestra boda, un bombardero inglés sobrevoló el Berghof y, por unos momentos, pensamos que nuestra ceremonia vespertina tendría que posponerse. Se le dio aviso a Hitler, quien ordenó que se activaran las máquinas de niebla. Durante varias horas, una espesa neblina cubrió la residencia y los edificios circundantes. Todo el mundo bajó al refugio antiaéreo de manera obediente. Hitler se quedó al final de las escaleras, mirando hacia el cielo lechoso mientras el resto de nosotros esperábamos abajo. No dejaron caer ninguna bomba y sonó el final de la crisis.

Karl y yo nos casamos a las cuatro de la tarde del 14 de junio en el salón principal. Después de que se disipara la niebla artificial, el sol brilló glorioso sobre el Obersalzberg. Unas nubes tan blancas como borreguitos, con sus algodonosas colitas atrapadas en los picos de las montañas, flotaban por el cielo azul. Hitler ordenó que se bajara la enorme ventana para que el fresco aire alpino pudiera entrar en la habitación. Cerca de cien invitados acudieron a nuestra ceremonia civil: la jefa, y otros trabajadores de la cocina y de los invernaderos; así como varios de los oficiales de las SS, incluyendo al coronel, quien no me tenía confianza alguna. Se quedó parado en una esquina, contemplando a los invitados y luciendo como un bulldog enojado. Hitler, sonriente y repartiendo apretones de manos, saludó a varios invitados. El único otro dignatario notable del Partido que asistió fue Speer, quien parecía reservado aunque apuesto en su uniforme de gala y botas de cuero.

Karl y yo nos pusimos de pie en el lado sur del salón, junto a la enorme chimenea. Podíamos ver a todos los invitados mientras admirábamos el espectacular panorama de las montañas, cuyos colores cambiaban con la luz de la tarde. Retiraron los sofás y los sillones de esa área de la sala para que pudiéramos pararnos frente a los invitados sentados en la sección más baja. Un juez del Partido ofició una sencilla ceremonia nazi, que no hizo mención alguna de Dios ni de ninguna religión. Estábamos uniéndonos bajo los auspicios del nacionalsocialismo. Eva, radiante, estaba parada a mi derecha, mientras que Hitler estaba de pie a la izquierda de Karl. Mi apuesto soldado sonreía orgulloso, reflejando el amor que yo sentía por él. Junto a Karl, nada importaba. Por el rabillo del ojo, vi al líder del *Reich*, quien asintió y sonrió durante toda la ceremonia. Era como un padre amable y amoroso.

Nos dimos un beso, una breve promesa de lo que habría de venir, y nuestro matrimonio quedó sellado. Nuestras nupcias tomaron sólo veinte minutos.

Por orden de Hitler, se colocó una mesa con pasteles decorados y champaña. Unos sirvientes en trajes blancos sirvieron a los invitados, que platicaban. Todo el mundo estuvo de acuerdo en que nuestra boda fue el evento más festivo que se celebró en el Berghof desde nuestro retorno a finales del año anterior. Tales cumplidos me ofrecían poco consuelo, pero traté de actuar como una novia feliz, a pesar de saber que nuestras vidas estaban en peligro y que nuestro futuro era frágil en el mejor de los casos. Saludé a todos con una sonrisa y un beso. Incluso me acerqué al coronel, que estaba enfurruñado en una esquina. Su mirada era dura y fría, pero extendí mi mano hacia él, que la tomó.

—Felicidades, *Frau* Weber —dijo con hielo en la voz. Sonreí y le di un beso en la mejilla, sintiéndome como Judas.

Hitler no se quedó mucho tiempo. Eva estuvo a su lado a toda hora, tomando fotografías de lo que podía. Incluso Hoffman, el regordete fotógrafo de Hitler, estaba allí, tomando fotografías «oficiales».

Karl extendió su brazo para hacer el saludo oficial cuando se acercó Hitler. El *Führer* me besó en ambas mejillas y después le dio un apretón de manos a Karl. Nos felicitó y nos regaló dos alianzas de plata con su nombre grabado en su interior. Nos dejó con las siguientes palabras:

—Larga vida, hijo mío, hija mía. Espero que le den una amplia descendencia al *Reich*.

Eva se limpió las lágrimas de los ojos mientras se alejaban. Karl y yo nos miramos cuando se alejaron, conscientes de que los anillos eran un bello regalo de parte de un brutal dictador. Ninguno de nosotros, estaba segura, quería que nuestros sentimientos por Hitler arruinaran la poca felicidad que tendríamos en ese nuestro día de bodas.

Esa noche nos mudamos a un pequeño departamento para parejas casadas, lejos del Berghof y de los dormitorios de las SS. Al caer la oscuridad, hicimos el amor como si se tratara de nuestra última noche juntos. Sabíamos que nuestras alegrías eran fugaces y que nuestra vida como pareja podía terminar en cualquier momento.

Cerca de un mes después, partimos hacia la Guarida del Lobo. La rutina fue la misma: viajar por tren por la noche y llegar a Rastenburg por la mañana. Hitler permaneció encerrado en su tren privado con algunos de sus más altos oficiales, asistentes, sirvientes y personal de seguridad. El personal de cocina y demás trabajadores lo seguían en un segundo tren. Eva no estaba a bordo de ninguno de los dos. Supuse que se quedaría en el Berghof por un tiempo antes de regresar a su hogar en Múnich.

Karl y yo viajamos en un compartimiento-dormitorio separado, apretado e incómodo. No dejó de dar vueltas en sueños y me mantuvo despierta durante la mayor parte del viaje. Le pregunté qué sucedía, pero no quiso decirme. Sólo después de que llegamos a la Guarida del Lobo se sintió con libertad de hablar. Platicamos mientras caminábamos a nuestra pequeña habitación, cerca del extremo oeste del complejo, lejos de la zona de seguridad de Hitler.

—No tardará en suceder —susurró.

Seguí caminando como si sus palabras carecieran de importancia, aunque estremecieron mi mundo entero.

—¿Valkiria?

—Así es. —Karl mantuvo la vista en la residencia que estaba frente a nosotros—. Una vez que entremos, no podremos hablar más. Ya resulta peligroso hablar en cualquier sito: creemos que la Gestapo lo sabe. —Me tomó del codo—. Detente un momento.

Hice lo que me pidió, con mi corazón retumbando en el pecho.

—Podría suceder cualquier día de estos, aunque las circunstancias podrían cambiar, pero por ahora está decidido.

Mis pies se detuvieron como si estuvieran hundiéndose en cemento. Tenía que mantener la calma.

—¿Esta semana? ¿Qué vamos a hacer?

Karl tomó mi maleta y la dejó en el piso. Colocó la suya junto a la mía.

—Actuar como si estuviésemos enamorados. Dame un beso.

Sonreí, pero le dije:

—Este no es momento para bromas. Sabes que te amo.

Se quitó la gorra, la puso sobre su maleta y me tomó entre sus brazos.

—Ahora es el momento perfecto para que te rías. Todavía no me besas.

Miré por encima del hombro de Karl y vi a unos cuantos oficiales de seguridad caminando por el sendero. Besé a Karl mientras pasaban junto a nosotros. Nos separamos cuando una nube ocultó el sol y arrojó una sombra sobre nosotros. El bosque que rodeaba cuartel era oscuro de por sí; ahora, parecía arrojado a un mundo subterráneo de verdes y cafés, con la vegetación cerrándose a nuestro alrededor y el campamento ahogándonos bajo su oscuro manto.

Karl miró en todas direcciones y no volvió a decir palabra hasta que quedó convencido de que no había nadie cerca.

—El éxito de nuestra empresa depende de un solo factor: la muerte de Hitler. Al fin, todos están de acuerdo. Debe morir ahora mismo.

—¿Y los demás?

—El tiempo se está acabando. Si no actuamos de inmediato, es posible que jamás tengamos otra oportunidad. Ya hubo multitud de intentos, y siempre hay algo que marcha mal. Hitler abandona la habitación de manera inesperada o no se presenta a la cita. O Himmler y Göring no están allí. Ya no hay más excusas. No podemos esperar más.

»Los que idearon el plan establecerán un nuevo gobierno. La *Wehrmacht* no tendrá otra opción más que seguir las órdenes de los nuevos líderes. Esperamos que haya cierta resistencia, pero arrestaremos a Göring y a los demás, y Alemania se rendirá a los Aliados por el bien del pueblo. Si por cualquier razón Valkiria fracasa, tendrás que cuidarte de ti misma, Magda.

Me sobrecogió una oleada de emociones. Vi el rostro de un ángel vengador que caería destruido o volaría lejos de allí después de que el plan se pusiera en marcha. Sentía miedo por las palabras de Karl, feliz y triste al mismo tiempo. Feliz por que una época tan terrible pudiera llegar a su fin, triste por que tuviéramos tan poco tiempo para estar juntos antes de que el mundo se nos viniera encima. Toqué su cara, emocionada de ver su sonrisa y la vida en sus ojos azules, que destruían la penumbra que nos rodeaba.

—Debes salvarte a ti misma sin importar lo que me pueda suceder a mí —siguió—. Si muero, debes seguir adelante. Si nos separan, debemos comunicarnos sólo si es seguro. No tenemos ninguna otra opción hasta que Hitler esté muerto o el *Reich* caiga derrotado.

—¿Y a dónde iré sin ti? —dije, al tiempo que se quebraba mi voz.

Me tomó de los hombros y me miró con fiereza.

—Hazte caso a ti misma. Eres fuerte, Magda; lo supe desde el momento en que te conocí, desde el momento en que vi tus fotografías. Sabrás a dónde ir y qué hacer. Y quizá tengas más de una vida que salvar. —Bajó su mano y acarició mi vientre.

Se cerró mi garganta y un escalofrío recorrió todo mi cuerpo.
—¿Un bebé? ¿Cómo…?
—Debes seguir adelante. Pronto nos daremos cuenta de si el destino está empeñado en separarnos. —Recogió nuestras maletas y empezamos a caminar hacia la residencia de nuevo.
—¿Cómo es que sabes… lo del bebé? —pregunté.
—Mientras hablábamos, estuve seguro de ello.
Sollocé unos instantes y después me recompuse lo mejor que pude. Tomé mi maleta de su mano.
—No soy una inválida.
Entramos en nuestra pequeña habitación, que contenía poco más que una cama, un escritorio y una silla. Por lo menos tenía una ventana que daba al este, al bosque. No podía ver el búnker del *Führer*, el comedor, el teatro ni ninguna de las demás edificaciones, tan bien ocultos estaban los alrededores en el verde profundo de los árboles. Sólo podía ver a una masa de color esmeralda profundo por la ventana y preguntarme qué sería de nosotros.

El 20 de julio explotó la bomba.
Le detonación sacudió el campamento entero. Estaba sentada con Else y algunas de las otras chicas en una banca de madera afuera del comedor después de la cata de la mañana, pero antes de la comida del mediodía. El día era agradable, aunque un poco caliente. Al principio pensamos que la explosión podía deberse a una de las miles de minas terrestres que rodeaban la Guarida del Lobo, pero aquel sonido era diferente. Escuchábamos la explosión de las minas a todas horas del día y de la noche cuando algún animal incauto pisaba una de ellas sin querer. Esta detonación sonó más fuerte y más cerca.
La siguieron unas voces alarmadas —no gritos—, ninguna de las cuales pertenecía a una mujer. Al oeste se infló una columna de humo que luego se dispersó en el aire como un velo gris. El corazón me dio un vuelco y me aferré a la orilla de la banca. Pensé en Karl y en si estaría muerto. Sabía que los conspiradores habían puesto en marcha la operación Valkiria.

Else brincó de la banca y corrió hacia el humo. Yo quería seguirla, pero no pude hacerlo. Me quedé paralizada en la banca. Corrió varios metros hacia el sonido y después nos hizo gestos a mí y a las demás chicas.

—¡Dios mío! Creo que alguien asesinó al *Führer*.

Gritos de auxilio llenaron el aire. La gente corría a ciegas en todas direcciones, tanto hacia la explosión como lejos de ella. Imaginé lo peor: Karl, despedazado por completo, muerto sobre el pasto o apilado en una montaña de cuerpos ensangrentados. No sabíamos dónde tuvo lugar la explosión.

—*Führer, Führer!* —gritaban varios soldados con voces cargadas de emoción.

Me levanté despacio de la banca y avancé hacia el caos. Mis piernas me impulsaban hacia delante como en un trance, como si fuera una sonámbula. Aceleré a medida que caminaba por el sendero, frente al cine, las vías férreas y las cocheras. No pude ir más lejos porque las SS me mantuvieron alejada, y obligaron a regresar a todos los que se acercaron. Nos quedamos de pie como si fuésemos ajenos, como prisioneros que miraban a través de una reja. El aire punzante olía a algo que nunca antes había respirado; se sentía espeso, lleno de químicos y con el aroma característico del fuego. Disipé el humo con las manos y traté de ver más allá de la reja.

Frente a mí se desplegaron unas imágenes similares a las visiones que se tienen al entrar en un cuarto oscurecido. Aparecían unos puntos blancos y negros frente a mis ojos, figuras borrosas se formaban de la nada. Al mirar entre el humo, mis ojos contemplaron una pesadilla.

Oficiales que tosían y se atragantaban salían a raudales de la sala de conferencias en la que explotó la bomba. Algunos se sostenían entre ellos, mientras que otros brincaban en una sola pierna. Su ropa estaba ensangrentada y harapienta y colgaba en jirones de sus cuerpos. Dos hombres arrastraban a un tercero para sacarlo de la habitación. Lo sujetaban de brazos y piernas mientras el cuerpo colgaba como hamaca entre los dos. Lo dejaron caer sobre el piso.

Karl apareció en la puerta con un trapo sobre su boca.

Me colapsé contra un árbol, aliviada porque no había muerto. Pero mientras salía del edificio, no pude distinguir si estaba lastimado. No había sangre en su ropa. Corrió hacia uno de los hombres que estaban tirados en el piso, rasgó parte de su camisa y pasó la tela sobre la cara del otro hombre. El gesto estaba colmado de compasión y de dolor de un soldado hacia otro. Podía verlo en la forma de arquearse de Karl, en la manera en que su espalda se inclinaba sobre el otro cuerpo. «¿Por qué tuvo que pasar esto? ¿Por qué tuviste que morir?», esas eran las preguntas que sabía que se estaba formulando.

—¡El *Führer* está vivo! —gritó un soldado. Aquellos que estaban parados a mi alrededor gimieron y gritaron de alegría. Al escuchar las palabras, Karl apartó sus ojos de su tarea de misericordia. Sus ojos abiertos me miraron y ahogué un grito. Sus labios estaban abiertos en una expresión de terror e incredulidad, una que jamás imaginé que vería en él y que no quería volver a ver nunca.

El mensaje que me estaba comunicando era claro. El *Führer* estaba *vivo*.

Y la vida de Karl estaba en peligro.

¡Y entonces vi a Hitler! Estaba rodeado de una multitud de oficiales y sólo se asomaba la parte superior de su cabeza. Cuando la muchedumbre se apartó, supe que estaba herido. Se sostenía el brazo derecho con la mano izquierda y, en lugar de caminar en su manera habitual, trastabillaba. Sus pantalones estaban hechos jirones. Los hombres lo condujeron con velocidad a través de la multitud. Ese día no lo volví a ver.

La jefa de cocina se me acercó con los ojos llenos de lágrimas.

—¿Es cierto que el *Führer* está muerto?

Sacudí la cabeza.

—¡Gracias a Dios! —exclamó la jefa mientras se limpiaba las lágrimas y sonreía—. El cielo vuelve a sonreírnos. Alemania sobrevivirá un día más.

Más tarde, me enteré de que cuatro horas después de la explosión Hitler visitó la sala de conferencias destruida en compañía de Mussolini. Prometió destrozar a los conspiradores.

Esa noche casi no podía mirar a Karl después de la salva. Dimos un paseo para alejarnos de nuestra diminuta habitación. El campamento estaba en un silencio mortal y quieto. La energía que habitualmente se percibía en la Guarida del Lobo desapareció. Nadie hablaba más que en susurros. No hubo sonrisas en la mesa de la cena. Cuando Karl y yo nos miramos, supimos que un daño, una pérdida mayor de la que jamás pudimos imaginar, estaba a punto de hacernos trizas.

—Para este momento ya debe de saber —murmuró Karl mientras caminábamos por el sendero que pasaba cerca de los carros del ferrocarril. El adornado tren de Hitler estaba sobre las vías, oscuro y silencioso. Se golpeó la mano con un puño—. Von Stauffenberg ya debe de saber que Hitler sobrevivió. Seguramente escuchó el discurso de radio. Si inició el golpe de Estado, a él y a los demás los acorralarán como ganado. —La voz de Karl se distorsionó por el sufrimiento—. Es sólo cuestión de tiempo para que la Gestapo venga por mí. Las cosas no pudieron salir peor. La sala de conferencias quedó destruida por la explosión. Nadie debió salir con vida. Brandt, Korten, Schmundt, el estenógrafo, todos muertos. Pero Hitler sobrevivió. Quizá la providencia está *realmente* de su lado.

Quise desmoronarme a sus pies o, mejor aún, fingir que nada de eso estaba sucediendo. Quizá todo era una pesadilla, y Karl me despertaría con un beso. Si me desvanecía, ya no tendría que enfrentar la realidad. A fin de sobreponerme, tenía que enfrentar el temor que me estaba carcomiendo. Tenía que ser fuerte para Karl.

—¿Crees que vengan por mí? —le pregunté.

—Mantuve tu nombre lejos de todo esto. Nadie lo conoce. Von Stauffenberg te conoció el día en que yo iba a... —No quiso pronunciar las palabras—. Se sintió intrigado por tu valentía, pero le hice jurar que no te involucraría en el complot. Sólo puedo rezar para que cumpliera con su palabra.

—Entonces creo que estoy a salvo.

—Pero yo no lo estoy.

—Karl... —No pude más y me colapsé contra él. Siguió fuerte y firme. No movió un músculo mientras lloraba contra su pecho. No podía gritar por temor a causar alarma, aunque lo que quería era aullar a los cielos.

—Calla —me pidió—. Todo va a estar bien. —Acarició mi pelo—. Pero sabes que debo irme esta noche.

Lo miré a los ojos.

—Te encontraré —prometió—. Buscaré en cada ciudad de Alemania si es necesario. Sigue con tu trabajo, protege a tu padre y, si tengo razón, a nuestro hijo.

Sollocé contra su pecho.

—Nos juramos amor y tenemos nuestros anillos —continuó—. Algún día nos reuniremos de nuevo. Te lo prometo.

Me tomó de la mano y me condujo de vuelta a nuestra habitación. Apagamos las luces y nos acostamos en la cama, abrazándonos y acariciándonos hasta que el bendito sueño alejó todos mis temores. Unas horas después, mis nervios me despertaron y me incorporé de un brinco. La habitación estaba tan oscura como una cueva y no podía ver más que formas tenues. Recorrí las sábanas con mis manos y descubrí que la cama estaba vacía. Karl se desvaneció como un susurro. Prendí la lámpara. No se llevó nada de la habitación, era como si ya estuviera muerto. Su ropa colgaba en el ropero, sus artículos de aseo estaban sobre la misma repisa. Había una nota al pie de la cama. Decía: «Te amo».

La sostuve contra mi pecho y sollocé hasta que la noche me arrastró de nuevo a sus profundidades.

EL BÚNKER DEL *FÜHRER*

Berlín

CAPÍTULO 15

Un llamado a la puerta me despertó de un sueño intranquilo.
Karl se había ido hacía menos de cuatro horas antes.
Abrí la puerta y me encontré al coronel, que me miraba fijamente. Su uniforme estaba desordenado y un cigarro colgaba de sus labios resecos. Parecía que había pasado despierto la mayor parte de la noche. Luché contra el temor que se encendió en mi interior; Karl me advirtió que tenía que ser fuerte.
Sospeché que la Gestapo y las SS ya estaban arrestando a los sospechosos del complot del bombardeo. Quizá Karl estaba lo bastante abajo en la lista como para que no llegaran a él hasta ahora.
El coronel se sentó en una silla con rigidez, y fumó su cigarro turco mientras yo seguía sentada en la cama en mi camisón.
—¿Dónde está? —quiso saber.
Lo miré directamente a los ojos y respondí:
—No sé.
Se golpeó la pierna con los dedos y sonrió con aire de superioridad.
—Usted sabe dónde se encuentra, debe saberlo. Me lo dirá, o de lo contrario... —Interrumpió su oración, como si se le acabara de ocurrir una nueva manera de torturarme.
—¿Qué? —pregunté de manera casual. No tenía miedo, ya no, desde que el coronel, con su primera pregunta, me confirmó que Karl había escapado de la Guarida del Lobo. Después

recordé a mi padre y la predicción de Karl acerca de un hijo. Sólo pensaba en mí misma. Un relámpago de temor recorrió mi espalda. Me pregunté si el coronel podía intuir mi incomodidad.

Fumó su cigarro y exhaló el humo en mi dirección.

—Adopta una expresión valiente, pero por dentro debe de estar aterrada. —Hizo una pausa y me miró como ningún hombre lo había hecho jamás, con ojos que atravesaban mi piel y veían directamente hasta mi alma. Su mirada no era de este mundo, se sentía helada en su febril intensidad—. Tendrá aún más miedo cuando le haga ver la seriedad de su situación: su destino está bajo mi control. —Su boca distorsionó las palabras para que parecieran más poderosas y crueles.

—¿Quiere torturarme? ¿Matarme? ¿A la mujer que salvó al *Führer* de que lo envenenaran?

Rio, seguro y confiado.

—Sólo puede hacer uso de esa mano durante cierto tiempo, *Frau* Weber. Esas cartas ya están gastadas y sucias. El *Führer* tiende a olvidar las buenas acciones cuando uno traiciona al *Reich*. —Se recargó contra el respaldo de la silla y cruzó las piernas—. Es una mujer muy atractiva. No me sorprende que el Capitán Weber quedara prendado de usted. Pero es diferente. No puedo determinar por qué, pero lo haré.

—No hice nada malo. No sé dónde se encuentra mi marido, pero me queda claro que jamás estaría implicado en un complot contra el *Führer*.

—Yo no estoy tan seguro. Tenemos informes de varios oficiales implicados en este vil intento de asesinato. Von Stauffenberg y varios más ya fueron ejecutados, por desgracia, en contra de las órdenes del *Führer*.

Tuve dificultad para controlarme.

—En alguna ocasión conocí al coronel. Parecía un hombre leal.

—Era todo menos eso. La *Wehrmacht* está plagada de traidores. Sólo tiene que preguntarle al *Führer* la opinión que le merecen los tontos que están ayudando al enemigo, mintiéndoles a nuestros soldados y saboteando los esfuerzos bélicos. Nuestros generales son unos idiotas. Pero, al paso del tiempo, todos los traidores serán eliminados. Esa será mi labor.

—Tengo que irme a trabajar —dije al tiempo que me levantaba de la cama—. La jefa de cocina me está esperando.

—Usted no será catadora hasta que lleguemos al fondo de todo este misterio. La voy a retirar de la Guarida del Lobo.

Me le quedé viendo y dije con aspereza:

—¡Quiero hablar con la jefa de cocina! De hecho, ¡demando que se me permita hablar con el *Führer*! Él bendijo la unión entre Karl y yo. No tolerará que se lleven a cabo semejantes medidas en mi contra.

El coronel siguió fumando su cigarro y después lo aplastó en el piso.

—El *Führer* me dio carta blanca en esta investigación. Él y la cocinera saben a dónde la llevaré. Coinciden en que es lo mejor.

—No lo creo.

—No hace ninguna diferencia lo que usted crea. Esté lista en una hora. Empaque sólo lo necesario, no más. Mis hombres revisarán su maleta. —Se levantó de la silla y se inclinó un poco—. Ah, por cierto. Deme sus papeles y su distintivo del Partido. Ya no los necesitará.

Se estaba llevando los dos artículos que garantizaban mi seguridad en el *Reich*, los cuales me habían sido dados por órdenes de Hitler. Los tomé de su sitio en el escritorio y se los entregué.

El coronel saludó y exclamó:

—*Heil* Hitler.

Lo miré cerrar la puerta y me pregunté qué sucedería. Un hombre armado de las SS estaba en mi puerta, fuera de mi habitación, bloqueando cualquier posible salida.

Una hora más tarde, dos hombres me sacaron de las instalaciones, uno a cada lado, tomándome de los brazos. Lo hicieron tan furtivamente que nadie vio cuando me metieron en un auto. Poco tiempo después, estaba en un tren en la estación de Rastenburg, acompañada por las fuerzas de seguridad de Hitler. Mi importancia como prisionera estaba asegurada, por lo menos a ojos del coronel. No tenía idea del sitio al que me dirigía.

Me permitieron llevar una maleta y mi abrigo. Eso fue todo. Todas mis posesiones personales de importancia, las fotografías de mi padre y aquellas que tomaron en mi boda, quedaron atrás. Supuse que las destruirían. Escondí debajo de la cama el monito de peluche que mi padre me regaló cuando era niña. Si se perdían las fotografías y demás artículos personales, habría poco en la tierra que confirmara mi existencia. Sería fácil que la Gestapo o las SS me eliminaran sin dejar rastro.

El tren se dirigió hacia el oeste, hacia Alemania. Después de varias horas, llegamos a unas vías de tren paralelas en la campiña arbolada y plana de Prusia Oriental. Un segundo tren estaba junto al nuestro, completamente lleno de gente. Sus rostros, presionados contra las ventanas, me miraron mientras bajaba de mi tren. Una tristeza, vacía e inconmensurable, llenaba sus ojos.

Uno de los hombres de seguridad me entregó un papel y dijo las únicas palabras que pronunció a lo largo de la totalidad del viaje:

—Mantenga esto con usted. Muestra su destino.

El día estaba acalorado y húmedo, y me resbalaba al pisar en las vías grasosas mientras caminaba entre los guardias. El hombre que me habló me tomó por el brazo y me ayudó a subir las escaleras del segundo tren. Volteé desde el escalón superior para mirarlo. Me sonrió y levantó el brazo como para despedirse de mí. Después caminó de regreso al otro tren con otro guardia.

Junto a los acoples entre los carros había soldados armados. Me miraron como si les perteneciera. Uno me empujó a la derecha con la culata de su rifle. Entré a un carro atestado de hombres, mujeres y niños. Los hombres vestían trajes arrugados; las mujeres, vestidos de verano. De todos modos, el tufo a cuerpos humanos sin lavar inundaba el carro y busqué un pañuelo en el bolsillo de mi abrigo. Lo coloqué sobre mi nariz y busqué un sitio donde sentarme. No había un solo lugar disponible. Un joven con cabello negro y lentes que estaba sentado en una banca me miró. Se levantó y me ofreció su lugar junto a una joven que supuse era su novia o esposa. Le di las gracias, y me dejé caer en el estrecho espacio entre la mujer y una partición metálica.

El tren se sacudió cuando empezó a moverse y se desplazó despacio por las vías. El joven me miraba fijamente. Me sentí incómoda bajo su escrutinio. Me habló en polaco y, al no conocer bien el idioma, respondí en alemán que no hablaba polaco. De inmediato, me empezó a hablar en alemán. La mujer, que tenía los pies colocados sobre dos maletas de cuero café, me miraba de soslayo. Traía puesto un simple vestido gris. A pesar de su ropa apagada, era guapa, con cabello y ojos muy oscuros.

—¿A dónde se dirige? —preguntó el joven.

Todavía traía en mi mano el papel que me dio el hombre de seguridad. Lo abrí y miré el documento oficial, con el escudo nazi y firmado por el coronel.

—Dice «Bromberg-Ost». —El nombre no significaba nada para mí.

—Mi esposa va al mismo sitio. —Se aflojó la corbata, se desabrochó el saco y se sentó en el piso frente a nosotros. Se mecía con los movimientos erráticos del tren—. Quizá puedan ser amigas.

La mujer levantó la voz con una fuerza repentina.

—Yo quiero estar contigo —dijo en un alemán con acento extranjero.

—Me temo que no tenemos nada que decir al respecto, querida. —El hombre susupiró. Señaló al guardia que se encontraba más cerca, parado en el espacio entre los coches, acariciando su rifle y fumando un cigarro mientras contemplaba el campo que pasaba frente a él. Al voltear de nuevo hacia mí, agregó—: Permítame que me presente. Me llamo Erik y ella es mi esposa, Katrina. Somos maestros.

—¿Maestros? —repetí, incrédula ante su ocupación. Sabía de lo que se me acusaba, pero jamás hubiera esperado que estuviera sentada junto a dos maestros. ¿Qué crímenes pudieron cometer?

—Somos subversivos políticos —explicó Erik, como si fuese un título cualquiera—. Eso es lo que dijeron los nazis. Se nos acusa de tendencias comunistas y de enseñarles a nuestros alumnos acerca de gobiernos radicales distintos al nacionalsocialismo. De modo que a mí me envían a Stutthof, y a mi esposa, a

Bromberg-Ost. Es por eso que nos encontramos en este tren, a decir verdad. —Se me quedó viendo con intensidad, estudiándome de pies a cabeza—. ¿Y usted por qué está aquí?

Claro que no podía contarle la verdad. No quería que supiera que venía de la Guarida del Lobo y que estuve al servicio de Hitler. Gran parte de mi vida estaba basada en mentiras. Detestaba mentir, pero no tenía opción.

—No estoy segura. No hay cargos en mi contra. Esta mañana se me acercó un coronel de las SS y me dijo que tenía que partir en una hora.

—¿Es usted judía? —me preguntó

—No.

—Entonces es una traidora —concluyó Katrina.

Erik sacudió la cabeza y la regañó.

—No digas eso. No hay necesidad de correr rumores. ¿Quién sabe lo que los nazis se traen entre manos? —Se quitó las gafas y se masajeó la nariz—. Al menos tenemos la suerte de estar en un tren decente.

—¿Cómo? —pregunté.

—Al menos podemos respirar y sentarnos. Oímos acerca de los otros trenes: personas atestando los carros, como si fueran animales; tan apretadas que no pueden moverse. Defecan unos sobre otros, se ahogan o mueren de pie. Viajan por días y días sin agua ni comida. —Con cierto orgullo, como si sus captores lo estuvieran honrando, añadió—: Este tren está reservado para intelectuales y hombres de negocios poderosos. Algunos son judíos, pero otros no. Si no les agradas a los nazis, nada importa. Oí que Stutthof no es ningún patio de juegos.

Vinieron a mi mente las fotografías que Karl me mostró. Las montañas de cuerpos, de maletas, libros, gafas, zapatos, todos desechados, tirados en el piso como montones de basura humana. Me recorrió una oleada de náuseas.

Katrina estalló en llanto. Varios de los hombres voltearon a verla y después desviaron su mirada, indiferentes a sus sollozos, resignándose a su situación con estoicismo. Puse mi brazo alrededor de los hombros de Katrina y la sostuve.

—¿Cómo pudo suceder? —preguntó—. ¿Por qué? ¿Por decir la verdad estamos arrestados?

Habló con la fuerza suficiente para que un guardia la escuchara. Entró al carro.

—¡Cierra tu asqueroso hocico de comunista!

Erik trató de consolarla, entrelazando los dedos de su mano con los de ella. Después de un tiempo, Katrina recobró la compostura. Quedé pasmada ante lo mucho que había cambiado el mundo, ante lo ingenua que me volví desde el comienzo de mi servicio a Hitler. Parecía que estaba a punto de experimentar la horrible realidad que antes observé en las fotografías de Karl. Por primera vez, comprendí realmente por qué tantos alemanes defendían a Hitler. Todos los trucos nazis —el fervor político, la propaganda, el mito de la superioridad— apelaban al hombre común. Pocos sabían que existían estas atrocidades.

El tren siguió su camino y no dijimos nada por mucho tiempo. Mi estómago hacía ruidos y recordé que no había comido desde la cena de la noche anterior. Pronto, el vaivén del tren y el calor me arrullaron y me quedé dormida. Erik dormitaba con su cabeza recargada en las piernas de su mujer.

Despertamos con un sobresalto cuando el tren se detuvo, alrededor de las tres de la tarde, en la estación de Stutthof. Dos guardias armados entraron en el tren y revisaron los papeles de todos. A aquellos que llegaron a su destino se les ordenó que bajaran. Miré por la ventana. Vi poco, excepto por los bosques que se extendían sobre un llano, similar al terreno que rodeaba la Guarida del Lobo de Hitler. En la distancia, apenas podía distinguirse un imponente edificio de ladrillo de dos pisos, con un sinfín de ventanas y un techo anguloso que me recordaba a un *château* francés. Parecía que había un claro junto a él. Una hilera de guardias armados de las SS estaba fuera del tren, pastoreando a la gente que descendía por un sendero terroso.

Cuando llegó el turno de Erik, Katrina se aferró a sus brazos, llorando y vociferando en polaco. Uno de los guardias se detuvo junto a ellos y amenazó con darle un culatazo a la mujer en el vientre. Erik le ordenó a su esposa que lo soltara. Ella dejó que se apartara de sus brazos, arrastrando los dedos por los de su marido y con su cuerpo sacudido por el llanto.

—Pórtate bien, amor mío —pidió él. Le besó la frente y continuó—. Pronto nos volveremos a ver. —Me miró a mí—. Adiós…

—Magda. —Había olvidado darles mi nombre.

—Adiós, Magda. Que Dios te tenga en Su gracia.

El guardia tomó a Erik por los hombros y lo empujó por el pasillo del tren. Katrina se colapsó en la banca y cubrió su cara con las manos. Me quedé sentada junto a ella, temblando de terror, sintiéndome incómoda y temerosa.

Miré alrededor del tren y vi que sólo había diez mujeres a bordo. Todas íbamos rumbo a Bromberg-Ost. Nadie habló cuando el tren empezó a marcharse. Todas nos veíamos unas a otras sin expresión alguna, como si nuestras vidas hubieran llegado a su fin.

Alrededor de tres horas después, llegamos a Bromberg-Ost. Tomamos nuestras valijas y bajamos del tren. Había algunos guardias cerca de la plataforma, pero me impactó la presencia de varias mujeres de las SS. Una de ellas, una rubia corpulenta de brazos musculosos, nos dio «la bienvenida» a Bromberg-Ost. Nos explicó que se nos trataría bien durante nuestra estancia. La mayoría de las mujeres de las SS me recordaban a Dora, de la Guarida del Lobo. Tenían una mirada tosca y dura que mostraba la típica determinación nazi y que se manifestaba en su actitud condescendiente y el modo ruidoso en que caminaban. Tal era su rigidez que parecía que se romperían si trataban de inclinarse. Una era más bonita y joven que las demás. Y también era la que vestía más a la moda, con una falda estrecha y elegantes zapatos de tacón.

Nos paramos en una fila para que nos «procesaran». Katrina temblaba junto a mí. La mujer de mediana edad que tenía enfrente susurró que aquel era un campo de concentración para mujeres, bajo la jurisdicción de Stutthof. La mayoría de las prisioneras de Bromberg-Ost estaban allí por razones políticas.

—Aquí tendremos una mejor oportunidad de sobrevivir —afirmó. Sus palabras no me reconfortaron.

Cuando llegó mi turno, me quitaron la maleta y el anillo de matrimonio.

—No lo vas a necesitar —dijo la rubia fornida. Me llevaron a una habitación, vacía excepto por una banca de madera, y me ordenaron que me desnudara. La bonita oficial de las SS estudió mi cuerpo mientras me quitaba la ropa.

—Eres fuerte y estás bien alimentada —dijo—. Serás una buena trabajadora. —Me entregó un saco a rayas y una falda de tela gruesa—. Cuando averigüemos qué trabajo es el más adecuado para ti, te daremos más ropa.

Después las guardias nos mostraron el dormitorio donde habríamos de quedarnos: unas treinta mujeres en una sola habitación. Mi camastro se encontraba cerca de la puerta en una plataforma de dos pisos. Era una plancha de madera áspera que sobresalía de la pared alrededor de metro y medio. Dormiríamos juntas, una tras otra. Mi «almohada» era un trozo inmundo de tela plana con un poco de algodón dentro. Una vieja cobija de lana estaba junto a la pared. Estaba consciente de que no la necesitaría durante el verano, pero tampoco sabía el tiempo que tendría que permanecer allí como prisionera.

Una de las guardias nos explicó las reglas: tendríamos que estar en cama a las nueve de la noche y nos despertaríamos a las cinco de la mañana. Desayunaríamos y cenaríamos en el comedor. La comida del mediodía, nos dijo, se tomaría en el trabajo o se omitiría por completo, dependiendo de lo bien que lleváramos a cabo nuestras tareas asignadas. Nos dijo dónde se encontraban las letrinas, pero nos alentó a no usarlas por las noches. Los pocos guardias varones del campamento estarían de guardia en los alrededores. Estaba prohibido fumar, beber y sostener relaciones sexuales. Todo el trabajo habría de completarse en nombre del *Reich* porque «El trabajo os hará libres».

—Cuando haga sonar el silbato o toque la puerta, deben ponerse en fila y estar listas para hacer lo que sea que les pida —añadió la guardia con una reverencia antes de salir por la puerta. Las recién llegadas nos quedamos a solas con otras veinte veteranas del campo. Me recargué en la baranda de la cama y traté de comprender lo que me había sucedido. Katrina, con su cabeza colgada sobre el pecho, se quedó sentada en la banca del centro de la habitación.

En la habitación no había nada más que los camastros y la banca. Las cuatro ventanas, dos a cada lado de la barraca, estaban abiertas de par en par para que entrara un poco de brisa al interior. El aire se sentía pesado y apestaba a madera podrida y suciedad humana. Las mujeres con las que habríamos de compartir el cuarto no tenían nada que decir; no hubo bienvenidas ni saludos. Exhaustas tras su día de trabajo, estaban sentadas sobre la banca o bien acostadas en su sitio, tomando una siesta. Esa hora debía de ser una de las pocas del día en la que estaban a solas. Podía ver con facilidad que atesorarían cualquier momento de paz. Sus caras se veían demacradas y exhaustas por los afanes de cada día, tenían pelo enredado y descuidado.

La cabaña estaba en penumbra a pesar de las muchas horas de luz solar del verano, ya que se encontraba a la sombra de los árboles. Traté de hablar con una de las mujeres, pero estaba demasiado agotada y simplemente me hizo gestos para que me alejara. Cuando se dio la vuelta en su cama, pude ver una insignia sobre su saco: un triángulo amarillo con la punta hacia arriba debajo de otro triángulo rojo con la punta hacia abajo. De hecho, era una estrella de David de dos colores, algo que no significaba nada para mí.

Me senté sobre la banca en medio de la habitación y me quedé viendo a las paredes. Mi cuerpo se sentía paralizado por el aturdimiento que me embargaba mientras trataba de digerir las terribles condiciones en las que en encontraba. Quería correr, pero no había sitio a dónde huir. Me abrumaban los sentimientos de pérdida y desesperanza.

Alrededor de treinta minutos después, la guardia regresó y nos reunió para la cena. El comedor no era mucho mejor que nuestra cabaña, aunque era un espacio más amplio. Toscas mesas y bancas de madera en fila llenaban la habitación. Entramos por la puerta principal y nos paramos en la fila para que nos sirvieran. Nuestra cena consistía en una sopa aguada con pocas verduras y nada de carne, servida en una destartalada taza de lata. También nos dieron un mendrugo a cada una. Me senté a la mesa con Katrina, y quedé maravillada por lo bajo y lo rápido que caí: de las verduras más frescas y los platillos de *chef* creados en las cocinas de Hitler a los aguados restos del campo. Aunque tenía hambre, no tenía apetito para la sopa.

—¿Cómo te estás sintiendo? —le pregunté a Katrina.

Le dio vueltas a su sopa con una vieja cuchara y respondió:

—Si no salgo de aquí, no sobreviviré el invierno. —Volteó hacia mí y sus oscuros ojos me mostraron la mirada hueca de la vida que estaba siendo drenaba de su cuerpo—. La mayoría de nosotras estará muerta al final del invierno.

Le hablé con firmeza, pero en silencio, porque no quería que nos escucharan las demás.

—Si sientes que no tienes nada por qué vivir, *sí* morirás. Tienes que ser más fuerte que ellos.

Me miró con un aire lastimoso, como si fuese un perro al que estaban a punto de apalear.

—¿Y cómo podría lograrlo? —Miró a su alrededor en la habitación, hacia las demás mujeres afligidas, y bajó la cabeza—. ¿Qué posibilidades hay de que pueda ganar una batalla contra las SS?

—Piensa en Erik. Piensa en él a cada hora del día y en cada momento de tus sueños. Vive por él, si no lo haces por nadie más. —Pensé en Karl y mis ojos se llenaron de lágrimas, pero estaba decidida a no llorar frente a Katrina. Necesitaba mi fuerza. Todas necesitábamos de la fortaleza de las demás, pero al estudiar a las demás mujeres en el comedor, supe que encontrar el valor para hacerlo sería difícil. Los nazis crearon formas eficientes de menoscabar nuestro ánimo.

No llevábamos mucho tiempo sentadas a la mesa cuando una de las guardias nos dijo que termináramos de comer o regresáramos a nuestras habitaciones.

Mi estómago no estaba satisfecho, pero le llevé mi sopa a la prisionera que estaba recogiendo los cacharros. Miró al interior de mi taza y dijo:

—No durarás nada si desperdicias la comida de esta forma. En tres días estarás bebiéndote cada gota.

Sospeché que tenía la razón.

—Pero no esta noche —repliqué antes de entregarle la taza y la cuchara.

Katrina y yo regresamos al dormitorio. No nos acompañó ninguna guardia, pero pude ver que no tenía caso siquiera pensar en huir. El campamento estaba rodeado de una alta reja electrificada. Un solo roce y estaría muerta.

Mis brazos y piernas se entumieron por la fatiga. Me trepé a la plancha de madera que serviría de cama. Caí en un sopor profundo carente de sueños hasta que me despertó el silbato de la mañana. Era hora de trabajar.

El desayuno, que más bien consistía de grumos de engrudo, tenía la misma consistencia acuosa que la sopa de la noche anterior. La mujer musculosa que nos recibió les asignó trabajos a las recién llegadas. Su nombre era Gerda, y me enteré de que estaba en Bromberg-Ost desde su creación. Se me asignó a cuidar del jardín del campamento hasta que llegara el otoño. Katrina trabajaría en la fábrica de municiones cercana durante el día. No había tiempo para ducharse, me dijo Gerda. Tendría suerte de hacerlo una vez a la semana en las regaderas comunitarias, o quizá más veces «si te portas como buena chica».

Tuve algunos minutos para visitar la letrina antes de que me esperaran en el jardín, una porción relativamente grande de tierra en el lado norte del campamento. Me despedí de Katrina, le deseé suerte y caminé hasta aquel terreno labrado. Tres cuartas partes del terreno se encontraban bajo la luz directa del sol, mientras que el restante estaba a la sombra a fin de que pudieran crecer distintos tipos de verduras. Los tomates y los espárragos estaban en su mejor momento. Una de las guardias me indicó que recogiera los tomates y cortara los espárragos que ya estuvieran maduros. Al terminar con esa tarea, la guardia me indicó que usara el azadón para preparar la tierra para los cultivos de otoño.

El día era caluroso y húmedo. Había mosquitos y moscas que picaban y volaban en torno a mi cabeza. La guardia se enfureció y me hizo gestos con su arma al verme tratando de espantar a los insectos con las manos.

—¡Haz tu trabajo! —me gritó—. No hay insecto en este mundo que te crea merecedora de un piquete.

Para cuando nos permitieron detenernos a comer, mis brazos, piernas y rostro estaban cubiertos de ronchas enrojecidas. De nuevo, nos sirvieron sopa, probablemente la misma de la noche anterior, con un pequeñísimo trozo de pan. Los tomates y espárragos no irían a parar en nuestros estómagos, sino a las bocas de nuestros captores. Esta vez me terminé todo lo que me sirvieron.

Por la tarde usé el azadón para romper la tierra durante cuatro horas. El terreno era pantanoso y estaba atestado de pequeñas piedras. No podía bajar más de diez centímetros antes de que la zona ya cavada se llenara de agua. Se lo dije a la guardia, pero se burló de mí y replicó que no estaba haciendo mi trabajo. Antes de mí hubo otras que hicieron lo mismo y no se quejaron, explicó. Me empujó a un lado y me advirtió que debía volver a cavar los surcos.

Para las cinco de la tarde, mi espalda estaba molida y mis brazos se sentían como tallarines aguados. Mi saco y mi falda estaban empapados de sudor. Los insectos seguían volándome alrededor, picándome hasta dejarme hecha una desgracia enrojecida y molesta. Al final, a las que estábamos en el jardín se nos permitió regresar a la cabaña a dormir unos minutos antes de la cena. Me colapsé sobre la cama. Katrina no estaba en la habitación.

Caí en un sopor adolorido cuando un toque sobre mi hombro me despertó. La mujer con la que traté de iniciar una conversación la noche anterior estaba inclinada sobre mí. Puso un dedo sobre sus labios y se acercó a mi oído para susurrar:

—Esto no se lo debes contar a nadie, pero tengo un ungüento que evitará que los insectos te sigan picando. Tiene alcanfor. No huele nada bien, pero si frotas unas cuantas gotas sobre la piel que te quede expuesta, los mantendrás alejados. Debes de sentir una comezón insoportable.

Me levanté sobre un codo para verla.

—Mil gracias, fue un día muy difícil. Un ungüento es justo lo que necesito.

—Espera un minuto. —Se alejó de mi camastro, que estaba cerca de la puerta, y fue al suyo, que estaba a mitad de la habitación. Metió la mano bajo su sucia cobija y sacó una botellita café. Regresó, le quitó la tapa y se puso el dedo sobre los labios. La sacudió y untó las gotas de la sustancia en mi cuello y brazos. El alcanfor ardió sobre mi piel llena de piquetes, pero después de unos instantes la comezón empezó a ceder bajo su acción refrescante.

—Eres muy amable. Soy Magda —me presenté, estiré mi mano y ella la tomó con timidez.

Sonrió. Le faltaba uno de los dientes inferiores centrales.

—Soy Helen.

—¿Por qué estás aquí? —le pregunté.

—Podría hacerte la misma pregunta —respondió.

Mis ojos se fijaron en el distintivo amarillo y rojo que portaba.

—Supongo que soy una prisionera política, aunque nadie me imputa ningún delito.

Helen acarició el distintivo como si estuviera orgullosa de lo que simbolizaba.

—Yo también soy prisionera política…, además de ser judía. Por eso mi estrella tiene dos colores. La parte amarilla significa que soy judía, y la roja es por mis ideas políticas. Los nazis me acusaron de ser comunista. —Rio—. Y tienen toda la razón. —Sus ojos se iluminaron—. Supongo que no debí decírtelo. Podrías usarlo en mi contra.

Fue mi turno de reírme.

—Tu secreto está a salvo conmigo. —Estaba a punto de preguntarle cómo llegó al campo, cuando la guardia sonó el silbato que anunciaba la cena. Nos formamos y salimos por la puerta. Esta noche no tenía la menor duda de que comería. Durante mi breve siesta, Katrina regresó al dormitorio. Las dos juntas, con la mujer mayor, caminamos al comedor para recibir nuestra porción de sopa y pan. Esta vez el caldo tenía una rebanada de zanahoria, pero el pan estaba mohoso.

Cuando terminamos, Katrina y yo caminamos de vuelta al dormitorio con Helen. Le pregunté a Katrina por su día.

—Fue muy difícil —respondió manteniendo las manos a los lados con cuidado—. Me la pasé puliendo bolas de rodamiento todo el día. Tienes que cumplir con una cuota. Si no lo haces, te sacan de la línea de producción y te disciplinan.

—¿Disciplinan? —repitió Helen con sorna—. La palabra es *azotan*. Eso fue lo que me sucedió a mí. —Abrió la boca y señaló al hueco donde le faltaba el diente—. Esto me lo hizo una de las guardias que no estaba satisfecha con la manera en que fregaba los pisos.

—¿Tú limpias los dormitorios? —le pregunté.

—Ese es mi trabajo. Tengo suerte.

—No sé cuánto tiempo voy a durar —dijo Katrina—. Al final del día tenía las manos en carne viva.

Me sentí mal por ella, pero quería que sobreviviera.

—Acuérdate de tu esposo —le dije—. Tienes que ser fuerte para él.

Cuando regresamos a la cabaña, Katrina nos mostró las palmas de sus manos y las laceraciones que cubrían su piel. Dudé que pudiera trabajar al día siguiente. Miré mis propias manos y noté las ampollas llenas de líquido entre mi pulgar y mi dedo índice. Para la mañana siguiente, me provocarían mucho dolor.

Me subí a la cama mientras algunas mujeres se sentaban en la banca a platicar. Incluso con las luces prendidas y la charla incesante, no me costó ningún trabajo quedarme dormida. Ni siquiera me desperté cuando sonó el silbato que anunciaba que se apagaban las luces.

Más tarde, en la modorra del sueño, sentí un par de ojos encima de mí. No tenía reloj y no había manera de saber la hora, pero tenía que ser más de medianoche. Me desperté de inmediato, sobresaltada por una presencia que se inclinaba sobre mí.

—No tengas miedo —susurró una voz femenina—. Levántate.

Me sacudí el sueño de la cabeza y me le quedé viendo a la oscuridad. La silueta de una mujer apareció entre las sombras.

—¿Quién eres? ¿A dónde vamos?

—Pronto te enterarás —contestó—. Podría mandar a que te saquen de aquí, pero si vienes de manera voluntaria, te irá mucho mejor.

No dudé de su sinceridad, de modo que salí de mi camastro lo mejor que pude, arrastrándome y adolorida de brazos y piernas. Cuando mis pies llegaron al piso, me puse los zapatos.

—Ven conmigo —me ordenó la mujer—. Hablaremos en el exterior. —Me condujo fuera del dormitorio y nos alejamos por un sendero. Después de que caminamos unos cincuenta metros, prendió una linterna. Una pistola colgaba de su mano izquierda. La reconocí como la guardia joven y bonita que me dijo que parecía «fuerte y bien alimentada». Me hizo movimientos para que la siguiera a las sombras más profundas, debajo de unos árboles. Al detenernos, me acarició el cabello y la cara.

—Me llamo Jenny —se presentó—. Te puedo hacer la vida más fácil.

Yo sabía que nada bueno podía salir de su oferta.

—¿Cómo?

Puso la linterna en el piso y se recargó en un árbol. La luz arrojó unas sombras oscuras sobre su rostro. Una palomilla empezó a revolotear en el haz de luz.

—Eres bonita. También Katrina, pero ella es demasiado débil como para lo que tengo en mente. Tú eres voluntariosa y sobrevivirás sin importar lo que se necesite.

Me estremecí cuando volvió a tocar mi cara y empujé su mano para alejarla.

—Tienes una opción —explicó—. ¿Por qué no cambiar el dolor por el placer?

Me dio miedo preguntarle qué quería.

Sacó una cajetilla de cigarros de la pretina de su falda.

—¿Fumas?

Quería correr, alejarme cuanto pudiera de sus peticiones, pero no había a dónde ir.

—No.

Se rio.

—¿No tienes ningún vicio? ¿Alcohol? ¿Marihuana? —Se acercó tanto a mi cara que podía ver el brillo en sus ojos—. ¿Hombres?

—¿Qué es lo que quiere?

—Los soldados de Alemania requieren de tus servicios. —Volvió a reírse, esta vez de un modo menos estridente y con algo de tristeza—. Les doy todo lo que puedo, pero se cansan de un mismo cuerpo. Ningún hombre lo admitiría, pero es la verdad. Todo hombre, casado o no, busca algo más. No pueden quedar satisfechos con una sola mujer.

—Me das asco —afirmé y me di vuelta para alejarme. Por el rabillo del ojo, vi que levantaba el arma en mi dirección.

—¡No te alejes de mí a menos que te lo ordene! —exclamó Jenny—. Te dispararé.

Volteé a mirarla.

—Asesina.

Bajó el arma.

—Créeme, a nadie le importará que mueras. Nadie notará que hay una prisionera menos en este lugar. Si no accedes, otra tomará tu lugar... Quizás incluso Katrina. Te daré un día para que tomes una decisión. Vendré por ti a la misma hora de mañana. Te sugiero que escojas con sabiduría. —Apagó la linterna y señaló el dormitorio—. Regresa a dormir. El trabajo de mañana será más difícil que el de hoy.

Me alejé despacio sin voltear ni una sola vez. Si decidía dispararme, lo tendría que hacer por la espalda, como una cobarde. «Las imágenes que Karl me mostró del frente oriental. Parece que pasaron años desde que las vi. Hombres, mujeres, incluso niños, formados en fila sobre un acantilado. Después asesinados a tiros por la espalda. Los cuerpos que caían uno a uno en un foso hasta llenarlo. La tierra los cubría hasta que no quedaba nada, ni siquiera lágrimas».

Cuando estuve segura de que me encontraba lo bastante lejos de Jenny, corrí hasta llegar a la puerta del dormitorio. Sin aliento, jalé la manija, pero no pude abrir la puerta. Todos los horrores de los últimos dos días me cayeron encima y me colapsé, sollozando, en la tierra mojada; mi cuerpo y alma fueron arrojados al fondo del infierno que era Bromberg-Ost. No había salida. El Dios que pudiera existir en el cielo nos había abandonado a mi país, a mi familia y a mí.

CAPÍTULO 16

Jenny tenía razón: el trabajo del día siguiente fue todavía más difícil que el del día anterior. Todos mis músculos estaban adoloridos. Mis manos ampolladas punzaban con cada movimiento del azadón, como si me estuvieran clavando astillas de vidrio en la piel. Una densa nube cubrió el campo, proporcionando cierto alivio del calor, pero el aire se pegaba a mi piel como si fuese un trapo mojado. Las horas se hacían tan largas como días mientras me veía obligada a abrir surcos en el pedregoso terreno.

A la hora de la cena, noté algo curioso. Katrina y otra mujer de nuestra cabaña no aparecieron. No me atreví a preguntarles a las guardias lo que sucedió. Fui por mi comida —esa noche consistía en un mazacote pastoso y de color café, supuestamente hecho de garbanzos y con un aroma crudo y terroso— y me senté junto a Helen. Al igual que la mayoría de las demás prisioneras, comía despacio sin decir nada, con su cabeza inclinada sobre su tazón. Cuando me senté junto a ella, me miró con apenas un asomo de reconocimiento.

—¿Viste a Katrina? —le pregunté después de comer un bocado de la pegajosa pasta que tenía en el plato.

Sacudió la cabeza.

Tuve la impresión de que no quería hablar conmigo.

—¿Sabes qué le pasó?

Helen volteó y me miró con rabia.

—No hablamos de esas cosas. Está prohibido.

Dejé de darle vueltas a la pasta y apoyé la cuchara en el borde del tazón. Helen siguió comiendo, negándose a hablar.

—Te voy a decir una cosa —susurré—. Por tu silencio, me queda claro que algo terrible le sucedió a Katrina. No tengo idea de qué, pero si tú no me lo dices, encontraré a alguien que sí lo haga. Estamos matando a nuestra propia gente. Esto debe parar.

Nos quedamos en silencio un momento, las dos comiendo nuestra mezquina ración. Cuando terminó de comer, Helen dijo:

—Las guardias están escuchando, esperando cualquier excusa para deshacerse de nosotras. No llevas mucho tiempo aquí. Es peligroso que hablemos.

—Vivimos rodeadas de peligro. Debemos convivir con ello o decidirnos a morir. ¿Qué le pasó a Katrina?

—Eres una necia. —Helen suspiró—. Negaré que te lo conté. —Apartó su tazón—. Las guardias hacen selecciones. Gerda, Jenny. Toman decisiones acerca de quién debe quedarse y quién debe irse. Esta mañana enviaron a Katrina y a la otra mujer a Stutthof. No podían trabajar. Katrina no dejaba de quejarse de las manos y la otra mujer tenía problemas con sus piernas, casi no podía caminar. Ya no regresarán.

—¿Cómo lo sabes?

Helen me miró como si fuera una idiota, con los ojos completamente abiertos por el asombro.

—Nunca regresan. ¿Qué no oíste de las regaderas de Stutthof?

Sacudí la cabeza.

—Cientos, quizá miles, entran a las regaderas y no vuelven a salir.

—¿Simplemente desaparecen?

—Sí, igual que Katrina. Y después el campo huele a carne achicharrada.

Pensé en la imagen que me mostró Karl en la que un prisionero estaba metiendo un cadáver en algo que parecía un horno gigante. El prisionero de la foto parecía igual de muerto que el cuerpo. La única manera en que podía evitar sentirme sobrecogida por el absoluto horror de esta revelación fue pensando en Karl. La esperanza, la tenue plegaria que existía en mi mente de volverlo a ver con vida algún día, era lo único que evitaba que me deshiciera en llanto. Recé por que Katrina se sintiera igual que yo de camino a Stutthof.

Éramos partícipes de nuestra propia destrucción. ¿Cómo era posible que en Alemania alguien pudiera quitar la vista de ello? Me pregunté si los que vivían en las ciudades o granjas cerca de los campos olerían el tufo de la carne ardiente. ¿Miraban al cielo cuando caía una lluvia de copos de ceniza sobre sus cabezas? ¿Cómo podían no saber lo que estaba sucediendo y, en caso de que lo supieran, cómo era posible que no les importara? ¿Dónde estaban las multitudes que necesitaban rebelarse ante el horror, indignados ante lo que estaba haciendo nuestro gobierno?

Caminé sola de vuelta al dormitorio, lejos de Helen. No estaba de humor para hablar con nadie. Me preparé lentamente para la cama. Al acostarme, no pude conciliar el sueño porque sentí un nerviosismo espantoso, como si miles de hormigas recorrieran mi piel. Me quedé despierta, contando los segundos que pasaban mientras esperaba la llegada de Jenny.

Fiel a su palabra, llegó justo a medianoche. Cuando me tocó, todavía no tenía la menor idea de qué hacer. Pensé en Karl y me pregunté qué decisión querría que tomara. Recordé la conversación en la que me dijo que debía hacer lo que fuera necesario para mantenerme con vida. Mi padre diría lo mismo.

No pronuncié palabra hasta que llegamos afuera y nos paramos en la oscuridad.

—Iré contigo.

—Eres muy sabia —respondió Jenny.

Su aliento olía a alcohol, no mucho, era más bien sutil, como si hubiera tomado unos sorbos de vodka. Prendió un cigarro y me pidió que la siguiera. Atravesamos el campo hasta llegar a las regaderas, donde me ordenó que me desnudara y me bañara. Me quité el saco y la falda, los colgué sobre un clavo en la pared y me metí bajo el agua. Jenny me miró, sonriendo mientras me desnudaba.

—El coronel estará encantado —declaró—. Le dije que esta noche le tendría una sorpresa.

Me crispé al pensar de inmediato en el coronel que me expulsó de la Guarida del Lobo. Después me di cuenta de que probablemente no se trataba del mismo hombre. En el ejército había muchos coroneles. Me resistía a lo que Jenny me tenía preparado, pero el agua jabonosa y tibia que recorría mi cuerpo se sentía maravillosa porque hacía muchos días que no podía lavarme con tanto esmero.

—Harás todo lo que te pida —me ordenó—. Sea cual sea el placer que desee, se lo darás. No hables a menos que te hable. Yo estaré fuera de la puerta... con esto. —Dio unas palmaditas a la pistola que guardaba en una funda debajo de su brazo.

Pasé unos minutos más bajo el agua antes de que Jenny empezara a impacientarse. Apagué la regadera y me dio una toalla. Se alejó de prisa para evitar que cayera agua sobre sus zapatos de cuero. Jenny llevaba una falda negra, una blusa blanca y un suéter. Tenía una mascada roja alrededor del cuello; parecía como si estuviera lista para salir a una cita. Las otras guardias jamás usaban nada tan provocativo como Jenny. Se veía preciosa, con su largo cabello cayendo en ondas y su rostro bellísimo con un toque de maquillaje.

Cuando terminé de secarme, Jenny me dio una bata blanca y me dijo que me la pusiera.

—Estamos cerca. Carga tu ropa asquerosa hasta que lleguemos allí. —Se tapó la nariz con dos dedos como para bloquear el tufo. Después pasó sus dedos por mi pelo y acarició mi hombro—. Casi te ves presentable. Ven por aquí.

Después de la ducha, cuando el aire recorrió mi piel, la noche pareció más fresca. No tuvimos que caminar demasiado para llegar a una cabaña que estaba cerca de la entrada de Bromberg-Ost. Desde afuera, parecía desierta, tan hueca como un edificio abandonado; pero detrás de las cortinas opacas, pude detectar el brillo amarillento de la luz de velas. Jenny se detuvo frente a la puerta.

—Regresa aquí cuando termines. Estaré esperándote para llevarte de regreso. El coronel está en la cama de atrás... esperándote.

Al abrir la puerta, me recordé a mí misma que no tenía otra opción si deseaba seguir con vida. Respiré hondo y entré. Mis ojos tardaron un poco en adaptarse a la media luz. Algunas velas proyectaban sombras parpadeantes en la habitación. No se sentía ninguna brisa, sino que había un olor encerrado a amoniaco y sexo añejo. Aquel era el burdel del campamento. Había siete camas en la habitación: tres a cada lado del pasillo y una contra la pared del fondo. Todas estaban vacías a excepción de la más alejada. Había un hombre sentado sobre la cama. Estaba desnudo excepto por una toalla que cubría su cintura. Me hizo movimientos para que me acercara. Apreté el cincho de mi bata.

Ese coronel no era el hombre que me envió allí. El hombre que tenía frente a mí estaba a la mitad de su cuarta década de vida y era apuesto, con cabello oscuro que empezaba a encanecer en las sienes. Su cuerpo era maduro, su pecho y brazos estaban cubiertos de vello oscuro. Al acercarme a él, abrió las piernas y la toalla se deslizó por ellas. Me detuve.

—Acércate —ordenó. Por su tono de voz, supe que ya había estado allí muchas veces—. No voy a lastimarte. —Dio unas palmaditas en la cama—. Siéntate aquí, junto a mí. Vamos a conocernos un poco mejor.

Mis nervios se estremecían debajo de mi piel. Estaba temblando sin control, pero me senté donde me indicó.

—Eres nueva en esto —afirmó al voltear hacia mí—. Nunca te había visto. ¿Cómo te llamas?

—Magda —respondí. No estaba segura de qué decirle.

—Magda…, bonito. Como tú. —Colocó su mano sobre mi pierna y pasó su palma sobre la bata, arriba y abajo—. Necesitas relajarte, divertirte. Te puedo hacer feliz. Y si tú me haces feliz a mí, la vida te será mucho más fácil. —Con su mano izquierda, tomó mi rostro con suavidad y lo volteó hacia él—. ¡Estas temblando! Puedo ordenarte que hagas lo que te diga, pero si cedes será mucho más agradable. —Se retiró la toalla por completo con la mano derecha—. Mira —me indicó forzando que inclinara mi cabeza hacia abajo.

—Deténgase, por favor —le rogué—. Deme unos momentos.

Desistió y se recargó en la cama, exhibiendo su cuerpo desnudo ante mí.

—¿Te sería más fácil si les pido a otras que se nos unan? ¿Te gustaría eso? ¿Una orgía? Jenny puede arreglarlo. De hecho, estoy seguro de que estaría encantada de acompañarnos.
—Rio.

Sentí que me desmoronaba.

—No, no sería más fácil. Lo más fácil sería morirme en este instante.

Emitió una risita.

—La moral no tiene cabida en un burdel. Piensa en esto como un instante de placer. Algo fugaz que pasará y quedará atrás para siempre. —Tomó mi mano y la colocó sobre su vientre—. Para mañana en la noche, ni siquiera recordarás mi aspecto. No recordarás la sensación de mí... —Me obligó a bajar la mano y la metió entre su vello púbico.

Aparté mi mano de la suya.

—Veo que esto va a complicarse. Quizá la fuerza sea la única alternativa. —Se incorporó en la cama con rapidez y pareció a punto de hablarle a Jenny.

—Estoy embarazada —balbuceé.

Fijó sus ojos en mí, completamente sorprendido. Despacio, volvió a colocarse la toalla alrededor de la cintura. Se quedó sentado allí unos momentos, estudiándome, intentando decidir si le estaba mintiendo.

—Hablaré con Jenny al respecto. No puede excitar a un hombre de esta manera sólo para arrojarle un balde de agua fría encima. No está bien.

—Estoy casada con un oficial de las SS —afirmé.

La mirada del coronel se endureció al instante y una oleada de incredulidad cruzó sus ojos.

—Si eso es cierto, ¿qué estás haciendo aquí?

Decir la verdad me pareció mejor que mentir; al menos le contaría una verdad a medias.

—No lo sé. No se me dijo qué delito cometí. Me exiliaron de la Guarida del Lobo, donde trabajaba para el *Führer*.

Se alejó de mí algunos centímetros.

—¿Trabajabas para el *Führer*? ¿Cómo te llamas?

—Magda Weber, soy la esposa del Capitán Karl Weber.

Se cubrió el rostro con las manos

—Dios mío. Conozco al Capitán Weber. Lo conocí justo antes de que le pidieran que sirviera en el Berghof.

El coronel llamó a gritos a Jenny, quien abrió la puerta y saltó al interior con su arma apuntada directamente hacia mí.

—¡¿Qué hizo?! ¡¿Quiere que la mate?! —vociferó mientras se apresuraba hacia nosotros.

—¡Guarda eso antes de que dispares a alguien! —exclamó el coronel—. Consíguele algo de ropa a esta mujer y llévala al dormitorio de los guardias. Que pase allí esta noche y asegúrate de que no le suceda nada en absoluto. Tengo que hacer una llamada por la mañana.

—No entiendo —replicó Jenny, mirándome como si acabara de darle una puñalada por la espalda.

—Eso es todo —dijo el coronel—. Simplemente haz lo que te estoy ordenando. Te contaré todo mañana. —Volvió a recargarse en la cama—. Y mándame a otra mujer…, a alguien más adecuada.

Jenny me jaló de la cama y me empujó hacia la puerta.

—Recuerda lo que te dije —ordenó el coronel—. Trátala bien.

Cuando llegamos afuera, Jenny agitó su arma frente a mi cara y dijo:

—No sé qué hiciste, pero si estás tratando de engañar a alguien, te mataré yo personalmente. No me gusta que me hagan ver como una imbécil.

Incliné la cabeza y no dije nada.

—¡Ramera! —gritó Jenny, y escupió a mis pies. No pronunció ninguna otra palabra mientras me llevaba al dormitorio de los guardias.

A la mañana siguiente, Gerda me despertó temprano. Me dijo que podía ducharme en el dormitorio y que me preparara para el coronel, que quería verme. Me dio un vestido azul, ropa interior limpia, medias y zapatos. Incluso recuperó mi maleta. Faltaban algunas cosas sin importancia; alguien la revisó y la ropa que quedaba dentro estaba arrugada y revuelta. Gerda me entregó una taza de café. Olía a gloria y disfruté cada sorbo. Por primera vez en días, me sentí un ser humano.

Gerda me condujo a una oficina vacía y me indicó que esperara allí. Las ventanas veían hacia el patio central, que relucía como si tuviera esmeraldas incrustadas bajo el sol de la mañana. Más allá del patio, las cabañas de detención se erguían como piezas de dominó hasta la lejana línea de árboles.

Vi al coronel mientras se acercaba. Estaba rígido como estaca, con sus ojos fijos en lo que tenía directamente frente a él. Traté de juzgar su estado de ánimo, tan distinto al de la noche anterior. Parecía sombrío y apagado, como si lo que tenía que decirme fuera una mala noticia.

Cuando entró en la habitación, coloqué mi taza de café sobre el escritorio.

Pasó junto a mí y ordenó:

—Siéntese.

Obedecí y esperé a que decidiera mi destino.

El coronel tomó asiento en una silla detrás del escritorio, se quitó la gorra y la colocó frente a sí. La insignia de la calavera, con el cráneo y los huesos cruzados, llamó mi atención. Se reclinó en su silla y dijo:

—Dígame todo lo que sepa acerca del complot para asesinar al *Führer*.

No chisté bajo su intensa mirada.

—Nada en absoluto. Me encontraba en la Guarida del Lobo cuando explotó la bomba.

—El Capitán Weber desapareció. ¿Tiene idea de dónde se encuentra o si estaba involucrado en este atroz atentado?

—No.

Colocó un dedo sobre sus labios y suspiró.

—Si lo que sospecho es correcto, lo encontrarán y lo fusilarán. Hay otros, en la Gestapo, que creen que está implicado. Hay demasiados involucrados.

Por primera vez, aparté mi mirada de él y la dirigí hacia la ventana y el patio central, donde vi que las prisioneras iniciaban su larga jornada.

—Si mi marido tuvo algo que ver con esto, es algo que nunca compartió conmigo. Pero es absurdo pensar que él representaría algún papel en esta conspiración. Es completamente leal al *Reich*.

El coronel dio un puñetazo tan fuerte en el escritorio que un lápiz saltó por los aires.

—¡No le creo! ¡Está mintiendo!

Volteé para mirarlo de frente.

—Si estoy mintiendo, ¿le diría la verdad acerca de quién soy? ¿Las SS o la Gestapo le informaron que le salvé la vida al *Führer*? ¿O que fue el *Führer* mismo quien deseaba que Karl y yo nos casáramos?

Su rostro se distorsionó con una mirada de desagrado, como si acabara de desinflar sus argumentos.

—No —dijo con calma. Levantó su gorro y lo miró con gran atención—. Cuando se promete la vida al *Führer*, se hacen ciertos sacrificios. Usted hizo esos sacrificios. Le creo.

—Gracias —le respondí. Sentí que toda la ansiedad que llevaba encima abandonaba mi cuerpo.

—No sólo hablé con la Gestapo. También hablé con la jefa de cocina. Me dijo que respondía por usted. —Señaló su gorro—. ¿Ve usted la insignia de la calavera? Cada hombre de las SS jura obedecer al *Führer* y al *Reich*, y sacrificar su vida en caso de ser necesario. La jefa de cocina me indicó que nadie sabía dónde se encontraba usted. El coronel que la mandó aquí no le dijo a nadie que la había enviado a Bromberg-Ost. La jefa estaba furiosa de que se llevaran una trabajadora tan leal y dedicada sin decirle ni una palabra. Acudió al *Führer* y pidió que la regresaran a la Guarida del Lobo. Él mismo recordó que usted le salvó la vida. —Se inclinó hacia delante y le dio un golpecito a su gorro—. Por su propio bien, espero que le sea leal al *Reich*. Y espero que su marido desaparecido le sea tan devoto al *Führer* como usted.

Le respondí con una mentira que hizo que se me revolviera el estómago, pero tenía que decir algo.

—Le soy absolutamente leal al *Führer*. Como también lo es mi marido.

El recuerdo de Karl inundó mi mente e hizo que mis ojos se llenaran de lágrimas. Bajé la cabeza y empecé a sollozar.

—No más lágrimas —dijo el coronel. Se levantó de su silla y me tomó de los hombros—. La jefa de cocina ordenó que mandaran un auto por usted. Llegará esta tarde. Mientras tanto, debe permanecer aquí. Le pediré a Gerda que busque su alianza de matrimonio. Espero que no la enviaran a fundir. —Tomó su gorro, me deseó suerte y salió de la habitación.

Me quedé sola cerca de una hora antes de que Gerda regresara a la oficina.

—Puede desayunar en la cocina —dijo—. No sabíamos que trabajaba para el *Führer*.

Me estudió como si fuese un animal de laboratorio, el objeto de algún experimento. Estaba asombrada de ver a alguien que trabajara tan cerca de Hitler. Yo sabía que, además, sospechaba de mí; una mujer que trabajó en el Berghof y en la Guarida del Lobo y terminó en Bromberg-Ost. No tenía para ella el más mínimo sentido.

—Un coronel de las SS quiso castigarme —le expliqué para satisfacer su curiosidad.

Me miró con aún más preguntas en los ojos.

—Yo misma no estoy segura de sus motivaciones —proseguí—, pero el *Führer* comprende la situación. Esa es la razón por la que me está llamando de vuelta a la Guarida del Lobo.

—Ya veo —replicó, y los músculos de su cuello se tensaron. Abrió su mano cerrada y reveló mi anillo de matrimonio de plata.

Me embargó un torrente de sentimientos y me sentí colmada de alegría de que mi conexión con Karl se restaurara. Volví a ponerme el anillo en la mano izquierda.

—Sígame —dijo Gerda—. El auto no llegará sino hasta la tarde.

Pasé las horas siguientes en el comedor con el personal de cocina. Algunos eran guardias y trabajadores del Partido, pero el resto eran prisioneras del campo. Todo el mundo me miraba fijamente, incluyendo a Jenny, quien por casualidad pasó por allí. No dijo nada; simplemente me miró con enojo por estropear sus planes de que me convirtiera en parte del personal de su burdel. Después de la comida —un festín de carne de cerdo, papas, ejotes y pastel para las guardias y oficiales, a diferencia de los parcos alimentos para las prisioneras del campo—, caminé de regreso a la oficina donde me interrogó el coronel.

Alrededor de las dos de la tarde, un Mercedes Benz se acercó a la entrada. Gerda vino por mí y me pidió que la siguiera. Me «procesaron», se abrió la reja y quedé en plena libertad. El chofer de las SS abrió la portezuela y nos alejamos de allí. Escapar de Bromberg-Ost fue así de sencillo. Al reclinarme en el asiento del auto, miré mi anillo, que brillaba como una estrella plateada bajo los patrones alternantes de sol y sombra que entraban por la ventana. Me pregunté lo que le había sucedido a Katrina en Stutthof. ¿Estaría muerta? Era lo que sospechaba. Helen, la judía comunista, ¿tendría el mismo destino? Era algo que no sabría jamás, y eso me torturaba. Deseaba salvarla, pero pedir un favor así al *Reich* sería imposible.

El chofer mantuvo el auto a una velocidad alta. Dijo poco y parecía con prisa por regresar a la Guarida del Lobo. Después de tres horas, el auto se encontraba en las llanuras boscosas de Prusia Oriental. Llegamos a Rastenburg alrededor de las seis de la tarde. El chofer me dejó cerca de la estación privada de tren de Hitler. No sabía si la habitación que compartía con Karl me seguiría esperando, de modo que recogí mi maleta y me dirigí al comedor. La jefa, pensé, estaría en la cocina en medio de los preparativos para la cena.

Al entrar, el personal se quedó en silencio. Todo el mundo me miraba: la mujer marcada regresaba de su encarcelamiento. La jefa estaba frente a una mesa en la esquina más alejada de la cocina. Al verme, se abalanzó sobre mí con los brazos abiertos, me estrechó y preguntó por mi bienestar. El personal observó nuestra reunión con interés y después regresó a sus labores con lentitud.

—Magda, tengo que hablar contigo —dijo la jefa. Por su tono de voz, supe que había sucedido algo grave. Caminó conmigo hasta su pequeña oficina, cerca de la entrada. Nos sentamos rodilla con rodilla en las dos pequeñas sillas en aquel espacio estrecho. Extrañamente, los libros de cocina, listas de inventario, especies exóticas e incluso nuestra intimidad me parecieron reconfortantes después de los largos días y noches en Bromberg-Ost.

—El coronel fue retirado del servicio—me informó—. Se lo llevó la Gestapo.

—Pero ¿por qué? —Estaba totalmente pasmada.

—Nadie lo sabe —dijo la jefa—. No te imaginas lo mucho que pasó desde el ataque de Von Stauffenberg contra el *Führer*. Todo está de cabeza. —Tamborileó con sus dedos en el pequeño escritorio de roble—. Si fumara, me prendería un cigarro en este instante; y una copa de vino también me vendría a la perfección. —Me miró con el entrecejo fruncido—. Quiero que seas fuerte; la Gestapo quiere hablar contigo. Sólo lo sé porque hablé personalmente con el *Führer* para organizar tu regreso. Le dije que jamás levantarías un dedo contra el *Reich*. —Hizo una pausa y la preocupación de sus ojos se transformó en tristeza—. No está bien. Por lo general come a solas, pero hay veces que cena con sus secretarios para que le hagan compañía. Le tiembla la mano izquierda y camina encorvado. No es el hombre de antes. Me dijeron que se encoleriza más que nunca. Nadie se atreve a contradecirlo.

Las palabras de la jefa me pusieron de nervios.

—Incluso Eva habló bien de ti —siguió—. Por lo general, no tiene nada que decir en estas cuestiones. Pero el *Führer* te conoce y cree que no tuviste nada que ver con este crimen; de lo contrario, no hubiera sido posible liberarte. Detuvieron a muchas personas por el bombardeo; sé que ya arrestaron a cientos de personas. Tienes mucha suerte.

—Mil gracias —le dije, y extendí mis manos hacia ella. Las tomó entre las suyas y nos quedamos sentadas un momento mientras la tensión de su cuerpo fluía hacia el mío.

—¡Bromberg-Ost fue terrible! —exclamé—. Tratan a las prisioneras peor que a animales. Escuché rumores de...

Retiró sus manos de las mías con una mirada de asco.

—¡Por favor, Magda! Nunca hables de semejantes cosas. No está permitido. Lo que sea que vieras seguramente fue un error. Si los guardias actúan de manera errónea, sin duda se les castigará. El *Reich* jamás permitiría que sucedieran tales atrocidades. No le digas a nadie lo que sea que experimentaras.

Nos interrumpió un llamado a la puerta. Un joven, uno de los sirvientes, la abrió y le hizo señales a la jefa.

—Espérame aquí —me pidió.

Tuve que esperar cerca de media hora antes de que la puerta volviera a abrirse. Entró un hombre de mediana edad con escaso cabello negro. Traía puesto un traje oscuro con el distintivo del Partido adherido a la solapa.

—*Frau* Weber —dijo antes de sentarse frente a mí. Sostenía una carpeta negra que colocó sobre su regazo—. Le diría mi nombre, pero mi identidad no tiene la menor importancia. —Sonrió mostrando una hilera de dientes perfectos y blancos.

Algo de su persona me inquietó. Era formal y metódico, no áspero ni abiertamente amenazante como el coronel, pero supe sin duda que no le costaría ningún trabajo degollarme y observar cómo moría desangrada. Rebanaría mi garganta con mucha gracia, como si hacerlo fuera una forma de arte. Me dio la impresión de que era un asesino frío y despiadado.

Sacó una funda negra para gafas de su saco y la colocó sobre la carpeta.

—Permítame decirle que usted es una mujer de lo más afortunada. Otros no corrieron con su misma suerte. —Abrió la funda, sacó unos lentes y se los puso con cuidado—. El *Führer*, en su enorme sabiduría, la juzga inocente de los crímenes que le imputó el coronel. —Abrió la carpeta, miró la primera página y dijo—: Estese tranquila, ya no tendrá más interacciones con el coronel. Lo mandaron lejos de aquí.

—¿A dónde? —repliqué—. ¿Cómo puedo estar segura de que no regresará?

—No necesita preocuparse. Eso es todo lo que le puedo informar. El asunto ya no le incumbe. Quizás en el futuro…

Bajó la mirada a las páginas mecanografiadas y leyó:

—«El *Reich* informa de la muerte del Capitán Karl Weber».

Siguió leyendo, pero mis oídos se negaron a escuchar su voz, que seguía y seguía. Sentí que me deslizaba de mi silla hacia el vacío. Un grito ahogado escapó de mi garganta, pero pareció provenir de un sitio lejos de mí, de algún lugar distante en el universo. Caí a través de la oscuridad hasta que un hombre me atrapó y me volvió a colocar sobre la silla. Me negaba a creer lo que acababa de escuchar.

—¡*Frau* Weber! —Sacudió mis hombros hasta que levanté la vista para mirarlo, horrorizada.

—¿Está muerto? —repetí la pregunta una y otra vez, hasta que se convirtió en una violenta protesta.

—Así es, pero ¡debo pedirle que se tranquilice!

Me aferré a la silla, asiéndome con fuerza del asiento de madera. Se mecía debajo de mí como un barco en una tempestad.

Siguió leyendo las hojas en la carpeta.

—En cuanto a la muerte de su marido, puedo decirle que su cuerpo fue hallado en el perímetro externo de la Guarida del Lobo el día de ayer. Se encontró una nota junto al cadáver. El Capitán Weber se suicidó. Su cuerpo ya fue retirado para su inhumación.

Un velo negro de lágrimas cubrió mis ojos.

—¿A dónde se lo llevaron? ¿Cómo es que murió?

Se quitó las gafas y las colocó de vuelta en el estuche.

—Por desgracia, eso es todo lo que puedo decirle. El asunto está cerrado. Puede regresar a sus deberes. —Se levantó y, con el brazo estirado y una voz carente de emociones, exclamó—: *Heil Hitler*.

Escuché que la puerta se abría y cerraba de nuevo y quedé a solas.

Dejé caer mi rostro sobre las manos y lloré hasta que sentí un ligero toque sobre mi hombro. La jefa de cocina se sentó frente a mí y sostuvo mis brazos hasta que mis ojos se vaciaron de lágrimas y sólo pude emitir sollozos secos y sonoros. Tomó mi maleta y me condujo por el búnker hasta mi antiguo dormitorio. Allí me esperaban Dora y Else. Caí como una piedra sobre mi cama. Escuché que hablaban, pero lo que decían no cobraba ningún sentido. No me interesaba en absoluto. Ya nada importaba. Mi marido estaba muerto.

Mi regla se retrasó y sospeché que estaba embarazada, pero una mañana un dolor agudo y penetrante atravesó mi vientre y corrí al baño. Al levantarme del asiento, miré en el interior del escusado. El agua estaba opaca por la sangre y por un líquido lechoso. La predicción de Karl se hizo realidad: llevé a su bebé en mi vientre, pero tras su muerte lo perdí.

CAPÍTULO 17

Si uno puede vivir como cadáver, eso fue lo que hice durante los cuatro meses siguientes. Ya estaba bien entrado el otoño antes de que volviera a experimentar mis días y mis noches como algo distinto de un absoluto infierno de dolor. Las obligaciones de la vida se reanudaron poco a poco, como la imagen de un rompecabezas que se construye día por día, hora por hora, pieza por pieza. Había días en los que podía ver a través de la bruma que inundaba mi mente, pero en otros me veía sobrecogida por la depresión y las lágrimas.

Llegué a detestar la rutina de la Guarida del Lobo y, con franqueza, me importaba poco que me envenenaran. La jefa de cocina trataba de levantarme el ánimo con bromas y plática insulsa acerca de la comida, pero mi alma seguía inconsolable. La mayoría de las noches, cuando probaba los alimentos del *Führer*, deseaba mi muerte, un bendito alivio para la monotonía de mi inútil existencia.

Soñaba con Karl y lo que debió de sucederle. Por toda la Guarida del Lobo corrían rumores acerca de su suicidio, pero la mayoría de la gente era lo bastante amable para no hablar de ello. Sabía cuando se decía algo de mí por esas acciones que siempre evidencian las habladurías: las voces apagadas y las miradas de soslayo. Incluso Dora, quien sospechaba que era la que más sabía acerca de la muerte de Karl, guardó silencio.

Una tarde de finales de septiembre, mientras el viento soplaba con ferocidad por todo el campamento, vi a dos guardias de las SS que fumaban cigarros afuera del cine. Sonrieron al verme pasar mientras el aire alejaba el humo de sus bocas. Uno de ellos mencionó mi nombre, de modo que me oculté al dar vuelta a una esquina para escuchar su conversación. El caprichoso viento arrastraba sus palabras hasta mí y sólo pude escuchar «mina terrestre», «pedazos de su cuerpo» y «cobarde». Esperé entre las sombras hasta que se fueron y después regresé al dormitorio y enfrenté a Dora. Estaba acostada en su catre, leyendo; su largo cuerpo apenas se ajustaba a la longitud de la colchoneta.

Arrojé mi saco sobre la cama.

—¿Qué le pasó a mi marido? —pregunté. Me miró como si no pudiera creer lo que estaba escuchando—. Tú lo sabes. Todo el mundo en el campamento lo sabe menos yo.

Se incorporó apoyándose sobre sus codos. El único sonido que se oía en la habitación era el infernal ruido del aire que pasaba por el ventilador. Sacudió la cabeza.

—¿Estás segura de que quieres saberlo? La mayoría de las viudas de guerra no quieren enterarse de la forma en que murieron sus esposos.

Me senté en el camastro y me le quedé viendo. Dora no era mi amiga y nunca sería una aliada.

—Merezco saberlo —dije. Como invertimos tan poco en nuestra amistad, sospeché que me contaría la verdad.

Dora dejó su libro a un lado y dijo:

—Muy bien; te contaré lo que sé, pero si se lo mencionas a quien sea, negaré que te dijera algo.

Asentí.

—El Capitán Weber se voló a sí mismo con un paquete de explosivos en el perímetro externo.

La imagen que acudió a mi mente me horrorizó, pero mantuve la compostura. También sabía que el terreno del área estaba regado de minas terrestres.

—No lo puedo creer —dije.

—Es cierto. Recibí un informe de primera mano. —Dora se inclinó hacia delante—. La jefa de cocina se enteró de ello, pero no sé de qué manera. Tuvo miedo de contártelo. Es lógico; nadie debería hablar de ese tipo de cosas.

—Mi esposo jamás haría algo así. Conozco a Karl. No se mataría. ¿Es esa la razón por la que oigo que los oficiales susurran que era un cobarde?

—Seguramente. Tomó el camino fácil. ¿Estás tan segura de que tu marido no se mataría? ¿Incluso si estuviera implicado en un complot para matar al *Führer*?

—Imposible.

Dora bajó su voz hasta que quedó reducida a un murmullo.

—Sólo sé lo que me contaron. Parece que el coronel estaba extorsionando a distintos oficiales, estuviesen o no implicados en el atentado. Esa fue la razón por la que se lo llevaron. Arrojó sospechas sobre muchos hombres... y algunas mujeres. Supongo que trató de hacerte confesar, pero no tuvo éxito. Por supuesto, la Gestapo está obligada a corroborar cualquier pista.

Me estremecí ante sus palabras.

—El oficial de la Gestapo me dijo que había una nota. ¿Sabes lo que decía?

—Nunca la vi, pero tu marido proclamaba su inocencia... y la tuya también. Al parecer, sabía que se estaba enfrentando a algo terrible. Las acusaciones son tan condenatorias como los hechos mismos.

No tuve que pensar mucho para imaginar las atrocidades que podrían suceder a manos de la policía secreta.

Else entró en la habitación y nos ofreció su alegre sonrisa. Nos saludó, pero ni Dora ni yo le respondimos. Al percibir nuestro amargo estado de ánimo, se desvistió para irse a la cama, se metió bajo las cobijas y cerró los ojos. Dora regresó a su libro mientras las imágenes de Karl corrían por mi mente. Mantuve la esperanza en nuestro futuro muy cerca de mi corazón, y esa era la razón por la que me costaba tanto creer que se suicidara. Me pregunté cómo pasaría el resto de mis días en la Guarida del Lobo.

La primera nieve cayó a finales de octubre. El aire frío y húmedo apesadumbraba el día, y después empezó a llover, con la humedad oscureciendo los árboles. A continuación cayó granizo durante varias horas antes de que cayera nieve en polvo durante la grisácea puesta de sol.

Esa mañana, la jefa de cocina se me acercó para pedirme ayuda. De todas las personas en la Guarida del Lobo, ella era la única en la que pensaba que podía confiar; era una especie de amiga. Fuimos a su oficina para revisar los inventarios de alimentos. Después de entrar, cerró la puerta detrás de nosotras.

Miré a los cuadernos de su escritorio. La tinta corría por las páginas como si formara olas. Me froté los ojos y dije:

—Creo que me estoy volviendo loca. Me serviría pasar algún tiempo alejada de la Guarida del Lobo.

La jefa suspiró y colocó una mano sobre mi hombro.

—Todos estaríamos mejor lejos de aquí. —Se sentó cerca de mí y me sonrió—. ¿Quieres un poco de vodka? Tengo una botella escondida por ahí, pero tienes que guardar en secreto mi pequeña cava. El *Führer* no estaría nada contento si supiera que su cocinera se bebe unos tragos de vez en cuando.

Reí brevemente.

—Sólo lo probé una vez... en un cumpleaños. El anfitrión me dio una pequeña copa.

—Pues no es más de lo que te voy a convidar hoy. —Hurgó en un mueble que yo había abierto cientos de veces. Movió cajas y libros, y después levantó un trozo de madera, una especie de tapadera que cubría un espacio oculto. Vi el brillo del vidrio bajo la tenue luz. La jefa metió la mano y sacó una botella de vodka soviético—. Contrabando. Imagina tener esto aquí, en la Guarida del Lobo, mientras nuestros enemigos se acercan. Podrían colgarme por tener esta botella, pero no me preocupo gran cosa. Siempre limpio las huellas. Si alguien me lo preguntara, diría: «¿Y cómo iba a saber que eso estaba ahí?». —Tomó dos vasos pequeños del mueble y sirvió el vodka—. ¡Por nosotras! —Chocó su vaso con el mío y vació la totalidad de su contenido en su garganta. Tomé un sorbo. El líquido quemó mi lengua y mi primera reacción fue toser para expulsarlo, pero me obligué a tragarlo y una suave esfera de calidez se asentó en mi estómago—. A la larga es muy agradable, especialmente durante las noches de frío.

—No está mal —comenté mientras pasaba la lengua por mis labios.

La jefa hizo el ademán de ir a rellenar mi vaso, pero la detuve con una mano.

—No debería. Dora podría detectarlo en mi aliento.

Asintió, pero sus ojos se llenaron de enojo.

—¡Al diablo con Dora! Ella es la que necesitaría un trago para relajarse. Lo necesita la mayoría de los que están aquí... —Su voz se apagó y se sirvió otro trago. Su rostro se volvió amargo. La alegría que provocó la botella se disipó—. La situación es mala, Magda. El *Führer* rara vez ve a alguien aparte de sus oficiales, a los que reprende sin cesar por su ineptitud. —Levantó su vaso y lo vació—. Se aísla en sus habitaciones. El médico me dijo que se queja de su estómago y que pide inyecciones constantes para mantenerse con energía. Se ve como un viejo.

—¿Y la guerra? —pregunté.

—La estamos perdiendo. El ejército soviético está a las puertas. Estoy segura de que no pasará mucho tiempo antes de que tengamos que abandonar la Guarida del Lobo en busca de un sitio más seguro.

—Si pudiera, me iría ahora mismo. —Me recliné en la silla y vacié mi vaso.

La jefa colocó el suyo sobre el escritorio y suspiró.

—Debes irte de inmediato. El frente oriental está cayendo con rapidez. Los soviéticos podrían estar aquí en unos meses, incluso semanas. Sería por tu propio bien. Incluso los oficiales de las SS les están diciendo a otros, en secreto, que se marchen.

Su sugerencia me tomó desprevenida. Se abrió un hueco en mi corazón cuando pensé en que me alejaran del cuartel general y que me soltaran en medio de la guerra. De repente, me di cuenta de lo afortunada que era mi vida a pesar del encarcelamiento en Bromberg-Ost. Recordé mis días en el campo y a mujeres como Katrina y Helen, que quedaron atrás. Quizá su liberación estaba cerca. No había nada más que yo pudiera hacer para ayudarlas.

Las noticias del avance de los soviéticos me espantaron. Karl me rogó que permaneciera con vida por mi bien y por el de la criatura que llevaba en mi vientre. Pero ¿sobreviví —y también fracasé en mis deseos por matar a Hitler— por mis propios deseos egoístas de seguridad? Sin la protección de Hitler, estaba destinada a ser «una alemana cualquiera», atrapada en el fuego cruzado de los ejércitos que avanzaban contra nosotros. Aquellos que estábamos alrededor de Hitler nos sentíamos protegidos y libres de peligro a pesar de la guerra. El Ministro de Propaganda seguía alimentando con mentiras a los ciudadanos del *Reich*: el ejército triunfaría y Hitler protegería a su pueblo. ¿Y las tropas estadounidenses y británicas? ¿Qué tan lejos estaban de Alemania? No tenía ni la más remota idea de sus posiciones. ¿Qué tan seguro se encontraba mi padre en Berlín, una ciudad en la mira?

—Los demás se fueron a una granja en las afueras de Rastenburg —dijo la jefa de cocina—. Está cerca de aquí, pero es más segura que el cuartel general. Todavía podrías venir a trabajar. Te recogería un coche.

Extendí mi mano con el vaso; quería otro trago de vodka. La jefa me sirvió una dosis abundante.

—¿Y usted? ¿Nos va a acompañar?

—No —dijo mientras sacudía la cabeza—. Me quedaré en la Guarida del Lobo. Mi sitio es al lado del *Führer*, pase lo que pase.

La mirada en su rostro reflejó la convicción que oí en su voz. No había manera de discutir con ella. Quería decirle que quedarse en el cuartel equivalía a suicidarse; quería contarle sobre los planes para asesinar a Hitler, de la forma en que trataban a los prisioneros en los campos, decirle toda la verdad, pero sabía que no me escucharía. Aunque me causara repulsión, comprendía la lealtad que sentía por aquel hombre al que admiraba más que a nadie. Hitler inspiraba esa lealtad en su personal de confianza. Quizás eso se debía a su actitud paternal, a su amabilidad y a la atención que prestaba a sus necesidades. ¿Por qué querrían creer lo que Karl y yo sabíamos que era verdad? No tenían idea de lo que estaba sucediendo en el este ni en los campos de concentración.

—El carro te llevará a la casa después de la cata de esta noche —dijo la jefa de cocina—. Dudo que tome mucho tiempo, teniendo en cuenta la forma en que come en estos días. No sé cómo puede vivir a base de leche y pastel de manzana, pero supongo que le asienta el estómago.

Regresé al dormitorio y, una vez más, empaqué mi maleta. Extrañamente, cuando busqué bajo la cama, encontré el monito de peluche que mi padre me dio de niña. Lo movieron de la habitación que Karl y yo compartíamos y se quedó tirado en el piso tras mi desafortunado viaje a Bromberg-Ost. Lo saqué, sacudí el polvo de su afelpado cuerpecito y lo guardé en mi veliz. Juré que nunca más volvería a perderlo de vista. Las que sí desaparecieron para siempre fueron las fotografías de familia.

La jefa tuvo razón en cuanto a la salva. Se convirtió en un asunto rutinario, dada la escasa preocupación por que envenenaran a Hitler. Seguramente otros miembros del personal sabían lo mal que iba la guerra, pero, claro está, no podían decir nada. ¿Por qué envenenar al hombre si el final de la guerra estaba tan cerca?

Unas horas más tarde, Else y yo nos marchamos a nuestro nuevo hogar.

La casa de labranza, hecha de madera, se encontraba a menos de diez kilómetros al noreste de la Guarida del Lobo. Los dueños de la granja eran una pareja provinciana, pero mantenían una feroz lealtad a Hitler. Una insignia nazi adornaba la repisa de la chimenea. Cojines y alfombras estaban cubiertos de esvásticas. Peter y Victoria eran prusianos de pura cepa, y estaban muy orgullosos de su herencia germana: él era alto y delgado, mientras que su esposa era bajita y rechoncha. Peter me recordaba a las fotografías de un Otto von Bismarck de mediana edad. Usaba el cabello peinado hacia la izquierda, sobre un rostro largo acentuado por una barba y bigote pelirrojos. Victoria nos recibió en la puerta y no dudó un instante en ofrecernos un cocido de cabra. Acepté y quedé fascinada con su sazón; el guisado estaba atestado de papas, col y cebolla. Sospeché que gran parte de los alimentos que cultivaban terminaban en la Guarida del Lobo. Quizá los nazis les daban alguna remuneración como agradecimiento por su «sacrificio».

La casona rectangular estaba llena de muebles rústicos. Todo lo que poseían Peter y Victoria provenía de la tierra, incluyendo el reloj cucú que colgaba sobre la chimenea. Else y yo no éramos las únicas catadoras de la casa. Otras seis mujeres también se quedaban allí. Rara vez hablé con ellas, de no ser por intercambiar saludos y nimiedades. Las ocho estábamos compartiendo una larga cabaña aneja a la casona principal, con camastros cómodos y ropa de cama cálida. Varios gatos se sentaban los alféizares de las ventanas, y un cobrador dorado andaba libre por toda la casa.

Disfrutamos de nuestras nuevas habitaciones, aparte de nuestros viajes a la Guarida del Lobo. El descanso en la granja era mucho más cómodo que nuestros estrechos dormitorios en la Guarida del Lobo. Una relajada atmósfera de familiaridad y calidez invadía la casa, pero el invierno se recrudecía y para mediados de noviembre las noches eran más largas y frías.

Una noche me despertaron unos susurros. Me incorporé de inmediato en la cama, horrorizada de que algo fuera terriblemente mal.

—Magda, ¿lo oyes? —preguntó la voz.

Me asomé a la oscuridad y pude ver el atemorizado rostro de Else. Estaba agarrada al barandal de su cama y me estaba mirando. Yo estaba en la litera de arriba de la suya.

—¡Por el amor de Dios, Else! ¿Qué pasa?

Señaló a la única ventana cerca del centro de la cabaña. Me bajé de la cama con tanto silencio como pude y caminé de puntitas hasta ella. A esas horas de la noche, la habitación estaba congelada y los tablones de madera helaban mis pies desnudos. Abrí la cortina y me asomé al exterior. La oscura línea del bosque llegaba casi hasta la casa. Más allá de la escarchada ventana, vi que caía una nieve ligera, pero no oí nada.

—Escucha —susurró Else. Inclinó su oreja en dirección a la ventana—. Ya lleva cerca de media hora.

Comenzaba a pensar que Else había perdido la cabeza cuando, unos segundos más tarde, una luz brilló entre las ramas desnudas, con su blancura amarillenta interrumpida por los gruesos árboles. Después un suave retumbar llegó hasta mis oídos. Supe que lo que veíamos y oíamos no eran rayos y truenos. Hacía demasiado frío para una tormenta. Esperamos unos minutos más, hipnotizadas por la nieve que caía. Empecé a temblar y regresé a mi cama para tomar una cobija. Else seguía mirando por la ventana. Parecía tan pequeña y vulnerable como una niñita. Me paré junto a ella y compartimos mi cobija. Otra explosión iluminó la oscuridad.

—Fuego de artillería —dije—. Los soviéticos se están acercando. —El ataque continuó media hora más antes de detenerse. Else y yo regresamos a la cama, pero tardé algunas horas en volver a conciliar el sueño, con mi mente ocupada con el avance del ejército soviético.

A la mañana siguiente, todas las catadoras, menos Else, se marcharon para cuando el cielo empezó a clarear. Durante el desayuno, Peter mencionó el ataque de artillería y sacudió la cabeza con enojo.

—La *Wehrmacht* hará que los enemigos invasores se repliguen —dijo—. No hay nada que temer.

Victoria parecía menos convencida mientras daba vueltas alrededor de la cocina. La mala noche le dejó unos semicírculos negros bajo los ojos. Después de que Peter se levantara de la mesa, me dijo:

—Temo lo que pueda suceder. —Tenía un trapo de cocina entre las manos y lo estrujaba con nerviosismo—. El *Führer* dice que nos protejamos de las hordas asiáticas a toda costa. Quemarán nuestros hogares, matarán a nuestros hombres y nos violarán a todas.

El rostro de Else palideció y emitió un grito ahogado. No la había visto así de alterada desde el día en que llegamos a la Guarida del Lobo.

Yo también sentía miedo ante el avance soviético, pero quería ser fuerte para Karl.

—No se puede creer todo lo que dicen —afirmé, tratando de poner buena cara—. El *Reich* triunfará.

No creía en absoluto en esas palabras, pero parecieron tranquilizar a Victoria, quien regresó a sus deberes en la cocina. Yo secaba los platos mientras ella los lavaba. Else recogió la mesa y nos llevó los trastes. Mientras trabajaba, tenía el ceño fruncido; la limpieza era una distracción ante los oscuros pensamientos del día.

Para el final de la mañana, la nieve dejó de caer. El sol se asomó por las altas nubes grises y arrojó largas sombras a través de los árboles. Yo me dediqué a leer en la sala mientras Else jugaba con los dos gatos hasta que llegó el momento de prepararnos para el trabajo. El auto de las SS llegó alrededor de las tres de la tarde para recogernos. Las catadoras que venían de regreso se bajaron del coche con caras largas. El chofer se recargó contra el largo sedán color negro y prendió un cigarro. Cuando empezamos a subirnos, dijo:

—Esta podría ser una de las últimas veces que vayan al cuartel. Los soviéticos están a veinte kilómetros. La situación es grave.

Me bajé del auto.

—Else, vamos por nuestras maletas. Es posible que las necesitemos.

—No tienen tiempo de empacar —protestó el chofer—. Tengo un horario que cumplir.

—Sólo nos llevará un minuto —dije. De camino a la puerta, le dije a Else que llevara lo más posible en su maleta—. Si alguien nos pregunta, diremos que tenemos órdenes y punto.

Nos tardamos cinco minutos en juntar todo. A mí no me llevó casi nada de tiempo porque en realidad nunca desempaqué, pues sentía que no duraríamos mucho en la casona de la granja. Arrojé mi monito de peluche en la maleta y la cerré. Else tenía algunas cosas más que empacar que yo, pero lo hizo a gran velocidad y pronto pudimos irnos. No nos despedimos de las demás catadoras ni de Peter y Victoria; nos fuimos directamente al auto.

Al llegar al comedor, colocamos nuestras maletas en la oficina de la jefa de cocina. También parecía consternada por la cercanía del ejército soviético y luchaba por mantener su distraída mente centrada en las labores de cocina.

—Tenían razón al traer su equipaje. La orden para evacuar podría llegar en cualquier momento. —Sus ojos se nublaron—. Todo lo que construimos, y por lo que hemos luchado, será destruido.

De nuevo, quise contarle a la jefa acerca de las fotografías que vi, de la información de Karl sobre los campos y sus atrocidades, pero supe que no tenía caso. Sus ilusiones no tardarían en verse destrozadas.

Cuando Else y yo estábamos a punto de hacer la salva de la noche, el estruendo y los golpes del fuego de artillería hicieron vibrar todo el edificio. Las paredes de ladrillo y madera se cimbraron por la explosión. El comedor no era un búnker. La jefa y yo nos miramos, y Else respiró profundo. Una ola de temor nos embargó cuando otra descarga cayó a sólo unos pocos kilómetros de distancia.

—Váyanse —nos dijo la jefa de cocina—. Regresen a la granja. Estarán más seguras allí. Yo tengo mucho que hacer aquí.

—No quiero irme —dijo Else—. ¿No nos podemos quedar aquí?

—¿Dónde crees que caerán los proyectiles y las bombas? —preguntó la jefa. Tomó las manos de Else entre las suyas—. Váyanse ya. Ruego por que nos veamos en el futuro.

La jefa le ordenó a un joven oficial de las SS que nos llevara de vuelta a la granja. Tomamos nuestro equipaje y lo seguimos al auto. Una vez que pasamos los puntos de verificación, el hombre aceleró por la carretera. Mientras recorríamos la breve distancia, vi explosiones de luz anaranjada al este, seguidas de ruidosos retumbos. Las ondas expansivas golpearon el sedán con tal fuerza que el auto se agitó como si una mano gigantesca lo estuviera empujando.

Else temblaba en el asiento mientras yo trataba de consolarla, pero me estaba costando mucho trabajo ser valiente.

—¡Acelere! —le grité al chofer mientras miraba enloquecida hacia el este. Tenía la garganta seca por el terror.

Al acercarnos a la casona, el chofer se detuvo.

—¿Qué pasa? —pregunté.

Empujó su gorra hacia atrás y señaló con un dedo. Las altas llamas llegaban al cielo y de las profundidades del bosque surgían cantidades enormes de humo negro.

—Es la casa —afirmé—. Tenemos que ayudarlos.

—Usted no es quién para darme órdenes —me enfrentó—. Podría ser una emboscada. Voy a regresar.

Golpeé con mi mano la parte trasera del asiento del conductor.

—¿De veras quiere ser responsable de la muerte de seis miembros del personal del *Führer*? ¿Cómo cree que va a justificar sus acciones frente a su superior?

Se dio vuelta en el asiento. Incluso en aquella tenue iluminación, pude ve la expresión de su cara. Parecía un niñito regañado. Supuse que apenas rebasaba los dieciocho años. Frunció el ceño, volvió a mirar hacia el parabrisas y dijo:

—Avanzaré medio kilómetro más. Desde allí, tendrán que ir a pie.

Else jaló mi abrigo.

—No seas tonta, Magda. Los soviéticos ya podrían estar allí. Te ruego que no me dejes.

Else siempre estuvo bajo la protección de alguien desde que la conocía; primero de Minna y después de la jefa y de mí.

—Estarás bien —le dije—. Es posible que las demás catadoras necesiten nuestra ayuda. Ya estamos rodeadas de demasiada muerte.

Le ordené al chofer que procediera. El muchacho apagó las luces del auto y avanzó despacio. El increíble motor del Mercedes ronroneaba casi sin hacer ruido. Pasamos sobre baches, triturando pequeñas piedras en el camino. El fuego de artillería disminuyó, pero frente a nosotros las flamas estaban más altas que nunca.

—Hasta aquí —decidió el chico—. Ya estamos cerca. Si quieren...

Un ráfaga de balas perforó el parabrisas. Una de ellas atravesó la cabeza del joven soldado. Calientes gotas de su sangre salpicaron atrás, y él se colapsó sobre el volante. Le grité a Else y la jalé del brazo. Cayó inerte sobre mí con los ojos en blanco. La sangre manaba de un hoyo en su abrigo. Volví a gritar y me esforcé por abrir la puerta. Me encontraba en el lado derecho, junto al bosque. Empujé hasta que se abrió y caí rodando hacia los árboles hasta que un grueso tronco me detuvo. Por fortuna, el pesado abrigo que llevaba protegió mi cuerpo. El frío y la nieve que cayó sobre mí de las ramas contribuyeron a la conmoción que recorrió mi cuerpo.

Unas voces masculinas que provenían de delante de donde se encontraba el auto llegaron hasta mí por el camino. Me abrí paso en el interior del bosque, sintiendo únicamente el pánico que me impulsaba, hasta que llegué a un pequeño montón de piedras.

Me escondí tras ellas y, por encima del enloquecido latido de mi corazón, escuché a los hombres que se acercaban. Hablaban en ruso y no podía entenderles. Oí que las puertas del auto se abrían y cerraban. Los hombres reían y gritaban lo que parecían ser maldiciones. Después las voces desaparecieron por el camino que tomábamos para ir a la granja.

Temblé en la oscuridad mientras me levantaba del piso. El fuego, que lanzaba llamas anaranjadas hacia el cielo, seguía ardiendo a unos cien metros de distancia. Su calor llegaba a mi rostro cuando miraba en esa dirección. En el bosque me tropecé mientras me dirigía hacia la casa, lejos de los hombres del camino. Mientras más me acercaba al fuego, más iluminado estaba el bosque. Las ramas oscuras brillaban bajo la luz; la nieve que las cubría se derretía en gotones helados que caían sobre mis hombros y cabeza.

Pronto, llegué a la orilla del bosque. La luz era tan brillante que tuve que protegerme los ojos con las manos para poder mirarlo. Quedé atónita. La casona estaba envuelta en llamas. Unas columnas enormes de fuego y humo subían hasta el cielo y dejaban caer chispas y cenizas a la tierra.

Frente a la casa, en un tramo estrecho y desnudo entre la puerta y el bosque, había ocho cuerpos ordenados en una fila: las seis catadoras y Peter y Victoria, los dueños de la granja. Sus cabezas estaban colocadas en mi dirección, con sus caras contra la nieve. Alrededor de cada uno de ellos, un charco de sangre brillaba con viveza en el hielo, que se derretía. Me acerqué a la línea de árboles para seguir oculta. Las mujeres tenían los brazos sobre sus cabezas, mientras que Peter y Victoria estaban cada uno en un extremo de la fila, con los brazos a sus lados. Al parecer, a cada persona le dispararon en el cuello, entre la cabeza y la columna vertebral. El perro amarillo, que olisqueaba la nieve sangrienta, daba vueltas alrededor de su amo.

Me tapé la boca con una mano para impedirme gritar. Peter, Victoria y las catadoras eran miembros del Partido, pero no merecían morir de esta manera. Después recordé las fotos del frente oriental que Karl me mostró y que corroboraban los rumores de las atrocidades cometidas en contra de polacos, soviéticos y judíos. Mi corazón casi se para ante el peso de la capacidad del ejército invasor para cobrarse «ojo por ojo, diente por diente».

Caí de rodillas en el suelo helado, puse mi abrigo contra mi boca y empecé a sollozar. Si tan sólo hubiera hecho caso a sus protestas, Else y el joven soldado estarían vivos. Temblé al darme cuenta de que era responsable de sus muertes. Pero ¡sólo quería salvar a los demás! Y ahora se encontraban frente a mí, muertos delante de la ardiente casona que me sirvió de refugio durante tantos días. No podía gritar para expresar mi vergüenza y mi horror.

Los recuerdos de Karl se agolparon en mi mente. Debía tener la fuerza para seguir adelante sin él, pero dudaba que pudiera cumplir su deseo de seguir con vida. La última nota que me dejó, «Te amo», vino a mi memoria. Él *quería* que yo viviera. No tenía más opción.

Contemplé el fuego durante varios minutos, viendo cómo las flamas iluminaban los cuerpos de manera grotesca. De repente, la mano derecha de una de las mujeres se sacudió sobre la tierra. No sabía si estaba viva o si se contrajo de manera involuntaria, pero me quedaba claro que no podía abandonar mi escondite para ayudarla. Si aún no estaba muerta, pronto se desangraría en la helada tierra.

Me esforcé por darle sentido a lo que estaba viendo. En la distancia, como el ruido que viaja por la niebla, podía escuchar voces de hombre en el aire. Se oyeron disparos, algunas ráfagas de fuego. Después alaridos, gritos de dolor y silencio. Me quedé hincada junto a la base del árbol y medité lo que debía hacer. No podía regresar al auto, el sedán estaba inutilizado. No podía quedarme a pasar la noche en el bosque porque me congelaría. Mi única opción era encontrar calor y refugio.

Un pensamiento desagradable cruzó mi mente. Había una letrina detrás de la casa, a varios metros y ya cerca de la orilla del bosque. Quizás estaba a la distancia suficiente para salvarse de la destrucción. Era mi única esperanza para sobrevivir la noche.

Me abrí paso a través del espeso bosque, haciendo a un lado ramas y arbustos y rodeando la casa hasta llegar detrás de la construcción. La letrina seguía en pie, y el intenso calor del fuego llegaba a ella y se extendía incluso hasta el bosque. Abrí la puerta y entré. El hedor era espantoso, pero era un precio pequeño por sobrevivir. Sobre la puerta había una media luna cortada en la madera. Me paré frente a ella varias horas, mirando el fuego y respirando la mayor cantidad de aire fresco posible. Por fin, exhausta, me senté entre la puerta y el retrete, y bajé la cabeza para dormir.

Cuando desperté, una luz acuosa entraba por las ranuras de la puerta. Mi reloj indicaba que eran casi las ocho. Me levanté y me froté el cuello, rígido tras la larga noche. Miré a través de la media luna. Quedaban los rescoldos del fuego, que enviaban humo y olas de calor hacia el cielo. No podía ver por encima de los montones de cenizas y restos de la casa, pero sabía lo que había más allá: los cuerpos.

Abrí la puerta y escuché. El bosque estaba en silencio; ni siquiera se oía el canto de las aves invernales en la helada mañana. Alguna chispa del fuego siseaba y tronaba de vez en cuando, pero el mundo estaba extrañamente en calma, como si la muerte colocara sus manos sobre la tierra. Salí de la letrina y volví a rodear lo que quedaba de la casa, sintiéndome más sola que nunca en toda mi vida. El cielo estaba gris y tenía un aspecto ominoso; la tierra no era más que una pelota inhóspita que daba vueltas en el cosmos. Miré hacia mis lodosos zapatos y medias rotas. Mis piernas estaban cruzadas por rasguños, algunos de los cuales habían sangrado y formado costras. Mi abrigo estaba lleno de tierra.

Al dar la vuelta a los restos, que seguían ardiendo, los cuerpos quedaron al descubierto. Todavía estaban allí, con las caras color gris azulado deformadas y pegadas a la tierra, que se volvió a congelar. La sangre encharcada a su alrededor creó parches oscuros de hielo que rodeaban los cadáveres. El perro desapareció. El sedán no era visible desde donde me encontraba, pero sabía que estaba a algunos metros, en el camino. Miré los cuerpos una última vez y empecé a caminar hacia el auto. Aún no llegaba lejos cuando escuché el ruido de la marcha de un camión.

Me adentré en el bosque y me escondí detrás de un imponente pino. Cuando apareció el camión, suspiré de alivio. Estaba lleno de soldados de la *Wehrmacht*, sus cabezas se veían por encima del armazón de metal.

Corrí hacia el camino agitando mis brazos por encima de mi cabeza. El camión frenó con dificultad. Algunos de los hombres se asomaron desde la cabina y me apuntaron con sus armas.

—¡Alto! —grité—. Soy Magda Ritter, catadora del *Führer*.

Uno de los soldados, de la Guarida del Lobo, me reconoció. Ordenó a los hombres que mantuvieran sus rifles apuntados hacia mí.

—Estoy sola —expliqué—. Los demás están muertos.

El oficial miró hacia el bosque y abrió la portezuela. Varios de los soldados brincaron del camión. El oficial me interrogó, y le conté mi historia desde el momento en que el sedán estuvo bajo ataque.

—Estamos de patrulla. Siento que lleguemos tarde —dijo, y miró por el camino—. Hubo refriegas intensas a lo largo de la noche. Los soviéticos se retiraron por el momento, pero nuestros esfuerzos no resistirán mucho tiempo. El *Führer* ordenó la evacuación de la Guarida del Lobo. Tiene que acompañarnos; de lo contrario, perderá el tren a Berlín.

—¿Qué pasará con los cuerpos? —Señalé hacia la casona.

—Los buitres se los acabarán pronto —respondió el oficial.

Empecé a protestar, pero levantó la mano y me dijo:

—No tenemos tiempo para enterrarlos. Los soviéticos tendrán que hacerse cargo, ellos fueron quienes los mataron.

Uno de los soldados extendió un brazo. Me así a él y me jaló al interior del camión. Dimos vuelta y nos dirigimos hacia el sedán. El parabrisas estrellado brillaba como espejo fracturado. Le grité al conductor que se detuviera para recuperar mi maleta.

—¡Rápido! —le ordenó el oficial a uno de sus hombres.

Un soldado bajó del camión. Señalé hacia mi maleta, que estaba dentro de la cajuela abierta. Era obvio que la registraron, pero pude ver que mis pocas pertenencias seguían en su interior.

No quise ver adentro del vehículo, pero no pude evitar ver la espalda del joven soldado caído sobre el volante. El cuerpo de

Else estaba acostado en el asiento de atrás. No vi su rostro, pero tenía ambas manos cruzadas sobre el pecho, como si estuviera tratando de detener la sangre que manaba de su corazón.

El soldado regresó con mi maleta. El camión aceleró y salió disparado por el camino. Los hombres miraban sobre el armazón con sus armas listas, como si los soviéticos pudieran atacarnos en cualquier instante. Me senté en el piso y levanté el cuello de mi abrigo. Un viento helado me traspasaba. Lloré en silencio por Else y los demás, y me pregunté si lograría salir con vida de la Guarida del Lobo.

CAPÍTULO 18

En menos de veinticuatro horas, el ambiente en el cuartel de Prusia Oriental descendió a un caos absoluto. Pude percibir la desesperada energía cuando el camión se estacionó cerca de las vías del ferrocarril. Hileras de maletas estaban sobre el piso en espera de que las cargaran en uno de los trenes privados de Hitler. Unos oficiales de las SS, haciendo anotaciones rápidas en distintos cuadernos, se inclinaban sobre ellas. Un soldado me ayudó a descender del camión. Me sentí aliviada por estar de vuelta.

La jefa de cocina estaba cerca. Miraba con atención al oficial que me interrogó antes. Sacudió la cabeza y la jefa se sonrojó profundamente. Emitió un grito y corrió hacia mí con los brazos abiertos.

—¡Malditos bárbaros! —aulló—. ¡Que se pudran en el infierno! —Trató de limpiar la sangre seca que cubría mi rostro y después se colapsó en mi hombro, llorando incontrolable. La consolé lo mejor que pude y le conté mi historia. Yo también lloré al narrarle la muerte de Else en el auto.

—No nos queda tiempo —me dijo después de que terminé—. El tren sale al mediodía y tenemos que estar en él. Nos vemos aquí a las 11:45 —Dio vuelta y se fue hacia el comedor.

Tomé mi maleta y caminé hasta el dormitorio. En el camino, pasé junto a muchos hombres que se asemejaban a hormigas saliendo despavoridas de un hormiguero que alguien pisó. Dora estaba en la habitación, empacando sus cosas. Me miró con cara de desagrado y dijo:

—Hueles a mierda.

Furiosa, arrojé mi maleta sobre la cama y le dije:

—Pasé la noche en una letrina.

Se me quedó viendo sin expresión alguna.

—Todas las catadoras están muertas —añadí.

Dora regresó a su tarea.

—Mejor para ellas, nosotras tendremos que vivir cosas horribles. Imagina la caída del *Reich*. —Cerró su maleta con violencia y volteó hacia mí, con su delgado rostro temblando de emoción—. No puedo creerlo. —Repitió esas mismas palabras varias veces antes de dejarse caer sobre su cama. La lámpara del techo arrojaba sombras oscuras sobre su cara—. No podemos darnos por vencidos. El *Führer* no permitirá que la *Wehrmacht* fracase.

—La guerra terminará pronto —dije yo—, y Alemania caerá derrotada.

Me miró enfurecida.

—¿Cómo te atreves a decir algo así? Deberían colgarte por traición. La gente como tú y el traidor de tu marido son la razón por la que estamos perdiendo la guerra.

La ira se apoderó de mí. Quería abofetearla y sacudirla hasta que le sacara del cuerpo su obediencia ciega al Partido, pero ya había dicho bastante. Confrontarla sólo empeoraría las cosas.

Le di la espalda a Dora y abrí mi casillero. No había nada de importancia en su interior, sólo algunos pasadores y un par de medias arruinadas. Apenas tenía unos pocos vestidos en mi maleta. Tendría que tirar el que estaba usando. Saqué otro de mi maleta, me dirigí hacia las regaderas y me cubrí de agua caliente y jabón hasta que mi cuerpo volvió a sentirse limpio y fresco. Cuando regresé a la habitación, Dora ya se había marchado. Me cambié de ropa y dejé mi vestido manchado de sangre sobre el camastro, un recuerdo para los soviéticos o para el bosque que se apoderaba de todo, llegara quien llegara primero.

La jefa de cocina me estaba esperando en el andén del tren.

—Tuve que dejar tanto atrás —me dijo mientras se frotaba las manos con angustia—. En Berlín tendremos una vida nueva;

si no es que la última. —Sus ojos se nublaron con sus pensamientos—. Temo lo que los Aliados harán con nosotros, Magda. Si los soviéticos nos atrapan primero, nos sacrificarán en la calle como cerdos.

—Estará a salvo con el *Führer* —le dije. Incluso ahora la jefa no lograba comprender quién había llevado tanta destrucción sobre nuestras cabezas. Nunca responsabilizaría a su *Führer* por la catástrofe que se cernía sobre nosotros.

—Vienes con nosotros a la Cancillería, ¿verdad?

Miré a lo largo del tren, a los hombres y mujeres que estaban evacuando la Guarida del Lobo. Pocos hablaban. La mayoría estaban parados allí, con la cabeza gacha, o miraban al tren con ojos vacíos de emoción. Dora, con su maleta a un lado, estaba cerca del final de la plataforma.

—No —respondí—. Tengo que encontrar a mi padre. No sé nada de él desde hace meses. Ni siquiera sé si sigue vivo.

La jefa se paró frente a mí y puso sus manos sobre mis hombros.

—Recuerda esto. Si tienes que hacerlo, ven al búnker y les dejaré entrada a ti y a tu padre.

Sacudí la cabeza.

—No seas tonta —siguió la jefa—. Es posible que no tengas opción si quieres sobrevivir.

Le di las gracias por su amabilidad, pero en mi corazón no quería tener nada que ver ni con Hitler ni con su personal. Quería encontrar a mi padre y empezar una nueva vida con él, si eso era posible. Había tanto que no podía saber. Los soviéticos podrían asesinarnos a todos. Pensé en Karl. Su cara inclinada sobre mí, llena de alegría, en nuestra última noche juntos, cuando hicimos el amor. Su cuerpo sobre el mío y la manera en que tocaba mi cara, como sólo lo puede hacer alguien que de veras te ama. Mi corazón añoraba a Karl, pero estaba muerto. Él quería que yo sobreviviera, pero, sin él, la vida me parecía imposible. No obstante, cada vez que me sentía abrumada, recordaba la promesa que le hice.

Un oficial de las SS se paró frente a los que estábamos esperando en el andén. Nos explicó que sólo a algunos se nos permitiría subir a bordo; la totalidad de los trenes privados de Hitler harían varios viajes entre la Guarida del Lobo y la estación de Rastenburg. Nos eligió a la jefa de cocina y a mí para salir en el primero. Otros, incluyendo a Dora, tendrían que esperar hasta más tarde.

La jefa y yo subimos al tren y nos acomodamos en unos asientos junto a una ventana. Al mirar al exterior desde el elegante vagón, el mundo parecía corriente y aburrido. Mi vida jamás volvería a ser igual. Me habría de convertir en una alemana cualquiera, y mi servicio a Hitler se volvería un recuerdo. Una melancolía otoñal pendía sobre la Guarida del Lobo mientras las nubes de noviembre se asentaban sobre nosotros como una pizarra gris. El tiempo se detuvo por un instante. Los árboles desnudos, los búnkeres en la distancia y el andén del ferrocarril se quedarían grabados en mi memoria tal y como se veían en ese momento. Nada podría cambiarlos. Mientras seguía mirando, un anciano encorvado se acercó al tren. Estaba rodeado de oficiales de las SS y de generales militares que parecían empujar su cuerpo hacia delante para ayudarlo a avanzar. El audaz y vibrante Adolf Hitler se desmoronó frente a nuestros ojos, no quedaba más que una sombra de lo que alguna vez fue. El intento de asesinato lo afectó física y psicológicamente, más de lo que nadie sabía. Quizás el autodesprecio lo llevó a aquella debilitada condición, o quizá se consumió de odio por el fracaso de Alemania en ganar la guerra. No me quedaba claro qué de todo eso era cierto.

Después de varios minutos, el tren se alejó del andén y avanzamos hacia Rastenburg a través del bosque. La jefa de cocina me daba palmaditas en las manos. Emprendíamos el camino a Berlín.

A la mañana siguiente, los dejé en la estación. Varios autos de las SS esperaban en la estación para llevarse a Hitler y a su personal a la Cancillería del *Reich*. Abracé a la jefa de cocina y besé su mejilla.

—Recuerda; siempre puedes venir al búnker —me insistió.

Le di las gracias y miré cómo se alejaban los elegantes autos. Hitler estaba en un enorme Mercedes, lejos de donde yo me encontraba.

Miré hacia la ciudad: Berlín estaba en ruinas. Tuvimos suerte de completar el viaje. Vecindarios completos estaban reducidos a escombros. La jefa y yo observamos la destrucción desde el tren. Uno de los soldados que nos acompañaban dijo que Berlín le recordaba a Hamburgo después del bombardeo de 1943 y de las horripilantes bajas que se sufrieron allí. Mis ojos no estaban preparados para contemplar la destrucción que tenían frente a ellos.

Las nubes se disiparon, pero el sol intermitente hacía poco por levantarme el ánimo. Recogí mi maleta y me dio gusto tener tan pocas pertenencias, ya que la única forma de llegar a mi viejo vecindario, Horst-Wessel-Stadt, era a pie.

Caminé por cuadras que fueron pulverizadas hasta reducirlas a trozos de ladrillo y cenizas. Las fachadas carbonizadas de los comercios bordeaban las calles como fósforos quemados. Los vendedores llevaban a cabo el poco comercio que podían desde carretones de madera. Tenía hambre, de modo que le compré una manzana medio podrida a un hombre que traía puesto un abrigo hecho harapos. Se disculpó por el estado de la fruta, pero me informó que no encontraría una mejor en ningún otro lugar. Sospeché que tenía razón.

El recorrido me tomó más de dos horas en las que pasé sobre trozos de mampostería en mitad de la calle y frente a vehículos calcinados y casas reducidas a cenizas. Mi padre me escribió que se mudó con un hombre y su familia, y que ambos trabajaban en la misma planta. Cuando llegué a la calle del hombre, que no quedaba lejos de donde yo crecí, no quedaba absolutamente nada. Las edificaciones estaban en ruinas, los árboles convertidos en astillas, las aceras regadas de ladrillos y basura. Me senté sobre mi maleta bajo el sol de la tarde, apesadumbrada por tanta destrucción. Algunas personas pasaron frente a mí, pero ninguna me dirigió la palabra. Les drenaron la vida, estaban mucho más desesperados que yo. Me pregunté si me había apresurado al rechazar la oferta de la jefa de cocina. En el búnker, al menos tendría refugio y alimento.

Después de media hora de descanso, me levanté y seguí mi camino hasta mi viejo vecindario. Recordé la noche en que cayeron las bombas, el calor abrasador, mis intentos por salvar a *Frau* Horst, cuando encontré el zapato de mi madre en la calle. No hubiera reconocido en absoluto la cuadra en la que habíamos vivido si no hubiera sido por un letrero de madera clavado a los restos de un árbol quemado.

Me abrí paso por la cuadra, oprimida por una sobrecogedora sensación de pérdida. Era como si las bombas hubiesen aniquilado mi pasado. Aunque los Aliados las dejaron caer, yo conocía al verdadero autor de esta destrucción. Se encontraba sano y salvo en la Cancillería mientras que el resto de Alemania sufría.

Encontré lo que pensé que eran los escalones destruidos de mi viejo hogar cuando escuché que una tenue voz me llamaba por mi nombre. Volteé para ver a una mujer envuelta en un abrigo gris con zapatos negros. Su cabello colgaba largo y sin vida debajo de una pañoleta blanca que llevaba atada a su cabeza. Parecía una campesina anciana.

—¿Magda? —preguntó con cautela.

Al principio, no la reconocí. Después sonrió, corrió hacia mí y me abrazó.

—¡Magda! ¡Qué bien te ves! —exclamó—. Mucho mejor que el resto de nosotros.

Pregunté su nombre con la misma cautela que ella usó al pronunciar el mío.

—¿Irmigard?

—Así es, ¿qué no me reconoces? —Su sonrisa se convirtió en una mueca de desagrado cuando miró hacia su vestido roto y sus zapatos gastados—. No, claro que no me reconoces. Seguramente me recuerdas como nos veíamos en la escuela.

—¡No seas tonta! —respondí tratando de hacerla sentir mejor—. Es sólo que no te veo desde hace tantísimo tiempo. —Puse mi maleta en el piso, y miré su rostro arrugado y sucio de cenizas. Quería preguntarle cómo estaba, hablar de temas irrelevantes, pero supuse que ninguna de las dos estaba de humor para ese tipo de nimiedades.

—Estoy recogiendo ladrillos —me dijo sin que tuviera que preguntárselo. Irmigard soltó un bufido irónico—. A veces tienes que reírte de lo difícil que puede ser la vida. ¿Quién imaginaría que la hija de un joyero respetable estaría recogiendo ladrillos para venderlos? Hay tanta escasez que son como diamantes, más preciosos que la gema misma. La gente los necesita para reconstruir sus casas. —Señaló un carretón viejo al otro lado de la calle, donde llevaba su precioso cargamento.

—¿Dónde estás viviendo? —le pregunté.

Irmigard extendió su delgado brazo en dirección a una fila de edificios a unas cuadras de distancia.

—Están dañados, pero quedan pisos y techos suficientes para que varias familias vivan en su interior. Nuestra casa quedó deshecha en los bombardeos. Somos afortunados de tener un lugar, sea el que sea. Mi padre le paga una pequeña renta al dueño, que vive en el primer piso con su esposa y su hija. A veces se quedan despiertos toda la noche, protegiendo el edificio. Mi padre tiene un arma. —Puso un dedo frente a sus labios—. Te ruego que no se lo cuentes a nadie. Es ilegal, como sabes, pero no hay otra manera de protegernos. De todos modos, si nos vuelven a bombardear, no tendremos gran cosa que perder.

Un viento helado sopló e Irmigard se limpió la nariz con la manga de su abrigo.

—¿Dónde te estás quedando tú? —Vio las ruinas de mi casa frente a nosotras—. Sentí mucho lo de tu mamá.

La mera idea de la muerte de mi madre me provocó un dolor incalculable.

—Nunca encontré su cuerpo. Mi padre estaba enfermo en el hospital en ese momento y no tuve tiempo de buscarlo. Estuve trabajando para el *Führer*.

Irmigard entrecerró los ojos cuando el sol salió de entre las nubes y brilló sobre su rostro.

—Oí que estabas trabajando para él. —Habló sin emoción alguna, como si no quisiera escuchar más acerca a de Hitler. Me miró de manera inquisitiva porque no respondí su pregunta.

Sacudí la cabeza.

—No tengo dónde quedarme. Pensé que podría encontrar a mi padre. Quería alejarme de mi trabajo y de todo lo relacionado con él…

—Entonces tienes que venir a casa conmigo —me interrumpió Irmigard, sosteniéndose las manos—. Será como en los viejos tiempos, como cuando nos reuníamos después de clases.

—No debería. Tengo que buscar a mi padre.

—Y *claro* que lo harás, pero si no tienes otro lugar donde vivir, tienes que venir a quedarte con nosotros. —La mirada en sus ojos me hizo ver que estaría feliz de tener mi compañía—. No tienes por qué negarte. La casa no es bonita, pero es cómoda por dentro y de vez en cuando conseguimos algunas verduras. Y, con algo de suerte, incluso nos toca un hueso con un poco de carne.

Miré su rostro desarreglado y vi algo que no veía desde hacía mucho tiempo. Orgullo. Esta amiga de la escuela, que formó parte de mi vida hacía tanto tiempo, estaba llena de orgullo y determinación. Me hizo sentir orgullosa de ser alemana. Era algo que no experimentaba desde que Karl me mostró la evidencia de las atrocidades. Era el total opuesto de lo que me despertaban la resplandeciente vanagloria de Eva y su círculo de amigos, y el obsequioso servilismo de los militares que rodeaban a Hitler.

—Muy bien —dije—, pero pagaré por mi alojamiento y mi comida, y te ayudaré a encontrar ladrillos si tú me ayudas a encontrar a mi padre. Tengo algunos *Reichsmarks* ahorrados.

Irmigard me tomó de las manos.

—Seremos las mejores amigas. Ven, déjame que te lleve con mi familia. Estoy segura de que estarán felices de verte.

Cruzamos la calle para recuperar el carretón, y las dos, hablando y riendo, empujamos los pesados ladrillos hasta su casa por las calles llenas de cráteres.

La familia de Irmigard me dio la bienvenida como si fueran mis propios padres. Su madre, Inga, nos recibió en las escaleras frente al ruinoso edificio. Irmigard me condujo al tercer piso, donde vivía con su madre; su padre, Frederick, y su hermana menor, Helga. Su padre, un hombre de más de cincuenta años con el cabello encanecido, estaba reparando un reloj sentado bajo el sol frente a una ventana rota. Les había cortado las puntas de los dedos a unos guantes para mantener las manos abrigadas sin perder la agilidad de sus dedos. Helga, de catorce años y una belleza de cabello rubio y largo, estaba leyendo un libro sentada en un sillón sin patas. La vi un par de veces antes, cuando era mucho más pequeña.

Todas las ventanas del frente del edificio estaban rotas; un fuerte viento del noroeste corría libremente por la habitación. Irmigard me mostró las puertas francesas que cerraban a la noche para proteger el espacio. La habitación, de unos siete metros de ancho, servía como comedor y recámara. Unos trocitos de madera y ramitas estaban regados en el piso, alrededor de una estufa pegada a la pared. Al fondo, una puerta conducía a un pequeño baño que no funcionaba por falta de agua. De todos modos, el departamento era mejor que vivir en las calles o en un refugio hechizo, como tenían que hacer tantos berlineses.

Esa noche, cuando la familia se reunió en torno a una pequeña mesa de roble, el padre de Irmigard nos dirigió en oración; no para pedir por Alemania ni por Hitler, sino por la paz. Nos sentamos a la luz de una vela, ya que no había electricidad. Inga cocinó en la estufa de madera con los pocos materiales de que disponía para hacer un fuego. Comimos de tazones y platos despostillados que se lavaron con agua de lluvia. La comida consistió en dos raquíticas zanahorias, divididas entre los cinco, y una sopa aguada hecha con un hueso de jamón. Me sentí culpable de estarles quitando mi pequeña porción de sus bocas, y me juré a mí misma que no me quedaría mucho tiempo bajo este techo. Con todo y lo escasa que fue la comida, me sentí afortunada de no tener que preocuparme de que me envenenaran.

—Los nazis vendrán por mí pronto —dijo Frederick durante la cena—. Me pondrán un rifle en las manos y esperarán que dispare a los rusos. Pronto no habrá más que ancianos como yo y las Juventudes Hitlerianas defendiendo las calles. El *Führer* no está haciendo más que prolongar nuestra agonía.

Inga se cubrió el rostro con las manos y sacudió la cabeza.

—¡Dios mío! ¡Seguramente no podrían pedirte que pelees! ¡A ti, que apenas puedes subir un piso de escaleras! ¡Eso acabaría contigo!

—Mamá…, no digas esas cosas —dijo Irmigard.

Su padre levantó la cuchara y la colocó junto a su sien.

—Lo estuve pensando. Dudo que la guerra dure demasiado, pero si sucede, no voy a matar a ningún hombre. Simplemente me entregaré y punto.

—¿Cómo pudo suceder todo esto? —preguntó su madre—. El *Führer* nos trajo prosperidad, orden y respeto, y ahora el mundo entero está hecho una ruina. No podremos seguir así mucho tiempo, o de lo contrario... —Su voz se fue apagando y miró hacia el caldo aguado que tenía frente a ella. Sus palabras se perdieron entre sollozos.

Los demás nos quedamos sentados en silencio, reflexionando acerca de nuestro destino mientras Frederick hablaba del final de la guerra y de los «tiempos maravillosos» que estaban por venir. Inga quería que las palabras de su marido la animaran, pero volvía a caer en la melancolía cuando miraba a sus tristes hijas.

No nos quedamos levantados mucho tiempo después de la cena ya que no había nada que hacer y casi no había luz suficiente para ver más allá de nuestras propias narices. Había dos colchones recargados contra la pared. Cuando terminamos de enjuagar los platos en la cubeta de agua de lluvia y de secarlos, la madre de Irmigard bajó la ropa de cama que colgaba en la pared y la colocó frente a la estufa. No quedaba leña para calentar el departamento, pero, cerrando las puertas francesas, la temperatura era tolerable. Nos acostamos como familia sobre los desvencijados colchones. Por fortuna, no había escasez de cobijas. Madre, padre e hija compartieron un colchón, mientras que Irmigard y yo compartimos el más alejado de la estufa. Frederick nos dio una cobija adicional y nos deseó las buenas noches. Pronto, todos nos acurrucamos más para calentarnos mientras el frío de noviembre envolvía la habitación. Irmigard y yo seguimos cuchicheando hasta que ya no pudimos continuar y nos venció el sueño.

Varias horas después, mi descanso se vio espantosamente interrumpido por las bombas que destruían otro de los vecindarios de Berlín. Miré alrededor, pero fui la única que se percató del ataque. Estuve atenta al ruido de las sirenas antiaéreas, pero no escuché nada. El edificio se cimbró un poco y, a través de los resquicios de la puerta francesa, vi unos destellos de luz. Sacudí a Irmigard para despertarla

Se estremeció y se frotó los ojos para disipar el sueño.

—¿Qué pasa?

—Es un ataque aéreo —respondí—. Necesitamos salir del edificio.

Suspiró y volvió a poner su cabeza sobre el sucio colchón. Mis ojos se adaptaron lo bastante a la oscuridad como para que pudiera adivinar la silueta de su rostro.

—Esto pasa la mayoría de las noches y casi a diario. No hay nada de lo que preocuparse.

—¿Cómo puedes estar tan segura? —la cuestioné. Mi estómago dio un vuelco cuando otra bomba cayó en las cercanías.

—Ya no hay defensas en toda la ciudad. Si el ataque estuviese dirigido contra nosotros, se oiría la pequeña sirena de la cuadra. Es todo lo que nos queda. El señor Schiff, al final de la calle, es quien la hace sonar. Vuélvete a dormir. —Se dio la vuelta y jaló las cobijas sobre su cabeza.

El desinterés de Irmigard me dejó fría. No podía creer que estuviera tan acostumbrada a los bombardeos como para dormir a pesar de ellos. Traté de conciliar el sueño, pero los tronidos me recordaron al ataque de los soviéticos a la casona de granja, y no pude más que pensar en los cuerpos en fila sobre la nieve. Cuando empezaba a quedarme dormida, mis ojos se abrían de repente al recordar la imagen de la sangre congelada en el piso helado.

Pensé en la pregunta que planteó la madre de Irmigard durante la cena: «¿Cómo pudo suceder todo esto?». Sabía la respuesta, pero no tenía el valor de decírselo a su familia. Todavía no. Con el mundo explotando a nuestro alrededor, sentía que cada alemán se enteraría de la respuesta si aún no la sabía.

Me quedé con Irmigard y su familia más tiempo del que tenía planeado. Celebramos Navidad y Año Nuevo juntos, aunque no había gran cosa que festejar a principios de 1945. Estábamos agradecidos de seguir con vida. Cuando empezaron las nieves, Irmigard interrumpió su búsqueda de ladrillos. Todos los ingresos de la familia provenían de su padre.

Para la Navidad, cortamos una pequeña rama de un pino y la decoramos con trocitos de vidrio y papel, los únicos adornos con los que contábamos. Frederick terminó de reparar algún reloj y consiguió un poco más de comida y velas como pago. Las prendimos, nos paramos alrededor de nuestro minúsculo árbol y cantamos villancicos. Me descubrí mirando mi anillo de matrimonio, que brillaba a la luz de las velas. Se hizo un nudo en la garganta. Estaba empezando a aceptar la muerte de Karl. La idea era impactante pero reconfortante al mismo tiempo. Quería dejar de lado mis sueños de volver a verlo con vida.

El primer día del nuevo año prometía ser aburrido y deprimente, con todos encerrados en la habitación tratando de mantenernos calientes con la estufa, que estaba apenas tibia. Pero Frederick nos levantó el ánimo sacando una botella de champaña de atrás del sillón sin patas que había en la habitación. La botella ya estaba helada por el aire. Todos le preguntamos cómo la consiguió, pero no quiso decirnos. Afirmó que era un regalo de Dios. Celebramos nuestra buena fortuna brindando con nuestras descascaradas tazas de porcelana. Incluso Helga brindó con nosotros.

A mediados de enero, Helga pescó un resfriado fuerte que, al principio, pensamos que se trataba de gripe. Encontramos algunos tablones de madera y un pequeño colchón que arrastramos escaleras arriba hasta la casa, porque el padre pensó que sería mejor que la niña durmiera aparte de la familia. Colocamos el colchón frente a la estufa. Un amable vecino de la calle nos dio unas aspirinas que le administramos. Por fortuna, la fiebre de Helga cedió después de unos cuantos días y se recuperó por completo a pesar de las temperaturas gélidas.

Yo, que comía tan bien durante mis días con Hitler, me sentía congelada y exhausta por el hambre. En tres meses, perdí alrededor de cinco kilos o quizá más, y adquirí el mismo aspecto demacrado que la familia de Irmigard.

Ella y yo no dejábamos de preguntarles a todos con los que nos topábamos en la calle si habían visto a mi padre, Hermann Ritter. Algunos conocían su nombre y señalaban en dirección a nuestra vieja casa, pero la mayoría sacudía la cabeza y seguía su camino con la misma expresión de abatimiento. Me aventuré a visitar el vecindario en el que vivía por última vez. Incluso allí, mis indagaciones se toparon con miradas vacías. Encontrar un teléfono que funcionara era casi imposible, pero una amiga de Irmigard sabía dónde había uno. Me condujo hasta una imprenta que, de alguna manera, se salvó de sufrir daños graves durante los bombardeos. Le di algunos *Reichsmarks* al adusto dueño a cambio de una llamada, con la esperanza optimista de encontrar a mi padre. Marqué el número de la tía Reina y del tío Willy en Berchtesgaden, pero la línea estaba desconectada. Después de la llamada, me di cuenta de lo difícil que resultaría mantener el servicio telefónico entre el norte y el sur de Alemania mientras las infraestructuras se derrumbaba bajo el peso del conflicto armado.

Los monótonos días, las largas noches y la tediosa tarea de lidiar con la guerra continuaron lo que quedó del invierno. Nadie parecía saber lo que estaba sucediendo, aunque había rumores de que los soviéticos se abrían paso a través del frente oriental a mediados de enero y que avanzaban por Prusia hacia Berlín. Lo único que escuchábamos eran transmisiones ocasionales acerca de cómo el pueblo alemán debía resistir a las «hordas rojas» y pelear en las calles hasta la muerte. La muerte, insistía el Ministerio de Propaganda, era preferible a las violaciones y tortura que nos tenían preparados los soviéticos. Me pregunté si la Guarida del Lobo seguía en pie o si había sido reducida a escombros, ya fuera por el avance de los soviéticos o por órdenes de Hitler. Sospechaba que sería lo segundo.

A mediados de marzo, una tarde cuando ya casi anochecía, nos encontrábamos todos en el departamento. Los días se hacían más largos y había un ligerísimo asomo de primavera en el aire, lo bastante como para que pudiéramos abrir las puertas francesas en los días menos fríos. Escuchamos el ruido de unas pisadas que subían las escaleras y después un golpeteo seco en la puerta. Frederick la abrió, pero no antes de esconder su arma detrás de un tablón flojo en la pared.

Al abrir, encontró a varios soldados de la *Wehrmacht* en el pasillo de afuera. Uno de ellos empujó un rifle hacia él y dijo:

—El Ejército Rojo está en camino. Esté preparado. Si es llamado, entrenará con nosotros en las calles. Usted y su familia ayudarán a colocar barricadas y a cavar trincheras si es necesario.

—El soldado saludó y el grupo se apresuró por el pasillo, supusimos que en busca de la siguiente familia que pudieran encontrar.

Frederick volteó hacia nosotros.

—Les dije que esto sucedería. —Sonrió y suspiró—. No hay nada que hacer más que ceder. No tenemos otra opción. Si nos resistimos, nos fusilarán por traidores.

Todos nos miramos con tristeza y nos dimos cuenta de lo terrible que se había vuelto la situación en la ciudad. Tres días más tarde, otro grupo de soldados volvió a tocar la puerta. Desde una de las ventanas rotas del departamento, observamos al padre de Irmigard parado bajo la lluvia con su rifle mientras los soldados les ladraban una serie de órdenes a él y a un desaliñado grupo de hombres y niños. En una ocasión levantó la mirada hacia nosotras y nos saludó. El oficial de la *Wehrmacht* le golpeó el brazo con la cacha de un rifle. Nunca más volteó a vernos.

A las mujeres se nos pidió que acarreáramos agua y raciones para los hombres que cavaban las trincheras. Lo hicimos e incluso sacamos palas de tierra. Todos regresamos exhaustos al departamento. Helga, como era joven y bonita, logró conseguir algunas raciones extras de los soldados. Nos sentimos agradecidos por tener la comida adicional.

Una noche, mientras dormíamos, un sonido distinto se coló en nuestros oídos. No era el zumbido de los bombarderos aliados en las alturas. En esta ocasión, a diferencia de las demás noches, todos nos despertamos ante la extrañeza de estos sonidos. Eran *jets*, más veloces y más pequeños, que rugían por encima de la ciudad. En la distancia, al este, se empezó a escuchar fuego de artillería. Reconocí el sonido de la granja. Los soviéticos estaban a las puertas de Berlín.

La *Wehrmacht* no podía detenerlos. Pronto estarían aquí.

CAPÍTULO 19

Los bombardeos continuaban de día y de noche. Muchas veces pensamos que tendríamos que evacuar el modesto hogar que Irmigard y su familia habían creado. Por las noches nos despertábamos sobresaltados, o nos veíamos obligados a refugiarnos durante el día. Protegernos no era tarea fácil porque la mayoría de los edificios que había a nuestro alrededor ya estaban destruidos. Por las noches, corríamos escaleras abajo a un claro abierto por las bombas con la esperanza de que aquella área devastada ya no fuera blanco del fuego soviético.

Según los irregulares informes de radio del *Reich*, los ataques eran producto de todas las fuerzas aliadas, incluyendo al Ejército Rojo. Empezaron a circular rumores de que los Aliados se apresuraban para llegar a Berlín y tomar la ciudad. Frederick participaba en ejercicios militares en la calle como preparación para la llegada de los soviéticos. Estos ejercicios, que conducían la *Wehrmacht* y los oficiales de las SS, se volvieron cada vez más frecuentes y militarizados a medida que empeoraban las condiciones de la ciudad.

—Qué tonterías —exclamó él una noche—. Como si una banda de peleadores callejeros aficionados pudieran repeler a un ejército bien entrenado.

A nosotras las mujeres se nos obligó a construir barricadas con nuestras manos desnudas. Los materiales eran fáciles de obtener: abundaban la madera quemada, pedazos de ladrillo y piedras, carretones y restos de automóviles destruidos. Pero el trabajo era agotador y duraba hasta que nuestros dedos sangraban y los brazos nos temblaban por el cansancio. El ejército construyó una barricada al final de nuestra calle. Estaba formada con cascajo de edificios y chatarra. Irmigard contribuyó incluso con lo que le quedaba de su reserva de ladrillos porque ya no podía venderlos. Cualquier idea de que el *Reich* fuera a reconstruir la ciudad se disipó ante la realidad de nuestra terrible existencia.

El día de cumpleaños de Hitler, en abril, los bombardeos cesaron, creando una calma inquietante en los cielos. Pero el descanso no duró nada y los cielos se abrieron con una tormenta de misiles soviéticos que lanzaron desde las afueras de Berlín. Esas armas eran más aterradoras que las bombas, porque no había mucho aviso previo, apenas el ruido de los proyectiles mientras se dirigían hacia ti. El ataque del Ejército Rojo no demostró ninguna piedad. Destruyó lo poco que quedaba mientras rezábamos por mantenernos a salvo y nos cubríamos los oídos ante las tremendas explosiones.

La noche del 23, Inga nos llamó a la ventana. Traía puesta una bata de casa y tenía el pelo recogido en una cola. Aunque eran casi las siete y ya estaba oscureciendo, le advertí que no se parara en un lugar tan expuesto. Al este el cielo parecía una mancha de tinta azulada, mientras que al oeste unos surcos de rosa pintaban las nubes. Frederick se encontraba en la barricada de abajo con varios soldados y un oficial de las SS. El oficial gritó unas órdenes y los soldados dispararon a un atacante invisible al noreste. Intuí que algo estaba a punto de salir terriblemente mal.

De repente, varias granadas aterrizaron frente a la barricada. Explotaron con un estruendo terrible, regando rocas, metal y tierra por los aires. Miramos mientras la metralla caía, el humo se despejaba y nuestros soldados se asomaban con cautela por encima de la barricada.

—Miren —dijo Inga. Señaló por la ventana hacia la calle siguiente. Cinco soldados de la *Wehrmacht* corrían hacia la barricada. Casi al llegar a la esquina, se desplomaron, segados por fuego de ametralladora. Cayeron como muñecos sin vida y sus armas volaron por los aires. Varios soldados en uniformes que yo no conocía dieron vuelta a la esquina corriendo. Se veían deteriorados e iban vestidos de gris, con los rifles frente a ellos. Supuse que eran soviéticos.

—Dios mío, lo matarán —gritó Inga—. ¡Freddy, Freddy! ¡Cuidado!

Una ráfaga de balas hizo diana justo sobre nuestras cabezas, llenando el aire de polvo. Nos dejamos caer al suelo.

—¿Estás bien? —le pregunté a Inga.

Asintió y se sacudió el polvo de la cabeza.

—¿Qué está pasando? ¿Logras ver algo?

Les dije a las demás que se mantuvieran en el suelo mientras me asomaba por la orilla del alféizar. Sonó otra descarga de fuego. Los soviéticos llegaron a la barricada y trepaban por la misma. Uno estaba a punto de lanzar una granada cuando un soldado de la *Wehrmacht* subió a la cima de la barricada y empezó a disparar. Lo derribaron, pero no antes de que matara a su oponente. El soldado alemán cayó sobre la barricada mientras los soviéticos corrían dejando a su compañero muerto. Bajé la cabeza de inmediato, cerré los ojos y esperé la detonación. El estruendo sacudió nuestro edificio, e Irmigard y su hermana empezaron a llorar.

—Silencio —ordené—. No queremos que los soviéticos sepan que estamos aquí.

De nuevo, me asomé por la ventana. Los soldados que avanzaban por la calle se retiraron por un momento. En la calle, sólo quedaba la mitad inferior del cuerpo del soviético muerto. El oficial de las SS le empezó a gritar órdenes al papá de Irmigard. Quería que subiera a la barricada como hizo el otro soldado. Frederick sacudió la cabeza, arrojó su rifle al piso y corrió hacia el edificio de departamentos.

El oficial de las SS le ordenó que se detuviera, pero Frederick siguió corriendo. El oficial le apuntó con su pistola y disparó dos veces.

Las balas lo alcanzaron en la espalda. Tropezó en la calle y después cayó sobre la acera. Su cabeza se estrelló contra la banqueta. Supe que estaba muerto.

—¿Qué pasa? —preguntó Inga. Empezó a levantarse para ver hacia el exterior.

La jale de regreso al piso.

—Hay demasiado peligro —advertí—. Tenemos que salir del edificio.

—¿Por qué? —preguntó Irmigard.

—Los soviéticos ya están prácticamente en la entrada. Sólo tenemos unos minutos. —Repté hacia la siguiente habitación, alentando a las demás a que me siguieran.

Otra explosión sacudió el edificio. Después se oyeron descargas de metralleta seguidas de horripilantes gritos de dolor. Irmigard, su madre y su hermana se colapsaron sobre el piso. Inga empezó a sollozar al darse cuenta de que su marido estaba muerto. Abajo, los soldados estallaron en vítores y gritos en ruso. Su clamor se oía a través de las ventanas rotas.

Al llegar a la otra habitación, cerré las puertas francesas y tomé a Inga entre mis brazos. Me alejó a empujones.

—Los quiero muertos —dijo con un siseo lleno de rabia—. Los quiero muertos a *todos*. A los alemanes, a los rojos, a los americanos... —Se hundió en mi pecho y aulló—: ¡Mi esposo está muerto!

No había tiempo de consolarla.

—No miren a la calle —dije—. Tomen sus abrigos y diríjanse hacia las escaleras.

Por un instante, todas se percataron de la gravedad de nuestra situación y de que las lágrimas tendrían que esperar. Tomamos nuestros abrigos y ya estábamos a punto de salir al oscuro pasillo cuando escuchamos voces que provenían de abajo. Los soviéticos estaban subiendo por las escaleras.

Las empujé al cuarto de atrás y cerré la puerta con sigilo.

—Colóquense debajo de las cobijas y no hagan ruido —les ordené. Se apresuraron hacia la cama mientras yo me quedaba junto a la puerta.

Los soldados no se molestaron en tocar. Uno pateó la puerta para abrirla e iluminó la habitación con su linterna. Los miré directamente a través del enceguecedor haz de luz. La apariencia revuelta de las camas no logró engañar a los soldados. Cinco de ellos entraron a la habitación en tropel. Eran hombres endurecidos, dos de ellos de ascendencia mixta, con ojos rasgados.

Las linternas les daban un aspecto fantasmal que aumentaba el terror que ya experimentaba. Uno de ellos clavó el cañón de su rifle en las cobijas y Helga gritó. El soldado arrancó las cobijas que cubrían a las tres mujeres, dejándolas expuestas.

No podía entender lo que decían, pero hicieron más que evidente lo que querían por medio de gestos. Cuatro de ellos se dispersaron por el departamento mientras el otro nos vigilaba, con su rifle listo y apuntándonos. No había gran cosa que ver ni que encontrar en las habitaciones, de modo que pronto estuvieron de regreso.

El soldado que sostenía el rifle prendió un cigarro y señaló hacia el cuarto del frente, al otro lado de las puertas francesas. Les dijo algo a sus hombres, que rieron. Uno tomó un trago de un ánfora que llevaba en su bolsillo. Los cuatro se dirigieron hacia la parte delantera del departamento y apagaron sus linternas. Se adivinaban sus siluetas en las ventanas, por las que entraba una luz tenue. En ocasiones, unos misiles caían a pocas cuadras de distancia y sus destellos iluminaban la habitación como si se tratara de rayos. Pronto, los soldados terminaron de quitarse los pantalones, dejándose puestas sólo las camisas. Se llevaron las manos debajo de la cintura, masajeándose mientras nos esperaban a nosotras.

Querían empezar por Helga. Lo hicieron más que evidente con sus gritos. Inga agarró a su hija y no la dejaba ir. Gritó pidiendo misericordia, pero el hombre del rifle la atacó. El comandante golpeó a Inga por la espalda con su rifle y la envió volando hacia la cama. Irmigard y yo tratamos de detenerlo, pero fue en vano. Hizo que su rifle ondeara en un arco mortífero que nos mataría si no nos quitábamos de su camino.

Uno de los hombres medio desnudos entró a la habitación y agarró a Helga llamándola «ramera nazi» en alemán. Fueron las únicas palabras que pude reconocer.

Helga, con los ojos como platos por el terror, luchó contra ellos lo más que pudo, pero sin resultado alguno. Los demás soldados la arrastraron a la otra habitación mientras gritaba y sollozaba. Cerraron las puertas francesas, y por un momento todo quedó en silencio. El comandante se quedó junto a nosotras, apuntándonos con su rifle. Inga sollozaba sobre la cama.

Entonces, Helga lanzó un alarido y escuchamos sus gritos de dolor durante diez largos minutos antes de que se convirtieran en quejidos ahogados. Irmigard y yo miramos a la puerta sin poder hacer nada más que llorar. Traté de pensar en alguna manera de escaparnos, en un plan que nos alejara de esas bestias, pero mi cabeza estaba demasiado llena de horror y pesar como para razonar.

Después de otra larga espera, la puerta se abrió y empujaron a Helga salvajemente hacia nosotras. Su blusa estaba hecha jirones y la sangre corría por sus piernas. Inga tomó a su hija pequeña en sus brazos. Se acurrucaron en la cama.

A continuación, tomaron a Irmigard.

Después los soldados vinieron por mí.

Las puertas francesas se cerraron y todo quedó a oscuras. Unas manos endurecidas me cubrieron. Sentí que unos dientes me mordían el cuello. Mi nariz se llenó de su aliento, que hedía a cigarros y licor. Me arrancaron la parte de arriba del vestido y me subieron la parte inferior del mismo hasta la cintura. Después, la noche se convirtió en una bruma roja de dolor cegador. Cuatro de ellos tomaron turnos conmigo mientras los demás miraban. No tardaron mucho tiempo, aunque me pareció que pasaban horas.

Al terminar, me empujaron al otro lado de la puerta y me colapsé sobre la cama con las demás.

Poco tiempo después, los cuatro salieron levantándose los pantalones, riendo y burlándose.

—*Heil* Hitler —canturrearon con sus brazos levantados en el saludo nazi. Después de que terminaran de burlarse de nosotras, se colgaron sus rifles al hombro y se marcharon por las escaleras.

—¡Los voy a matar! —exclamó Inga y corrió hasta el escondite donde Frederick ocultaba su pistola.

Olvidé el arma y le grité que se detuviera.

—¿Qué vas a lograr? Matar a uno de ellos para que los demás nos maten a todas. Deja que se vayan.

Se detuvo, se recargó en la puerta a medio abrir y las lágrimas empezaron a caer por su cara de nuevo.

Me levanté con dificultades de la cama, haciendo una mueca de dolor. Prendí una vela y su brillo arrojó una tenue luz por la habitación.

—Necesitamos atención médica.

Irmigard se me quedó viendo y dijo:

—No hay ningún médico en el vecindario. —Siguió meciendo a su hermana entre sus brazos. Los ojos de Helga se veían vacíos y negros. Miraba al techo sin decir nada.

Sólo había un lugar a donde acudir por ayuda: la Cancillería.

Irmigard y yo atendimos a Helga como mejor pudimos. Hundimos trapos en la fría agua de lluvia para detener el sangrado. Los trapos rojos teñían el agua de rosa. Descansé con ellas durante media hora antes de levantarme de la cama. Al principio, pensé que sería mejor caminar a la Cancillería durante el día, para poder divisar al enemigo, pero después de pensarlo un poco, decidí aprovechar la ventaja de la oscuridad.

Le dije a Inga que tomara el arma de Frederick, pero que sólo la usara como último recurso. Dudaba que regresaran los mismos soldados, pero la situación parecía empeorar minuto con minuto. Había poco que pudiera hacer contra varios hombres armados. Lo más probable era que disparando el arma sólo lograra que la mataran a ella y a sus hijas. Miré por las ventanas de la fachada por si podía detectar la presencia de soldados soviéticos. Sólo logré ver a un hombre y una mujer jóvenes, unas figuras oscuras y encapuchadas que corrían hacia el este, una dirección de lo más peligrosa. Parecían alemanes que corrían en dirección al enemigo. Yo me dirigiría hacia el oeste.

La vista desde la ventana era como de pesadilla. Los proyectiles de artillería sacudían la tierra cuando explotaban en las cercanías. Muchos volaban sobre el edificio, peligrosamente cerca. Multitud de edificaciones ardían en el horizonte; a varias cuadras de distancia se estaban consumiendo por completo. Al este, se veía el rastro de un lanzallamas que partía el aire con un torrente de fuego anaranjado. Su poderoso chorro rompía cualquier ventana que quedara intacta. La cascada de fuego líquido atravesaba la estructura como una caída de agua infernal. A lo lejos, se oían los ecos de los gritos que rebotaban contra los edificios.

Me tomó cada ápice de mi valor dejar el departamento, aunque la realidad era que no nos ofrecía protección alguna. Me lavé lo mejor que pude y me puse otro vestido. Arrojé mis cosas, incluyendo a mi monito de peluche, a mi maleta. Tendría que dejarla atrás, no estaba en condiciones de llevarla conmigo.

—Esperen aquí —dije desde la puerta—. Conseguiré a un médico. Si tienen que marcharse, no vayan lejos, o al menos díganselo a algún vecino para que sepa dónde se encuentran.

Helga siguió mirando al techo sin responder a mis palabras, Irmigard me dio las gracias y me arrojó un beso con la mano. Inga asintió y dijo:

—Reza por nosotras.

Cerré la puerta y miré por la oscura escalera. Dejé que mis ojos se adaptaran a la oscuridad y bajé con sumo cuidado. Con cada paso, mis piernas y abdomen pulsaban. La puerta del edificio estaba rota y abierta. Podría entrar cualquiera que quisiera hacerlo, pero no había un alma a la vista. El ensangrentado cuerpo de Frederick estaba tendido en la calle, con su brazo izquierdo estirado en el aire, como si tratara de alcanzar el cielo. No había tiempo para lágrimas. Esperé que Inga y sus hijas no tuvieran que verlo por la mañana. Quizás algún desconocido amable o un soldado alemán se lo llevara antes del alba.

En la calle me dirigí a la izquierda. Cada paso se sentía como un puñal que se me encajaba en la entrepierna. No tenía más opción que seguir caminando y correr cuando fuera necesario. La Cancillería del *Reich* se encontraba a varios kilómetros de distancia, aunque no sabía con precisión a cuántos. De todos modos, estaba segura de que el trayecto me llevaría varias horas y, al paso que iba, tendría suerte de llegar allí a medianoche. Por supuesto, también había soldados de los que preocuparse. Los rusos podían capturarme y violarme de nuevo. La *Wehrmacht* podría dispararme al confundir mi oscura silueta con la del enemigo.

Pasé frente a montañas de escombros y restos destrozados de edificios que se levantaban de la tierra como esqueletos ennegrecidos. Algunos se veían blancos a causa de las cenizas. Sólo caminé algunas cuadras cuando me topé con una barricada de trolebuses abandonados. Levanté mi pie para subir al escalón de uno de ellos y tomé el barandal. Podía ver a través del vehículo: al otro lado había ruinas en llamas y calles vacías y llenas de cascajo.

Di un paso para subir, pero, en el proceso, mi pierna derecha se atoró en una retorcida punta de metal. Un dolor agudo y penetrante recorrió mi piel. Por instinto, bajé la mano y traté de sentir la herida. Sangre resbaladiza y caliente corrió por mis dedos.

Una mano me tomó de la parte posterior de mi abrigo y me jaló hacia abajo.

—¿A dónde se dirige? —dijo un soldado soviético en perfecto alemán. Traía puesto un abrigo largo que rozaba el piso. Echó su gorra hacia atrás con el cañón de una pistola, y después me apuntó con ella. Una luz anaranjada iluminó nuestras caras—. Necesita a un médico —afirmó al ver mi pierna ensangrentada.

—Estoy tratando de encontrar a uno —respondí—. Sus hombres nos violaron a mí y a otras tres mujeres, una de ellas es muy joven.

Sus ojos pasaron de reflejar hostilidad a parecer preocupados. Me pidió que abriera mi abrigo. Lo hice y me registró. Tras comprobar que no llevaba ningún arma, me dijo:

—Los hombres se dejan llevar. Se dan cuenta de que cualquier momento podría ser el último que pasarán sobre la tierra y se aprovechan de las mujeres.

—¿Aprovecharse? —respondí incrédula—. Casi nos matan. La chica era virgen.

Se recargó contra el lado desastrado del trolebús.

—Las guerras generan criaturas infernales. Siga adelante, encuentre a su médico. Le deseo suerte. Hay tropas alemanas al otro lado de estos carros. En su lugar, yo caminaría con las manos levantadas.

—¿Va a dejarme ir?

—Por supuesto —asintió—. No todos somos bestias en celo. Estamos buscando a un monstruo en particular y cuando lo encontremos... —Tomó un pañuelo de uno de los bolsillos de su abrigo y lo ató alrededor de mi pierna. Empezó a hablar, pero sus palabras se extinguieron como si hubiese detectado una amenaza al otro lado de la calle. Se deslizó por la esquina del trolebús, caminó con rapidez frente a una puerta destrozada y desapareció.

Por alguna razón, le tuve confianza. Me subí al trolebús, con mis piernas adoloridas, y atravesé el carro hasta llegar al otro lado. Levanté las manos encima de la cabeza y empecé a caminar por la calle destrozada. En unos cuantos segundos, me vi rodeada de algunos ancianos, unos chicos de las Juventudes Hitlerianas y un oficial de las SS. Este me miró sin expresión alguna y después me registró. Me pidió mi nombre y quiso saber de dónde venía.

Le dije mi nombre y le respondí:

—Como a un kilómetro al este. —Le indiqué la dirección—. Los rusos me violaron.

—¡Cerdos! ¡Atacan a nuestras mujeres! —Me acompañó por la calle hasta la relativa seguridad de un edifico en ruinas. Los demás hombres y niños se dispersaron, volviendo a sus escondites y trincheras.

—Necesito llegar a la Cancillería. Trabajo para el *Führer*.

—¿Tú? —El oficial rio.

—¿Tiene una linterna? —pregunté.

—No. —Sacudió la cabeza—. Pero tengo un encendedor.

—Préndalo.

Eso hizo. Me quité el anillo y le mostré la inscripción en mi alianza de matrimonio.

—¡Dios mío! —exclamó—. La haré llegar hasta allá lo antes que pueda.

Gritó algunas órdenes a sus hombres y empezó a caminar conmigo. En la esquina, nos acuclillamos mientras un proyectil ruso pasaba por encima de nuestras cabezas e impactaba a varias cuadras de distancia. Señaló un bulto café a varios metros al este. Al llegar, el oficial le quitó unas redes de encima a lo que parecía un montón de tierra pero resultó ser un pequeño vehículo, una cruza entre motocicleta y tanque. Me indicó que subiera al asiento de atrás mientras él conducía. Mi estómago dio varias vueltas por la accidentada trayectoria, pero en veinte minutos habíamos llegado a las cocheras del búnker de la Cancillería.

Los dos oficiales de guardia no creyeron mi historia hasta que les dije que fueran por la jefa de cocina. De inmediato, supieron de quién se trataba. El soldado que me llevó hasta allá me dejó con ellos. Uno fue lo bastante amable para ofrecerme un asiento en el frío pasillo mientras el otro llevaba el mensaje. Las cocheras del búnker eran un enorme complejo en el lado oeste de la Nueva Cancillería, sobre la calle Hermann Göring.

En un momento dado, me doblé de dolor y el oficial que quedaba corrió a mi lado. Me preguntó si había algo que pudiera hacer.

—Consígame un médico —respondí. Unos puntos de luz blanca empezaron a bailar frente a mis ojos y, a pesar del aire frío y húmedo, sentí un calor abrasador que salía de mi cuerpo. La sangre que manaba de la cortada en mi pierna empapó de un líquido café rojizo el pañuelo del soldado ruso. Empecé a temblar en la silla de madera.

Sentí que pasaban horas antes de escuchar la voz de la jefa de cocina. Corrió hacia mí, gritando mi nombre.

—¿Por qué no atendieron a esta mujer? —les gritó a los oficiales—. ¡Trabaja directamente para el *Führer*!

Los hombres se acobardaron y empezaron a excusarse. La jefa agitó una de sus manos en su dirección y dijo:

—Yo personalmente la llevaré con el *Führer*.

Me levantó de la silla y me recargué en ella.

—Es una larga caminata, Magda, pero puedes hacerlo. Piensa en cosas agradables o, mejor, cuéntame todo lo que te pasó desde que nos vimos por última vez. Hablar te distraerá del dolor.

La jefa de cocina todavía nos sabía que me habían violado. Le conté de mi estancia con la familia de Irmigard y de mis esfuerzos por encontrar a mi padre mientras transitábamos los largos pasillos del búnker. Había muchos soldados deambulando por allí y al parecer también había un número equivalente acostados en camillas a la espera de que se les atendiera. El aire estaba lleno tanto de gemidos como del aroma de antiséptico.

—No nos podemos detener aquí —dijo la jefa mientras sacudía la cabeza—. Estos búnkeres sólo se irán llenando más a medida que lleguen los heridos. Te voy a llevar con el médico personal del *Führer*. Seguro que lo recuerdas.

Recordaba bien a un médico regordete. Era el responsable de darle a Hitler sus dosis diarias de inyecciones de vitaminas y de morfina. Nunca me agradó su actitud obsequiosa ni la manera en que se desvivía por complacer a su jefe. Sin embargo, dada mi situación, me sentía más que feliz de verlo. El dolor se estaba intensificando mientras nos acercábamos al cuartel general subterráneo de Hitler.

Seguimos por un largo trecho de túneles que parecía interminable hasta que llegamos a un corredor de conexión. Yo resoplaba y me aferraba a la jefa cuando entramos al estrecho pasillo. Un oficial de las SS se levantó de detrás de su escritorio cuando nos acercamos al *Vorbunker*. Aquel era el primer refugio antiaéreo que Hitler había construido debajo de la Vieja Cancillería. La jefa le hizo una señal con la cabeza, y el oficial nos dejó pasar en el puesto de seguridad.

—Te guardé una cama en los dormitorios. Te sentirás como en casa. Está cerca de la cocina —dijo la jefa, y logro sonreírme.

Volvimos a dar vuelta en un pasillo más ancho hasta que pasamos frente al área de comedores. Mi habitación estaba junto a ella. Me colapsé en la cama, aliviada por poder descansar. Nada me ayudaría más que dormir, pero la jefa de cocina no me lo permitió. Por fin, le conté lo sucedido con los soldados rusos y mi violación. Me escuchó con lágrimas en los ojos.

Al terminar, me dijo:

—Espera aquí. Voy por el doctor Haase.

No conocía al doctor Haase. Hitler despidió al doctor Morell, el médico regordete que estuvo con él por años. Mientras esperaba, me quedé dormitando sobre mi camastro hasta que un médico con cara de rata chasqueó sus dedos sobre mis ojos. Me desperté sobresaltada.

—Le ruego que nos deje —le pidió a la jefa de cocina.

—Quédate tranquila, Magda —me dijo mientras acariciaba una de mis manos—. Estaré al otro lado de la puerta.

El médico me levantó el vestido y bajó la ropa interior ensangrentada. Sacudió la cabeza.

—La cortada que tiene en la pierna es el menor de sus problemas. Tiene una hemorragia interna. Pediré que busquen a una enfermera. —Llamó a la jefa, quien asomó la cabeza por la puerta y después se apresuró a seguir sus instrucciones.

Me centré en mis alrededores. No quería ni ver al médico ni sentir sus dedos sobre mí. La habitación era pequeña, se encontraba atestada de literas metálicas y carecía de color. Algunos focos desnudos iluminaban la habitación. Se oía un zumbido constante; el bajo rumor de algún tipo de maquinaria. Los búnkeres de la Guarida del Lobo parecían un palacio en comparación de los del *Vorbunker*.

En unos cuantos minutos, apareció una enfermera con una jeringa en las manos. Sentí un ardor momentáneo en el brazo, y entonces perdí el conocimiento por completo. Desperté varias horas después, vestida con una bata de hospital. La jefa de cocina estaba junto a mí, pero yo no deseaba nada más que dormir. Algunas mujeres estaban dormidas en las camas cercanas. Levanté la cabeza para decir algo, pero los efectos del anestésico eran demasiado fuertes. Mi cabeza volvió a caer sobre la almohada y una vez más me hundí en un profundo sueño.

Al despertar, no tenía idea de si era de día o de noche. El cuarto estaba vacío. Traté de mover las piernas, pero no me respondieron. Mi corazón se aceleró, presa del pánico. Recuperé y perdí la consciencia hasta que la jefa de cocina apareció a mi lado.

—No debes moverte —dijo, y señaló a mis piernas—. Están inmovilizadas con correas. El médico no quiere que camines durante unos días para que pueda iniciarse el proceso de curación. Después estarás bien. Más tarde te traeré algo de comer. —Sonrió y me tomó de la mano. A pesar de su fidelidad a Hitler, la jefa demostraba su valía como mi amiga una vez más. Se sentó en el borde de la cama y me miró con ojos tristes.

Una idea pavorosa vino a mi mente y me incorporé sobre los codos.

—¡Las mujeres a las que dejé atrás! —exclamé—. Necesitan un médico. Alguien debe ir por ellas. Le diré dónde se encuentran.

—Imposible, Magda —dijo la jefa de cocina mientras sacudía la cabeza—. Cada médico disponible se encuentra aquí, en el búnker, auxiliando a los soldados heridos y a las personas que están defendiendo la ciudad. Además, ningún médico podría llegar a ese vecindario en este momento. Equivaldría a un suicidio. Los rusos lo asesinarían de inmediato.

—Pero yo lo logré.

—Y tuviste suerte. Tus perspectiva era mucho mejor que las de aquellos que van al este porque viajabas al oeste, a la Cancillería. Con cada hora que pasa, los soviéticos se acercan todavía más. Nuestras bajas aumentan minuto a minuto. —Hizo una pausa y su voz se convirtió en un susurro—. Y hay algo más…

La miré fijamente.

—El doctor Haase dice que jamás podrás tener hijos. Te lastimaron demasiado.

Me recosté en la cama mientras mis ojos se llenaban de lágrimas. Pero en mi cuerpo destrozado había algo más que tristeza: una rabia colérica surgió en mi interior.

—¿Dónde está?

Me miró como si hubiera perdido la razón.

—¿Quién? —preguntó.

—Hitler. —Escupí su nombre y no me importó que alguien escuchara mi blasfemia.

La jefa de cocina se me quedó viendo horrorizada.

—¡Magda! Estás enferma, voy por el médico.

—¡No estoy enferma! ¡Él es el causante de todo esto! ¡Él es quien debería ser castigado!

La jefa se inclinó sobre mí y puso su mano sobre mi frente.

—Lo que dices no tiene sentido. Serénate.

Empecé a golpear la camilla con los puños y jalé las correas que detenían mis piernas hasta que pensé que mis pies se desprenderían. Un dolor espantoso y lacerante atravesó mi vientre. Me apreté el estómago y seguí forcejeando en la cama hasta que no me pude mover más. Exhausta, me dejé hundir en un mar de llanto.

El médico no vino, pero llegó una enfermera con un sedante. Me puso la inyección y la luz encima de mí se volvió brumosa y débil hasta que desapareció en la oscuridad. Una idea llenó mis pensamientos mientras caía en la inconsciencia: «Cueste lo que cueste, asesinaré a Adolf Hitler».

CAPÍTULO 20

Los días siguientes se sucedieron sin dejar huella en mi memoria. No estaba segura del número de horas que transcurrieron. Recordaba a médicos y enfermeras que me observaban, cambiaban la ropa de cama, mi bata y mis vendajes. La jefa me alimentaba aunque no tenía hambre.

Después, como paciente que sale de una fiebre prolongada, empecé a sentirme mejor, lo bastante bien como para pararme por mi cuenta. Di unos pasos pequeños por mi habitación y me asomé al corredor. Algunas personas me saludaron. Otras me miraron brevemente y después apartaron la vista. La jefa y yo hablábamos cuando me traía de comer, pero jamás mencionó mis desvaríos acerca de Hitler ni flaqueó su inquebrantable amistad hacia mí. Me dijo que Berlín estaba a punto de caer, que todo el mundo lo sabía y hacía planes para huir de la ciudad. Hitler, me dijo, no estaba convencido y planeaba quedarse hasta el final. Ella y varios miembros del personal, incluyendo al *valet* de Hitler, también querían quedarse.

Le pregunté si alguien envió un médico a casa de Irmigard. Sacudió la cabeza. Por su expresión, comprendí que, por más que yo quisiera que alguien las salvara, no había nada que ni la jefa de cocina ni yo pudiéramos hacer.

Las horas pasaban despacio, en sincronía con el zumbido de los generadores. Si cayeron bombas sobre la ciudad o se estrellaron misiles contra la Cancillería, jamás los oímos. Pudo haber un intenso combate mano a mano en el jardín justo arriba de nuestras cabezas, pero no lo hubiéramos escuchado. Era como si viviéramos en una tumba alejada del mundo, sin esperanzas de poder encontrar el camino de regreso al exterior.

Una tarde, ya cerca del anochecer, me sentí lo bastante fuerte para alimentarme en el comedor. El cuarto estaba junto a la cocina del *Vorbunker* y, mientras comía, vi a una mujer a la que recordaba del Berghof. Al principio, pensé que mis ojos me estaban engañando, como si los efectos tardíos de los medicamentos que me dieron afectaran mi visión y conjuraran la presencia de un fantasma frente a mí. Traía puesto un sencillo vestido azul de manga larga y se movía por la cocina con su misma costumbre desenfadada, sonriendo y hablando con el personal. Reconocí su voz de inmediato. Aquella mujer era Eva Braun.

Yo sólo vestía la bata de hospital. La jefa estaba tratando de conseguirme algo que ponerme, pero la ropa escaseaba.

Eva me vio y caminó hacia mí con una mirada amistosa. Tomó la silla que estaba al otro lado de la mesa y se sentó frente a mí. Me tomó de las manos.

—¡Qué gusto me da verte, Magda! Me enteré de tu desgracia. Qué bueno que ya te sientas mejor.

No supe qué decir. ¿Cómo podía charlar de nimiedades cuando el mundo, nuestro mundo, de hecho, se desmoronaba sobre nuestras cabezas? Pero Eva felizmente ignoraba la realidad a favor de ropa y fiestas. Era la violinista que tocaba mientras Berlín ardía. Me sorprendió verla en el búnker porque por lo general pasaba su tiempo lejos de Hitler, en su hogar de Múnich. Su rostro parecía más preocupado que la última vez que la vi. Las joyas y ropa opulentas del pasado desaparecieron dando paso a una apariencia más modesta.

—¿Cuánto tiempo lleva aquí? —le pregunté.

—Sólo algunas semanas —respondió, y me miró con una sonrisa compasiva—. ¿Por qué no me acompañas a mis habitaciones? Tengo algunos vestidos que podría darte. Esa bata de hospital no te favorece.

Terminé de comer mientras Eva me platicaba acerca de sus padres y su hermana. Cuando terminé, me llevó por el pasillo hasta una puerta que conducía a un tramo de escaleras. Bajamos a una profundidad todavía mayor hasta llegar a un punto de control de las SS. Nos encontrábamos en el *Führerbunker*. El ambiente era similar al del *Vorbunker*, pero aún más claustrofóbico. Se oía el constante zumbido de los generadores, los pasillos estaban iluminados con una luz áspera, los techos eran extremadamente bajos y había varios cuartos que daban a un corredor. Un perro empezó a ladrar a lo que parecía una distancia enorme. Escuché el chillido apagado de unos perritos.

—Blondi —dijo Eva—. Yo tuve que dejar a mis pequeñitos en Múnich. Nunca permirtiría que estuvieran aquí en el búnker con su pastor alemán.

—¿Blondi tuvo perritos? —pregunté.

—Así es, mandó que la cruzaran. Creo que son cinco. La verdad es que no les presto mucha atención.

En el estrecho pasillo nos detuvimos entre dos puertas. El aire olía a diesel y a desinfectante.

—Aquí todo está a una distancia que puede recorrerse a pie —dijo Eva con un intento valiente por sonreír—. El clóset está junto a mi cuarto. Por desgracia, el baño también lo está. —Abrió una de las puertas y se asomó al interior. La luz estaba prendida. Adentro había espacio para una pequeña cómoda y un perchero para vestidos y pieles. Miró la ropa del perchero y dijo—: Selecciona algunos vestidos. Estoy más que segura de que no necesitaré todo esto.

—De veras, no debería.

Puso una mano sobre mi hombro.

—Magda, todos sabemos lo que está sucediendo. Hagamos lo mejor que podamos. Tómalos como regalo. Si no te quedan, podemos arreglarlos. Aunque no lo creas, hasta yo puedo manejarme con aguja e hilo si es necesario.

Le di las gracias, pero me sentía culpable de estar viendo ropa. Entré y empecé a mirar la que estaba colgada en el perchero. Diez vestidos bellísimos, la mayoría color azul marino o negro, colgaban de sus respectivos ganchos. Todos tenían las letras «EB» bordadas en el cuello. Los vi uno por uno hasta que llegué al precioso vestido blanco que ya me había mostrado en el Berghof.

—Ese no te lo puedo dar —dijo—. Es el que me pondré muy pronto; el día de mi boda.

Brinqué hacia atrás, como si el vestido me hubiese quemado.

—¿Se va a casar?

Eva rio y su voz sonó como champaña burbujeante.

—Resistió lo más que pudo, el pobrecito. Pero ahora no tiene otra opción más que casarse conmigo. —Rio como colegiala—. Debes venir; puedes servir como testigo. O quizá dama de honor.

Sacudí la cabeza, azorada ante la idea.

—No, de veras, tienes que hacerlo. ¿A quién más podría pedírselo aquí? ¿A una de las guardias de las SS? Todas tienen caras que parecen talladas en concreto. ¿A alguna enfermera? ¿A una de sus secretarias privadas? Son tan feas como las de las SS. —Colocando una mano frente a su boca, ahogó una risa—. No debería burlarme. —Tomó mis manos y las apretó—. Te ruego que lo consideres. Mi boda no estaría completa sin una dama de honor.

—Es muy persuasiva —respondí—, y le agradezco que me lo haya pedido. Claro que iré, y con gusto.

En realidad, lo único que estaba pensando era la forma en que asesinaría a Hitler. ¡Qué irónico sería que lo matara en su día de bodas, en el día «más feliz» de su vida! Pero ¿cómo hacerlo? Tomaría mucha más planeación que sólo pensar en ello. ¿Y qué hacer con Eva? ¿Matarla también? No. No habría necesidad. Una vez que Hitler estuviera muerto, los miembros restantes del *Reich* entrarían en acción. Las SS vendrían por mí y yo desaparecería poco después. En cierto modo, Eva me daba lástima por ser tan tonta. Podía ver que atraía a la gente con su amable generosidad, sus invitaciones a celebrar la vida en medio de la guerra. Hombres y mujeres se sentirían halagados de formar parte de su círculo social, quizá de acercarse a Hitler; no obstante, su experiencia tendría que ser tan superficial y hueca como tomar el té bajo el sol de la terraza del Berghof. Quedé convencida de que no sabía nada de las matanzas, de los campos de concentración, de las atrocidades que cometía el *Reich*. No es que fuera una tonta. Su falta más grande era que se había cegado a todo excepto a su percepción personal de la vida.

Me llevé tres vestidos, dos negros y uno azul, y le di las buenas noches. Eva me acompañó a las escaleras y luego hasta el puesto de seguridad de las SS que conducía de vuelta al *Vorbunker*. Antes de llegar, miró en dirección a su habitación.

—Mi pobre, pobre Adolf —dijo—. Todos lo abandonaron. Ahora está completamente solo. Sólo nos tiene a Blondi y a mí.

Le di las gracias por los vestidos y la dejé en el corredor. De camino a mi habitación, una mujer con un costoso vestido de seda apareció caminando por el pasillo. La acompañaban tres jóvenes vestidas de manera parecida. Se me quedaron viendo como si fuese un espectro. Debía de verme terrible en mi bata de hospital, con el pelo enredado y la cara delgada. Más tarde, le pregunté a la jefa quiénes eran.

—¿No lo sabes? —me preguntó con enorme sorpresa—. Son Magda Goebbels y sus hijas. Están aquí para sobrellevar la tormenta.

Su marido, el Ministro de Propaganda, también se encontraba en el búnker, pero no lo vi. La jefa me contó que algunos días antes, leyó la proclamación de su alianza con los residentes de Berlín. Había una copia impresa de la misma sobre una de las mesas de la cocina. La recogí.

> *Hago un llamado para que luchen por su ciudad. Luchen con todo lo que tengan, por el bien de sus esposas e hijos, de sus madres y parientes. Con sus brazos están defendiendo todo aquello que valoramos, y todo aquello que valorarán las generaciones venideras. ¡Sean orgullosos y valientes! ¡Ingeniosos y astutos! Su líder está entre ustedes. Él y sus colegas permanecerán entre ustedes. Su esposa y sus hijos también se encuentran aquí. Él, quien alguna vez capturó la ciudad con doscientos hombres, utilizará cualquier medio que sea necesario para impulsar la defensa de la capital. ¡La batalla por Berlín debe convertirse en la señal para que la nación entera se levante en armas!*

La locura había descendido hasta las profundidades de la tierra.

Una noche, le pregunté a la jefa qué día era. Me dijo que era 28 de abril. No encontraba otra forma de ubicarme en el tiempo más que preguntándoles a otras personas. En las paredes no había relojes ni calendarios. Las horas que pasaba en el búnker desaparecían en una monótona letanía. Después del ataque de los soviéticos, dejé mi reloj de pulsera y mi maleta en el departamento de Irmigard. Pensé en su familia y me pregunté si seguirían con vida. Recé por que lo estuvieran.

Los seis hijos de Goebbels, cinco niñas y un niño, se encontraban en el búnker. La totalidad de la familia recibió una invitación personal de Hitler. Desde que los identifiqué, empecé a notarlos con mayor frecuencia. Parecían un grupo animoso y destacaban en la muchedumbre habitual de oficiales y personal. La hija mayor parecía más reservada y taciturna que los demás. Supuse que extrañaría su libertad y sus amistades porque era un poco mayor. A ella, la vida dentro del búnker no le parecería un juego como pensarían los chicos más pequeños.

Esa noche, el hijo de Goebbels pasó junto a mí por el pasillo. Por su apariencia, juzgué que tendría alrededor de ocho o nueve años. Su cabello era más oscuro que el de sus hermanas y detecté el parecido con su padre, en particular en sus delgados labios. Estaba convirtiéndose en un joven delgado, aunque todavía mostraba cierta suavidad infantil en torno a su vientre. Agitó un revolver de madera en mi dirección y preguntó a dónde me dirigía. Estaba jugando a que era un soldado, pero su tono de voz severo hacía que su juego resultara menos lúdico.

—¿Y quién eres tú? —le pregunté, sabiéndolo a la perfección desde un principio.

—Yo te lo pregunté primero —replicó—. ¿Tienes tus papeles de identificación?

—Sólo tienes que preguntárselo al *Führer*. Él te dirá quién soy.

Sus ojos se abrieron como platos y guardó su arma en su funda.

—¿Eres amiga del tío Adolf?

Nunca hubiera afirmado que era amiga de Hitler, de modo que le respondí:

—Trabajo para él.

Pareció decepcionado.

—Todo el mundo trabaja para el tío Adolf. Nunca podré atrapar a ningún traidor o espía. ¿Viste al hombre al que apresaron hoy?

Me acuclillé para quedar a la altura de su cara.

—No, ¿quién era?

—El cuñado de Eva Braun —respondió con orgullo—. Él también trabajaba para el tío Adolf, pero lo degradaron por borracho. Quizá lo fusilen —concluyó con una dulce sonrisa.

Ya oí antes que Eva tenía una hermana y que estaba casada, pero no sabía nada más al respecto. Señalé a su arma de juguete.

—¿Dónde conseguiste tu pistola?

Sacó la réplica pintada de su funda y me la entregó.

—Soy Helmut Goebbels y mi papá me la regaló. Me ordenó que protegiera a mi mamá y mis hermanas mientras trabaja con el tío Adolf. Mi papá es muy importante.

Observé los detalles realistas de la cacha, la mirilla y el gatillo del juguete. Se lo regresé y dije:

—Estás haciendo un excelente trabajo. —Después se me ocurrió que podía hacerle una pregunta «inocente» de gran importancia—. ¿Hay otras pistolas como esta en el búnker?

Entrecerró los ojos y me pregunté si quizá no me delaté a mí misma.

—Bueno..., como trabajas para el tío Adolf supongo que te lo puedo contar.

Las paredes se cimbraron a causa de una explosión apagada. Se hicieron más insistentes en el último día. A mi llegada al búnker, nunca oí nada. Ahora los rusos estaban a tan sólo cuadras de la Cancillería y los ataques eran constantes. Helmut miró al techo y al foco que se mecía de un lado al otro.

—Mamá dice que el Ejército Rojo está en camino. La hace sentir náuseas. Les dijo a mis hermanas que quizá nos tengamos que ir del búnker muy pronto. Eso las hace felices. En especial a mi hermana mayor. Quiere irse a casa, pero yo sé que mamá jamás dejará solo al tío Adolf. —Le dio unas palmaditas al arma en su funda—. Esta no dispara balas de verdad, pero papá me dijo que me daría una real si la necesitaba.

Otra explosión hizo temblar las paredes. Estaban atacando la Vieja Cancillería, justo arriba de nuestras cabezas.

Helmut siguió hablando, completamente despreocupado de la artillería.

—Voy a tener mi pistola. Desde que los traidores trataron de matar al tío Adolf, ya no deja que haya pistolas a su alrededor. Sólo las tienen algunos de las SS porque sabe que ellos sí son leales.

Pude cuestionar la inocente afirmación de que el personal de Hitler era de una lealtad inquebrantable, pero no dije nada.

Al fondo del corredor, cerca de las escaleras que conducían al búnker de Hitler, apareció una figura encorvada que pasó arrastrando los pies como un jorobado. Helmut lo vio, gritó su nombre y corrió tras él sin volver a dirigirme la palabra.

La figura se detuvo y dio la vuelta. Emití un grito ahogado al mirar directamente al rostro del mal. Envejeció toda una vida desde que lo vi por última vez. Su camisa estaba salida del pantalón. Su cabello se veía gris bajo aquella tenue iluminación y su cara estaba cruzada de surcos oscuros. Detuvo la marcha, volteó hacia mí y me miró fijamente. La luz de sus ojos se desvaneció. Su brazo izquierdo temblaba. No levantó una mano ni sonrió en señal de reconocimiento. Me pregunté si me había visto.

Su grotesca cara me horrorizó. Me pregunté si de verdad necesitaba matarlo porque, en realidad, ya era un hombre muerto; un cadáver ambulante que presidía a sus seguidores desde una tumba. Se aferró a uno de los hombros de Helmut y se alejó despacio, usando al chico como bastón.

Esa noche, acostada en mi camastro, me pregunté si debería seguir considerando la muerte de Hitler. Después de ver su fantasmal figura en el corredor, supe que no le quedaba mucho tiempo. Sin embargo, no había nada en mi educación religiosa que me hiciera perder el sueño por matar a un tirano. Fui educada como luterana, pero mi devoción no era firme. Mi padre rara vez iba a la iglesia, y mi madre lo hacía de manera esporádica los domingos y en las fiestas religiosas. En ocasiones, yo la acompañaba, pero sólo porque me lo pedía. Tenía pocos deseos de que se me instruyera en temas religiosos. Además, me satisfacía un poco la idea de que, de manera póstuma, por supuesto, se me conociera como «la mujer que acabó con Hitler».

Esa noche, Eva me despertó dándome algunos golpecitos en el hombro. Caí en un sueño profundo a pesar de las repetidas explosiones, y sentirla me asustó. Llevaba una linterna. Me incorporé apoyándome sobre los codos y dije con voz soñolienta:

—¿Qué sucede? ¿Pasa algo malo?

Sacudió la cabeza. Entonces noté las lágrimas en sus ojos.

—Mi cuñado está muerto. Las fuerzas de seguridad se lo llevaron al jardín y lo fusilaron. Rogué por su vida, pero Adolf no me hizo caso alguno. Lo llamó «idiota borracho y mujeriego». Mi hermana está a punto de dar a luz, pero eso no hizo la más mínima diferencia. Le dije: «Tú eres el *Führer*». —Se sentó en la orilla de mi cama e inclinó la cabeza—. Pobre, pobre Adolf. Todos lo abandonaron, todos lo traicionaron. Pero prefiero que mueran diez mil hombres más a que Alemania lo pierda a él. Mi hermana tendrá que vivir sin su marido. —Una chispa de vida regresó a sus ojos—. Adolf y yo nos casaremos más o menos en una hora. Tienes que vestirte. Quiero que estés allí, Magda.

—¿Qué hora es?

—Unos minutos pasada la medianoche. Ven tan pronto puedas. Nos casaremos en la sala de conferencias más chica. Le dejaré saber al guardia que estás invitada. —Se levantó de mi cama y salió con sigilo de la habitación.

Me levanté de la cama y busqué debajo de ella la caja que contenía mis pertenencias. No me bañaba bien desde hacía días y sólo me pude asear un poco en el fregadero de la cocina. La única tina estaba en el departamento de Hitler, y sólo él, Eva y Goebbels tenían permitido usarla.

Saqué uno de los vestidos de Eva y me lo puse. Me quedaba lo bastante bien para usarlo. Me lavé en el fregadero de la cocina, intentando estar lo más presentable posible para la boda. Un cuchillo de carnicero brillaba en un estante y consideré llevarlo conmigo, pero descarté la idea. No había manera de ocultarlo. Además, no sabía qué tantas personas estarían en la boda ni qué tanto podría acercarme a Hitler.

Abandoné la cocina y atravesé el oscurecido comedor hasta el pasillo que conducía al búnker inferior de Hitler. Al fondo de las escaleras, el guardia de las SS me dejó pasar después de darle mi nombre. Noté que llevaba un arma. Pasé por la sala de conferencias donde Hitler sostenía sus juntas informativas diarias y me encontré frente a la puerta de una habitación más pequeña. Ninguna de las dos era de gran tamaño, pero la más amplia tenía una mesa al centro. Me imaginé a los generales y otros oficiales a su alrededor mientras Hitler daba las órdenes a su destrozada ofensiva. Todo el mundo sabía que Berlín estaba a punto de caer. El *Führer* era un «emperador sin ropa», aunque nadie se atreviera a reírse de él. El poco poder que le quedaba se acercaba a su fin.

La puerta estaba abierta. Eva me vio y me hizo una señal para que entrara. Tenía puesto el vestido blanco que me mostró unos días antes. Su rostro estaba sonrojado y se veía bastante bonita, aunque no podía compararse con la mujer que era en sus despreocupados días del Berghof. Hitler, vestido en un traje oscuro con una corbata del mismo color, estaba sentado en una silla con aspecto sombrío y preocupado. Traía puesto el distintivo del Partido en la solapa. Goebbels, con su delgada cara de ratón, estaba parado cerca, con sus manos cruzadas delante de él. Su expresión era tan severa e inflexible como la que observé en cada una de las imágenes tomadas al Ministro de Propaganda. Tenía unos círculos negros bajo los ojos por la falta de sueño. Martin Bormann, que parecía un bulldog, estaba ocupado con un papel que tenía sobre la mesa. Era el certificado de bodas de Adolf y Eva.

Hitler me saludó con una inclinación de la cabeza, pero no dijo palabra. Me paré junto a Eva. Tomó mi mano izquierda con la derecha en un apretón fuerte pero frío. Miré mis dedos y noté la alianza de plata que el *Führer* nos dio a Karl y a mí el día de nuestra boda. Eva no llevaba puesto ningún tipo de anillo.

Pronto, apareció un oficial de las SS acompañado de un hombrecito desaliñado vestido de civil. Su saco, camisa y cara estaban manchados de tierra. Goebbels lo presentó como *Herr* Wagner, Concejal de Berlín y miembro de una unidad de combate a pocas cuadras de distancia del búnker. Goebbels sacó a rastras de las calles a Wagner para que oficiara la boda.

La ceremonia civil no duró mucho tiempo. Hitler y Eva juraron que eran de ascendencia aria y que no padecían enfermedad hereditaria alguna que les impidiera casarse. Hitler firmó el certificado y le entregó la pluma a Eva. La observé cuando empezó a firmar con su nombre como «Eva Braun». Rio, se dio un golpe en la mano a manera de broma y escribió «Eva Hitler, de soltera Braun». La pareja se dio un beso rápido y después le estrechó la mano a cada persona de la habitación. Hitler no dijo nada cuando me tomó la mano. No necesitaba pronunciar palabra alguna. Su mirada ausente y su débil apretón de manos me dijeron todo lo que necesitaba saber sobre su condición.

—Estoy tan feliz, Magda —me dijo Eva mientras me acompañaba a las habitaciones privadas de su marido. El cuarto contenía un sofá y una mesa pequeña. Había una bella naturaleza muerta de origen flamenco sobre una pared. El escritorio de Hitler también se encontraba en la habitación, y sobre él había un retrato en un marco ovalado.

Eva señaló a la imagen de un hombre mayor de mirada severa con una peluca polveada y una medalla en forma de estrella de plata colocada sobre su pecho.

—¿Sabes quién es ese?

Sacudí la cabeza.

—Federico el Grande —afirmó—. Adolf se le queda viendo por horas, como si el viejo guerrero le estuviera diciendo algo. —Suspiró—. Inútil. Todo es absolutamente inútil. Un rey muerto de Prusia no puede salvar al *Reich*. Cómo me gustaría que pudiera hacerlo. —Sus ojos se llenaron de lágrimas.

Hitler entró en la habitación con su pequeño séquito. Eva se limpió las lágrimas y se paró junto a él. Yo sólo quería expresarle mi odio, mi arrollador deseo de verlo muerto. A pesar de lo mucho que lo detestaba, me impactó su rápido deterioro personal. Quizá se debía a la hora tardía, pero siempre trabajaba hasta altas horas de la noche; quizá toda su ilustre ilusión por fin se vio aniquilada. Era una sombra enfermiza de quien era antes. La piel de su cara grisácea le colgaba tras meses de vida subterránea. Su traje arrugado y su andar encorvado reflejaban la destrucción que se cernía sobre nosotros. Mientras el líder del *Reich* se desmoronaba bajo tierra, Alemania también se desmoronaba por encima de nuestras cabezas.

Otros más aparecieron en la puerta, incluyendo a la jefa de cocina, *Frau* Goebbels y las secretarias, todos invitados por el novio. El cuarto empezó a sobrecalentarse por la muchedumbre que atestaba la habitación, y me alejé de Hitler y de Eva para estar más cerca del pasillo, donde podría respirar.

El *valet* de Hitler trajo champaña y los invitados hicimos un brindis en honor a los novios. Cuando se disipó la pequeña ola de risas, aplausos y vasos que chocaban, todo el mundo miró hacia el *Führer*. Estaba sentado en un sillón, comiendo un trozo de pastel. De su boca caían migajas a las solapas de su traje. Eva frunció el ceño, pero no dijo nada para regañarlo, como haría en sus días del Berghof.

Al terminar de comer, Hitler dijo:

—Ahora es momento de recordar tiempos mejores. —Se limpió los dedos con una de las toallas que envolvía el champán y se reclinó sobre el respaldo del sillón—. Siempre dediqué mi vida a Alemania y al Partido. Qué maravillosos fueron los primeros días en que cada hombre, mujer y niño se levantó con orgullo para responder al llamado del nacionalsocialismo.

Los ojos de todos los presentes, a excepción de los de Bormann, se pusieron vidriosos. Nos esperaba una larga arenga acerca de los «días maravillosos» del Partido y los recuerdos del ascenso del *Führer* al poder. Habló durante cerca de una hora. Nadie podía hacer nada más que sostener su copa de champán y escuchar mientras pontificaba acerca de su juventud, de la gloria de los primeros años y el horripilante destino que ahora les esperaba a los nazis. Al final, bajó la cabeza y se quedó viendo sus manos. Sus invitados quedaron en silencio, esperando que nos despidiera.

Tomó otro pedazo de pastel y colocó una servilleta sobre su regazo.

—Hay una cosa más que decir esta noche de bodas. —Hizo una pausa. Sus ojos llorosos nos abarcaron a todos los que estábamos en la habitación. Sacudió la cabeza como si no pudiera creer el estruendoso ocaso de su poder, los proyectiles que explotaban sobre su cabeza, la destrucción de su ejército «relámpago» y todo lo que le estaba sucediendo—. Se acabó —dijo al fin—. El nacionalsocialismo está muerto y jamás resurgirá. ¿Quién más que yo podría tener el valor para liderar un movimiento así? —Sus labios se abrieron en una sonrisa sardónica mientras miraba fijamente primero a Goebbels y después a Bormann, que se mantuvieron impávidos bajo su mirada—. Quien quiera abandonar el búnker debe hacerlo ya.

—¡Jamás, *mein Führer*! —dijo Goebbels levantando el brazo en el característico saludo. Todos los allí reunidos se hicieron eco de sus palabras y levantaron sus brazos en el mismo saludo. Yo me quedé parada en el pasillo con los brazos a los lados.

Hitler extendió las manos, como si les rogara a los que allí se encontraban.

—Los dejo en libertad; no sufran conmigo. Todos, excepto mis más leales amigos, me traicionaron. Incluso el pueblo alemán desertó. —Cerró los puños y se golpeó con fuerza el pecho—. No tienen la voluntad para vivir; no tienen el coraje para enfrentarse a nuestros enemigos. Sobreestimé su valía desde el principio. Merecen morir aplastados. —Se dejó caer contra el respaldo del sillón como un globo desinflado.

—¡Sí, mi *Führer*! —gritó Bormann.

Sentí que la rabia se apoderaba de mí. Quería estrangular a Hitler. Ahora *culpaba* al pueblo alemán de sus tiránicas faltas. De un plumazo estaba desacreditando a mi padre, a mi madre y a mis tíos, fieles seguidores, e incluso a los inocentes niños que morían en las calles en su nombre. No cabía el más mínimo remordimiento en el pecho del *Führer*. Jamás pronunciaría una sola palabra de disculpa. No haría más que culpar a los demás. Su devastadora caída era responsabilidad de la *Wehrmacht*. Los soldados eran unos cobardes que valoraban su vida más que la de su país, sus generales y oficiales militares eran idiotas que no sabían nada de estrategia y táctica. ¿Quién podía culpar al pobre *Führer* cuando la culpa le pertenecía a toda Alemania?

—Para mí, morir será una liberación —afirmó—. Y eso es lo que haré. Aquí, con mi esposa a mi lado. Eligió el mismo destino.

Magda Goebbels estalló en llanto. Su marido corrió a su lado hasta que cesaron sus lloriqueos. Varias de las secretarias de Hitler también se secaron los ojos.

A medida que la melancolía y depresión de esa confesión suicida se apoderaban de la habitación, varios de los invitados se alejaron de aquel opresivo ambiente. La fiesta de bodas terminó. Hitler se levantó del sillón con cuidado de envolver su trozo de pastel en una servilleta. Lo colocó en su bolsillo derecho y pasó junto a mí, viendo directamente al frente, como en un trance, mientras yo me quedaba de pie en el pasillo.

Eva me dio unas palmaditas en el hombro.

—Te agradezco que nos acompañaras, Magda. Supongo que ya no te veré más de ahora en adelante —dijo mientras los demás invitados desaparecían por el pasillo—. Vete lo más pronto que puedas. Sal de Berlín y dirígete al sur, hacia Múnich. Allí están los estadounidenses. Serán más compasivos que los soviéticos.

Una de las secretarias, *Frau* Junge, pasó junto a mí y entró al cuarto adyacente detrás de Hitler.

—Es de lo más leal —dijo Eva—. Junge se quedará hasta el final. —Trató de sonreír, pero su boca se transformó enseguida en un mohín—. Adolf le está dictando su testamento. Ya no falta mucho.

Eva me dio un beso en la mejilla.

—Adiós, querida Magda.

Caminó a su habitación y me dejó con el *valet* y con el doctor y la señora. Goebbels, quienes se quedaron sentados en el sofá, incrédulos e impactados por la decisión de su *Führer* de morir en Berlín.

Yo, sin embargo, celebré en silencio.

A la mañana siguiente, me senté en mi cama y lloré. Nadie vino a mi auxilio. Dudaba que le importara a nadie o, si por casualidad era el caso, lo más seguro era que se sintieran demasiado cansados y deprimidos como para hacer algo al respecto. Estaba notando los efectos de la vida en el búnker: la falta de aire fresco, las paredes que se me venían encima, las mismas caras todos los días, una rutina que jamás variaba mientras las horas pendían sobre mí como los minutos en un reloj al que se le acababa la cuerda. Uno de los hombres de las SS me dijo que no debía preocuparme por estar afuera; de todos modos, nadie podía ver el sol a causa del humo que había. Los rusos estaban disparando sus cañones de artillería a todo lo que daban mientras seguían su avance. Berlín se quemaba. Ahora los misiles explotaban directamente sobre nosotros, sin tregua, y la tierra temblaba. El ataque soviético se hizo más rápido y violento a medida que pasaban las horas.

Me repuse lo más que pude y pensé en cómo llegar al sur, a Múnich y luego Berchtesgaden. El trayecto parecía imposible; de todos modos, me preocuparía por ello cando llegara el momento de evacuar…, si lograba salir con vida del búnker.

Poco después de las once de esa misma mañana, la jefa de cocina entró corriendo a mi habitación, con su rostro frenético y sonrojado.

—¡Mussolini está muerto! —exclamó—. El *Führer* no cabe en sí de tristeza. Su mejor amigo se ha ido. —Se sentó un momento en mi camastro, agitando sus brazos arriba y abajo con desenfreno, como si no supiera qué hacer—. No lo voy a abandonar, Magda. Como tampoco lo hará *Frau* Junge. Nos quedaremos con él hasta el final.

La tomé de las manos con fuerza.

—Debería marcharse conmigo. Podemos ir a Berchtesgaden. Allí estaremos a salvo. Podemos quedarnos con mis tíos si no podemos llegar al Berghof.

Me miró con sorpresa.

—¿Y qué hay de tu padre y de tus amistades en Berlín?

—No tengo idea de dónde se encuentra mi padre ni de si mis amigas siguen con vida —dije mientras me estremecía—. No puedo enfrentarme a los rusos… otra vez. —La posibilidad de perder a mi padre de manera definitiva se me vino encima. Yo, al igual que el resto de Alemania, ya había perdido demasiado. La jefa se inclinó hacia mí y las dos nos abrazamos. Fue un simple gesto nacido de una pérdida absoluta.

Después de un tiempo, me dijo:

—Tengo que irme. No está comiendo, pero sigo preparándole sus alimentos. —Volvió a abrazarme—. Te ruego que te despidas de mí antes de marcharte.

Asentí, me volví a recostar en mi camastro y permanecí allí cerca de veinte minutos hasta que no aguanté más. Me levanté y empecé a dar vueltas por mi habitación. Necesitaba ver el sol, volver a respirar aire antes de que me capturaran o de que muriera. Mis probabilidades de escapar del búnker me parecían poco menos que nulas.

La jefa de cocina me contó acerca de una salida de emergencia en el lado oeste del búnker que conducía a un jardín ya bombardeado, detrás de la Nueva Cancillería, que construyó Speer. Varias personas, incluyendo a Eva, salían al jardín para poder respirar un poco de aire fresco. Dejé mi habitación y atravesé el comedor para llegar al pasillo del búnker inferior. Bajé por las escaleras; el guardia me miró brevemente y me hizo un gesto para que pasara, como si mi presencia no importara en absoluto. También él sabía que el fin estaba cerca. El pasaje central era largo y conducía ante la sala de conferencias y el dormitorio de Hitler. Más allá vi a una figura encorvada en la sombra de otra puerta.

—Mátala —oí que decía—. No quiero que la capturen los rusos, de la misma manera en que Eva y yo no queremos que nos capturen. Es una burla lo que los italianos le hicieron a mi amigo..., colgarlo de un gancho como cerdo. No permitiré que eso le pase a ella... —Golpeó la pared con un puño.

Se detuvo al darse cuenta de mi presencia y me miró furioso con sus ojos hundidos. El vibrante y astuto Hitler se transformó en un encorvado morador de cuevas, un grotesco monstruo del inframundo. Sostuvo su mano en alto para que me detuviera, se inclinó hacia la puerta y la cerró parcialmente.

—¿Qué haces aquí? —preguntó.

—Quería algo de aire fresco —respondí.

—Sólo aquellos con permiso pueden abandonar el búnker por esta ruta. —Se alejó de la puerta—. Podrían matarte.

Un hombre asomó la cabeza de la habitación y dijo:

—Ya está, el veneno actuó como rayo.

—Déjame y llévate a los cachorros —ordenó Hitler. El hombre volvió a entrar en la habitación y unos instantes después reapareció con una caja. Al pasar, escuché los rasguños y gemidos ahogados de los perritos. Avanzó por el pasillo hacia las escaleras que llevaban a la salida. Hitler entró en su habitación. Pronto se escucharon unos sollozos apagados que se colaban hasta el corredor.

Me acerqué a hurtadillas para enterarme de la muerte que le provocó tanto dolor a Hitler. La puerta estaba entreabierta. La luz de la habitación era intensa. Hitler estaba arrodillado en el piso, con su pecho convulsionándose por el llanto sobre un cuerpo negro y café que yacía silenciosamente frente a él. Mandó envenenar a Blondi.

Escuché que se abría la puerta de salida. Después se escuchó el eco de cinco disparos por todo el pasillo. Enseguida el hombre regresó. Me oculté entre las sombras, alejada de ellos.

—Ya me encargué de los cachorros —le dijo el hombre a Hitler—. No tiene de qué preocuparse.

Caminé con rapiez, esperando huir de lo que acababa de atestiguar. La muerte extendía su manto por todo el búnker, incluso para llevarse al perro que tanto significaba para Hitler.

El encierro me tenía fuera de mí. Caminé de vuelta al *Vorbunker*, hacia el largo pasillo de conexión que llevaba a los túneles que discurrían al este y al oeste bajo la Nueva Cancillería. El guardia de las SS me preguntó a dónde iba. No tenía ganas de mentirle. Le dije que estaba enloqueciendo dentro del búnker y que necesitaba salir un momento. Asintió con una triste sonrisa, como si supiera lo que estaba atravesando, y me indicó que prosiguiera.

Recordaba poco de la noche del ataque en el departamento de Irmigard. A mi llegada, la jefa de cocina me llevó al *Vorbunker*. Ahora podía ver el horror que se cernía sobre el pueblo alemán. Se dipusieron servicios médicos en varias de las habitaciones. El olor a sangre y a carne inundaba el corredor. Varios médicos pasaban de camilla en camilla como si fuesen marionetas animadas por unos hilos invisibles. Sus batas estaban manchadas de rojo y salpicadas de tejido humano.

Uno de los médicos le gritaba órdenes a una enfermera que parecía perdida en medio de la sobrecogedora tarea que tenía frente a ella. Cien pacientes, muchos con extremidades amputadas, quemaduras o heridas abiertas, esperaban su atención. Quizá fueran más de cien. Los heridos yacían como maniquíes sobre las camillas, cubiertos con sábanas ensangrentadas o desnudos en su dolor. Un médico cortó el brazo derecho de un soldado, justo por debajo de su hombro. Levantó el miembro cercenado y lo arrojó a una tina metálica atestada de piernas, brazos, manos y pies amputados. El estómago se me encogió ante la cruenta visión mientras el olor a muerte penetraba en mi nariz.

El médico que acababa de realizar la amputación me vio y se dirigió a mí.

—¿Puede ayudarnos?

Al principio no supe qué decir. Simplemente me le quedé viendo.

—Necesitamos su ayuda —me rogó—. La gente se está muriendo.

Miré por el pasillo. Filas de refugiados silenciosos, algunos de los cuales eran miembros condecorados del Partido, quienes, al parecer, pensaban que tenían derecho a librarse de lo que otros estaban padeciendo y estaban sentados en el piso con miradas decepcionadas y hoscas. No se ofrecían a ayudar a los médicos. Me pregunté por qué. Quizá vieron suficiente sangre o no tenían interés en la tragedia que se desarrollaba frente a ellos. Empecé a alejarme del hospital hechizo y de repente me detuve. Una extraña pregunta me vino a la cabeza. ¿Y si pudiera averiguar algo acerca de Irmigard y su familia? Me di la vuelta y me dirigí entre el laberinto de camillas hasta el médico que solicitó mi ayuda.

CAPÍTULO 21

Mientras me acercaba al médico, también surgió una esperanza torturada en mi interior. ¿Y si Karl no estaba muerto, sino que se encontraba aquí en el búnker? Aunque la posibilidad era remota, por un instante me aferré a ella.

Pero cualquier esperanza de encontrar a Karl entre los cientos de heridos quedó hecha añicos pronto. Miré cada una de las caras llenas de dolor. No estaba entre ellas. El médico se encogió de hombros cuando le pregunté acerca de Irmigard y de mi antiguo vecindario.

—Yo diría que sus probabilidades de supervivencia serían casi cero —respondió—. Tardamos semanas en llegar al este de la ciudad.

Tuve poco tiempo para castigarme por ese tipo de preguntas. Me sacudí la tristeza de encima y le pregunté al médico cómo podía ayudarlo.

Cambié vendajes, lavé ropa de cama en una tina y sostuve las manos de hombres y mujeres mientras los médicos los intervenían. Muchas veces tuve que alejar los ojos porque mi estómago, así como mi corazón, no toleraba sus gritos. Casi no había anestesia y sólo se utilizaba para los heridos más graves. Un hombre les administraba *whiskey*, con plena autorización de los médicos, a aquellos a los que el dolor volvía locos.

—Me quiero morir —me dijo un soldado que perdió las dos piernas por un misil ruso. Otro herido menos grave me expresó la misma necesidad de ponerle fin a su vida. Hice mi mejor intento por levantarles el ánimo, sin hacer mención alguna del *Reich*. Más bien, les dije lo importantes que eran, lo mucho que se les necesitaba en este mundo. Al visitar a los demás me vino a la mente el pacto suicida de Hitler y quedé pasmada de cómo cayó en la desesperanza más absoluta el ánimo de los soldados y los ciudadanos, en un extraño reflejo de la psique de su líder.

Al paso de las horas, la labor de lidiar con los heridos y de levantar sus cuerpos me dejó agotada. Encontré una silla vacía y me dejé caer sobre ella por unos minutos. Uno de los médicos me vio y dijo:

—Gracias por su ayuda. Vaya a comer algo.

—¿Qué hora es? —pregunté.

—Pasadas las nueve de la noche —respondió.

Caminé de vuelta al *Vorbunker* y me limpié la sangre de las manos. Había grandes gotas en mi vestido. Me topé con la jefa de cocina en el pasillo. Me tomó por el brazo y me arrastró junto a ella.

—Tenemos que reunirnos con el *Führer* —me dijo.

Seguimos caminando a paso veloz hasta llegar a la sala de conferencias grande del búnker inferior. Hitler estaba dentro, inclinado sobre un enorme mapa de Alemania abierto sobre la mesa. Sus dos secretarias, a las que también convocó, estaban de pie al otro lado de la mesa. Cuando llegamos, se quitó los anteojos con una mano temblorosa y los colocó en la mesa. Traía puesto el saco de un uniforme color caqui. No se lo había visto desde que abandonamos el Berghof.

Todos nos paramos en fila delante de él y esperamos a que hablara. Una triste sonrisa cruzó su cara y dijo:

—Quiero darles las gracias a todos por su leal servicio a su *Führer*. —Puso la mano derecha dentro del bolsillo de su saco y caminó hacia nosotros con paso inestable. Mantuvo la mano izquierda en la mesa para equilibrarse—. Pronto lo sabrán los demás, pero los estoy liberando de su juramento…

Siguió hablando, pero casi no podíamos escuchar sus susurros. De todos modos, todos sabíamos lo que venía y, aun así, yo sólo pensaba en matarlo.

Sus dedos se agitaban dentro del bolsillo, estrellándose contra la tela con golpes frenéticos. Por fin, sacó la mano y la abrió. En su palma había cuatro ámpulas de cianuro, los cilindros de cobre que las recubrían brillaron bajo la luz. Nos dio una a cada uno.

—Me gustaría poderles ofrecer un mejor regalo de despedida —se disculpó—. Pero si los rusos logran penetrar en el búnker, es posible que prefieran esto a verse en un encierro obligado bajo su bestial control.

Sus ojos se alejaron de nosotros y se enfocaron más allá de las paredes, como si no nos encontráramos en la sala. Nos dejó parados con el veneno en las manos cuando se dirigió a sus habitaciones.

Frau Junge se limpió las lágrimas y los demás nos dispersamos.

—No tengo intención alguna de usarlo —dijo la jefa de cocina al alejarnos. Yo sostuve mi ámpula en la mano, insegura de si debía usarla contra mí o contra Hitler.

Al llegar a mi cama, la puse debajo de mi almohada y me acosté. Tiempo después, me despertó un ruido de gritos y risas. Me levanté con los ojos llenos de sueño, y me arrastré hasta el comedor. Al menos veinte de los miembros del personal de Hitler, incluyendo oficiales, estaban celebrando una fiesta. Había un montón de discos junto a un fonógrafo. La música sonaba a todo volumen por toda la habitación, y se entremezclaba con los gritos desenfrenados y el ruido de vasos que chocaban entre ellos. Varias botellas de champaña pasaban entre la multitud, impulsadas por manos ansiosas.

Un oficial borracho de las SS se acercó a mí, sin prestar atención a mi aspecto desaliñado y el vestido sucio con el que me quedé dormida. Sus pantalones estaban empapados de champaña y su pecho se asomaba por la camisa y el saco de su uniforme. Se colapsó contra la puerta y puso su mano sobre mi hombro.

—¿Quieres bailar? —Se tambaleaba de manera inestable con la música.

Temí que cayera encima de mí y me aplastara.

—¡Vive la vida! No nos quedan más que algunas horas. —Señaló al techo—. Los bastardos están a sólo unas cuadras. Quizá ya estén sobre nosotros. ¡Que se los cojan! —Me guiñó un ojo y acercó su cara a la mía. Su aliento apestaba a cigarros y champaña—. ¿Qué te parecería una cogidita? ¿Qué tienes que perder?

Alejé su brazo de un manotazo.

—Gracias por la oferta, pero no. —Traté de pasar junto a él, pero me agarró del brazo. Le pegué una patada en la espinilla y aulló de dolor.

—¡Perra! —gritó—. Ya te llegará tu hora. —Se tambaleó mientras se alejaba de mí.

Respiré profundo, me adentré en el comedor y busqué algún rostro conocido. Vi a la jefa de cocina y a *Frau* Junge, quienes estaban sentadas frente a una mesa al otro extremo de la habitación. Me abrí camino entre varios celebrantes, muchos de los cuales apenas podían mantenerse de pie después de lo que habían bebido. También había chocolates finos y pastelitos elegantes sobre las mesas. Alguien asaltó lo que quedaba de los lujos gastronómicos de Hitler. Me uní a las dos mujeres. La jefa me ofreció una copa de champaña. Sacudí la cabeza.

—Quién sabe cuándo volverás a tener esta oportunidad —insistió—. En tu lugar, yo no me negaría.

—No —le respondí—. Quiero estar plenamente consciente.

—¿Y para qué? —me preguntó *Frau* Junge—. El final ya está aquí. Sólo es cuestión de tiempo antes de que nos saquen de este lugar… vivas o muertas.

—Tengo cosas pendientes.

Las dos me miraron como si dijera algo herético. La jefa suspiró y dijo:

—Todos las tenemos.

Una enfermera y un soldado pasaron bailando frente a la mesa y chocaron contra ella. Sostuvimos la orilla con las manos para que no la voltearan.

—¡Idiotas borrachos! —dijo *Frau* Junge—. No le tienen respeto al *Führer*. —Tomó un sorbo de su champaña—. ¿Quién querría abandonar esta vida en ese estado?

Magda Goebbels se apareció al otro lado del comedor, vestida con un camisón blanco. Miró a la muchedumbre con furia.

—¡Qué vergüenza! Todos ustedes deberían estar avergonzados. El *Führer* no puede conciliar el sueño. Ni tampoco pueden dormir mis hijos. ¡Tengan algo de decencia!

Los presentes se rieron abiertamente y siguieron con su fiesta. Ella se dio la vuelta, asqueada por la demostración. Poco tiempo después, apareció el *valet* de Hitler y repitió lo mismo que dijo *Frau* Goebbels. Le rogó a la muchedumbre que se callara para que el *Führer* pudiera dormir. Sus ruegos fueron ignorados otra vez.

La jefa de cocina se inclinó hacia *Frau* Junge y dijo:

—Fuimos devotas y leales hacia el *Führer*. Brindemos por su salud. —Chocaron sus copas y me miraron con dureza cuando me negué a unírmeles.

Me levanté de la mesa.

—Ya tuve suficiente de este espectáculo —dije. Las dejé y me dirigí de vuelta a mi habitación. No pude conciliar el sueño, ya que la fiesta siguió hasta las cinco de la mañana. Se detuvo cuando las explosiones fueron tan fuertes que nadie podía oír la música. La tierra gemía y se sacudía alrededor, como un volcán en erupción.

Unas dos horas después, Eva llegó a mis aposentos. Llevaba puesto un bonito vestido azul; del mismo color que su tristeza.

—Ven, camina conmigo —me dijo.

Nadie podía descansar a causa de las explosiones, de modo que decidí acompañarla. Ahora mi cara les resultaba conocida a las SS y, debido a que estaba con Eva, nadie nos cuestionó. Caminamos por el *Führerbunker* hacia la salida donde mataron a Blondi y a sus cachorros.

—Quiero ver luz —me dijo—. Estos días fueron infernales, pero ya no falta mucho para que todo se acabe. —Dio vuelta hacia el pasillo que conducía a la salida, sacudió la cabeza y rio como la Eva de antes, la del Berghof, con su voz cantarina como un arroyo—. De hecho, es un enorme alivio saber que se acabará pronto. —Subió las escaleras despacio, saboreando cada paso. La seguí.

Empujó la puerta, que sólo podía abrirse desde el interior. El ataque se detuvo por unos minutos. Una visión de tierra quemada, como de pesadilla, se desplegó ante nosotras. Había árboles rotos regados por todas partes. Aunque era el 30 de abril, ninguna hoja arrojaba su sombra en el jardín de la Cancillería. En lugar de eso, delante de nosotras se abría un panorama de cráteres y destrucción. La Nueva Cancillería estaba en ruinas, con su grandiosa estructura destruida por las bombas y los proyectiles. Unos enormes bloques de piedra se acumulaban en su base. Una densa bruma de humo estaba suspendida en el aire, dándole al cielo matutino una infernal tonalidad roja anaranjada. Había fuegos que ardían tan cerca de nosotras, que casi no podíamos distinguir el disco del sol a través de las nubes ponzoñosas.

Eva fue al exterior. No la detuve.

—¡Mira, Magda! —exclamó orgullosa—. ¡Estoy afuera y los rusos no lo saben!

En ese instante, un proyectil surcó los cielos por encima del búnker y aterrizó a unos cientos de metros de distancia. La explosión sacudió a Eva. Le grité que volviera al interior.

Hizo una pirueta alrededor de un cráter.

—La muerte puede esperar unos minutos. —Señaló la tierra devastada—. Podrían enterrarnos en ese hoyo, pero está un poco desprotegido. Espero que oculten nuestros cuerpos con cuidado.

Me le quedé viendo, incrédula, y me pregunté si podría estar perdiendo la razón. Estaba diciendo sandeces. Me paré cerca de la puerta al desolado jardín.

—Ya vuelve adentro, Eva. Es demasiado peligroso. —Otro misil de artillería pasó por encima de nosotras, pero esta vez aterrizó más allá.

Dejo caer su cabeza y regresó despacio hasta donde me encontraba.

—Supongo que tengo que hacerlo, pero deja que me quede un momento junto a la puerta.

Me quedé detrás de ella mientras estiraba el cuello y admiraba la destrucción.

—Tengo un favor que pedirte —dijo sin mirarme.

Me acerqué a ella, tanto que pude ver el brillo en sus ojos mientras hablaba.

—Adolf y yo hemos de morir cuando el tiempo sea el correcto, y después quemarán nuestros cuerpos. Los hombres de Adolf se encargarán de ello. —Me miró con una sonrisa—. Fuiste tan leal al *Führer* y a mí. Quiero que te asegures de que estemos muertos. Quiero que sea rápido. Adolf está de acuerdo con que en la habitación haya alguien con nosotros para asegurarse de que se cumplan nuestras órdenes. Entonces, querida Magda, tú serás quien deba poner fin al mandato del Tercer *Reich*. Debes asegurarte de que estemos muertos.

Me aferré al barandal para recuperar el equilibrio después del impacto que me provocaron sus palabras. Su petición me resultaba repulsiva, pero me brindaba cierta satisfacción. Hitler tomaría el camino fácil y no respondería por sus crímenes. Al suicidarse, dejaría que la culpa de *su* derrota recayera sobre sus generales y soldados, y sobre el pueblo de Alemania. Tendría la muerte de un mártir, al menos a sus propios ojos. Y Eva, quien no se ocupó de nada más que de su ciega devoción hacia el *Führer*, lo acompañaría en su pacto de muerte.

El humo se dirigió en andanadas hacia la puerta, y el ataque de artillería volvió a intensificarse. Eva cerró la puerta de golpe, hundiéndonos a ambas en el inframundo del búnker. Las explosiones volvieron a sacudir el jardín de la Cancillería. Una de las detonaciones nos estremeció con violencia sobre las escaleras.

Me di la vuelta, lista para volver a descender hasta el búnker. Al pie de las escaleras se encontraba Hitler, vestido con una bata roja y pantuflas. Nos miró sin sonreír, con su rostro pálido y caído bajo la intensa luz de un foco. Quizá también quería ver el sol. Haciendo caso omiso de nosotras, dio vuelta y desapareció por el pasillo.

Al verlo, supe que el destino había decidido el curso que tomaría mi vida.

Yo mataría a Adolf Hitler.

CAPÍTULO 22

Eva me encontró de nuevo en mi habitación como a las dos de la tarde del día siguiente. Su marido, sus dos secretarias y la jefa de cocina estaban comiendo, pero ella no tenía apetito, me confesó.

Poco tiempo después, nos reunimos con algunos de los miembros del personal en la sala de conferencias. Eva me presentó con el piloto de Hitler, Hans Baur; con varios generales y con Otto Günsche, miembro de la *Liebstandarte* y asistente personal, quien estuvo al lado de Hitler cuando explotó la bomba en la Guarida del Lobo. Nadie me reconoció como la esposa de Karl Weber o, si lo hicieron, a nadie le importó. Goebbels y su esposa estaban en la habitación, así como Bormann. Pasó casi lo mismo que el día anterior, aunque en esta ocasión Hitler no repartió ámpulas de cianuro.

Mientras todos se despedían, Eva me llevó aparte a una salita entre el estudio y la recámara de Hitler. Allí, me dijo, era donde terminarían su breve matrimonio. Sobre la mesa había dos cápsulas de cianuro y dos pistolas. También había una botella de champaña y dos copas.

—Quédate aquí —me pidió—. Regresaremos pronto.

Me senté en el sillón, pasando mis dedos sobre el patrón de flores que lo adornaba. Como los minutos pasaban con lentitud, me levanté y miré los cuadros que colgaban en el estudio y en la salita. Eva dejó abierta la puerta que las comunicaba. Alguien registró el cuarto y faltaba la mayoría de los papeles y libros de Hitler. Supuse que algún miembro de su personal los había destruido. Regresé a la salita y volví a sentarme en el sofá. Tomé una de las armas y la estudié. Leí las palabras grabadas en la pistola, una Walther 7.65 mm. Parecía cargada. Cerca, se encontraban las ámpulas de cianuro en sus revestimientos de cobre.

Se abrió la puerta del estudio y Eva entró en la habitación. Traía puesto su vestido azul de la mañana. Se dejó caer sobre el sofá y se limpió las lágrimas de la mejilla. Me miró con una sonrisa intranquila y se sirvió una copa de champán. Tomó un sorbo y dijo:

—Es tan difícil decir adiós, Magda. —Colocó la copa en el brazo del sillón—. Interrupciones y más interrupciones. Mi vida con Adolf consistió en una serie de demoras constantes. «El deber me llama, Eva querida. Quizás el mes que entra, quizás el año que entra». Esperar y esperar, ¿y para qué? Una consumación que nunca se dio. Por años no pudo hacerle el amor a una mujer porque *el Führer* era demasiado importante. Alemania era su amante. Y ahora que estamos casados es demasiado tarde. No tiene la capacidad física. —Rio y bebió otro trago—. No te debería contar estas cosas, pero supongo que ya no tiene importancia. Aunque grabaras mis palabras para la posteridad, preguntarían: «¿Y quién es Eva Braun?». Nadie creerá una sola palabra de lo que diga.

Iba a responder, pero escuchamos que alguien más entraba en el estudio. Eva sostuvo un dedo frente a sus labios. Reconocí las voces de Magda Goebbels y Hitler.

—¡Debes irte de Berlín! —le rogaba Magda con histeria—. Si tú mueres, también lo haremos nosotros... y los niños. En Alemania no habrá vida sin ti.

—Nada que puedas decir me disuadirá —respondió Hitler. Su tono de voz era seco, autocomplaciente—. Tienes la opción de marcharte o de permanecer aquí. ¿Por qué matar a los niños? Piensa lo que estás haciendo. Yo debo finalizar mi vida aquí mismo, por el bien de Alemania.

—Entonces, es el final para todos nosotros —concluyó Magda con una explosión de llanto.

—No hay nada más que decir —respondió Hitler—. Te ruego que nos dejes y que te ocupes de tus hijos y de tu marido.

La puerta del estudio se abrió y después se cerró.

Se me hizo un nudo en el estómago cuando pensé en el asesinato de seis niños inocentes, en especial del niño, Helmut, a quien había conocido en el pasillo. Hitler era tan responsable de sus muertes como de la de cualquier soldado o prisionero de los campos de concentración. Traté de pensar en alguna manera de mantener a los niños con vida, de aplazar la tragedia, pero mi mente estaba llena de otros pensamientos.

Hitler entró a la sala de estar con paso dudoso y cerró la puerta. Traía puesto el saco de su uniforme oscuro con la Cruz de Hierro sobre el pecho. Miró al piso con ojos malhumorados y después levantó la vista hacia mí. Caminó a mi lado y el aroma a muerte me embargó, como si su carne ya se estuviera pudriendo desde adentro. Le tembló el brazo izquierdo mientras se dejaba caer en el sillón.

—*Frau* Weber —dijo. Su voz era tenue, limitada, un fragmento de lo que fue alguna vez—. ¿Eva ya le explicó la razón por la que se encuentra aquí?

Asentí.

—Entonces, adelante. Los bárbaros están a nuestras puertas.

—Yo moriré primero, Adolf —afirmó Eva—, pero sólo por un instante. Brindemos por una vida juntos en la eternidad.

—Millones maldecirán mi nombre mañana, pero la providencia no lo quiso de otra manera —dijo Hitler—. Por años, las Moiras estuvieron de mi lado. Ahora debo enfrentarme a la realidad. No hay más salida que a través de una muerte honorable.

Eva sirvió las copas de champán y brindaron. Le dio un beso en la mejilla y dijo:

—Adiós, amor mío.

Antes de que pudiera reaccionar, se puso la cápsula en la boca. Se oyó el vidrio fragmentándose entre sus dientes y un jadeo metálico escapó de entre sus labios. Su rostro se torció y levantó las piernas contra su pecho de manera involuntaria a causa del dolor. Un aroma a almendras amargas llenó la habitación. Murió, congelada en el sillón, como si algún poder divino la fulminara de repente.

Caminé hacia la mesa y tomé ambas pistolas. Apunté una contra la cabeza de Hitler y le dije:

—Estoy aquí para darle una muerte honorable. Tiene razón: no hay otra salida.

Hitler se lanzó hacia delante, pero después se dejó caer hacia atrás en el sillón.

Mi cuerpo empezó a temblar con tal violencia que dejé caer una de las armas junto a la puerta. Sostuve la pistola restante con ambas manos y la sujeté con firmeza.

—Usted cree que es poderoso, pero no es más que un cobarde.

—Lejos de ello. —Me sonrió con sorna—. Mátame ahora.

—La muerte puede esperar. No llegará antes de que le diga lo que millones ya sabían, pero temieron admitir. Muchos, muchos soldados, incluyendo a los miembros de su personal más cercano, lo quieren muerto desde hace años. Siento mucho que fracasaran. Quizá la guerra hubiera terminado antes, pero siempre estuvo la pregunta de quién ocuparía su lugar. La muerte de un demonio puede generar el nacimiento de otro aún peor. Pero Alemania ya no tendrá que preocuparse por eso.

Levantó un puño frente a su cara y gritó:

—¡Traidores, todos traidores!

—¡Falso! Usted es el traidor. Mi marido, mi madre, quizás incluso mi padre, han muerto por su falso orgullo, sus palabras huecas. Vi los horrores de sus campos con mis propios ojos. ¿De qué sirvió el *Reich*? No fue nada más que una ilusión perpetrada en su beneficio propio.

Su rostro se enrojeció y me arrojó la copa de champán. Se estrelló contra la puerta.

—Lo que hice, lo hice por el bien de Alemania. ¡No eres más que una traidora despreciable, igual que todos los demás! Si el pueblo no me hubiera fallado, ¡Alemania sería el país más poderoso del mundo! Debería mandarte arrestar y fusilar.

—Adelante —respondí—. Grite para que vengan las SS. No pueden oírlo. Le dispararé justo entre los ojos antes de que tenga oportunidad de llegar a la puerta. —Sonreí y me acerqué aún más a él, con el arma todavía apuntándole a la cabeza—. Cree que los alemanes lo aman. Es posible que algunos de ellos lo hagan: los abusivos de los que se ha rodeado, Goebbels, Bormann. Pero la gente común y corriente a la que culpa por su falta de valor, el pueblo al que usted supuestamente amaba, lo detesta. Si caminara por las calles el día de hoy, lo colgarían igual que a Mussolini. Lo lapidarían y escupirían sobre su cadáver.

Extendió la mano hacia la cápsula de cianuro.

—Basta ya de esto. No quiero oír más.

Agité el arma hacia él y alejé la cápsula de su alcance.

—No toque eso. Ya no falta gran cosa.

Alejó su mano.

—Mi marido lo quería ver muerto. Sabía, al igual que otros, el sufrimiento que les causó a todos los que tildaba de enemigos. Aquellos a quienes usted asesinó eran personas honradas, que cuidaban de sus familias y que jamás hicieron nada malo más que recibir el apelativo de enemigos del *Reich*. De *su Reich*. Eran menos de lo que debían ser según su visión de una Alemania perfecta, y murieron por ello. Porque, después de todo, ellos eran los causantes de los problemas de Alemania, avaros pecaminosos y decadentes que nos arruinaron durante mil años. Al menos murieron con honor. Eran mucho más fuertes de lo que usted jamás podría ser. Espero que aquellos a los que asesinó, a los que ejecutó, los inocentes que murieron por sus sueños maniáticos, le escupan desde más allá de la tumba. Merecen algún tipo de venganza. Al principio, creyeron en sus palabras huecas; antes de que traicionara su confianza, mientras los aplastaba debajo de sus botas para satisfacer su búsqueda de poder absoluto.

Me acerqué todavía más a él porque quería que escuchara mis palabras.

—Se le detestará como el hombre más malévolo de toda la historia. La mera mención de Adolf Hitler traerá vergüenza a esta nación, no gloria. Su nombre será maldecido durante el tiempo que el hombre siga en esta tierra.

Bajó la cabeza.

—La gente como tú es la que llevó a Alemania a la derrota. Mira la destrucción que nos rodea, la muerte en cada esquina. Si el pueblo se hubiera levantado conmigo, Alemania sería invencible. Piensa en eso cuando te veas reducida a cenizas. —Extendió la mano para tomar la cápsula, y esta vez no lo detuve. La colocó despacio entre sus dientes.

—Para estar seguros —dije, y me hinqué junto a él. Coloqué el arma contra su sien derecha—. No hay salida.

Mordió la cápsula y yo jalé el gatillo. La detonación impulsó mi mano hacia atrás. Se abrió un boquete en su cabeza y empezó a manar sangre de la herida. Hitler cayó sobre el sofá, con sus ojos todavía abiertos en la muerte. Mis manos y la pared detrás de él estaban empapadas de sangre. Incluso el cuerpo de Eva quedó manchado. Miré el flujo carmesí y me maravillé de que fuera parte de él. Me sentí orgullosa de matarlo. Durante algunos momentos, me deleité en la sangre que me rodeaba, como si me volviera loca. La sangre no me molestaba; lavándola desaparecería por el desagüe. Pero por un momento quise sentir su tibieza mientras se deslizaba por mis manos. Sin embargo, el tiempo estaba en mi contra.

Arrojé el arma en el piso frente a él, me limpié las manos en el vestido y coloqué la otra arma de vuelta en la mesa. Corrí a la puerta del cuarto contiguo de Eva porque sabía que no pasaría mucho tiempo antes de que otros investigaran la detonación. Me quedé sentada sobre su cama hasta que la sangre empezó a secarse sobre mi ropa. Escuché algunos ruidos en la sala, pero nadie entró en la recámara. Después de alrededor de una hora, me asomé a la puerta. Los cuerpos desaparecieron. Alguien siguió las órdenes de Hitler de deshacerse de sus restos y los de Eva.

Al caminar de regreso a mi dormitorio, pasé delante de los hijos de Goebbels, que estaban sentados en la escalera entre los búnkeres superior e inferior. Helmut, quien me reconoció, gritó:

—¿Oíste ese disparo?

Sacudí la cabeza.

—¡Dio justo en el blanco! —exclamó, y juntó las manos de golpe.

Me colapsé contra la pared, temblando sin control ante la enormidad de lo que acababa de hacer. Mis rodillas no me sostuvieron y caí al piso, completamente desmadejada.

—No se preocupe —dijo una de las niñas mayores, quien se apresuró a venir a mi lado y me tomó de las manos—. Pronto saldremos de aquí. Nos lo dijeron mamá y papá.

Me quedé allí varios minutos, temblando, antes de lograr despedirme de los niños. Me pregunté si había algo que pudiera hacer por ellos, ya que temía lo que les esperaba.

Más tarde, la jefa de cocina me contó lo que les sucedió a Hitler y a Eva.

Los llevaron afuera, como él ordenó, los tiraron a una depresión en la tierra, regaron sus cuerpos con gasolina y les prendieron fuego. Los hombres tuvieron poco tiempo para asegurarse de que los cadáveres del *Führer* y su mujer no fueran descubiertos. Los ataques continuaron incluso mientras quienes se ocuparon de ellos intentaban prenderle fuego al enterramiento hechizo. A lo largo del día y cuando ya casi anochecía, algunos de los fieles del Partido renovaron su compromiso de asegurarse de que los cuerpos quedaran reducidos a nada. Por fin, los cadáveres desintegrados fueron cubiertos con tierra del jardín, y su tumba, rodeada de escombros, basura y los restos de la guerra.

Circularon rumores enloquecidos de lo que iba a suceder a continuación. Días antes habían cortado las comunicaciones, pero sabíamos por informes de primera mano que los rusos estaban a escasos metros, librando un feroz combate mano a mano con las últimas defensas. Ahora que Hitler estaba muerto, muchos de los que juraron quedarse hasta el final estaban haciendo planes para escapar. Nadie quería terminar en poder de los soviéticos. Baur, el piloto de Hitler, me insistió para que viajara al norte o al oeste, hacia las áreas que capturaron los británicos y estadounidenses. Pero Bormann y los Goebbels seguían en el búnker, y nadie quería moverse siempre y cuando controlaran los vestigios finales del poder del *Reich*.

Esa noche dormí intranquila. Puse fin a la vida de Hitler, algo con lo que soñaba, pero que jamás me atreví a creer que podría suceder. En mi fuero más interno, lloré por la pérdida de mi alma. Sentí que me habían arrebatado mi humanidad y que se me condenaría al infierno por asesina. La cara de mi víctima me venía a la mente. Disparé el arma, la bala abrió un agujero en su sien y la sangre brotó de la herida. Cada vez que cerraba los ojos su imagen venía a mi recuerdo.

También pensé en los niños de Goebbels y en su destino en el búnker.

A la mañana siguiente, toqué la puerta del departamento de Magda Goebbels. Ella y los niños dormían cerca de mí. Abrió la puerta un poco y se asomó al exterior. Su cara parecía pálida y resquebrajada, como una delgada hoja de pergamino. Asintió, pero sus ojos parecían carentes de vida y apagados, como un mar gris y frío. Empecé a hablar, pero cerró la puerta. No pude verla, pero escuché el sonido de una silla que se arrastraba con rapidez contra la perilla. Me alejé, segura de que no podría disuadirla de cualquier decisión que ella o su marido pudieran tomar.

Todos esperamos con paciencia el primer día de mayo, en espera de alguna palabra de Goebbels o de Bormann. No oímos nada. Nos quedamos en el búnker como pescados atrapados en un estanque que se secaba.

Esa noche, la jefa de cocina me pidió que la ayudara a llevarles comida a los niños Goebbels. Cada una llevó dos charolas, cuatro en total, hasta los aposentos de Magda. No le conté a nadie acerca de su mortífera amenaza, ni siquiera a la jefa. De nuevo, Magda apareció en la puerta y cuando vio de qué se trataba, la abrió sólo lo suficiente para permitir que la jefa de cocina le pasara las charolas.

Hablé con rapidez después de que entregamos la última bandeja:

—Sé lo que está haciendo.

Los ojos de Magda ardieron por un instante y después se suavizaron.

—Mi familia no es de su incumbencia en absoluto.

Intentó cerrar la puerta, pero la mantuve abierta.

—Lo sé, pero le ruego que lo reconsidere. —Colocó la charola en algún lugar del interior y salió al pasillo.

—Baje la voz —ordenó mientras los ojos se le llenaban de lágrimas—. Ahora que el *Führer* murió, no vale la pena vivir. —Su voz se quebró de tristeza y pesar—. Todo lo que representamos está en ruinas; todo lo que es bello, noble y bueno quedó destrozado. Nuestros hijos merecen más que vivir bajo el yugo de los bárbaros. —Señaló hacia la puerta—. No podría pedir un mejor final que seguir los pasos del *Führer*. Ni ellos tampoco.

Ahora que la jefa entendió lo que estaba sucediendo, rogó por la vida de los niños.

—Nada me puede hacer cambiar de parecer —dijo *Frau* Goebbels—, y si tengo que utilizar la fuerza para llevar a cabo mi plan, así lo haré. Mi marido y yo hemos sellado nuestro destino. —Volvió al interior del cuarto y cerró la puerta.

Esa fue la última vez que vi a Magda Goebbels. Alrededor de tres horas después, la jefa y yo estábamos caminando por el búnker inferior cuando escuchamos disparos. Pronto, algunos hombres de las SS y otros sirvientes corrieron por el pasillo hacia la salida de emergencia. Les pregunté qué sucedía y uno de ellos me dijo que Goebbels y su esposa estaban muertos. Sus cuerpos también fueron incinerados en el jardín de la Cancillería.

La jefa y yo pasamos frente a los aposentos de los Goebbels. La puerta estaba cerrada, pero la abrí y me asomé al interior. Los seis niños dormían como ángeles en sus camas. Las niñas, vestidas de blanco, llevaban cintas en su cabello. Sacudí el brazo de una de ellas y lo sentí frío y tieso. Llamé a Helmut pero no recibí respuesta. Fui hacia la chica mayor, Helga. Tenía la cara amoratada y trozos de vidrio sobre los labios, como si la hubieran obligado a masticar una cápsula de cianuro. Al parecer, a los demás niños les inyectaron el veneno. El mortífero aroma a almendras flotaba en el aire.

Al ver a los niños, la jefa emitió un grito ahogado y salió de la habitación de espaldas, sin quitarles los ojos de encima. Yo sacudí la cabeza y me lamenté por no poder salvarlos. Otro pilar del *Reich* se derrumbó y, como fue tan común durante el régimen de los nazis, otros inocentes también tuvieron que pagar el precio.

Con la muerte de Goebbels, se nos dijo que formáramos grupos para evacuar el búnker. Me pusieron con la jefa de cocina, las secretarias y otros más, el primer grupo que saldría. Wilhelm Monhke, *Brigadeführer* de las SS, nos guiaría. No teníamos nada más que la ropa que vestíamos. Me puse el abrigo porque era de noche y el aire estaría frío. Coloqué la cápsula de cianuro en un bolsillo.

Monhke dio sus órdenes. Los cuatro grupos viajarían al norte para unirse a un grupo de soldados alemanes. Los planes indicaban que nos reuniéramos en la estación subterránea de Kaiserhof, que avanzáramos por la Friedrichstrasse y que de allí viajáramos a una estación más al norte.

Abandonamos el búnker alrededor de las once de la noche. Después de pasar por los túneles y más tarde por el sótano de la Cancillería del *Reich*, por fin fuimos al exterior después de arrastrarnos por unas ventanas rotas.

La jefa de cocina y yo nos aferramos la una a la otra mientras corríamos para atravesar la Wilhelmplatz, atestada de escombros. Aún seguían los ataques de artillería y las peleas callejeras, y las flamas se elevaban por los aires. Estuve a punto de torcerme el tobillo a causa de los enormes trozos de cascajo que estaban en nuestro camino. De nuevo, al llegar a la estación del tren subterráneo, descendimos a la oscuridad.

—Mantente cerca de mí —me pidió la jefa.

Me encontré temblando en el interior del túnel, imaginando toda clase de horrores, desde ratas hasta tropas soviéticas armadas. Me así al abrigo de la jefa mientras caminábamos por el centro de las vías. Aquellos que llevaban linternas arrojaban una luz temblorosa hacia delante. Los miembros de nuestro grupo entraban y salían de las sombras. Algunos quedaron rezagados. Los rayos de sus linternas botaron en el techo y después desaparecieron en la penumbra. Arriba de nosotros, los proyectiles explotaban, tirando tierra y piedras del techo del túnel sobre nuestras cabezas.

—Magda —dijo la jefa sin aliento, como si pudiera ser la última vez que habláramos—. Si nos separan, asegúrate de seguir hacia el oeste. Baur me dijo que sobrevoló tropas de americanos cerca de Magdeburgo. Tienes que cruzar el río Havel en Spandau.

Pasaron años desde que estuve en Spandau. Sabía la dirección general a la que dirigirme, pero dudaba que pudiera llegar sola.

Monhke y los demás gritaron que habían llegado a una salida. Uno de los soldados trató de ir al exterior, pero regresó de inmediato a causa de los misiles. Seguimos adelante. La jefa y yo corríamos una junto a la otra, tomándonos de la mano. Tropezamos por el túnel, dando vuelta a los escombros que aparecían frente a nosotras de la nada. Estábamos trotando de esa manera cuando sentí que la mano de la jefa se deslizaba de entre la mía. Gritó de dolor y desapareció en la oscuridad.

La llamé por su nombre.

—¿Qué pasa?

—Me tropecé con un madero. Estoy acabada. —Un soldado se acercó a nosotras e hizo que su luz brillara hacia abajo. La pierna de la jefa estaba inflamaba y sangraba un poco—. Creo que está rota —declaró ella—. Debes seguir con los demás.

—Esperaré a que llegue ayuda.

—No seas tonta —me advirtió, alejándome de un empujón—. No va a venir nadie. Tienes la oportunidad de salir con vida. Los soviéticos me arrestarán y eso será todo.

—Necesitamos seguir adelante —dijo el soldado y su linterna brilló en la dirección de los demás, que ya estaban más adelantados. El grupo se estaba dividiendo.

—Siga sin mí —dije.

El soldado asintió y corrió detrás de los demás, dejándonos en la oscuridad. Algunos rezagados, o quizás otras personas de los grupos que abandonaron el búnker, pasaron junto a nosotros. Sus pasos sonaban sobre los durmientes de madera; sentí el aire frío de sus cuerpos mientras se apresuraban al pasar a mi lado. Después todo quedó negro y en silencio. Lejos, por el túnel, donde el soldado trató de salir, la artillería brillaba como rayos en una tormenta. La cara retorcida de la jefa fue visible por un instante.

—¡Déjame ya, Magda! —Golpeó mi abrigo con un puño—. Vete ya, o le pediré a un soldado que me arrastre a la calle y que me dispare como a un caballo herido.

—No lo dices en serio.

—¡Claro que sí! ¡Lárgate! No puedes salvarme, pero sí puedes salvarte a ti misma. Quiero que te vayas. Nunca te perdonaré si no lo haces. —Hizo una pausa, se aferró al cuello de mi abrigo y dijo en una voz llena de dolor—: No me perdonaría que te pasara algo.

Estaba a punto de repetirle mi convicción de quedarme a su lado, cuando las palabras de Karl resonaron en mi cabeza. La fuerza de las mismas me golpeó de pronto. «Recuerda mantenerte con vida, Magda. Hagas lo que hagas, mantente con vida». Karl acababa de hablarme en un túnel de tren subterráneo debajo de un Berlín destrozado por la guerra. Mi cuerpo se estremeció y luché por no estallar en llanto.

—No quiero irme —le dije a la jefa.

Se quedó en silencio unos momentos y, después, su mano fría tomó la mía.

—Debes hacerlo. Tienes toda tu vida por delante. Ya pasó más de la mitad de la mía... y el resto poco importa.

La acerqué a mí, la abracé, la besé en la mejilla y me levanté con dificultad. Me di la vuelta y las lágrimas que luché por contener me quemaron los ojos. Detrás de mí, las explosiones volvieron a iluminar la salida. Me alejé de la jefa corriendo en dirección a la luz, dejándola sola en las vías. Decidí subir al exterior en lugar de viajar con los demás.

Un enorme trozo de cascajo en la salida me hizo casi imposible salir. Pasé varios minutos arrastrándome encima del concreto y el metal retorcido. Agucé el oído tratando de detectar el silbido de los proyectiles que se acercaban. Salí a la calle y me volví a topar con la visión infernal del fuego, los edificios desmoronados y los vehículos destruidos. A lo lejos, por la calle se oían detonaciones de armas de fuego. Me arriesgué y di vuelta a la izquierda, en dirección a lo que pensaba que era el oeste. Atravesé la calle a todo correr, evitando escombros y basura, y terminé aplastada contra una entrada desierta. Mi corazón latía con fuerza en mi garganta. Di un paso atrás para descansar un momento y me topé con algo.

Grité, pero daba lo mismo que no lo hiciera.

—¿A dónde se dirige? —preguntó un hombre. Su voz estaba llena de preocupación y compasión. En ella no había rastro de debilidad.

Me di la vuelta.

—¡Dios mío! Casi me mata de un susto.

Vi su fuerte rostro iluminado por el fuego de la guerra. Estaba vestido de negro y debía de hacer varios días que no rasuraba la barba.

—No hay necesidad de que se espante. Estoy huyendo…, igual que usted. —Me sonrió.

—Lo siento mucho, pero me sorprendió. —Me recargué contra la pared, tratando de recuperar el aliento.

—Viene un proyectil —me avisó. Me empujó hacia la esquina y colocó su cuerpo delante del mío. Explotó a media cuadra. Rocas y restos de la calle pasaron volando junto a nosotros.

Yo no oí nada antes de la explosión.

—¿Cómo lo supo?

—Puedo intuir estas cosas —explicó. Se alejó de mí, sacudiéndose el polvo de los hombros—. ¿Busca a los Aliados?

Asentí.

—Igual que todo el mundo. Yo mismo voy en esa dirección.

—No sé quién es —le dije—. ¿Por qué habría de tener confianza en usted?

—Mi nombre es Karl. Podemos hacer esto juntos. ¿Usted quién es?

Lo miré fijamente mientras la luz parpadeaba sobre su cara. Una abrumadora sensación de calma se apoderó de mí.

—Magda Ritter.

—Magda, qué nombre tan bonito. —Señaló a la calle—. Si queremos escapar, deberíamos irnos antes de que amanezca. Tendremos más posibilidades de lograrlo.

—¿Es usted soldado?

Sacudió la cabeza.

—No, soy un alemán que nunca creyó ni en el *Führer* ni en esta guerra. Estuve fuera del país por un tiempo. No soy adivino, pero siempre supe que las cosas terminarían así.

Quería creerle. Había algo en sus ojos que prometía calidez y seguridad. Por supuesto, su nombre me despertaba recuerdos de mi marido, pero en Alemania Karl era un nombre de lo más común para los varones. Mi intuición me indicó que no tenía nada que temer.

—Vámonos, entonces. Me dijeron que tenía que cruzar el Havel. ¿Qué tan lejos queda Spandau?

—Como a dieciocho kilómetros. Podremos cruzar el puente antes que se haga de día.

Me pregunté por qué sabía de la existencia del puente del que habló la jefa. Quizás era conocido, información obtenida de una red de comunicaciones clandestina.

Me tomó de la mano y me jaló hacia la calle.

Las siguientes horas pasaron en una bruma mientras nos abríamos paso a través de los bosques despoblados de árboles del Tiergarten, calles destrozadas, plazas destruidas, incluso regresando a los túneles brevemente con tal de llegar a nuestra meta en Spandau. Escenas de desolación nos salieron al paso una y otra vez en las horas siguientes: edificios quemados, cuadras enteras demolidas por los bombardeos. De vez en cuando, veíamos a la gente correr en busca de refugio mientras seguían cayendo más proyectiles. La miseria y la destrucción nos acompañaron a lo largo de nuestro camino. Karl me dijo que consideraba que los muertos eran los más afortunados.

Alrededor de las cinco de la mañana llegamos al puente Charlotten, que cruzaba el río Havel, con algunos refugiados que aparecieron de la nada. Me pregunté si nos dispararían al cruzar el puente. Me detuve sin saber qué hacer.

—Sigue adelante —me animó—. Yo esperaré aquí.

—¿Qué, no vienes?

Tocó mi cara con su mano y dijo:

—Eres muy bella, pero tengo trabajo que hacer. Hay otros que necesitan mi ayuda…, igual que tú. Todavía vienen más.

Una extraña tristeza se apoderó de mi corazón y esperé que cambiara de parecer.

—No puedo —me dijo, como si pudiera leerme los pensamientos—. Ve mientras todo está seguro.

—¿No puedo convencerte?

Sacudió la cabeza y me hizo una señal para que siguiera adelante.

Caminé sobre el puente, volteando hacia atrás de vez en cuando. Se quedó al este del Havel, observándome. Al terminar de cruzar, lo miré y me despedí con la mano. Él, una figura oscura a cien metros de distancia, también se despidió.

Spandau se extendía frente a mí abandonada, con sus calles carentes de vida, drenadas por la guerra. Desde algún sitio en la distancia, unos gritos llegaron a mis oídos. De inmediato reconocí que hablaban en ruso. El terror se apoderó de mí y, por un instante pensé en volver a recorrer el puente hacia Karl. Cuando me di la vuelta, había desaparecido.

La luz del día cobraba fuerza minuto a minuto, aunque la ciudad seguía cubierta de sombras. Corrí frente a tiendas abandonadas, apresurándome por las calles vacías en dirección al oeste. Las voces rusas empezaron a quedar atrás mientras me alejaba de Spandau. Pronto llegué a un camino estrecho, bordeado por granjas. La escena me recordó a las fotografías que vi de Francia durante la Primera Guerra Mundial: casas destruidas con ventanas ennegrecidas que me miraban como almas perdidas. El hedor del ganado y los caballos muertos inundaba el aire. Cerca de una hora después de que me adentrara en el camino, escuché el ruido de un vehículo que se acercaba. Me escondí detrás de un pequeño grupo de árboles hasta que pasó de largo. No me atreví a asomarme por temor a que me pescaran. Cuando por fin tuve el valor de levantar la cabeza, el vehículo ya se había alejado y el mundo quedó en absoluto silencio de nuevo. Caminé durante una hora más, manteniéndome cerca del camino. Pasé una señal en la que se leía «Staaken». Nada vivo se cruzó mi camino hasta que vi un cuervo posado sobre un granero. El ave negra me miró con sospecha. Al acercarme, voló en un amplio círculo y se dirigió al oeste.

Me alejé del camino en dirección al granero y abrí la puerta a jalones. Adentro no había nada más que un tractor herrumbroso y algunas riendas de cuero. Las casillas para los caballos estaban vacías, pero todavía podían verse las huellas de los cascos de los animales en la tierra oscura. Descansé unos minutos sobre la paja de una de las casillas. Mis piernas estaban adoloridas, mi estómago hacía ruidos y mi garganta estaba reseca. Me obligué a levantarme. La única comida que encontré fue una taza de alimento para pollos en el alféizar de una ventana. No pude comérmelo, estaba tan seco que me rompería los dientes.

Me acosté sobre la paja, me dormí y no volví a despertar sino hasta el final de la tarde. Los rayos del sol se filtraban a través de los resquicios en las paredes del granero. El sueño no sirvió mucho para revivirme; si acaso, me sentía peor. La falta de alimento me tenía debilitada y temblorosa. Traté de levantarme, pero mis piernas se negaban a sostenerme. Mis labios agrietados me pedían agua a gritos. Levanté la cabeza y mi cuerpo nadó en la oscuridad. Sentí que me faltaba el aire y dejé caer la cabeza de nuevo sobre la paja.

Desperté sobre un catre desvencijado en un cuarto subterráneo iluminado por velas. El aire se sentía húmedo y encerrado, y me trajo recuerdos desagradables de los búnkeres.

Un niño como de ocho años me estaba viendo fijamente. Gritó:

—¡Mamá! ¡Ya despertó!

Una mujer de piernas gruesas, con medias rotas y zapatos negros, bajó con dificultad por la escalera. Le frunció el ceño al niño y lo regañó con la mirada.

—¡Te dije que no la despertaras! —exclamó la mujer.

—No la desperté —protestó el chico—. Se despertó ella sola. La estaba viendo para revisar que estuviera bien.

—Gracias —dije con grandes dificultades—. ¿Dónde estoy?

—Staaken —respondió la mujer—. Mi hijo la encontró en un granero como a medio kilómetro de aquí. Estaba buscando a su gato. Mi marido la trajo cargando hasta acá.

Me incorporé apoyándome sobre mis codos. En apariencia, me encontraba en una habitación debajo de una granja. Una pared entera estaba repleta de estantes con contenedores de vidrio llenos de comida. Los señalé.

—Le dimos de comer —dijo el niño—. ¿No lo recuerda?

Sacudí la cabeza.

—Y no es la única persona a la que estamos alimentando —dijo la mujer—. Les damos comida a los rusos. Nos dejan en paz, pero siempre regresan por más.

Debí de hacer algún movimiento, o mostrar dolor en el rostro, porque la mujer dijo:

—Jamás vienen acá abajo. Hasta donde ellos saben, no es más que una bodeguita. Comen en la cocina y se marchan. De todos modos, la mayoría se dirige al este de Berlín. —Sacudió la cabeza—. Pero no podemos negarnos a que bajen..., si es que está huyendo de ellos.

—¿Qué día es? —pregunté.

La mujer se limpió las manos en el mandil.

—Cuatro de mayo.

—El último recuerdo que tengo es del 2 de mayo.

—Ya pronto vamos a cenar, si se siente lo bastante bien para comer arriba.

—No quiero ponerlos en peligro. Me iré tan pronto como pueda.

El chico se acercó a mí.

—No se vaya... Es emocionante tenerla aquí.

Arriba de nosotros, se escuchó el rugido de un motor que se acercaba. Me pegué más a la pared húmeda.

La mujer se inclinó hacia mí y me acarició el hombro.

—No tema. Reconozco el sonido. Son los americanos.

—¿Americanos?

—Sí, pasan con vehículos militares al menos una vez al día. Creo que se están reuniendo con los rusos en Spandau.

Me incorporé y coloqué mis pies sobre el piso.

—Cuando regresen, tendré que irme.

La mujer asintió.

—Como quiera. No necesitamos otra boca que alimentar.

Me lavé en un tanque de agua y cené con el resto de la familia mientras el sol se ponía. Ahora que habían terminado las refriegas cerca de Staaken, el marido trabajaba en los campos todo el día. Estaba plantando tarde, pero con un poco de suerte, algo podrían cosechar.

El granjero y su familia eran personas de pocas palabras, cosa que me dio gusto. Me daba cuenta de que el muchacho era el más curioso de los tres, pero no le permitieron hablar durante la cena. No quería contarle mi historia a la familia por temor a ponerlos en peligro con los rusos. Sólo dije que estaba buscando a mi marido, un capitán de las SS que quizá había caído en manos de los americanos.

Ayudé a la mujer a lavar los platos después de que su marido e hijo se fueron a la cama. Alrededor de las diez y media de la noche, volvimos a oír el sonido de un motor. Ella miró hacia el camino y asintió. Tomé sus manos y le agradecí que me salvaran la vida. El vehículo se estaba acercando a gran velocidad y no quise que pasara de largo, de modo que empujé la puerta y salí corriendo para pararme a la mitad del camino. Los faros se acercaban a mí. Me planté con firmeza y empecé a agitar los brazos por encima de mi cabeza. Un vehículo verde de aspecto macizo se detuvo de repente frente a mí.

Un hombre con un uniforme que nunca había visto se inclinó y se asomó a un lado del parabrisas.

Caminé hacia ellos. El conductor abrió la puerta y me apuntó con una pistola. Levanté ambos brazos. Los dos hombres miraron alrededor con suspicacia, como si pudiera tratarse de una emboscada.

—Mierda. ¿Qué diablos está haciendo? —dijo el primero en alemán.

—Me estoy entregando —dije.

Frunció el ceño.

—Usted y todo el resto de Alemania.

—Trabajé para el *Führer*.

Tras el brillo de los faros, vi el impacto reflejado en sus rostros. El soldado se bajó del vehículo. El conductor siguió apuntándome.

—Pruébelo —dijo el soldado.

Me quité el anillo de bodas y se lo mostré.

—Me lleva... —le habló al conductor en alemán y después siguió en inglés. Me dijo que mantuviera las manos en alto mientras me registraba.

El conductor gritó algo en inglés.

—Quiere que nos subamos al *jeep* —dijo el soldado—. Por aquí hay alemanes que todavía creen que la guerra continúa.

—¿Y no es así?

Señaló al *jeep*.

—Sólo súbase. Si la guerra no ha terminado, pronto lo hará.

A las 10:44 de la noche del 4 de mayo de 1945, quedé bajo la custodia de oficiales del Ejército de Estados Unidos, Novena División. Después de la medianoche llegué, temblorosa y desorientada, a un campamento militar cerca de Magdeburgo a las orillas del río Elba. Estaba feliz de hallarme con vida, pero profundamente entristecida por mi país.

BERCHTESGADEN

Verano de 1945

CAPÍTULO 23

La libertad llegó a costa de mucha sangre. Los Aliados arrasaron con el *Reich*. Alemania quedó humillada y dividida porque el mundo entero quería ver esclavizada a nuestra nación. Sobre la faz de la Tierra nadie quería ver que volvieran a resurgir ni Alemania ni el más débil espectro del fascismo. Mientras tanto, los alemanes siguieron cavando entre los escombros, tratando de reconstruir sus vidas. Por el camino, muchos murieron a causa de las enfermedades y el hambre. La retribución también jugó su papel en el número de muertes. Muchas mujeres terminaron suicidándose después de que las violaran los soldados soviéticos. Familias enteras murieron de inanición en las calles. En muchos sentidos, Hitler tenía razón cuando predijo que Alemania sufriría terribles consecuencias por perder la guerra. Él tomó el camino fácil, mientras sufrían aquellos a quienes dejó atrás.

Al principio, me sentí paralizada e insegura sobre qué hacer. ¿Qué tanto podía contarles a los estadounidenses que me retenían? ¿Quién me creería si confesaba que maté a Hitler?

Todo el mundo en el campamento hablaba acerca de mi anillo de bodas.

El mayor que lo tomó de mi dedo silbó al leer la inscripción. Pronto me encontré frente a un general de aspecto desagradable que tenía poca paciencia para la «escoria nazi», como lo expresó. De todo esto me enteré a través de un intérprete de alemán. Me desmoroné y se lo conté todo: la manera en que me convertí en catadora tras mi estancia con la tía Reina y el tío Willy, y cómo Karl Weber compartió información del Partido que me cambió la vida. Le conté acerca del complot de asesinato, de la forma en que Karl se sacrificó para terminar con el horror que tenía presa a nuestro país. Incluso le di detalles acerca de mi violación a manos de los soldados rusos y de mis últimos días en Berlín. Sólo dejé fuera uno de los detalles acerca de mi estancia en el búnker... el asesinato que cometí. La historia estaría mejor sin saberlo.

Otros americanos también quisieron interrogarme y dieron como razón de peso mi familiaridad con el Berghof. Algunas semanas después de mi «arresto» en Magdeburgo, un teniente coronel del ejército de Estados Unidos me recogió y llevó a un campo cercano a Múnich llamado Dachau. Pasé varios días respondiendo a las preguntas de las autoridades estadounidenses. Ahora la primavera estaba en todo su esplendor y los días eran agradables, pero el espectro de la muerte sobrevolaba el campo como una mortaja. Entre los prisioneros, circulaba el rumor de que los militares de Estados Unidos habían perpetrado una «matanza» de guardias alemanes. Todo el mundo tenía miedo de que nos pusieran en fila contra una pared y recibiéramos un destino semejante. El olor de la muerte pesaba sobre el campo. No pasó mucho tiempo desde que enterraron a los prisioneros que murieron allí.

Me senté en una habitación con un policía militar, un oficial de interrogatorios y un joven soldado mecanógrafo. El oficial, que hablaba perfecto alemán además de inglés, prendía un cigarro tras otro, mientras que el mecanógrafo fumaba durante los descansos de mi testimonio. El humo flotaba en la habitación formando una bruma espesa. Querían saber acerca de la disposición del Berghof, quién estaba allí, la información a la que yo tuve acceso y lo que Hitler hacía a diario. Respondí lo mejor que pude.

Al parecer, mi «cercanía» con Hitler me convirtió en una especie de celebridad. El oficial de interrogatorios tomó mi confesión del deseo de acabar con la vida de Hitler y de la colaboración de Karl con los perpetradores del complot para asesinar a Hitler con una bomba como apartes graciosos en una narración mundial atestada de miseria. Para él, tales admisiones no «daban la talla». Había demasiadas mentiras, dijo, demasiado que considerar.

Vivía en un gran barracón con otras mujeres prisioneras de guerra. En cierto sentido, me recordaba a Bromberg-Ost, sólo que con mejor comida, una vista agradable de la campiña circundante y, a excepción de los rumores, sin amenazas claras de muerte ni maltrato. Fui una prisionera modelo y pronto empecé a caerles bien a los soldados y guardias estadounidenses. Cuando hablábamos, sonreían y reían, a pesar de que había una orden estricta de no fraternización entre los soldados y los alemanes. Los Aliados deseaban identificar a los criminales nazis entre la población a toda costa. Entablar una amistad con una mujer alemana estaba estrictamente prohibido.

Una mañana de mediados de junio, el oficial a cargo de las interrogaciones vino a verme.

—Vamos a hacer un viaje —me dijo—. Creo que disfrutará salir de aquí.

Me sentí algo insegura, pero cualquier oportunidad para salir del campo era un alivio, aun cuando las condiciones allí fueran mejores que en la mayoría de las ciudades alemanas.

—¿A dónde vamos? —pregunté mientras me ponía un saco.

—A Berchtesgaden —respondió.

Mi corazón saltó y luego se hundió en mi pecho. ¿A dónde me llevaba? Pensé en mis tíos y me pregunté si habían sobrevivido a la guerra. No hablaba con ellos desde hacía años, pero no me atreví a pedirle al oficial que me llevara a su casa.

El oficial me acompañó a un *jeep* que conducía un policía militar. Me senté junto a este último mientras el oficial se relajaba y fumaba en el asiento de atrás. El día era luminoso y arriba de nosotros flotaban nubes primaverales. El sol me calentó y me sentí como ser humano por primera vez en meses, a pesar de mi encarcelamiento.

El chofer condujo el *jeep* hacia el sur y aceleramos por el camino. En ocasiones, nos veíamos bloqueados por convoyes de tropas o teníamos que ir a campo traviesa a causa del daño en la carretera. En algún momento dado, cuando íbamos particularmente lento, el oficial se inclinó hacia delante y dijo:

—La inteligencia militar británica corroboró el testimonio que nos dio. Sabemos mucho acerca de usted. —Sonrió y se recargó contra su asiento. Me pregunté por qué me dijo eso.

Entramos por el extremo norte de los Alpes y dimos vuelta en dirección a Berchtesgaden. Los recuerdos de mi estancia allí inundaron mi mente. Viajamos por caminos dañados por la guerra y, de manera instintiva, supe hacia dónde nos dirigíamos. Poco tiempo después, el Berghof apareció a gran altura sobre nosotros. Vi que tenía un aspecto diferente, ya no era la estructura blanca y prístina que recordaba. Pasamos frente a la caseta de guardias, ahora ocupada por soldados americanos. El conductor estacionó el *jeep* y fuimos a pie por el camino, que estaba lleno de baches. La fachada destrozada del refugio de montaña de Hitler apareció frente a nosotros. Cráteres de bombas llenaban el piso y los árboles quedaron desnudos a causa de las explosiones. Dimos vuelta cerca del tilo destruido que Bormann le dio a Hitler.

La ventana gigantesca, parte del salón principal donde se celebró mi boda, miraba hacia el panorama como un enorme ojo hueco. Un soldado estaba enmarcado por ella, un vigía solitario que admiraba la vista del norte. El techo desapareció, la madera se consumió en un inmenso incendio, los ladrillos quedaron oscurecidos por el fuego. Del ala este, donde estaban los dormitorios y la cocina, no quedaba más que un montón de escombros a causa de un impacto directo.

Pasmada ante la destrucción, me quedé de pie junto a las escaleras que conducían al Berghof. No sentí tristeza, sólo pesar por la desolación que Hitler provocó a su tierra. Caminó por estas escaleras tantas veces: para subirse a su auto, para darles la bienvenida a los dignatarios extranjeros que lo visitaban, para tomar su caminata diaria hasta la casa de té. Ahora, los escalones rotos y las piedras ennegrecidas eran emblemas de la derrota del *Reich*.

El oficial me dio un golpecito en el hombro.

—Dígame, Magda. ¿Cómo eran las cosas aquí?

Su pregunta abrió un torrente de emociones que eran como sangre que manaba de una herida profunda. Respiré hondo y empecé mi narración. Caminamos por las habitaciones, que aún olían a cenizas y a destrucción, y le conté todo lo que recordaba del Berghof. Parte de nuestro recorrido incluyó los túneles, donde la colección de discos de Hitler permanecía intacta. Las fuerzas invasoras ya habían vaciado gran parte del Berghof. Sus paredes estaban cubiertas de grafitis, un recuerdo del impulso innato del hombre por anunciar sus victorias.

Pasamos varias horas en el Berghof antes de regresar al *jeep*. El policía militar nos condujo hasta Berchtesgaden, donde comimos raciones estadounidenses, ya que todos los restaurantes estaban oscuros y vacíos. Nos sentamos en unas sillas afuera de aquel en que comí antes de ir al *Reichsbund*. Allí cambió mi vida. Miré por la calle y vi la fachada de la casa de mis tíos; no quise volver a mencionar sus nombres.

—¿Qué mira?

—Nada —respondí, y sacudí la cabeza.

—La casa de sus tíos no está lejos de aquí. También me gustaría hablar con ellos. —Prendió un cigarro y expulsó el humo hacia la calle—. Siento sorprenderla de esta manera, pero tenemos nuestras razones.

El viento, repentinamente frío, sopló en nuestra mesa y me abotoné el saco.

—¿Qué puede querer de ellos? —pregunté—. Pertenecían al Partido, pero mi tío era policía y un burócrata de poca monta. Nunca tuvo contacto directo con Hitler.

Miró la mesa y después hacia mí, con sus ojos azules duros e interrogantes.

—Su tía es una ferviente partidaria de los gobiernos fascistas. Eso lo sabemos sin duda. Nos gustaría preguntarle acerca de lo que sucedió aquí con el Partido.

—Dudo que quiera hablar —repliqué mientras alejaba la mirada.

—Quizás usted logre convencerla.

Nos quedamos sentados algunos momentos más mientras terminábamos nuestras raciones enlatadas. El oficial se levantó de la mesa y dijo:

—Vamos.

No tuve opción.

Al llegar, me sentí atemorizada de tocar a su puerta. No estaba segura de la razón, pero me sobrecogió una sensación de zozobra. El oficial me animó. Toqué y, después de unos momentos, mi tía abrió la puerta. Traía puesto un sencillo vestido de casa. Las joyas nazis desaparecieron de su atuendo. Emitió un grito ahogado de sorpresa y se cubrió la boca con la mano. Cuando vio al oficial estadounidense y al policía militar, su mirada se endureció.

—¿Por qué estás aquí? —me preguntó.

—Quieren hablar contigo —le dije.

La tía Reina dudó un instante y después abrió la puerta. Me acercó a ella y susurró en mi oído:

—Deben quedarse en la sala.

El oficial se dio cuenta de su murmullo.

—Nada de secretos.

Mi tía se dio la vuelta y nos condujo al interior de la habitación. Nos sentamos alrededor de la chimenea. Desaparecieron los cojines, mantelitos y alfombras decorados con esvásticas. La habitación se veía desnuda y deslucida bajo la luz de la tarde. Tampoco estaba el enorme retrato de Hitler que colgaba en el comedor.

Mi tía se sentó en un sillón al otro lado de nosotros. Sin mostrar ningún tipo de emoción, me dijo:

—Tu tío está muerto.

Empecé a acercarme a ella, pero el oficial me detuvo. El impacto de la muerte de mi tío me golpeó con dureza. Mi corazón se llenó de una gran tristeza por mi tía, que perdió al hombre que amaba.

—Se colgó cuando se enteró de la muerte del *Führer* —explicó—. Llevaba días hablando de ello, de la ocupación estadounidense, de la caída del *Reich*. Le supliqué. «Los gobiernos vienen y van», le dije. —Sus ojos se llenaron de lágrimas y sacó un pañuelo de su bolsillo.

Matar a Hitler me hacía en parte responsable de la muerte de mi tío, una ironía que me dejó helada. Pero no podía pensar en eso. De una manera u otra, Hitler hubiera terminado muerto.

El oficial inclinó la cabeza en señal de respeto en dirección a mi tía y dijo:

—Necesito hacerle algunas preguntas relacionadas con la estructura del Partido en Berchtesgaden.

—Adelante —respondió ella, y rio—. No podré decirle mucho porque no sé mucho.

Oí unos pasos.

El oficial y el policía militar se levantaron de un brinco y sacaron sus armas.

Volteé y vi las piernas de un hombre sobre las escaleras. Traía puesto un par de pantalones flojos y unos zapatos gastados.

Mi tía se levantó de su sillón.

—¡Regresa! ¡Te dije que corrieras, que te alejaras en cuanto pudieras!

—Baje despacio —dijo el oficial estadounidense, apuntando con su pistola hacia las escaleras.

El hombre bajó con las manos levantadas.

—Estoy cansado de correr —explicó.

Caí sobre mis rodillas y empecé a sollozar. El hombre de las escaleras corrió hacia mí.

—¡Alto! —gritó el oficial.

Mi marido se detuvo frente a mí. Mis piernas no pudieron sostenerme y Karl se apresuró a llegar hasta mí. Me levantó y caí en sus brazos, llorando sin control.

—Te lo dije —afirmó mientras cubría mi rostro de besos—. Jamás te des por vencida.

Puse mi cabeza sobre su pecho, pensando que abrazaba a un fantasma. Sentí su carne y la realidad de sus hombros y espalda, pero me costaba trabajo creer que estuviera vivo.

—Lo hice por ti —susurré—. Sobreviví porque tú me dijiste que lo hiciera.

—Nunca dudé de ti. —Sostuvo mi cara entre sus manos un momento y añadió—: Hazte a un lado, amor mío. Tengo asuntos que debo terminar. —Abrió su saco con lentitud para mostrarles a los americanos que no estaba armado. Después extendió las manos hacia ellos—. Soy el Capitán Karl Weber, de las SS. Quiero entregarme.

—No tenemos esposas que ponerle, Capitán Weber —dijo el oficial—. Creeremos en su palabra. Le ruego que no trate de escapar, ya que tendríamos que dispararle.

Karl se cuadró frente a los hombres.

—No, señor. No lo haré. Quiero estar con mi esposa.

Media hora más tarde, abandonamos la casa de mi tía después de que el oficial se comunicara con el campo por radio. Viajamos de vuelta a Múnich. Los americanos se lo llevaron de inmediato y pasaron dos largas semanas antes de que pudiéramos vernos a ver. Nos sentamos el uno frente al otro en una larga mesa de madera. Karl estaba vestido en la ropa del campo y se veía cansado, pero con buena salud aparte de eso. Nos tomamos de las manos mientras hablábamos.

—No puedo creer que estés vivo —le dije—. Todos los días tengo que pellizcarme y le doy las gracias a Dios por este milagro.

—Creí —me dijo—. Tuve que creer; de lo contrario, no podría seguir adelante.

Lo miré con mi cabeza llena de las preguntas que necesitaba hacerle en el corto tiempo que teníamos para estar juntos. Una, en particular, me atormentaba.

—¿Quién murió en esa terrible explosión, en ese fuego? En mi corazón, siempre sentí que tú no te matarías nunca.

—Franz. Nunca se recuperó de la muerte de Úrsula. —Karl suspiró, su rostro estaba teñido de melancolía—. Lo hirieron en el frente oriental…, no mucho, pero lo bastante para dejarlo fuera de servicio durante algunas semanas. Después, cuando el complot fracasó, los dos supimos que se vería implicado. La mañana en que me fui, me vi con él cerca del prado donde te detuvo Von Stauffenberg. Franz me pidió que intercambiáramos papeles, cosa que hice. Dijo que tenía un plan para salvar nuestras vidas. No tenía idea de lo que planeaba hacer. Me dio un beso en la mejilla; debí saber lo que estaba a punto de suceder.

»Yo hice un plan para llegar a la estación de trenes sin que me detectaran y para caminar por las vías. Los guardias me conocían y me dejaron pasar por las casetas de seguridad. Todo el mundo estaba sumido en un caos absoluto. Les dije que el *Führer* me envió para buscar traidores. El último obstáculo al que me enfrenté dentro del perímetro fue la cerca electrificada. Pude trepar a un árbol y saltar por encima de ella. El bosque, el sitio que ocultaba a Hitler, me ayudó. Si no hubiera estado ya en marcha, hubiera regresado para tratar de detener a Franz, pero me encontraba lejos de Rastenburg cuando encontré su nota.

—¿Su nota?

—Sí, la metió entre sus papeles. Explicaba en detalle que se iba a matar y que se iba a detonar. Dijo que era mejor que muriera él, y no yo, porque sabía que tú y yo podríamos seguir adelante. Él ya no tenía esperanzas. El cuerpo no debía ser identificado, dijo, porque, si no, la Gestapo iría tras de mí. Por eso su muerte fue tan horripilante. Se bañó en gasolina y se prendió fuego. El fuego siguió quemándolo hasta que detonó la bomba que llevaba consigo. Tuvo éxito; de lo contrario, te hubieran interrogado.

La quijada de Karl empezó a temblar y se limpió unas lágrimas de los ojos.

—Hice lo que pude para no delatarme. Tuve que destruir sus papeles y la nota. Si me los encontraran encima, me matarían. Tan pronto como pude librarme del uniforme, lo hice.

Me levanté y miré más allá del guardia, a la luz que estaba entrando a los barracones. A lo lejos, se oyó un retumbar de truenos sobre las montañas.

—Cada noche y cada día me preguntaba si en realidad estarías vivo. Cada vez que pensaba en rendirme, tu voz venía a mi cabeza. Un hombre me acompañó de Berlín a Spandau. Se llamaba Karl. Cuando llegamos allí, desapareció, igual que tú. Pensé que era un ángel enviado para guiarme, tal vez tu espíritu en el cuerpo de otro hombre.

Karl estrujó sus manos.

—No, estuve en el sur mucho tiempo. Recordé los nombres de tus tíos de nuestros primeros días juntos. Fue casi imposible llegar a Berchtesgaden. Dormí en graneros y algunas noches a campo abierto. Cuando llegué, les dije a tus tíos que era tu marido. Les mostré nuestro anillo de bodas y me acogieron. Mentí acerca de mi participación en el complot para matar a Hitler porque tu tío me delataría. Fingí que era un espía del *Reich* y un buen nazi. Les rogué que no le dijeran a nadie que me encontraba allí. Les dije que nos separaron al caer la Guarida del Lobo y que tú seguías al servicio del *Führer*. Eso los hizo felices.

—¿Qué le pasó a mi tío?

—Tu tía y yo tratamos de convencerlo de que Alemania podía seguir adelante sin Hitler, pero él no podía creerlo. Comprendí lo que iba a ocurrir, pero no pude impedirlo. Se colgó de un puente, envuelto en la bandera nazi.

Mientras caminaba de un lado al otro, bajé la cabeza, avergonzada de las acciones de mi tío.

—Si no fuera por ese hombre malvado, todavía estaría con vida.

Aún no le había contado a Karl todo acerca de mis días en el búnker y me pregunté cómo reaccionaría. No podía sacar el tema a relucir.

—¿Dónde te quedaste antes de viajar al sur? —le pregunté.

—Llegué hasta Berlín y me quedé allí un tiempo antes de que la situación se volviera intolerable. Muchos días pasé hambre porque era demasiado peligroso que me vieran. Tuve que ser muy cuidadosa porque estaban colgando a la gente por robar. En una ocasión, tomé un abrigo del cadáver de un hombre; él ya no lo necesitaba. Lo más difícil fue evitar a los soldados. La mayor parte del tiempo estuve escondido, hasta que me di cuenta de que necesitaba marcharme.

De nuevo, me senté en la banca, al otro lado de Karl, y estudié su rostro: estaba más delgado y tenía arrugas alrededor de los labios y los ojos, más profundas de lo que recordaba. Los dos vivimos una vida entera en el año que pasamos separados. Quise hacerle otra pregunta, pero temía escuchar su respuesta. Me miró como si supiera lo que le iba a preguntar.

—Busqué a tu padre —dijo con suavidad—. Jamás lo encontré.

El guardia se acercó a nosotros y nos habló en mal alemán. Nuestro tiempo se terminaba. Teníamos que regresar a nuestros respectivos «hogares». Levanté mi mano, pidiendo un momento más.

—Tengo algo que contarte —le dije—. ¿Qué tanto me amas?

—Sabes la respuesta. Lo suficiente para esperarte toda una vida.

Temblé mientras me aferraba a sus manos.

—Me violaron unos soldados rusos. Ya no puedo tener hijos. Si eso es lo que quieres, posiblemente...

Me miró con tristeza y puso uno de sus dedos contra mis labios. Después de unos instantes, dijo:

—Me casé contigo. Prometí estar contigo para siempre. Nada de lo que puedas decir va a cambiar eso.

El guardia nos indicó con señas que ya estaba harto de nuestras demoras y nos hizo levantarnos de la mesa. Nos quedamos mirando mientras nos alejábamos.

Dos años después, los americanos nos liberaron a Karl y a mí. Ese día iniciamos nuestra segunda vida. La primera noche que pasamos juntos hicimos el amor y hablamos hasta el amanecer. Le conté absolutamente todo.

EPÍLOGO

Berlín, 2013

¿Maté a Hitler? Ahora sabes la respuesta. Sólo desearía haberlo hecho antes.

Antes de que los soviéticos iniciaran el bloqueo en 1948, viajé a Berlín y me desplacé por el sector hasta mi viejo vecindario. La cuadra en la que vivó mi familia seguía hecha escombros. Les pregunté a algunas personas si habían oído de mi padre, pero sacudieron a cabeza y me miraron con ojos vacíos.

Me abrí paso por las calles hasta el viejo departamento de Irmigard. Allí vivían tres familias porque el edificio todavía contaba con pisos y techos, aunque sólo estaba la vieja estufa de madera y no había agua corriente, muy similar a cuando me alojé allí. Pregunté si podía ver la habitación en la que vivía la familia de Irmigard. Una agradable mujer y su hijo pequeño me dieron la bienvenida. El departamento se veía igual, sólo que los residentes actuales habían acomodado sus pocas pertenencias en él.

—Yo viví aquí en 1945 —expliqué.

—¿Cuál es su nombre? —preguntó la mujer.

—Magda Weber. Ritter era mi apellido de soltera. ¿Es usted de este vecindario?

—No. Vinimos en busca de mi marido, un soldado, y terminamos viviendo aquí. Tuvimos suerte de encontrar este lugar. —Frunció el ceño y se sentó en una silla destartalada—. No es mucho, pero es todo lo que tenemos. —Hizo una pausa y me estudió—. Si usted vivió aquí, debe de saber algo acerca de este lugar. ¿Qué es lo que sucedió? Me lo pregunto todos los días porque puedo sentir su presencia.

La miré alarmada.

—¿De quién?

—De las almas de los fallecidos. La guerra ocasionó que muchas vaguen por la tierra, por tantas historias terribles que nunca se han contado.

—Se lo contaría, pero… —Señalé a su hijo.

—Rolf, ve al cuarto del frente y quédate allí hasta que te llame.

El muchacho abandonó la habitación con mucho pesar y cerró las puertas francesas que ahogaron nuestros gritos en aquella noche tan terrible. Le conté la historia y ella rompió a llorar.

—La casa está llena de tragedia —dijo, y llamó al niño—: Rolf, trae la maleta que dejaron aquí.

Pronto, las puertas se abrieron y el muchacho arrastró una vieja maleta destartalada por el piso. La mujer la colocó sobre la mesa para que pudiésemos inspeccionarla. En sus ojos brillaban las lágrimas.

—Estaba enterrada en una esquina, cubierta por un colchón ensangrentado. Su nombre está escrito con tinta en el interior. La guardé pensando que la dueña podría aparecer algún día.

—Gracias —le dije y la tomé de las manos—. Lo que sucedió aquí no fue más trágico que lo que les pasó a muchos otros.

—Alguien la registró antes de que la encontrara —dijo la mujer en tono de disculpa—. Espero que me perdone. Puse todo en su interior de nuevo y la cerré.

La abracé y abrí la maleta. Olvidé que hacía años escribí «Magda Ritter» en tinta azul sobre la tapa. Mi reloj desapareció, pero todavía quedaban algunos vestidos y ropa interior. Y, debajo de todo ello, estaba mi monito de peluche. Permaneció en Berlín a la espera de mi retorno. Lo abracé contra mi pecho y lloré.

—Mamá —dijo Rolf—. La señora está llorando por un juguete.

La mujer asintió y contestó:

—Es mucho más que un juguete. Algún día tú también llorarás... por algún recuerdo.

Muchos son los días en los que he llorado por distintos recuerdos. Jamás encontré a mi padre. Oí que la jefa de cocina fue capturada por los soviéticos. Desapareció poco después de que abandonamos el búnker. En 1995, Karl murió a causa de un aneurisma. Por supuesto, no tuvimos hijos, pero pasamos juntos muchísimos años felices. Seguí adelante con mi vida, pero nunca volví a casarme. Ningún hombre podría reemplazar a Karl.

Cuando reflexiono acerca de lo que me sucedió según se acerca el final de mi vida, doy gracias por lo que aprendí. Quiero compartir esos conocimientos con otros. Lo que sucedió en Alemania durante esos terribles años no debe pasar de nuevo. Y a pesar de lo mucho que la humanidad se esfuerza por hacer el bien, sigue existiendo una enorme crueldad.

Yo, Magda Ritter, fui una de las quince mujeres que probábamos los alimentos de Hitler para que no lo envenenaran los Aliados ni los traidores a la causa. Hasta donde yo sé, sólo se hicieron dos intentos por envenenarlo: uno a manos de Úrsula Thalberg, y otro en el salón principal. Vivió mucho más de lo que debía.

Lo que dije al principio sigue siendo válido ahora. Los secretos que guardé en mi interior durante tanto tiempo necesitaban verse liberados de su prisión interna. El pasado ya me castigó lo suficiente. Ahora que saben mi historia, quizá no me juzguen con la misma dureza con la que me juzgué a mí misma.

NOTA DEL AUTOR

La idea para *La catadora de Hitler* provino de un reportaje de la Associated Press del 26 de abril de 2013. El artículo, de Kirsten Grieshaber, hacía una crónica de la vida de una tal Margot Wölk, catadora de Adolf Hitler. La señora Wölk mantuvo su profesión anterior en secreto hasta cumplir los noventa y cinco años. Le dijo a la reportera que durante años trató de deshacerse de los recuerdos de sus días con Hitler, pero, aseguró, «siempre regresaban a aterrorizar mis noches». *La catadora de Hitler* no es un recuento de la vida de la señora Wölk, aunque basé varias de las escenas de la novela en sus experiencias. La novela tampoco tiene la intención de ser una biografía velada de su vida.

En diversas ocasiones tuve interés en leer acerca del partido nazi, de Adolf Hitler y de la Segunda Guerra Mundial. Cuando le conté a una colega acerca de mi intención de escribir este libro, me dijo que esperaba que me abstuviera de convertirla en una celebración del fascismo y de la vida del dictador alemán. Le aseguré que no tenía la más mínima intención de hacerlo. Conozco a muchísimas personas fascinadas por Hitler, no porque admiren al hombre que fue responsable de la muerte de tantos millones de personas, sino porque ellos, al igual que yo, se preguntan cómo fue posible que sucediera esta terrible tragedia. Y, aún más importante, cómo podríamos evitar que algo similar suceda en el futuro. Por desgracia, es bien sabido que la historia se repite. ¿Cuáles fueron los factores que condujeron al surgimiento del fascismo y a que la mayoría del pueblo alemán lo adoptara? ¿Cómo es que Hitler engañó al mundo entero? Estas son preguntas complejas que historiadores, sociólogos y psicólogos luchan por responder. No pretendo proporcionar las respuestas. Si yo, como autor, le permito al lector que recuerde, que no lo olvide jamás, habré triunfado en mi empeño.

La mayoría leerá el presente recuento como una novela, como la narración ficticia de una vida que sucedió en un periodo significativo de la historia. Y es a esos lectores en específico a los que les ofrezco una advertencia: *La catadora de Hitler* no tiene la intención de ser un recuento estrictamente histórico del Tercer *Reich*. Por ejemplo, Joachim Fest, en su libro *El hundimiento* (2002), hace la sorprendente afirmación de que las circunstancias del suicidio de Hitler en el búnker de Berlín «se han vuelto imposibles de reconstruir para este momento». ¿Hubo un tercer implicado en su muerte? Los historiadores especulan acerca de tal posibilidad. Esa pregunta me abrió la posibilidad de una novela. Me permitió colocar a Magda en el interior del búnker junto con Hitler.

La investigación que llevé a cabo para *La catadora de Hitler* fue exhaustiva, no obstante, existen variaciones importantes en cuanto a recuentos y líneas de tiempo. El lector debe saber que hice todo mi esfuerzo por acoplar historia y ficción. Al reconstruir la vida cotidiana dentro del Berghof, recurrí a diversas fuentes, algunas de las cuales diferían entre ellas. Inserté personajes reales, ahora fallecidos, entre los míos. Hitler tenía la habilidad de rodearse de aquellos que le servían a nivel personal. Un personaje principal de esta obra, la jefa de cocina, es una amalgama de diversas personas contratadas por el líder del *Reich*. Hitler tuvo una infinidad de cocineras que le sirvieron con diversos grados de éxito. Mi modelo principal fue Constanze Manziarly, pero ella no trabajaba en el Berghof cuando mi heroína, Magda Ritter, llegó a ese sitio a finales de la primavera de 1943. Tal es la licencia que nos ofrece la ficción.

Los calendarios relacionados con las estancias de Hitler en sus diversos cuarteles y sus viajes están más que documentados. Los nazis siempre fueron meticulosos en cuanto al detalle, por decir lo menos. De nuevo, intenté ajustarme a la realidad histórica aunque es posible que, en aras de la ficción, haya sucesos en que las acciones y los tiempos no necesariamente coincidan. Por ejemplo, coloqué a Hitler en el Berghof durante las Navidades de 1943. Otras fuentes citan que pasó una de las fiestas en la Guarida del Lobo en esa época. Hubo algunos detalles históricos difíciles de investigar. Por ejemplo, a Magda la encarcelan en Bromberg-Ost, un campo de concentración para mujeres. Por más que me esforcé, no pude encontrar fotografías y sólo hallé muy poca información acerca de este campo, a excepción de detalles relacionados con guardias mujeres a las que más adelante se ahorcó por sus delitos.

Es posible que muchos lectores se pregunten si las filas ordinarias de las SS, la *Wehrmacht* y los ciudadanos alemanes supieron acerca de los escuadrones de la muerte, los campos y las correspondientes atrocidades que allí sucedieron. La respuesta aún sigue debatiéndose. Varios libros cuestionan que no todos los alemanes actuaron en complicidad con las acciones de los nazis. ¿O era simplemente que no estaban al tanto de lo que sucedía? Ciertos oficiales de alto nivel y algunos funcionarios dentro del Partido sabían lo que se ordenaba, pero responsabilizar a todos los oficiales, miembros del Partido y ciudadanos alemanes sería engañoso, en mi opinión.

Desde ese punto de vista, también quise ofrecer una descripción de las penurias por las que pasó el pueblo alemán durante este periodo de la historia. No todos eran nazis fervientes. Los «conspiradores» de las SS y otros oficiales que encabezaron el atentado con bomba en julio de 1944 en la Guarida del Lobo conocían detalles acerca de las actividades del *Reich* que no se encontraban disponibles para la totalidad del pueblo alemán. Si el público hubiera sabido lo que estaba sucediendo, la máquina de propaganda impulsada por Joseph Goebbels pudo tomar un camino muy distinto. Pero incluso en la actualidad, los historiadores no coinciden en las razones por las que se hizo el atentado contra la vida de Hitler. ¿Era porque la guerra estaba yendo mal y los oficiales querían salvar sus vidas, o porque conocían y aborrecían las atrocidades de Hitler? La historia favorece la primera opción.

Muchos intentos de asesinato del *Führer* fracasaron o no se llevaron a cabo jamás. Algunos de estos planes fueron de «lobos solitarios», mientras que otros fueron urdidos por grupos de personas. Mis investigaciones arrojaron que un factor decisivo en estos atentados era la intención de asesinar no sólo a Hitler, sino también a otros blancos importantes. Muchos conspiradores sentían inquietud en cuanto a quién se haría con el gobierno y, por ello, decidieron no actuar. Algunos de los planes se vieron abortados a causa de esta importante consideración. Utilicé esta idea como elemento ficticio dentro de *La catadora de Hitler*. Ese factor se desestimó considerablemente para el momento en que von Stauffenberg entró en escena.

En cuanto a la creación de esta novela, deseo agradecer a mi editor en Kensington Books, John Scognamiglio, por creer en el proyecto; a Evan Marshall, mi agente, por mantener el curso con tanta entereza; y al trabajo de mis editores, Traci E. Hall y Christopher Hawke, ambos magos del brillante lápiz rojo, por sus invaluables sugerencias en cuanto a la trama, las emociones, los matices y la coreografía. Como siempre, dependo de mis lectores beta por sus ingeniosas observaciones: en este caso, de Robert Pinsky y Mike Deaton.

A lo largo de los años he leído demasiados libros acerca del Tercer *Reich* para citarlos a todos, pero es necesario que enliste algunos de los más importantes en mi biblioteca. También hay infinidad de sitios web invaluables, demasiado numerosos para mencionarlos, que me ayudaron a escribir *La catadora de Hitler*.

William L. Shirer, *Auge y caída del Tercer Reich*.
Joachim Fest, *El hundimiento. Hitler y el final del Tercer Reich: un bosquejo histórico*.
Albert Speer, *Memorias. Los recuerdos del arquitecto y ministro de armamento de Hitler. Una crónica fascinante del Tercer Reich*.
Traudle Junge, editado por Melissa Müller, *Hasta el último momento. La secretaria de Hitler cuenta su vida*.
Christa Schroeder, *Doce años junto a Hitler. Testimonio inédito de la secretaria privada del Führer (1933-1945)*.

Otto Dietrich, introducción de Robert Moorhouse, *The Hitler I Knew: Memoirs of the Third Reich's Press Chief (El Hitler que yo conocí. Memorias del jefe de prensa del Tercer Reich).*
Elie Wiesel, *La noche.*
The Holocaust Chronicle (Crónica del holocausto), Publications International, Ltd.

De particular ayuda, con fotografías útiles para la reconstrucción histórica, fue *The Third Reich in Ruins (El Tercer Reich en ruinas)* en www.thirdreichruins.com.

Y, no sea que lo olvidemos, que el presente libro sirva como recuerdo de todos aquellos que perdieron la vida en la Segunda Guerra Mundial. Tendemos a pasar por alto el hecho de que los sucesos que se presentan en esta novela sucedieron hace apenas setenta y cinco años, no más de un instante en el tiempo. Sólo podemos esperar y rezar por que la gracia de Dios y nuestra diligencia nos libren de sucesos similares en futuro. Otra guerra global seguramente nos conduciría a la aniquilación; por ello, debemos mantenernos siempre vigilantes ante aquellos que usarían su poder para destruir.

ÍNDICE

Prólogo 7

LA CASA DE TÉ
El Berghof

Capítulo 1 13
Capítulo 2 23
Capítulo 3 34
Capítulo 4 57
Capítulo 5 71
Capítulo 6 81

LA GUARIDA DEL LOBO
Rastenburg

Capítulo 7 95
Capítulo 8 108
Capítulo 9 120
Capítulo 10 142
Capítulo 11 159
Capítulo 12 171

Capítulo 13 — 184
Capítulo 14 — 199

EL BÚNKER DEL *FÜHRER*
Berlín

Capítulo 15 — 217
Capítulo 16 — 234
Capítulo 17 — 249
Capítulo 18 — 266
Capítulo 19 — 280
Capítulo 20 — 295
Capítulo 21 — 313
Capítulo 22 — 320

BERCHTESGADEN
Verano de 1945

Capítulo 23 — 341

Epílogo — 353
Nota del autor — 357